Einaudi. Stile Libero Big

Degli stessi autori nel catalogo Einaudi

54
Giap!
Guerra agli umani
New Thing
Asce di guerra (con V. Ravagli)
Manituana
Stella del mattino
New Italian Epic
Altai
Previsioni del tempo
Anatra all'arancia meccanica
Timira (con A. Mohamed)
Point Lenana (con R. Santachiara)
L'Armata dei Sonnambuli
L'invisibile ovunque
Un viaggio che non promettiamo breve
Proletkult
La macchina del vento

e con il nome Luther Blissett
Q

Wu Ming
Ufo 78

Einaudi

www.einaudi.it

ISBN 978-88-06-24891-8

Ufo 78

a Veronica Siracusano Raffa
(Sweepsy)

Chiamiamo bello il segno che ci conduce verso l'interpretazione dell'enigma.

FRANCO «BIFO» BERARDI, *Neuro-estetica dell'immaginabile*

Vuoi venire? Perché un passaggio è scontato
un viaggio da finire prima che sia iniziato
È complicato, lo puoi capire piú avanti
piove sul bagnato e a seguire tornanti
voci del passato troppo distanti
occhi come tagli, flash abbaglianti.

COLLE DER FOMENTO FEAT. KAOS ONE, *Miglia e promesse*

Preludio

26 agosto 1976

Un tempo, d'estate, sul monte Quarzerone arrivavano gli scout.

Comparivano a Forravalle da un giorno all'altro, simili a stormi di uccelli migratori.

Venivano dai dintorni, dalla riviera e da oltre l'Appennino. Venivano in quella terra di confine, diversa dal resto della Toscana, già un poco Liguria e con parlate tutte sue. Secondo i glottologi erano dialetti emiliani, ma se lo dicevi ai lunigianesi, loro alzavano le spalle: «*A parlàn cóm u parlàn*».

Venivano, a volte solo ragazzi, a volte solo ragazze, e piú di rado insieme, Esploratori e Guide. Scendevano dal pullman di fronte alla sbarra del lavatoio. Nello spiazzo sterrato li attendeva un uomo sulla quarantina, col naso aquilino, che in paese chiamavano Gheppio, ma per loro era il viceispettore della Forestale Elio Gornara, pronto a scortarli col fuoristrada verde fino al terreno dove allestire il campo.

Gheppio ci teneva ad accogliere i nuovi arrivati, per controllare che avessero il giusto equipaggiamento e istruirli sui pericoli del monte. La gente veniva sul Quarzerone alla leggera, e gli scout non facevano eccezione, nonostante il loro motto – *Estote parati!* – li volesse sempre pronti. Quel massiccio incastrato tra l'Appennino e le Apuane, ma piú basso delle loro cime, era considerato poca cosa, buono giusto per sgranchirsi le gambe e respirare aria pulita. Ma con le sue numerose grotte, le pareti a strapiombo sul Rio Borro, i crepacci e le rocce friabili, il Quarzerone meritava rispetto quanto una vetta delle Dolomiti. In piú, le Alpi avevano sentieri ben segnati e mantenuti, lí invece erano appena accennati, e chi li percorreva senza conoscerli si trovava spesso bloccato dai rovi o da una frana, e se tentava di aggirare l'ostacolo finiva per perdersi.

– Ogni mese ne recuperiamo qualcuno. Gitanti, fungaioli... Incidenti che si potrebbero evitare, con un po' d'attenzione.

Mentre Gheppio teneva impegnati i capi col suo predicozzo, le squadriglie caricavano sul mezzo gli attrezzi e le pentole, i bozzoli verdi delle canadesi, le scorte di cibo. Terminato il trasbordo, il forestale si metteva al volante, e i ragazzi s'incamminavano per la salita, zaino in spalla, scacciando la fatica con le loro canzoni.

– *E il ritmo dei passi ci accompagnerà, là verso gli orizzonti lontani si va!*

Mettevano le tende a Pian del Cielo, subito fuori dal bosco, sotto le balze scure di Rocca Tesana. Un prato ideale per il campeggio, piatto come un materasso e morbido d'erba, con il ruscello per lavarsi, la legna per il fuoco e proprio nel mezzo un faggio secolare, che offriva riparo dal sole.

Si trattenevano una decina di giorni, due settimane al massimo. Infine una mattina, di buon'ora, smontavano le costruzioni di pali e corde, colmavano le latrine, ammainavano le bandiere e si lasciavano dietro solo le impronte gialle stampate nell'erba dai catini delle tende.

Gheppio controllava che tutto fosse in ordine, poi riportava a valle bagagli e masserizie. Parcheggiava oltre la sbarra e mentre i ragazzi scaricavano i bagagli, li rimproverava per un picchetto o una cartaccia rimasta in giro.

Quindi con calma si accendeva la pipa in attesa del gruppo successivo.

Lo trovarono che fumava, appoggiato alla sponda del lavatoio, anche gli scout del gruppo Agesci Carrara 4. Gli ultimi ad accamparsi sul Quarzerone, alla fine d'agosto del '76.

– Buongiorno, – lo salutò il caporeparto. – Siamo in ritardo?

Il viceispettore bofonchiò un rimprovero e svuotò la pipa contro il bordo della vasca. Non c'era bisogno di presentazioni. Già diverse volte Simone Bartocci aveva accompagnato il reparto sul Quarzerone. Ci avevano fatto diverse uscite, compreso il campo estivo del '73, l'ultimo senza le ragazze. E fin da allora c'era Gheppio, a distribuire permessi e consigli.

– Stanotte fa il diluvio, – annunciò. – Vi conviene scavare delle canalette come si deve.

Dalla borsa a tracolla sfilò un rotolo di carta trattenuto da un elastico. Simone lo riconobbe subito: erano le fotocopie di due tavolette dell'Istituto geografico militare. Mappe topografiche che coprivano il territorio del monte, sulle quali il forestale segnava i pericoli e i luoghi da evitare, delimitando in rosso le aree piú rischiose, dov'era meglio non avventurarsi. Simone ne aveva già ricevuti almeno cinque, di quei preziosi rotoli. Sembravano tutti uguali, ma se ti azzardavi a farlo notare Gheppio si irrigidiva, e precisava che lui li aggiornava a ogni stagione.

Simone ringraziò, prese il papiro e lo consegnò alla caporeparto.

– Ti presento Gemma, – disse, – la mia aiutante.

– Aiutante un corno! – protestò lei, alzando il braccio per minacciare un ceffone. – Sono Gemma Corsini, la responsabile delle ragazze.

Gheppio le strinse la mano. – Piacere, Elio Gornara. Benvenuta a Forravalle. Conosci già la nostra montagna?

La ragazza scosse la testa e il viceispettore le allungò un dépliant, curato dal Comune di Forravalle. Un testo di una noia mortale, scritto chissà da chi, letto da nessuno. Tra le tante pedanterie, l'unica notizia gustosa riguardava le grotte:

> Secondo la fantasia popolare, tutte le cavità del Quarzerone sono collegate tra loro tramite cunicoli naturali e artificiali. Le piú conosciute portano nomi evocativi che richiamano leggende (grotta «del Baffardello»), antiche usanze («degli scapoli»), eremi medievali («di San Palpano») e fatti storici. La cronaca di un'antica battaglia tra la Repubblica di Firenze e i Modenesi racconta che questi ultimi riuscirono ad accerchiare i nemici seguendo una di queste gallerie, nota ancora oggi come «Caverna dei Ducali».

Gheppio si limitò a dire che non dovevano metterci piede, a prescindere dal nome piú o meno invitante.

– Ma la maggior parte non ne ha nemmeno uno, – aggiunse, – e molte sono ancora inesplorate.

Come previsto, quella notte piovve. Il campo si riempí di pozze, ma i sovrateli ressero gli schiaffi del vento. Non fu il classico temporale estivo, violento e passeggero: nemmeno il giorno seguente l'acqua diede tregua. Finalmente, il secondo mattino spuntò il sole, e i rami del faggio al centro della spianata fiorirono di sacchi a pelo stesi ad asciugare. I capi furono contenti di non dover cambiare i piani per colpa del meteo. Il programma prevedeva, quel pomeriggio, il lancio del Gioco di Ventiquattr'ore.

Gemma indossò il casco da moto che aveva modificato in stile intergalattico. Simone infilò il costume da astronauta, una tuta arancione impreziosita con inserti di carta stagnola. Lo scenario del gioco simulava un'invasione aliena, in ossequio alla diceria che sul Quarzerone, di tanto in tanto, atterrassero gli Ufo per visitare laboratori segretissimi, nascosti nelle viscere del monte.

I terrestri dovevano respingerli, divisi in piú reggimenti, ognuno con la sua base, lottando per accaparrarsi armi, munizioni e cibo.

Proprio il furto delle scorte per la cena a opera di due incursori marziani diede il via alla caccia per recuperarle.

Jacopo e Margherita si ritrovarono nella stessa squadra, o piú probabilmente ci finirono di proposito. All'ultimo anno di reparto, certe faccende sai come funzionano. Se i capi chiamano al raduno in cerchio, e compaiono travestiti da scemi, significa che sta per partire un gioco, tanto piú lungo e complicato quanto piú curata è la scenetta iniziale. Per stare nella stessa squadra, basta capire in fretta quante se ne faranno. Se ad esempio sono quattro, bisogna scambiarsi di posto con i vicini, e piazzarsi a tre, sette, undici persone di distanza. Poi comincia la conta: uno, due, tre, quattro. Gli «uno» da una parte, i «due» da un'altra e cosí via. A volte succede che i capi se ne accorgano e intervengano per separare chi ha barato, ma Jacopo e Margherita erano capisquadriglia, e i trucchi ormai li conoscevano. Si erano messi insieme alla fine della scuola, non lo avevano ancora detto in giro, e cosí nessuno s'insospettí nel vederli vicini a progettare la loro avventura.

Alle otto di sera, tre fischi prolungati conclusero la prima fase di gioco. Nella dura battaglia del pomeriggio, il reggimento di Jacopo e Margherita si era guadagnato venti panini al prosciutto, dodici uova sode e diciassette mele. Per sfamare quindici persone, un ottimo risultato.

La tregua per la cena durò fino alle nove, ogni squadra nella sua roccaforte, delimitata con una fune tesa tra gli alberi. Finito di mangiare, iniziarono i preparativi per la notte. Bisognava piazzare le lampade a gas, allestire un riparo con i teli 29, stabilire i turni di guardia e decidere un nuovo piano d'azione.

Alcuni si occupavano della difesa, altri erano già pronti per lanciarsi all'attacco.

Margherita si offrí di andare in ricognizione e si spinse nella terra di nessuno con quattro compagni. Alla prima radura, propose di sparpagliarsi e tutti furono d'accordo. Attaccare gli alieni restando in gruppo non era di sicuro la strategia migliore.

Jacopo uscí dalla base poco dopo, dichiarando che avrebbe tentato un assalto in solitaria.

Non è difficile immaginarselo che aspetta Margherita, seduto sui talloni, dietro una roccia piú evidente delle altre, decisa in precedenza.

Lei si china e lo bacia sulle labbra. Gli porge la mano per aiutarlo ad alzarsi e insieme si addentrano nel bosco.

Alle undici di sera, la sentinella Tania controllò l'orologio: il suo turno era finito, doveva svegliare Margherita, ma la nuova vedetta non era nel suo sacco a pelo, né dentro la base.

Tania chiamò Martina, ma l'altra le rispose di pensare ai fatti suoi, perché nemmeno Jacopo era al suo posto.

– E allora?

E allora, per chiarirle il concetto, Martina diede una sfilza di baci all'aria, poi mise l'indice davanti alle labbra, *sssst*. A quel punto Tania svegliò Monica, per proporle di sostituire Margherita, ma quella non ne voleva sapere.

Il chiacchiericcio salí di volume e arrivò alle orecchie di Alberto, l'aiuto caporeparto, responsabile della squadra fino al termine del gioco.

Quando comprese il motivo della discussione, Alberto pensò che l'assenza dei due non era da prendere sottogamba. Margherita non avrebbe mai bucato un turno di guardia per continuare a sbaciucchiarsi con Jacopo. Se non per senso del dovere, almeno per non farsi beccare.

Lasciò passare un quarto d'ora, per escludere l'ipotesi di un piccolo contrattempo, un ritardo imprevisto, i tempi del ritorno calcolati male.

Alle undici e venti, due esploratori scesero a Pian del Cielo. Simone era rimasto al campo, con la cassetta del pronto soccorso a portata di mano, per assistere eventuali malati, feriti e contusi.

Di Jacopo e Margherita non c'era traccia nemmeno lí.

Simone capí subito che era successo qualcosa. E *qualcosa*, in montagna e col buio, è già *abbastanza*.

– Tornate di corsa da Alberto, – disse ai due che gli avevano portato la notizia, – ditegli di avvertire tutti che il gioco è finito.

Prese una torcia elettrica e di corsa si diresse in paese, saltando sulle pietre della mulattiera.

Jacopo e Margherita erano troppo in gamba per allontanarsi e non ritrovare la strada. E poi, che senso avrebbe avuto allontanarsi, in un bosco che offriva mille nascondigli?

A ogni modo, era difficile che si fossero fatti male entrambi, che uno dei due non fosse riuscito a dare l'allarme, a rientrare al campo...

– Ho perso due ragazzi, – disse a Gheppio, nel trovarselo di fronte sull'uscio del comando stazione, appena sceso dall'appartamento di servizio al primo piano.

– Quando li avete visti l'ultima volta? – chiese il vice-ispettore, mentre si infilava la giacca della divisa sopra la maglietta che usava per dormire.

– Un paio d'ore fa.

Gheppio entrò nell'ufficio e accese la ricetrasmittente. Il rumore statico grattò le orecchie di Simone.

– Astore, qui Gheppio, – disse il forestale. – Vieni al comando, sono spariti due scout. Passo.

– Da quanto? Passo, – chiese una voce assonnata.

– Due ore, – rispose Gheppio. – Passo e chiudo.

E certo né lui né Simone immaginavano che in futuro, a quella stessa domanda, avrebbero risposto due giorni, due settimane, due mesi, due anni.

Oggi Simone di anni ne ha quasi settanta. Nell'autunno di quel 1976 lasciò gli scout e rimandò la laurea in Giurisprudenza. Fino all'estate successiva partecipò alle ricerche di Jacopo e Margherita e alla raccolta di indizi sulla loro scomparsa. Batté la montagna palmo a palmo, anche da solo, e se saltava fuori qualche piccola novità, tornava a Forravalle per chiedere informazioni e consultarsi con Gheppio. Poi, quando fu chiaro che i due ragazzini non sarebbero tornati, mollò l'università, fece le valigie e si trasferí in Svezia, per lavorare come scaricatore al porto di Göteborg. Forse si sentiva responsabile e qualcosa lo spingeva ad andare lontano, non soltanto via da lí, ma in cerca di una vita diversa, di un luogo dove non avrebbe piú dovuto parlare con nessuno di quella vicenda.

L'illusione si spezzò nella primavera del 1978, quando anche altre persone furono coinvolte nei misteri del Quarzerone e contribuirono a stabilire una parte di verità.

Questa è la storia delle vite che si incrociarono allora, alle pendici della montagna. E se di una vita non si possono conoscere tutte le pieghe, le luci e le ombre, si può almeno provare a raccontarla, usando documenti, interviste, libri e giornali d'epoca, consapevoli dell'incolmabile distanza tra i giorni vissuti e le pagine scritte. Del resto, la sfida del narrare è raggiungere la verità affrontando l'ineffabile, si trattasse anche di lupi mannari e dischi volanti.

Primo movimento

Dal 1° al 19 marzo 1978

1. Roma, mercoledí 1° marzo

Rumori di acque ruscellanti, fuochi fatui di sintetizzatori, echi lontani di tempi perduti. *In den Gärten Pharaos*, del gruppo tedesco Popol Vuh. Scelta musicale perfetta.

L'occhio della telecamera percorre un corridoio e perlustra scaffali carichi di reperti e cimeli, statuette manufatte chissà dove e chissà quando: dee della fertilità, bestie sacre, demoni minacciosi o imperscrutabili. Tra quei corpi stilizzati, di tanto in tanto, spunta un modellino di piramide tolteca, o di vascello spaziale, dal piglio razionalista o all'opposto, baroccheggiante.

Nel 1978 la tivú pubblica italiana produceva già programmi a colori, compresa questa puntata di *Odeon*. Ma nelle case troneggiavano ancora apparecchi in bianco e nero, e le tinte sgargianti di quell'appartamento si potevano solo immaginare: i muri verde cinabro, le mensole verniciate di giallo, i riflessi bronzei dei soprammobili.

La telecamera si avvicina a una soglia priva di porta, sovrastata da un grande dipinto. Lo sguardo indugia su architetture in rovina o incompiute, sospese in una notte luminosa. Pochissimi avranno riconosciuto *Le temple foudroyé* di Savinio. Non l'originale, bensí una copia acquistata a Porta Portese per poche lire.

Avvolti dai suoni dei Popol Vuh, entriamo in un ampio soggiorno. Su due pareti adiacenti, librerie alte fino al soffitto. Solide, scure e laccate, forse di noce. Di fronte alle schiere di volumi, altri ninnoli e suppellettili.

Stacco, ripresa in primo piano. Alcuni libri non sono infilati di costa tra gli altri, ma appoggiati a mostrare le copertine. Edizioni straniere: *Bombas atómicas y robots en la antigüedad* (in sovraccoperta, un fotomontaggio col fungo di Hiroshima sullo sfondo di Machu Picchu), *Toisilta tähdiltä*, *Был ли Улисс космонавтом?*

Una foto in cornice si affaccia da una nicchia: due uomini sorridenti si dànno la mano. Quanti avranno identificato nel piú anziano dei due Sergej Pavlovič Korolëv, capoprogettista del programma spaziale sovietico? In basso a destra, tre righe a penna in caratteri cirillici, sicuramente una dedica con autografo.

Una terza parete è coperta di targhe di premi letterari, diplomi o attestati sotto vetro, manifesti di convegni. La telecamera non si avvicina, ma si leggono le scritte gialle su blu (per molti, solo grigio chiaro su sfondo scuro):

«ATOMICHE E LASER PRIMA DEL DILUVIO?»

E a capo:

«Conferenza del prof. M. ZANKA».

Qualcuno avrà persino colto:

«*Hotel Parco dei Principi*, Sorrento - Mercoledí 11 maggio 1977».

Sulla quarta parete si apre un altro uscio, piú stretto del precedente. La telecamera lo oltrepassa e arriva in uno studiolo. Una scrivania in disordine – taccuini aperti, fogli appallottolati, giornali, bicchieri, un posacenere colmo di mozziconi – e un uomo ripreso di spalle mentre batte a macchina.

Mezzo giro sulla destra per inquadrarlo di profilo: siede appena ingobbito e indossa un dolcevita – o forse un lupetto – scuro. Sbarbato ma con basette folte, capelli neri pettinati con la riga a destra.

È l'uomo che ha stretto la mano a Korolëv.

A quel punto, ecco la voce pastosa e suadente dello speaker televisivo:

«Si chiama Martin Zanka, ma non è il suo vero nome».

Odeon era, come si diceva allora, un «rotocalco settimanale». Trasmesso in prima serata sul secondo canale Rai, aveva un sottotitolo d'impatto: *Tutto quanto fa spettacolo*. Voleva dire: esploriamo a tutto campo il mondo dello spettacolo, ma anche: sotto la nostra lente, ogni cosa diviene spettacolo.

Fin dal suo esordio, la trasmissione aveva fatto scalpore. In primis per la scelta degli argomenti, inconsueti nella tivú nostrana: le spogliarelliste del Crazy Horse di Parigi, i risvolti erotici del colonialismo italiano in Africa, una nuova cultura giovanile che spopolava a Londra ed era chiamata «punk». Temi scelti senza distinzioni tra «alto e basso» e narrati con tono scanzonato, irriverente, spesso in situazioni bizzarre create ad hoc: un'attrice etiope a cavallo al Foro Italico, un attore intervistato nel mezzo di una scazzottata tra stuntman, un cantautore messo a suonare la chitarra sotto la neve... La tecnica era innovativa, per l'epoca ardita, almeno nell'intrattenimento televisivo. Colpiva molto il montaggio analogico: si parlava di donne nude, di cosce e di petti... E sullo schermo compariva un pollo arrosto. *Odeon* sarebbe passato alla Storia.

«Gianmaria Zanchini, – prosegue la voce fuori campo, – cinquantaquattro anni, piemontese ma ormai romano d'adozione, partigiano sulle Alpi Graie, una carriera da cronista di nera alle spalle. Negli anni si è affermato, col suo nome d'arte, come esploratore dell'ignoto e cantore di mondi misteriosi. Si è infilato con destrezza nel filone inaugurato dal best seller mondiale *Il mattino dei maghi*, dei francesi Pauwels e Bergier, ma con un approccio originale, tarato sugli interessi del pubblico italiano. Meno alchimia e scienze segrete; piú storia, culture esotiche e bellezze del paesaggio».

Zanka continua a battere sui tasti, in apparenza imperturbabile, tac, tac, tac, tac. Anche lo spettatore piú ingenuo avrà capito che sta recitando la parte. Con una troupe di ficcanaso in casa, nessuno lavora davvero.

La telecamera esplora la scrivania, si ferma su un cumulo di tascabili e riviste.

«Zanchini – ma chiamatelo Zanka – ha all'attivo dieci libri che hanno scalato le classifiche, con titoli come *Ulisse cosmonauta*...»

Ed ecco la copertina. Il fotomontaggio di una trireme greca che naviga in un cielo stellato.

«... oppure *Fantascienza dell'Età del Bronzo*...»

Chiunque si occupasse dell'aspetto grafico non si era impegnato granché: una statua di Zeus intento a lanciare un fulmine. Sullo sfondo, il cielo stellato.

«... o ancora, la sua ultima fatica, *Robinson delle galassie*...»

Sotto il titolo, un naufrago vestito di stracci, alla deriva su una zattera nell'immancabile cielo stellato.

«... tutti pubblicati dal sulfureo editore Pepper & Co. Col suo titolo piú recente, Zanka ha vinto lo Scaffale d'Oro 1977».

Parte un tappeto di percussioni, forse *tablas*, a cadenzare l'alternarsi di immagini di repertorio: le Piste di Nazca nel Sud del Perú, pitture della grotta di Altamira, incisioni rupestri in Valcamonica, profili di montagne in Val di Susa, rocce erose dal vento in chissà quale deserto... Intanto il commento prosegue: «Tutti i suoi lavori ruotano intorno a un'ipotesi: che in tempi antichi, o addirittura nella preistoria, il genere umano sia entrato in contatto con viaggiatori extraterrestri. Sarebbe accaduto in molte parti del pianeta, e di questi "incontri ravvicinati" – espressione oggi in auge anche grazie a Hollywood – resterebbero tracce da interpretare. Grazie a Zanka e a certi suoi imitatori, le teorie *paleocosmonautiche*, battezzate cosí da lui stesso, sono oggi un vero fenomeno di costume».

Zanka smette di battere sui tasti e guarda nell'obiettivo. La musica cessa e la voce fuori campo rivolge la prima domanda.

– Martin Zanka, è vero che le piramidi le hanno costruite i marziani?

L'intervistato pare accigliarsi, è giusto un lampo, si potrebbe isolare solo col fermo-immagine, ma a quel tempo nelle case non c'erano videoregistratori, la tivú era un flusso inarrestabile, fotogrammi che passavano e sparivano.

Zanka risponde: – Io non ho mai sostenuto sciocchezze del genere. Nei miei libri formulo ipotesi, pongo quesiti che la scienza non ha considerato. Chi legge deve tenersi le domande in testa. Deve, per cosí dire, ruminarle, in cerca della propria risposta –. Sul viso balena un sorriso lieve. – Io sono un maieuta, come Socrate.

– A Socrate fecero bere la cicuta, e anche lei sembra avere non pochi nemici e detrattori.

Il sorriso di Zanka si fa piú netto.

– Le mie ipotesi scuotono, sono scomode. Nei miei libri io chiedo di abbandonare, anche solo per un momento, convinzioni consolidate. Cercare le testimonianze di un antico rapporto tra le civiltà terrestri e quelle di altri pianeti significa disputare l'idea che l'*Homo sapiens* sia il centro dell'universo, il punto piú alto nella scala della vita, l'osservatore privilegiato del cosmo, lo scopo ultimo della creazione e della redenzione, a immagine e somiglianza di Dio. Capisce bene che questo può dare fastidio.

– Eppure lei è molto in voga per essere un anticonformista: i suoi libri vendono a carrettate e non sembrano cosí in attrito con lo spirito dei tempi. Pensiamo al film dell'americano Spielberg, *Incontri ravvicinati del terzo tipo*: è già campione di incassi in mezzo mondo.

Gli zigomi di Zanka si abbassano appena. Gli angoli della bocca rimangono sollevati.

– I miei libri hanno successo tra le masse perché siamo in un periodo per molti versi rivoluzionario. Quanto agli incontri con gli alieni, capisco il fascino dei dischi volanti, ma è una materia da trattare con metodo, senza lasciarsi abbagliare da ogni luce in cielo.

Stacco. Ora Zanka è a figura intera. Un soprabito di pelle sul dolcevita nero, un paio di jeans, stivaletti. Il portamento è giovanile. Non è piú in casa: si aggira nelle sale e tra le teche di un'esposizione, forse un museo.

«Il prossimo libro di Zanka si intitolerà *Astronavi su Luni*. Il perché di questo buffo accostamento ce lo ha spiegato lui stesso».

– Martin Zanka, dove ci troviamo in questo momento?

– Siamo in Toscana. A Pontremoli, per la precisione. Questo è il Museo delle statue stele, inaugurato tre anni fa.

– Cosa sono le statue stele?

– Sono reperti importantissimi, – attacca Zanka. A illustrare le sue parole, un tipico montaggio alla *Odeon*: le Alpi Apuane viste da ponente; una rapida rassegna di sculture antropomorfe, stilizzate, dalle teste triangolari o che sembrano indossare cappucci; l'astronauta Edward White fluttuante nello spazio, legato alla capsula Gemini 4 da una cinghia di sicurezza; il primo piano di una statuetta. – Sono sculture ritrovate a decine in Lunigiana e risalenti a oltre cinquemila anni fa. Figure umane, molte con copricapi simili ai caschi degli odierni cosmonauti. Nel libro che sto scrivendo, le metto in collegamento con altre, scolpite o incise nella roccia in tempi antichissimi, in luoghi lontani da questo.

– E che conclusioni ne ricava?

– È possibile che in Lunigiana, in epoca neolitica, la popolazione autoctona abbia ricevuto una o piú visite di esseri umanoidi venuti dallo spazio, e abbia poi cercato di rappresentarli, per fissarne e tramandarne il ricordo. Quegli esseri incontrarono comunità umane in varie parti del nostro pianeta, da qui le somiglianze tra i manufatti. Di questo si occupa la paleocosmonautica.

Musica in dissolvenza, nuovo stacco: la locandina del film *Incontri ravvicinati del terzo tipo*, che proprio in quei giorni arrivava in Italia.

Sullo schermo, immagini del film: lo scienziato francese Claude Lacombe in missione nei pressi di Dharamsala, India, dove centinaia di persone, forse migliaia, hanno avvistato dischi volanti. Lacombe raduna e dirige la folla come fosse un coro, ricostruendo una nota alla volta la melodia trasmessa dagli Ufo: Sol_4 - La_4 - Fa_4 - Fa_3 - Do_4.

Anche questo è montaggio analogico: Lacombe è interpretato dal regista François Truffaut, che assomiglia molto a Martin Zanka.

Zanka, che adesso è inquadrato in piano americano, dalle tasche del soprabito in su, e deve rispondere a una nuova domanda, mentre in sottofondo riprende *In den Gärten Pharaos*.

Se c'è stato un contatto con alieni nella preistoria, è possibile che ce ne siano anche oggi?

– Nessuna persona raziocinante può escludere che nell'infinita vastità dell'universo esistano altre civiltà. Se un giorno dovessimo entrare in contatto con una di queste, ciò rivoluzionerebbe il nostro mondo, la nostra cultura. È forse quel che accadde in quei tempi remoti, ed è possibile che la nostra civiltà si sia sviluppata grazie all'incontro con una superiore.

Immagini del suolo marziano scattate due anni prima dalla sonda *Viking*: un vasto deserto sassoso. Gli spettatori lo videro grigio, ma parecchi di loro conoscevano quelle foto – erano apparse su riviste a larga tiratura – e sapevano che era arancione, ocra, giallo oro. Vista dall'alto, una conformazione rocciosa sembra il muso di una scimmia scolpito.

– Martin Zanka, cosa può dirci di Marte? Ci fu vita, un tempo, sul nostro pianeta dirimpettaio?

Zanka in primo piano. – In un vecchio romanzo russo, l'autore immagina che i marziani abbiano realizzato il socialismo. Ma visto com'è ridotto adesso il loro pianeta, – e strizza l'occhio alla telecamera, – non credo ci siano mai riusciti.

Stacco, sigletta musicale. Il servizio successivo riguarda un locale di New York dove si balla disco music schettinando. Volteggi e piroette su pattini a rotelle.

L'opinione di Zanka sul proprio esordio televisivo è abbastanza nota da poter immaginare il suo umore di quella sera.

Spense il televisore, uno dei pochi a colori già presenti nelle case italiane.

Posò il telecomando, altro marchingegno che tanti non avevano ancora impugnato. Si accasciò sulla poltrona e si sentí solo.

Solo, nell'appartamento che ora conoscevano milioni di persone.

Solo, e circondato da una Roma... No, da un'Italia intera che lo aveva visto fare la figura del *piciu*.

Guardarsi era stata un'esperienza penosa: quella trovata stupida di farlo battere a macchina, le domande venate di irrisione, le copertine banali dei suoi best seller... Lui era sempre stato schivo, per la prima volta aveva accettato un'intervista in tivú, ed era stato un disastro. Impacciato, inutilmente professorale, e l'occhiolino alla fine... Che gli era venuto in mente? Lui non era cosí, non aveva mai fatto il *piacione*, per dirla come i romani.

La tivú rende falsi, pensò.

O forse, al contrario, mostra la verità.

La sua carriera gli apparve in una luce squallida.

Pensò ai due anni appena trascorsi, alle traversie di suo figlio e all'ultima novità, un altro viaggio in Lunigiana. Stavolta non c'entravano le statue stele, casomai una dea etrusca. Dove l'aveva messo, quel foglietto?

Squillò il telefono, facendo vibrare ogni oggetto sul tavolino accanto alla poltrona. Zanka sollevò la cornetta, bachelite fredda contro l'orecchio.

Una voce ben conosciuta gli percosse il timpano con parole d'entusiasmo: – Sei stato fortissimo, Marty! – esclamò il suo editore. – Grande réclame!

– Ciao, Paolo. Dici? Io ho dovuto trattenermi per non cambiare canale.

– Ma che, scherzi? Una bomba, Marty, dài retta a me! Affascinante, misterioso, perfino sexy! Vedrai che per il nuovo libro facciamo un prenotato della madonna!

– Se lo dici tu...

– Io? Te lo diranno tutti, fidati! Strepitoso! Domani mi faccio dare l'indice d'ascolto. Brinda con qualcuno, Marty, ché se prima eri famoso, adesso sei una stella!

Zanka riagganciò e trovò il foglietto che cercava, sotto la rubrica e le bollette da pagare. Una pagina di bloc-notes a quadretti. Contemplò quei nomi strani, che lui stesso aveva scritto sotto dettatura:

Thanur
Strada del Quarzerone 7
Villa Malaspina
Forravalle (Ms)

Si guardò intorno: i libri, i manifesti, le targhette, il cumulo di ammennicoli e ciarpame.

Aveva bisogno di una boccata d'aria.

Si alzò, indossò il soprabito, prese le chiavi e uscí nella serata romana che già odorava di primavera.

2. Torino, venerdí 3 marzo

A Torino *Incontri ravvicinati del terzo tipo* debuttò al Cinema Corso, una storica sala che avrebbe chiuso due anni dopo in seguito a un incendio.

Chi andò a vedere il film quella sera non poté non imbattersi in una combriccola di allampanati, giovani, elettrizzati personaggi: gli iscritti al Grucat, Gruppo ricercatori ufologi e clipeologi associati Torino.

«Clipeologia» era un termine allora di moda. Indicava lo studio degli avvistamenti di Ufo nella Storia. Il nome derivava da un rapporto ufologico ante litteram di Plinio il Vecchio, che chissà dove aveva riferito di «scudi infuocati» – *clipei ardentes* – apparsi nel cielo. A Torino usciva da qualche anno un bollettino, «Clipeo», a cura di un personaggio semileggendario, il grafico e illustratore Paolo Sesto. «Mi chiamavo cosí prima del papa», precisava, divertito, quando si presentava. A ben vedere, un po' pontefice lo era, per gli ufologi torinesi e non solo. I ragazzi del Grucat seguivano ogni sua mossa e leggevano ogni sua riga con autentico fervore.

Dopo averlo visto durante un viaggio negli Usa, Paolo Sesto aveva «benedetto» *Close Encounters of the Third Kind*, per poi scriverne su «Clipeo» in anticipo di mesi sull'uscita italiana. Aveva definito il film «una boa che ci appare e che possiamo raggiungere, dopo tanto nuotare», attizzando nei suoi giovani fan una curiosità tendente al morboso.

Ora, finalmente, il grande giorno era arrivato.

Non è difficile ricostruire il profilo e le attività del Grucat, data la grande abbondanza di fonti scritte e orali. Il ricercatore ha a disposizione sia i documenti che il sodalizio ha conservato e puntigliosamente inventariato, sia le rimembranze che i vecchi soci sono sempre disponibili a rovesciare su chiunque glielo domandi.

Se l'oggetto della ricerca è piú specifico – esempio non casuale: come operò il Grucat in quel 1978 – una lettura ineludibile è il libro dell'antropologa Milena Cravero: *Quando arrivarono i marziani. Ufologia, rapporti tra i generi e riti collettivi nell'Italia degli anni Settanta* (Garamond, Milano 1980).

Il Grucat era nato nel 1977, dall'incontro tra giovani lettori della rivista mensile «Il giornale dell'Ignoto». Oggi quella testata è caduta nel dimenticatoio, ma all'epoca vendeva quasi centomila copie, settemila delle quali solo a Torino, «la città dei misteri». Redazione e amministrazione, però, erano a Roma, all'Esquilino, nella sede dell'editore Pepper & Co. La produzione di quest'ultimo era variegata, tanto da includere periodici di enigmistica e astrologia, ma «Il giornale dell'Ignoto» era una delle due galline dalle uova d'oro. L'altra era Martin Zanka.

Di Pablo Pepper, al secolo Pierpaolo Pepe, vulcanico jolly delle cronache culturali anni Settanta, tutto si può dire, e a pensarci bene tutto si è detto, tranne che non avesse fiuto e abilità negli affari. Il famoso *Appello di Natale* agli ufologi d'Italia apparso sul «Giornale dell'Ignoto» era stato un'idea sua. Il direttore, Gion Cavezzo, l'aveva solo firmato.

Nel dicembre 1976, con l'aumentare di avvistamenti di Ufo nel mondo, la rivista aveva «chiamato alle armi» il proprio pubblico, esortando a costituire «gruppi di ricerca» sul territorio nazionale e a spedire alla redazione notizie, rapporti, curiosità.

Apriti cielo (appunto)! In una stagione che si tende a ricordare per la rabbia giovanile, le rivolte studentesche e l'escalation di omicidi politici, in tutt'Italia erano nati club e sodalizi dedicati ai dischi volanti. Ogni settimana si tenevano riunioni ufologiche da Aosta ad Agrigento, da Cagliari a Gorizia, dalla metropoli alla provincia piú sperduta. Ben presto il fenomeno era arrivato nell'etere: piú di cento radio libere avevano messo a disposizione le loro frequenze, ed erano fiorite le trasmissioni dedicate ad avvistamenti e incontri ravvicinati. Tutto molto dilettantesco: balbettamenti, frasi involute, volumi sbagliati, telefonate crepitanti. Ma la passione era autentica.

A primavera, Pepper e Cavezzo avevano esteso la formula alla parapsicologia, altra grande infatuazione di quegli anni: telepatia, telecinesi, rabdomanzia... Su sprone del «Giornale dell'Ignoto», una miriade di appassionati aveva dato vita a congreghe e associazioni, dalle quali giungevano resoconti e analisi di strani fenomeni.

All'altezza del marzo '78, «Il giornale dell'Ignoto» prosperava su una base di entusiasta lavoro gratuito.

Il rapido formarsi di centinaia di «piccoli gruppi devoti a sottoculture» aveva attirato l'attenzione di pochi ma intraprendenti sociologi, antropologi e psicologi sociali.

Milena Cravero, all'epoca ventiseienne e assistente di cattedra in Antropologia culturale a Torino, aveva proposto al suo docente una ricerca sull'ambiente ufologico.

Rossano Crisafulli detto «il Fulgido» – soprannome coniato da Cesare Pavese in persona, o almeno cosí voleva la leggenda – era stato un pioniere della sua disciplina in Italia, amico e compagno di scorribande di Ernesto

De Martino, consulente della Collana viola dell'Einaudi. Aveva tenuto Milena in sospeso per un mese e mezzo, per far pesare il proprio ruolo e ribadire che il suo assenso era raro e prezioso. Come da cognome, che in greco significa «foglia d'oro».

Infine aveva detto sí, spiegando – lui che quelle cose le aveva sentite per la prima volta da lei! – che si trattava di un campo non battuto, di un tema diverso, di gruppi non ancora entrati nel loro radar. Da una ricerca cosí all'avanguardia, l'ateneo – col che intendeva dire *lui stesso* – avrebbe tratto nuovo lustro.

Milena ci si era buttata a capofitto.

Per questo andò anche lei a vedere il film quella sera. Un'ottima occasione per osservare la tribú che studiava da alcuni mesi, gli ufologi del Grucat, fuori dalle quattro mura della loro sede, in mezzo a gente diversa.

Attiva nella nuova sinistra torinese e nel movimento femminista, Milena aveva preso parte alla sollevazione studentesca e giovanile del 1977, per poi allontanarsi quando il livello di violenza e testosterone le era risultato insopportabile. Salvo sporadiche riunioni del Coordinamento delle donne, da mesi si dedicava solo alla propria ricerca. Quasi ogni giorno andava in ateneo. Palazzo Nuovo era ancora sotto choc, sembrava un mare solcato da zattere di naufraghi. Il Fulgido l'aveva dispensata da alcune delle incombenze che toccavano agli assistenti, cosí puntava dritta alla biblioteca, prendeva i libri che le servivano e si metteva al tavolo di studio, un approdo sicuro. A testa bassa. Intanto questo, poi si vedrà.

Eppure, in fila per comprare il biglietto, non poteva fare a meno di chiedersi cos'avrebbero detto le compagne se l'avessero vista lí, alla première di quel film e con quella bislacca congrega.

Entrando in sala, il gruppo degli ufologi, tutti maschi, trattenne l'entusiasmo. Dovevano aspettare che si sedesse Milena, secondo galateo, o invece comportarsi come se lei non ci fosse, dato che era lí per osservare le loro abitudini? D'istinto, optarono per la prima ipotesi, non senza raccomandarle quale fila scegliere, tra la terza e la sesta a partire dallo schermo, per evitare il torcicollo ma godere appieno degli effetti speciali.

Non appena Milena scivolò tra le poltrone, gli ufologi, sgomitando per seguirla, intasarono l'imbocco della fila, mentre un drappello correva al capo opposto, sul corridoio laterale. L'antropologa si ritrovò seduta tra i due soci piú giovani.

Matteo Bonino e Piergiorgio Pellegrino erano ancora studenti: matricola di Ingegneria uno, all'ultimo anno di liceo scientifico l'altro. Vivevano in famiglia e arrotondavano con lavoretti occasionali. Meno di un mese prima, durante una delle piú grandi nevicate nella storia di Torino, avevano faticato per il Comune come spalatori. Una sfacchinata della quale poca gente li avrebbe creduti capaci giudicando dall'aspetto. Nelle foto di allora, i due hanno un'aria che anni dopo si sarebbe definita «da nerd». Ai tempi, quel prestito dallo slang americano non si usava, «quattrocchi» e «secchione» erano gli epiteti riservati a un certo tipo umano: occhiali spessi, incarnato pallido, postura un po' ricurva, maglioncini beige o turchesi decorati a rombi.

Oggi, nonostante l'invecchiamento, l'adipe e la calvizie, i due hanno un aspetto migliore, e si stenta a riconoscere i due ragazzi emaciati che andarono al cinema con Milena quel 3 di marzo. Bonino lavora per la multinazionale Ostendi: la sua équipe realizza infrastrutture in giro per il mondo, c'è la sua firma anche sotto il progetto della diga piú grande – e piú contestata – di tutto il Sudamerica. Quanto a Pellegrino, insegna Matematica nello stesso liceo presso il quale si diplomò, il Gobetti. Entrambi conservano la passione per l'ufologia e fanno parte del Cirut, Centro italiano ricerche ufologiche Torino, nato dalle ceneri del vecchio Grucat. Pellegrino ne è il segretario e Paolo Sesto – morto nel 2017 – ne è stato per decenni il presidente emerito. Quando è in città, Bonino non si perde una riunione. La sede è in un grande seminterrato in via Tepice, colmo di materiali d'archivio e memorabilia.

Intervistati in quella cornice, gli ufologi rammentano perfettamente la prima volta in cui videro il film di Spielberg.

Le luci si spensero.

Milena sapeva di non poter mettere da parte il proprio scetticismo da europea di sinistra di fronte alle «americanate», come all'epoca si definivano i kolossal hollywoodiani.

«Ero cresciuta leggendo fantascienza, – racconta oggi. – In quegli anni era una cosa rara per una ragazza. Come tutti, avevo cominciato con Asimov, quindi ero passata a Bradbury, poi mi ero appassionata a storie sempre piú strane, di quelle piene di questioni filosofiche, etiche, politiche. Mi piaceva Philip K. Dick, ovviamente. Mi piaceva la nuova fantascienza inglese, quella di Ballard e Moorcock. Mi piaceva John Brunner. E poi era arrivata Ursula K. Le Guin, finalmente una donna, di piú: una femminista, a rompere l'atmosfera da club per soli uomini tipica della *science fiction*. Insomma, non ero certo di bocca buona, e dal poco che avevo letto del film mi sembrava un ritorno agli anni Cinquanta, con il disco volante che atterra e gli omini verdi. Temevo di trovarlo banale, stucchevole».

La sequenza iniziale si svolgeva nel deserto di Sonora, Nuovo Messico. Nel mezzo di una sferzante tempesta di sabbia le apparve subito... Martin Zanka? In sahariana e occhiali da sole, stempiato e coi capelli al vento, François Truffaut – nei panni del professor Lacombe – era il sosia dello scrittore.

Milena non lo aveva mai incontrato, ma avevano polemizzato a distanza, l'anno prima. Lei aveva stroncato *Robinson delle galassie* su una rivista femminista, «Effe»; lui aveva reagito stizzito alla domanda di un intervistatore che gli riportava quel giudizio, facendo la vittima, da bravo maschio messo di fronte ai propri automatismi.

Soprappensiero, Milena si perse qualche minuto di pellicola. A scuoterla fu un commento di Pellegrino: – Urca!

Aeroplani. Un'intera squadriglia di caccia, scomparsa in missione nel 1945, era riapparsa all'improvviso nel deserto di Sonora. Parcheggiati uno accanto all'altro come utilitarie davanti al Lingotto, senza i piloti, con carburante nei serbatoi e nessun segno del passare del tempo.

Per tutta la durata del film il Grucat continuò a rumoreggiare e commentare a voce alta. Gli spettatori protestarono piú volte. Invano. L'intera fila sussultò quando tra i personaggi sullo schermo spuntò nientemeno che Allen J. Rynek, l'ufologo piú celebre al mondo, nonché prestigioso astronomo. Compariva tra i presenti a una riunione di militari e teste d'uovo, con occhiali, pizzetto grigio e pipa alle labbra.

– Mi ero scordato che c'era anche lui... – sussurrò Bonino.

– Pensa che tra poco viene in Italia!

– *Ssst!* – fece qualcuno, da qualche parte.

Oggi pochi ricordano la trama di quel film, che pure segnò in profondità l'immaginario collettivo.

Il protagonista, Roy Neary, è il tipico americano medio. Impiegato della rete elettrica, vive in una casetta in periferia con moglie e tre figli. Per una casualità non spiegata gli extraterrestri scelgono lui e altre persone comuni, alle quali trasmettono telepaticamente l'immagine di una montagna, la Torre del Diavolo. Si tratta del luogo di un appuntamento con gli alieni. Questi offrono ai prescelti la possibilità di un viaggio sulla loro nave spaziale. Non saranno i primi terrestri a compierlo. Prima del nuovo imbarco, scendono a terra gli umani «rapiti» in epoche passate. Alcuni sono aviatori della Seconda guerra mondiale, e «non sono nemmeno invecchiati... Einstein aveva ragione!», dice un personaggio.

Con l'autorizzazione degli scienziati del governo americano, Roy parte insieme agli alieni, raffigurati come omini bianchicci dalle grandi teste.

La gigantesca astronave si alza in volo, simile a una cattedrale, in uno sfavillio di luci.

Sul nero della notte cosmica si stagliano i titoli di coda.

3. Torino, venerdí 3 marzo

All'uscita gli ufologi apparivano eccitati e scombussolati. Formato un capannello, si misero a discutere degli effetti che il film avrebbe avuto sul grande pubblico e dei benefici che ne avrebbe tratto il loro movimento.

– Devo convincere i miei vecchi a vederlo, – disse Luca Majorino, il piú «capellone» del gruppo. – Mi dicono sempre che perdo tempo con roba da mentecatti, ma se in questa roba da mentecatti gli americani stanno investendo miliardi, qualcosa vorrà pur dire!

Al capannello si accostò un giornalista della «Stampa», inviato dalla redazione a constatare l'impatto del film. Negli anni in cui il botteghino era il botteghino, l'intervista agli spettatori appena usciti di sala era un format piuttosto consueto. L'articolo, intitolato *Gli extraterrestri della nuova Hollywood piacciono ai torinesi*, riporta un virgolettato di Bonino: «Dobbiamo ringraziare Spielberg. Questo film farà capire a molta gente che l'ufologia è una disciplina seria e pienamente legittima».

Poi i ragazzi chiesero il parere di Milena. Lei non si sbottonò, convinta che esprimere un giudizio avrebbe interferito con la ricerca. Ma quel che pensò dell'opera di Spielberg si può leggere nel suo libro.

> Neary fugge dalla famiglia, dal lavoro, dall'invecchiamento, dalle responsabilità, fugge persino da un possibile nuovo amore (la ragazza madre Jillian). Fugge dalla sua vita piccoloborghese

per seguire la chiamata. Forse tornerà in un futuro lontano, piú giovane dei suoi stessi figli. Roy va nell'altrove assoluto seguendo la propria pulsione: tornare bambino e spensierato. Non a caso, la prima volta che lo vediamo sta giocando con un trenino elettrico che a un certo punto deraglia, allegoria perfetta della sua frustrazione di adulto non cresciuto.

Neary è un folle, un visionario, un artista. A un certo punto modella nel salotto di casa la replica in scala della montagna dove avverrà l'incontro, ma già si dilettava di plastici e trenini elettrici. Verosimilmente è nato nella seconda metà degli anni Quaranta, ha vissuto l'epoca della contestazione giovanile in America, ha messo in discussione le figure paterne tradizionali, il vecchio modello maschile, senza riuscire a proporne uno nuovo, quindi restando bloccato. Neary è il maschio in crisi che si sottrae a qualsivoglia confronto e fugge, inseguendo il proprio ideale di vita avventurosa, e che in ogni momento potrebbe tornare con la coda tra le gambe a chiedere il perdono di una compagna/madre o, alternativamente, a cercare consolazione in una donna piú giovane. Quando l'ufologo Lacombe/Truffaut si rivolge a Neary che sta per imbarcarsi sull'astronave e dice: «Io la invidio», non è solo lo scienziato che invidia l'uomo comune scelto per partire con i marziani. È anche l'uomo di mezza età che dichiara la propria invidia a un trentacinquenne in procinto di mollare tutto per la grande avventura.

Il pubblico del secondo spettacolo era già entrato. Faceva freddo ed era giunto il momento dei saluti. Il capannello si disperse. Appuntamento alle nove del giovedí seguente, nella sede del Grucat, che allora era un garage riadattato in corso Moncalieri.

Milena si ritrovò a fare la stessa strada di Umberto Ravarino, venticinque anni, impiegato al catasto di Rivoli. In ufficio lo chiamavano «il Bigio», non solo perché alla sua età era già incanutito, bensí per una certa mestizia con cui sembrava affrontare le giornate. Ma era solo odio per il proprio impiego. Se lo avessero visto quando si occupava di Ufo, di certo i colleghi avrebbero cambiato soprannome: occhi spiritati, parlantina a mitraglia, mani che non riuscivano a star ferme. Tra gli ufologi era noto come «Berto Musinè», perché si era spesso occupato di quel monte, il Musinè, un pezzetto di Alpi Graie alle porte di Torino su cui fiorivano leggende clipeologiche, ufologiche e parapsicologiche.

Berto, ancora sotto l'effetto del film, parlava e parlava.

– Pensa che la lavorazione di *Incontri ravvicinati* è avvolta di dicerie. Gli ufologi francesi con cui siamo gemellati ci hanno mandato una selezione di articoli dalla stampa internazionale. Strane apparizioni intorno al set… Uragani pazzeschi che hanno spazzato via le tende della troupe, maestranze che hanno colto la presenza di forze superiori… È stato pure avvistato un Ufo! Come se gli extraterrestri tenessero d'occhio la produzione di un film su di loro!

La sua risata riecheggiò nel silenzio tetro di corso Galileo Ferraris.

Per essere un venerdí sera, la città era quasi deserta. A Torino in quegli anni si andava a letto presto. La capitale dell'industria pulsava al ritmo delle fabbriche, dove si entrava all'alba, e il resto degli abitanti piú o meno si adeguava. Nottambuli se ne incrociavano di rado: la fauna delle poche *piole* aperte, il drogato che tentava di rubare un'autoradio, i militanti politici che attaccavano manifesti o venivano da un «circolo del proletariato giovanile» non ancora sgomberato. Oltre a questi, solo metronotte e pattuglie della madama.

A dirla tutta, c'era anche qualcuno altro.

Due sere prima, mercoledí, un gruppo armato aveva gambizzato un caporeparto Fiat.

Il giovedí una bomba incendiaria aveva distrutto la sede di un sindacato di destra.

Nei weekend la città si animava un po' di piú, ma il passeggio restava rado. Soprattutto d'inverno, e specialmente in quelle settimane. Alla noia del tran tran si era aggiunta la cupezza del presidio militare. Posti di blocco ovunque, mitra in bella mostra. «Sembrava la Belfast dei Troubles», ricorda oggi Milena.

A Torino stava per riprendere il processo alle Brigate rosse. Per la precisione, al nucleo storico, i militanti arrestati a partire dal '74. Il piú famoso di loro – che i giornali indicavano come il capo – era il trentaseienne Renato Curcio.

Il processo, partito nel maggio del '76, si era piú volte interrotto, sbandando come un camion a una curva troppo stretta, e piú volte era sembrato cappottarsi, capovolgersi di senso. Effetti della strategia scelta dagli imputati. Processo-guerriglia, lo chiamavano. Si erano dichiarati prigionieri politici e avevano rivendicato ogni azione siglata Br. A seguire, avevano revocato il mandato ai loro legali, rifiutato gli avvocati d'ufficio e annunciato che da quel momento non si sarebbe visto lo Stato italiano giudicare le Br, bensí l'opposto: il proletariato rivoluzionario avrebbe giudicato lo Stato, la sua giustizia di classe, le sue carceri, trasformando il dibattimento in occasione pubblica e cassa di risonanza.

Nel frattempo, in città, i brigatisti a piede libero s'impegnavano a dimostrare che quelle dei loro compagni non erano parole al vento, e a farlo nella maniera piú drastica e sconcertante. Per ribadire che non doveva, non *poteva* esserci un normale processo, il 28 aprile del '77 un nucleo armato aveva ucciso il presidente dell'Ordine degli avvocati di Torino, Fulvio Croce, a cui il tribunale aveva assegnato la difesa d'ufficio.

Fosse per la paura di simili ritorsioni, o per la riluttanza di una parte di torinesi – specie appartenenti alla classe operaia – a sostenere lo stato dei padroni, solo da poco il tribunale era riuscito a formare una giuria popolare, dopo numerose estrazioni e piú di cento rifiuti da parte dei sorteggiati.

– E dopo questi fatti, – proseguí Berto, che però a tutt'altri fatti si riferiva, – diverse comparse hanno avuto una crisi mistica e sono diventate molto religiose. Manco avessero visto la Madonna!

Amen, pensò Milena, subito prima che alle loro spalle s'udisse uno sparo, poi un altro e un altro ancora.

Il tempo parve sospeso. Poi grida, scalpicciare di gente che fuggiva o accorreva, ma nel corso non si vedeva nulla. Stava succedendo in una traversa, forse in via De Sonnaz, o in via Montecuccoli. Risuonarono le sirene della polizia.

Milena e Berto si scambiarono un'occhiata e affrettarono il passo. Rallentarono solo quando furono abbastanza lontani e di nuovo avvolti dal silenzio. Berto, in apprensione, le chiese se poteva accompagnarla fino a casa, e subito si imbarazzò per le implicazioni che quell'offerta sembrava avere. Prima che potesse peggiorare le cose con una maldestra giustificazione, Milena lo salvò rifiutando gentilmente. Nel tratto di strada che restava non parlarono piú né di Spielberg né di Ufo.

4. Forravalle, sabato 4 marzo

La tenuta si staglia tra i monti della Lunigiana. Gli edifici se ne stanno adagiati come animali sonnacchiosi in cima al pendio, con il boschetto alle spalle, i frutteti ordinati sulla costa del colle e due case coloniche alla base. Il Quarzerone svetta sullo sfondo, simile a una larga corona a tre punte.

È una foto a colori, scattata nel settembre del '77 con una Kodak Instamatic 56X.

Oggi, con i nuovi caseggiati, l'insieme ha la parvenza di un centro benessere, ma quando Zanka se lo trovò davanti per la prima volta, l'aspetto bucolico era genuino.

La villa padronale, con il porticato e le grandi finestre, raccontava di antichi fasti e nobili abitanti. La casa del custode, poco distante, ne era la versione bassa e modesta, costruita nello stesso stile. Disabitata da oltre quarant'anni, il tempo l'aveva aggredita con piú grinta. Impalcature e scale lasciavano intendere che qualcuno si era risolto a contrastarne gli effetti.

Martin Zanka scese dall'auto e sostò di fronte al grande cancello all'imbocco del viale, sovrastato da uno stemma gentilizio: un cespuglio spinoso che fioriva in cima a un colle.

I due stipiti in muratura erano sormontati da leoni di pietra che qualcuno si era divertito a dipingere, uno a strisce colorate e l'altro a pois. Oltre l'inferriata, tutto quel che s'abbracciava con lo sguardo era appartenuto ai marchesi Malaspina di Forravalle, una diramazione dei Malaspina di Pontebosio. L'ultima marchesa, Vittoria Dazzi Giacomelli Malaspina, era morta nel 1973, dopo aver trascorso trent'anni lontano da ogni mondanità. Erano ormai remoti i fasti del Ventennio, le serate di gala in cui la villa aveva ospitato celebrità come Amedeo Nazzari, Assia Noris, Doris Duranti e papaveri del regime del calibro di Italo Balbo, Galeazzo Ciano e una volta, si diceva, Mussolini in persona.

Cercando un campanello da suonare, Zanka si accorse che il cancellino pedonale era tenuto aperto da un sasso rotondo.

Nel fine settimana la comune si apriva al mondo esterno, organizzando un piccolo mercato nel cortile e nelle scuderie riadattate, dove c'erano anche tavolini e sedie per gustare i dolci e le tisane della casa.

Zanka entrò, imitando una coppia appena arrivata. Camminò tra i ragazzi che vendevano i prodotti della tenuta. Sui banchi c'erano verdure e conserve di frutta, ma anche pane, torte, biscotti. Gli acquirenti, pochi a quell'ora, si aggiravano accettando gli assaggi e scegliendo cosa comprare.

Sopra la bocca di un forno a legna spiccava una grande targa scritta a mano: «Thanur accoglie».

Accanto alla villa scorse un altro edificio. Ampie finestre lasciavano intravedere rami e foglie. Una serra. Piú precisamente, un'orangeria.

Conoscendo Vincenzo, Zanka si era immaginato un posto diverso. O forse, si disse, proprio il fatto che se l'aspettasse diverso era la prova che non conosceva Vincenzo.

Da dietro un tavolo ingombro di bottiglie e casse di vino uscí un tizio sulla quarantina, alto e ben piantato, che gli andò incontro con la mano spianata. Portava un grembiule da giardiniere e una vistosa collana di palline di legno.

– Tu devi essere il padre di Vince, – disse, pronunciando il diminutivo all'inglese, «Vins». Parlava con un vago accento da Europa del Nord. – Benvenuto a Thanur. Io sono Ludo Vos, il marito di Orsola.

Già, Orsola. Vincenzo gliel'aveva nominata. Di lei, Zanka sapeva solo che aveva fondato la comune, di cui era l'indiscussa guida spirituale.

– Piacere, Zanchini.

Alla prima occhiata sembrava il classico fricchettone, ma troppi dettagli stonavano col quadro. Portava i capelli a spazzola, la barba curata, e le spalle erano piú da scaricatore di porto che da hippie e vagabondo del *dharma*.

– I ragazzi sono lí, – disse indicando la casa del custode. – Si dànno da fare con il ristrutturamento.

Si incamminarono affiancati, in direzione dell'edificio.

– Io e Vince ti abbiamo visto in televisione, *so good*! – si complimentò Ludo. – Ma perché non sei venuto a trovarlo mentre facevi lo *shooting* al museo di Pontremoli?

Zanka allargò le braccia come a scusarsi.

– Quella parte l'abbiamo registrata a gennaio, – disse, – quando ancora Vincenzo non voleva visite. Mi ha telefonato pochi giorni fa. Ed eccomi qui.

Erano arrivati alla casa. Sulla soglia sostava un giovane in salopette, che si puliva le mani sporche in uno straccio ancora piú lercio.

– Vince è qui? – domandò Ludo.

Il giovane fece un cenno con la testa verso l'interno.

– Ma vi sconsiglio di entrare, abbiamo appena imbiancato.

Ludo chiamò il nome di Vincenzo ad alta voce, un paio di volte, finché non si affacciò all'uscio un ventenne con la faccia rigata di tempera bianca.

– Ah, sei arrivato, – disse a Zanka. – Ciao.

– Ciao, – rispose suo padre, mentre Ludo si congedava con l'aria di chi si sente di troppo.

Da una tasca della tuta da lavoro, Vincenzo estrasse uno spinello storto e l'accese. La somiglianza tra padre e figlio si intuiva appena. Forse la curva del mento, o l'attaccatura dei capelli.

– La prima notizia è che sto bene, – disse il giovane, e a differenza che in passato il suo aspetto non smentiva le parole.

– Mi fa molto piacere.

L'imbarazzo era scontato e Zanka lo avvertí, come la puntina che salta su un 33 giri, nel solito solco dove sai che c'è un graffio.

Vincenzo non aveva ancora un anno quando sua madre se n'era tornata in America, e di sicuro lui non era stato capace di attenuare quella perdita. In compenso, aveva provato a non fargli mancare niente. Aveva lavorato sodo, scritto, pubblicato.

Vincenzo era cresciuto con le tate. Ogni tanto, la carezza frettolosa di una delle amanti di suo padre. Nessuna si era trattenuta abbastanza da lasciarsi conoscere davvero, o da affezionarsi a un bimbetto introverso.

Ironia della sorte, Vincenzo si era rifugiato lí, in un covo di adepti della Dea Madre. Una comune che seguiva le idee di una psicoterapeuta femminista, una matriarca per figli dei fiori. E quindi no, forse non era ironia, ma compensazione. Fatto sta che quel falansterio teneva il ragazzo lontano dall'eroina, riuscendo dove i dottori avevano fallito.

– La seconda notizia è che non ti chiederanno dei soldi, – intervenne Vincenzo.

– Per averti guarito? – domandò il padre.

– Io qui lavoro. All'inizio non ero proprio in forma, ma ora mi occupo della vigna, del parco e delle manutenzioni. Stiamo mettendo a posto la casetta, vedi? In cambio ho un letto, un piatto di minestra e, – si guardò attorno, – questo.

– Mi sembra equo –. Zanka respirò a pieni polmoni. – È proprio un bel posto.

– Meglio della clinica in Svizzera.

– Sicuramente piú economico.

Si diressero verso le scuderie e andarono a sedersi a uno dei tavolini. Era successo qualcosa, Zanka lo sapeva. Vincenzo era entrato a Thanur alla fine dell'estate, ma per i primi tempi gli avevano consigliato di non incontrare amici o familiari. «Devo concentrarmi su me stesso, – era stata la sua spiegazione, – ripartire da zero». Ci aveva messo sei mesi. Poi, all'improvviso, quella telefonata. «Adesso sono pronto, vieni quando vuoi». Doveva esserci un motivo scatenante, ma attese che fosse lui a raccontarglielo.

– Sei in grande spolvero, mi pare, – disse Vincenzo per spezzare il silenzio. – Ti ho visto in televisione. Qui non ce l'abbiamo, sono andato con Ludo al bar del paese.

– Avrei fatto meglio a rifiutare, – confessò il padre.

– Senti, non te l'ho mai chiesto, ma ci credi davvero? – domandò Vincenzo a bruciapelo, come se non lo avesse ascoltato. – I marziani nella preistoria e tutte quelle storie lí?

Da quanto non gli rivolgeva una domanda cosí diretta? Era sincero. Sinceramente curioso di sapere qualcosa su suo padre.

Zanka pensò al suo viaggio in Unione Sovietica. All'incontro col Glavnij Konstruktor, il compagno Korolëv, il «Von Braun rosso».

Era il 1961, l'anno del volo di Gagarin.

«Дорогому итальянскому товарищу Джанмария Дзанкини который смотрит на звезды и видит революцию», diceva la dedica sulla foto.

«Al compagno Gianmaria Zanchini che guarda le stelle e vede la rivoluzione».

Mentre il primo cosmonauta portava a termine la propria impresa e il suo Paese si godeva il trionfo, in Francia spopolava un libro pieno di storie seducenti e misteri, *Il mattino dei maghi*. Raccontava di mondi lontanissimi, di civiltà sepolte e razzi interstellari, di viaggiatori anomali in territori mistici, di fantascienza e alchimia. In Italia era uscito nel '63, e il giornalista Zanchini s'era detto...

Ma non era il momento per simili reminiscenze. Suo figlio attendeva una risposta.

– Che vuoi che ti dica? Quelle storie ci hanno dato da campare. Avrei potuto restare al giornale? Forse. Ma sarebbe stata una vita piú dura.

– Adesso non dirmi che l'hai fatto per me, – ribatté Vincenzo.

No, certo. Quei temi lo avevano davvero affascinato. E il successo se l'era goduto: gli autografi, i premi, le interviste... Ma da tempo il piacere era evaporato. Restava solo la routine, che Zanka trovava sempre piú avvilente.

Tutto questo non lo disse a Vincenzo quel giorno a Tlanur. Lo avrebbe raccontato a un collega famoso, Enzo Biagi, nella sua seconda e ultima apparizione televisiva, un anno prima di morire.

Una ragazza si avvicinò e offrí loro del tè verde. A Zanka non sfuggí lo sguardo che scambiò con suo figlio. Aveva i capelli lisci e biondi, gli occhi scuri. Si presentò come Rossella.

– Piacere, Zanchini. Sono il padre di Vincenzo, – disse porgendole la mano.

Lei la strinse piano.

– Grazie d'essere venuto.

Zanka la fissò senza sapere cosa rispondere. Gli uscí soltanto un: «Di niente» smozzicato.

– Vi lascio, – disse lei. – Cosí potete parlare.

Non appena Rossella fu lontana, Zanka si sentí al tempo stesso sollevato e irritato.

Tutti insistevano a lasciarli soli perché si dicessero chissà cosa, ma il dialogo tra loro era sempre stato difficile, a tratti impossibile.

– Carina la tua amica, – commentò. – Ti va se facciamo due passi?

– Non lo bevi, il tè? – gli chiese Vincenzo.

Zanka guardò la tazza ancora piena.

– Lo sai che sono piú un tipo da Fernet.

Si alzarono e puntarono verso il podere. A Zanka era sempre piaciuto camminare in campagna, ma la vita a Roma non gliene dava spesso l'occasione. Costeggiarono un vigneto, seguendo un sentiero che si perdeva oltre i campi.

– È una tenuta di dieci ettari, – disse Vincenzo. – La vecchia proprietaria era una marchesa.

– E voi come ci siete finiti qui? – chiese Zanka.

Vincenzo sogghignò, scuotendo la testa. Una storia lunga, complicata. Gli spiegò che nel '73 Rossella, la ragazza di poco prima, aveva ereditato la tenuta dalla marchesa, che era sua nonna. L'anno dopo l'aveva donata a Thanur, ma il padre, un grande industriale milanese, voleva interdirla, diceva che Orsola l'aveva plagiata, c'erano di mezzo gli avvocati, era un gran casino.

– Specie da quando Ludo ha ritrovato una vite centenaria, scampata per miracolo alla fillossera di fine Ottocento. Una varietà estinta, diversa da quelle che si coltivano adesso.

Zanka non aprí bocca, non voleva interromperlo. Sentire suo figlio disquisire di viticultura era come ascoltare un ragazzino delle medie parlare di inflazione. Fino ad allora, le uniche piante che aveva frequentato erano il papavero da oppio e la canapa indiana.

– Era soffocata dai rovi, – proseguí Vincenzo tutto ispirato, – piena di formiche, ma lui è riuscito a salvarla, a produrre le barbatelle, a innestarle e a piantarle qui.

Stese il braccio, quasi ad accarezzare il vigneto che cresceva oltre la capezzagna.

– L'anno scorso ha iniziato a vendere il vino e ha ottenuto un sacco di riconoscimenti. Dai vinaccioli, che sarebbero i semi, ha ricavato una crema per il corpo preziosissima. Mettici che qui c'è anche un uliveto, facciamo la raccolta e produciamo il nostro olio. Ecco perché il padre di Rossella cerca un cavillo per sbatterci fuori.

Passeggiarono ancora in silenzio, senza una meta precisa, godendo la luce del mattino e il cielo terso di fine inverno. Si fermarono sull'orlo di una grande pozzanghera, dove il terreno declinava verso una striscia di pioppi. Là in fondo, nascosto, doveva esserci un ruscello.

– È davvero quello che vuoi? – chiese Zanka, e la domanda gli suonò posticcia.

Pazienza, si disse. Al diavolo le parole giuste. A costo di sentirsi goffo, doveva sfruttare quell'occasione. Almeno provarci. In fondo il ragazzo aveva passato un periodo orribile e lui non ci aveva capito granché. Gli aveva pagato la clinica sulle Alpi svizzere e non era servito a niente. Tornato a Roma, Vincenzo ci era ricascato dopo una settimana. E lui? Che aveva fatto, oltre a leggere un paio di libri sul mondo dei tossici, come se suo figlio fosse parte di un'invasione aliena?

Erano i mesi del «boom dell'eroina». I giornali pubblicavano a getto continuo notizie di morti per overdose, glossari sul gergo dei drogati, reportage dai luoghi dello spaccio, pareri di esperti, disquisizioni sull'efficacia del methadone (scritto cosí, con l'*h* in mezzo), testimonianze di padri e madri che non sapevano dove sbattere la testa. Alla grande ondata dei tossicomani, lo Stato aveva risposto prima col carcere e poi con l'ospedale. La Chiesa ci aveva aggiunto la carità di qualche prete. Il resto era lasciato all'arte di arrangiarsi, ai soldi di chi ce li aveva, alle amicizie giuste, al caso.

Il mal comune è il mezzo gaudio dei tristi, pensò Zanka. Che suo figlio fosse in numerosa compagnia non era davvero una consolazione. Vincenzo non aveva ancora nulla davanti a sé. Alla sua stessa età, nel dopoguerra, lui aveva già mosso qualche passo nel giornalismo, nella redazione torinese dell'«Unità». In quanto ex partigiano, era stato il Pci a dargli un'opportunità. Niente di tutto questo per la generazione di Vincenzo, che in quelli come lui, e tanto piú nel partito, vedeva solo ipocrisia e ruggine, quando non dei nemici.

«È davvero quello che vuoi?» La sua domanda era rimasta incagliata nei meandri del cervello e i pensieri l'avevano trascinata via. Si chiese se l'avesse davvero pronunciata. Vincenzo lo sollevò dal dubbio.

– Non lo so. Certi giorni vorrei andare molto piú lontano.

– Lontano da cosa?

Il ragazzo rispose cambiando discorso, o forse saltando un paio di nessi logici.

– Rossella è incinta.

Zanka ripeté le parole, senza pronunciarle.

– E il padre sei tu?

– Credo di sí, – fu la risposta.

– Credi... – Zanka si fermò, confuso. – Ma state insieme? – domandò con tutta la flemma di cui era capace.

Vincenzo spiegò che no, non stavano proprio insieme, ma a lui non importava, perché lí a Thanur non c'era spazio per le relazioni possessive.

– Anche tua madre le ha sempre rifiutate, – commentò Zanka e subito si pentí di averlo detto. Cercò un'altra frase, per correggere il tiro, ma Vincenzo lo precedette.

– Rossella qui è la padrona di casa, – disse quasi parlando tra sé. – Però al tempo stesso non vuole esserlo. Non è facile per lei. E poi con la sua famiglia che le fa la guerra, capirai. Un figlio... Non sa ancora se tenerlo.

Zanka si schiarí la gola, pensando a come fare la domanda che aveva in mente, per non sembrare un padre all'antica, che quando il figlio mette incinta una ragazza si preoccupa del suo albero genealogico piú che dei sentimenti.

– Come si chiama l'industriale milanese, il padre di Rossella?

– Hilzer, – rispose Vincenzo.

– *Corrado* Hilzer?

– Lo conosci?

– Be', non di persona.

Corrado Augusto Hilzer. Uno dei piú importanti capitani d'industria della Lombardia: fabbriche nell'hinterland milanese, partecipazioni un po' ovunque, un palco riservato alla Scala, cene di beneficenza con ministri della Repubblica e cardinali, ammanicamenti con Comunione e liberazione e l'Opus Dei, perfino un membro della famiglia in Vaticano.

Sembrava la trama di una favola stramba: la principessa fuggita dalla reggia per sottrarsi a un destino segnato, invece di incontrare un nobile cavaliere, era caduta tra le braccia di Vincenzo Zanchini, ex tossico in cerca di redenzione. E vissero tutti felici e contenti in un reame di pace interiore e tisane col miele.

Peccato che a minacciare quel lieto fine ci fosse un antagonista con abbastanza soldi, avvocati ed entrature politiche da schiacciare Vincenzo e i suoi amici fricchettoni anche solo sbattendo le palpebre.

Zanka evitò di dar voce a quei pensieri, e visto che pure suo figlio si era messo zitto, voltarono i tacchi e percorsero il sentiero a ritroso.

Giunti alla villa, Zanka seguí Vincenzo oltre il portone di legno scuro, spalancato sull'atrio.

Appena entrò nel salone, si sentí osservato. Non tanto dalle persone, che lo degnarono a malapena di uno sguardo, quanto dalle foto alle pareti. Ritraevano tutte la stessa donna, in pose diverse. Una signora di mezza età, dall'aria vissuta e l'espressione solare, di quelle che ti fanno pensare: «Ecco una che mi spiegherebbe il mondo dal principio alla fine». Facile intuire che fosse la guru. Orsola Galbiati, la professoressa che quattro anni prima aveva fondato la comune.

– Qui si studia, – disse Vincenzo sottovoce, per non disturbare i compagni e gli ospiti, immersi nelle loro letture. – Orsola ha messo a disposizione di Thanur la sua biblioteca. Quasi diecimila libri.

I divani erano ricoperti di plaid colorati e sulla mensola del camino spiccava una fila di candele. Un leggero odore di sandalo ristagnava nell'ambiente, misto agli effluvi della cucina, che doveva trovarsi oltre la sala accanto, occupata da una tavola per l'intera lunghezza. Vincenzo guidò suo padre attraverso una decina di stanze, illustrando la funzione di ognuna: lavanderia, dispensa, guardaroba, meditazione, palestra, ufficio… Quindi salirono al piano di sopra, dove c'erano le stanze delle ragazze e una sala musica. Tra una spiegazione e l'altra, Zanka provò a raccogliere qualche informazione in piú sui mesi trascorsi lí dal figlio, su cosa lo avesse convinto a restare, sulla gravidanza di Rossella. Ottenne solo risposte vaghe.

Scesero di nuovo verso il salone e in fondo alle scale trovarono Ludo.

– Orsola si scusa che non può incontrarti adesso, – disse. – Ma il sabato ha sempre tante persone che si prenotano per parlare con lei.

La voce era bassa e vibrata. Zanka lo immaginò cantare in un complesso beat dei primi anni Sessanta. In realtà l'olandese Ludo Vos era stonato come pochi, e i suoi gorgheggi erano considerati armi nonviolente, buoni per infastidire i benpensanti e contrastare la polizia. Li aveva usati a quel modo diverse volte, quand'era nei Provo, ad Amsterdam, durante le manifestazioni per la casa o contro la famiglia reale. C'è un video che lo ritrae nel '65, in piazza Dam, mentre canta a squarciagola una parodia dell'inno nazionale, con effetti devastanti. In seguito s'era specializzato in agronomia e aveva iniziato a girare le comuni d'Europa, scambiando le proprie competenze con vitto, alloggio e sostanze psicoattive.

– Mi ha detto di chiederti se resti con noi. Tra poco si mangia, poi c'è tempo di conoscersi e alle sette Orsola fa uno *speech*, una specie di conferenza, il «discorso del sabato». Abbiamo un posto nella stanza degli ospiti: puoi dormire qui e ripartire domani.

Zanka aveva messo in conto di rientrare a Roma nel pomeriggio. Per le cinque poteva essere a casa. Un paio d'ore di visita gli sembravano sufficienti. Guardò Vincenzo e gli parve di capire che erano state abbastanza anche per lui.

Ringraziò, declinò l'invito e quando stava per congedarsi Ludo gli porse un libro.

– Se non rimani, Orsola mi ha chiesto di darti un regalo.

Zanka lesse la copertina:

Orsola Galbiati
La strada di Thanur
La forza che libera dal Potere

Prima edizione: gennaio 1975.

– Qui spiega cosa siamo, cosa facciamo e perché, – gli disse Ludo. – *Next time* possiamo parlarne insieme, se vuoi.

Era davvero ora di andarsene, pensò Zanka. Quel tizio stava passando troppo in fretta dall'invitarlo a pranzo al trattarlo come un potenziale proselito. Salutò Vincenzo e avvertí un leggero capogiro. Forse era stato l'odore di sandalo, o il fumo passivo dello spinello di suo figlio.

O forse la prospettiva di diventare nonno e al tempo stesso parente di Corrado Hilzer, grande sovvenzionatore della corrente piú reazionaria della Democrazia cristiana.

5. Forravalle, sabato 4 marzo

L'insegna recitava: *Al ragno azzurro* e non si poteva dire che spiccasse, tra la T da rivendita di tabacchi e il tondo giallo che segnalava il telefono pubblico. Le lettere erano sbiadite dal sole e dall'umidità, la ruggine si mangiava la doppia *z*. Il nome era piú adatto a una galleria d'arte che a un bar di paese lungo la provinciale, ma oltre la porta a vetri c'era tutto quanto ci si poteva aspettare in un locale del genere. Tavolini, clienti maschi, fumo e carte da gioco. Zanka puntò il bancone e ordinò un caffè corretto con grappa.

Diversi avventori lo riconobbero subito come «quello che era in tivú l'altra sera». Qualcuno dai tavoli gli sorrise e levò in alto il bicchiere, gesto al tempo stesso di saluto e di buon augurio. Zanka ricambiò con un cenno del mento.

– Di', Rita, – gridò alla barista un tipo sui quaranta, – lo sai chi stai servendo? È un grande scrittore, una celebrità!

– Davvero? – chiese a Zanka la donna, mentre gli posava il caffè davanti. – È molto famoso?

– Oh, non dia retta, – rispose Zanka, – sono esagerazioni...

Sollevò la tazzina e la piazzò sul frigo dei gelati dando le spalle a tutti, per non essere importunato. In testa aveva gli ultimi due anni, quel che aveva passato a causa di Vincenzo: le notti al pronto soccorso, i furti in casa, il libretto degli assegni saccheggiato... La sua personale *scimmia sulla schiena*. Doveva persino mettere in vendita la casa di Orbetello, perché il salasso della clinica svizzera aveva dissanguato il suo conto in banca. Si consolava pensando che svuotare l'appartamento non sarebbe stato difficile, visto che il figlio s'era già fregato piatti, lampade, stereo e poltrone.

Nell'intervista concessa a Enzo Biagi, parlando di *Astronavi su Luni*, Zanka avrebbe detto: «È il primo e unico libro che ho mai pensato di scrivere al solo scopo di incassare l'anticipo sui diritti d'autore».

L'idea di approfondire i misteri della Lunigiana gli era venuta cercando sull'atlante stradale proprio il borgo di Forravalle, quando suo figlio s'era stabilito lassú. A colpo d'occhio, s'era reso conto che diversi enigmi di cui aveva parlato di sfuggita si concentravano in quella zona d'Italia: le statue stele, la nave senza equipaggio che aveva portato a Luni l'ampolla col sangue di Cristo, la piccola Stonehenge di Camporaghena, il castello di Fosdinovo, i *faciòn* di pietra di Cervara, i simboli sui capitelli della pieve di Codiponte, le leggende del Quarzerone… E chissà quanti altri ne avrebbe trovati, una volta impugnata la lente paleocosmonautica.

Con Vincenzo sistemato a Thanur, aveva immaginato di unire visite e sopralluoghi, famiglia e lavoro. Invece suo figlio lo aveva pregato di dargli tempo, di non farsi vedere per un po'. Salvo poi convocarlo e informarlo cosí, su due piedi, di aver messo incinta la rampolla di una delle famiglie piú potenti della Lombardia.

Zanka pescò dalla tasca del giubbotto il libro della Galbiati. In copertina, la statuetta di una divinità femminile. Doveva trattarsi di quella che compariva nel titolo e che dava il nome alla comune. Sfogliò le prime pagine e ne trovò conferma:

Nell'antica città di Luni, per molti secoli, una segreta *consorellanza* tenne in vita una religione che univa donne di piú popoli e culture. Elementi romani, liguri-apuani, etruschi e in ultima persino cristiani convergevano nel culto di Thanr, dea della nascita, della vitalità e della morte le cui sacerdotesse erano guaritrici e veggenti. Le loro cerimonie non sono state ricostruite con precisione, ma fonti coeve ostili le qualificano come turpi e contrarie all'autorità. Il loro ordine si chiamava Thanur, che significa «famiglia di Thanr», e sopravvisse a ogni vicissitudine, compresi il terremoto del IV secolo e le scorribande dei Goti di duecento anni dopo.

Quando nell'XI secolo, dopo ripetute alluvioni e l'impaludamento del porto, Luni fu abbandonata, le Figlie di Thanr – le Thanalisar – fuggirono sulle montagne e costruirono un tempio su un colle che da allora è chiamato Col Tanuro, e che si trova alle pendici del monte Quarzerone.

Secoli dopo, sul Col Tanuro, sorgeva ancora un villaggio con lo stesso nome, dove abitavano donne dedite alla medicina, all'ostetricia e alla divinazione. La popolazione locale le consultava e le pagava in natura, perché non volevano denaro. La chiesa le additava come empie e sul loro conto si erano accumulate leggende, dicerie e sospetti. Nel 1688 un medico venuto da Parma convinse i signori del luogo, cioè i Malaspina, a processare tre donne per stregoneria. Vennero messe al rogo e il villaggio fu raso al suolo. Al suo posto, nel Settecento, i discendenti Malaspina edificarono una villa per farne la loro tenuta estiva, e intorno svilupparono un'azienda agricola estesa su tutto il colle. Villa Malaspina è quindi soltanto l'ultimo nome del luogo, che in origine fu Thanur.

Mah.

Zanka rimise in tasca il libro. Magari, tornato a casa, avrebbe trovato il tempo di leggerlo, ma non si faceva illusioni. Sui giorni seguenti incombeva un convegno importante targato Pepper & Co. *Ufo 78*, era il titolo. Si sarebbe svolto a Roma di lí a due settimane, e Zanka si era fatto accalappiare. «Eddài, Marty, – aveva detto Pablo Pepper, – chi meglio di te può coordinarlo?»

«Coordinare», verbo ambiguo. Zanka aveva pensato di dover solo moderare i dibattiti, invece si era ritrovato a mettere toppe ovunque. L'accoglienza per gli invitati, due voli da spostare, gli alberghi, le locandine, l'intervento d'apertura ancora da scrivere, i giornalisti da contattare, il rinfresco del primo giorno, i buoni pasto, le riviste di settore, il pubblico...

Già, il pubblico, chissà che fauna sarebbe arrivata. L'occhio gli cadde su un titolo della «Nuova Toscana» che se ne stava aperta sul frigo dei gelati.

SARZANA: IL RADIOAMATORE CHE PARLA COI MARZIANI.

Ecco, appunto. Seguitò a scorrere.

SCOPERTO UN ARSENALE IN CASA DEL COLONNELLO IN PENSIONE: «DOVRÒ PUR DIFENDERMI».

LA SOJUZ 28 RAGGIUNGE LA STAZIONE ORBITANTE. PRIMA VOLTA DI UN ASTRONAUTA CECOSLOVACCO.

Cosmonauta, corresse Zanka. Quelli dei Paesi socialisti erano cosmonauti.

AL VIA IL PROCESSO D'APPELLO AI NEOFASCISTI LUCCHESI.

Questa piaga non finirà mai, pensò Zanka buttando giú l'ultimo sorso di caffè. Lesse sottotitolo e catenaccio.

La procura punta a rovesciare la sentenza d'assoluzione in primo grado. Al gruppo Reazione di popolo attribuite molte azioni violente e attentati. Il leader Landucci ancora contumace, inseguito da mandati di cattura per altri reati. Il collegio di difesa: «Una persecuzione».

Zanka chiuse il giornale e si fece coraggio in vista della tirata che lo attendeva al volante per rientrare a Roma.

Mentre preparava gli spiccioli per pagare, notò un volantino ingiallito, affisso con le puntine proprio sotto la cassa.

«SCOMPARSI» diceva la scritta sopra le foto di due ragazzini e i loro nomi sottolineati: «Margherita Toni», «Jacopo Musetti».

Lei aveva l'aria malinconica, ma forse era colpa della sfocatura. Lui sembrava un giovanissimo Gregory Peck, naturalmente con la chioma piú gonfia.

– È lí da un anno e mezzo, – spiegò il quarantenne di prima, seduto a uno dei tavolini. – Sono spariti da un campo dei boy-scout, qui sul monte, e nessuno li ha piú ritrovati, né vivi né morti.

Zanka cercò un commento adatto, ma non lo trovò. Fece solo: – Ah.

L'uomo aveva ricci castani pettinati all'indietro e grandi occhi azzurri.

– Quanto li abbiamo cercati, vero Gheppio? – disse girando la testa verso il tavolino alle sue spalle, dove sedeva un uomo in penombra. Indossava una divisa grigioverde, da forestale, e se ne stava in silenzio, con la pipa spenta in bocca. Aveva l'aria serafica di un capo indiano. Li guardò senza dire nulla.

– S'è provato di tutto, – riprese lo sconosciuto. – Cani, elicotteri e addirittura una squadra di sommozzatori, che s'è infilata fin dove poteva nel tratto sotterraneo del Borro. I genitori della ragazza, disperati, hanno chiamato anche Rolf, il sensitivo. Che sarà pure un imbroglione, non dico di no, ma una volta esaurite le ipotesi ragionevoli bisogna sondare anche quelle piú scomode, giusto? «Abbandonare le convinzioni consolidate».

L'uomo disse l'ultima frase in tono ammiccante, allusivo. Zanka capí che stava citando la sua intervista a *Odeon*.

– L'ho vista in televisione, l'altra sera. È qui per il suo libro? Per le statue stele?

Onde evitare seccature, Zanka rispose che era capitato per caso, pura coincidenza, e stava già ripartendo. Riportò la tazzina al bancone e fece per muoversi verso l'uscita, ma l'uomo gli si parò davanti porgendogli la mano.

– Filippo Bernacca. Sí, come quello delle previsioni del tempo. Lavoro all'ufficio tecnico del Comune. Se le interessano storie di extraterrestri, qui nella zona, sarò felice di accontentarla. Secondo alcuni, c'entrano anche coi due ragazzini scomparsi.

Si sentí il rumore di una sedia strascinata sul pavimento. Il forestale si era alzato con l'aria cupa e si avviava all'uscita.

Zanka ne approfittò per imitarlo.

– Purtroppo devo andare, – disse a Bernacca, quasi dovesse scusarsi, e afferrò la maniglia della porta.

Dopo pochi passi all'aria fresca, si fermò ad accendersi una sigaretta, con un senso di sollievo.

– Non lo stia a sentire, – disse una voce roca alla sua destra.

Zanka si voltò e vide il forestale, l'uomo che Bernacca aveva chiamato «Gheppio», appoggiato a un fuoristrada verde, con la pipa ancora tra le labbra.

– C'è gente che infila gli Ufo dappertutto, – proseguí. – Ne abbiamo incontrata fin troppa, quando cercavamo Jacopo e Margherita.

Non aveva l'accento del posto. Sembrava piú dell'Emilia, forse modenese, o reggiano. Vederlo da vicino confermò la prima impressione: il naso aquilino e l'incarnato olivastro gli davano un aspetto amerindio. Le pupille nerissime contribuivano all'immagine d'insieme.

– Ci sono abituato, – lo rassicurò Zanka, mentre notava che il forestale non aveva detto «i ragazzi». Aveva usato i nomi di battesimo. – Lei li conosceva? – domandò.

L'uomo in uniforme tirò una boccata e una piccola nube di fumo si innalzò sulla sua testa.

– No. Ma li ho portati lassú, al campo scout –. Indicò il Quarzerone, che incombeva scuro sui tetti del paese. – E avrei dovuto anche riportarli indietro.

– Capisco, – commentò Zanka.

In seguito, avrebbe indicato in quel rapido scambio il seme del suo libro piú sentito.

Sul momento, però, si limitò a salutare Gheppio con un cenno e si diresse all'automobile, pronto a guidare senza soste verso gli impegni che lo attendevano a Roma.

6. Torino, giovedí 9 marzo

L'ex rimessa di corso Moncalieri era uno stanzone tappezzato di manifesti e articoli di giornale. L'arredamento consisteva in un tavolo, seggiole tutte diverse, scansie cariche di libri e riviste, e una stufa a kerosene che rendeva l'ambiente vivibile.

Milena era l'unica creatura di sesso femminile. Anche i due cani presenti, accucciati accanto alla stufa, erano maschi.

Accadeva ormai da alcuni mesi: la presenza della «dottoressa», una donna attraente, spingeva gli ufologi a darsi un tono. Camicie lavate di fresco e stirate, chiome pettinate, posture diritte, profumo di acqua di colonia. Milena seguiva il metodo dell'«osservazione partecipante», che prevede di studiare un gruppo immergendosi nelle sue attività. Ma ogni tanto aveva dubbi: come doveva comportarsi con gli effetti del suo intervento? Doveva cercare di ridurli al minimo o piuttosto analizzare anche quelli? Come si era regolato Bronisław Malinowski in Melanesia? E Margaret Mead in Nuova Guinea?

Notò che l'atmosfera era satura di elettricità, quella che fa rizzare i peli sulle braccia e i capelli in testa. Si trattava di una riunione-chiave con molte questioni importanti da discutere.

Presiedere toccava a Berto Musinè, che scattò in piedi per esporre l'ordine del giorno.

– Stasera c'è tanta carne al fuoco e bisogna procedere con metodo: prima di tutto, le notizie ufologiche della settimana e gli aggiornamenti. Ci sono sviluppi sull'avvistamento del 16 febbraio a Pallanza, sul Lago Maggiore. I nostri soci Majorino e Baudino si sono recati in zona e hanno intervistato due testimoni. Stanno scrivendo un rapporto, del quale ci anticiperanno gli elementi essenziali.

– La taglio subito corta, – lo interruppe Pierluigi Baudino. Moro e barbuto, somigliava un poco al cantautore Guccini. – Era un pallone sonda. Ce lo ha confermato l'aeronautica militare.

Seguirono mormorii: «Io l'ho detto dall'inizio», «Era già chiaro dalla descrizione»... Berto invitò al silenzio, ringraziò Baudino e proseguí con l'ordine del giorno.

– Un paio di settimane fa, come ricorderete, lo scrittore Piero Chiara ha dichiarato di avere avvistato alcuni oggetti volanti non identificati. L'episodio ha avuto luogo dalle parti di Varese, perciò abbiamo chiesto informazioni alla Società ufologica e clipeologica dell'Alta Lombardia. Ci è giunto un resoconto, niente di che, ma lo leggeremo. Poi c'è la questione delle supposte voci di extraterrestri trasmesse da un'emittente locale di Como, Tele Nord. Abbiamo ottenuto il nastro del programma, è arrivato proprio oggi, al momento lo ha ascoltato solo il nostro socio Bonino...

– Sí, – intervenne quest'ultimo, – e siamo al livello dei goliardi di una volta. Secondo me è uno scherzo di quella tivú privata per farsi pubblicità.

– Tempo al tempo, – disse Berto, – stasera lo ascolteremo assieme e decideremo cosa scriverne. Dopodiché, ci sono alcune questioni associative e organizzative. Dobbiamo rispondere a Radio Piemonte International, che ci ha proposto di condurre, in piena autonomia, una trasmissione ufoclipeologica. Decidiamo come intendiamo muoverci, chi se ne occuperebbe eccetera, perché abbiamo appuntamento coi redattori il prossimo martedí.

Partí un brusio, si alzarono mani, qualcuno si offrí volontario, «Io ci sto», qualcun altro si schermí, «Non è roba per me»...

Berto li richiamò all'ordine. – Della questione radio parliamo dopo, questo è solo l'elenco dei punti da affrontare, e manca ancora il piú rilevante: il convegno *Ufo 78* a Roma, dal 16 al 18 marzo.

Milena sentí l'energia focalizzarsi, l'attenzione farsi densa, l'attesa spasmodica.

– Stasera dobbiamo decidere la delegazione da mandare al convegno. Come sapete, il parterre è di fama internazionale e garantisce la qualità dell'evento. Interverranno il nostro Paolo Sesto, Romulo Casella, Gion Cavezzo e delegazioni dei principali gruppi di ricerca italiani e francesi. L'ospite d'onore sarà Allen J. Rynek, consulente di Spielberg per *Incontri ravvicinati del terzo tipo*.

Il nome di Rynek suscitò emozione, insieme alla consapevolezza che alcuni membri del Grucat lo avrebbero visto dal vivo, in carne e ossa. Anche Milena aveva in programma di scendere a Roma per intervistare quella vera e propria stella dell'ufologia: fondatore del Centro di ricerca sugli Ufo di Kalamazoo, Michigan, direttore della rivista «Ufo Research» e autore del best seller internazionale *La realtà degli Ufo*, a cui Spielberg si era ispirato per il suo film.

Per incontrarlo, Milena aveva dovuto chiedere un favore a Martin Zanka, l'uomo che aveva accusato di «neocolonialismo culturale giustificato con posticci miti delle origini» e descritto come un «cantore, dietro le concessioni di facciata al marxismo, del “fardello dell’uomo bianco”, ergo del *maschio* bianco, stavolta in versione interstellare».

Egregio sig. Zanchini,

confido che il tempo trascorso abbia attutito gli echi della nostra polemica a mezzo stampa su *Robinson delle galassie*. Da parte mia, Le assicuro, nessuna acredine. Spero che queste mie righe siano accolte senza preconcetti.

Le scrivo con riferimento alla mia ricerca antropologica su usi e costumi degli avvistatori di dischi volanti. So che all’importante convegno che Lei coordinerà in quel di Roma è prevista la presenza del professor A. J. Rynek. Intervistarlo, magari in una pausa dei lavori, mi sarebbe molto utile. Mi rivolgo dunque a Lei, chiedendole una gentile intercessione. Possiamo sentirci anche per telefono, se vuole. Qui in calce trova i miei recapiti. La ringrazio in anticipo.

Cordiali saluti,

Dott.ssa Milena Cravero

Gentile dott.ssa Cravero,

nessun risentimento né tantomeno preconcetto, si figuri. Da veterano delle polemiche seguite ai fatti d’Ungheria del ’56 e di Praga del ’68, posso ben dire di aver avuto scambi piú aspri. Ho già provveduto ad accreditarLa come gradita ospite al nostro convegno. Sarà mia premura fissarLe un appuntamento col professor Rynek.

In fede,

Gianmaria Zanchini

– In coda e se rimane tempo, – riprese Berto, – abbiamo tre bozzetti da valutare per il concorso «Un francobollo sugli Ufo» lanciato dal «Giornale dell’Ignoto». Dobbiamo sceglierne uno e mandarlo al comitato selezionatore. La cinquina finale sarà comunicata sul numero di maggio.

– Tanto vince Paolo Sesto, – commentò qualcuno.

– Be', non si può negare che abbia fatto un gran disegno! – ribatté qualcun altro.

– Cosa non era chiaro di «in coda e se rimane tempo»? – sbottò Berto. – C'è un ordine del giorno. Procediamo in base a quello.

7. Forravalle, sabato 11 marzo

Uno dei rituali tipici di Thanur era il discorso del sabato di Orsola Galbiati.

A distinguerlo da una normale conferenza, soltanto piccoli dettagli, primo fra tutti la durata.

Orsola terminava sempre con le stesse parole: «Questa è Thanur», dopo trentadue minuti spaccati. Il motivo non lo sapeva nessuno. C'era chi tirava in ballo i suoi studi sui processi cognitivi e chi citava i trentadue pezzi degli scacchi, i denti degli esseri umani, i sentieri della conoscenza nella cabala ebraica. Si diceva che quel numero rappresentasse i due sessi elevati alle cinque dimensioni del mondo: tre per lo spazio, una per il tempo, una per la mente. Due alla quinta uguale trentadue. Le ipotesi circolavano e si contraddicevano, dal momento che Orsola non ne smentiva nessuna. Che i suoi discorsi avessero una durata fissa lo avevano notato in tanti, lo aveva scritto anche un cronista del giornale locale, «La nuova Toscana», ma lei non l'aveva mai sostenuto. Se gliene chiedevano conto si limitava a rispondere: «Davvero? Non me n'ero accorta».

Alle diciannove in punto entrava nella vecchia scuderia ristrutturata. Si accomodava in poltrona e sorrideva alle persone sedute sulle panche. Qualche decina in inverno, almeno un centinaio nella bella stagione. Tutti si chiedevano come riuscisse a parlare per un tempo sempre uguale, perché non dava l'impressione di recitare un testo a memoria, e non aveva orologi in vista, né al polso né sul tavolino accanto a sé, dove sistemava una statuetta della dea Thanr e un piccolo registratore a cassette. Prima di cominciare, con l'indice e il medio divaricati schiacciava i tasti Play e Rec. Attendeva che il nastro girasse per qualche secondo e pronunciava il titolo della nuova lectio.

Quella dell'11 marzo 1978 s'intitola *All'origine dell'oppressione* ed è inclusa nel volume *I discorsi del sabato* (Gammalibri, 1981).

> Molti di voi si chiederanno per quale motivo, qui a Thanur, abbiamo deciso di tenere separate le stanze degli uomini e quelle delle donne, addirittura in due edifici diversi. «Ma come! Non siete anche voi per il libero amore? Non volete superare le differenze tra i sessi?» La mia risposta parte da lontano, da prima che la nostra specie iniziasse ad allevare altri animali e a usare l'aratro.

Di norma i thanuriani, cioè i ragazzi e le ragazze della comunità, non assistevano ai discorsi del sabato. Con l'arrivo degli ospiti le incombenze aumentavano, insieme ai dettagli di cui prendersi cura.

Per ascoltare Orsola c'era chi si faceva centinaia di chilometri. Molti fissavano dei colloqui con lei, sedute di psicoterapia individuale o familiare. Qualcuno la seguiva dai tempi dell'università, quando ancora insegnava. Altri l'avevano incontrata nel suo studio di Milano, prima che decidesse di chiuderlo e trasferirsi in Lunigiana. Poi c'erano i reduci dei suoi simposi in giro per l'Italia, divisi tra quelli che non potevano piú fare a meno dei suoi insegnamenti e chi era curioso di vedere la famosa comune di Villa Malaspina.

I visitatori che lo desideravano potevano vivere al ritmo di Thanur, partecipare alle attività, dare una mano in cucina e nel podere. Il solaio della villa era stato sistemato apposta per accogliere gli ospiti in una camerata, col bagno in comune e i letti a castello. Non piú di quattro posti, per non togliere clienti alla locanda del *Cinghiale bianco*, che nel fine settimana, da che esisteva Thanur, aveva triplicato le presenze, anche in bassa stagione. I proprietari, di conseguenza, erano gli unici paladini della comunità, tra i pregiudizi e i malumori della gente di Forravalle.

In principio, erano le donne a raccogliere i frutti della Terra, e il loro prestigio era pari a quello dei cacciatori maschi. Con l'agricoltura sedentaria si affermò la necessità di difendere un territorio, una faccenda da guerrieri, e per condurre l'aratro, tirato dai buoi, serviva un sapere da allevatori – anch'essi maschi.

A Thanur l'assegnazione degli incarichi non seguiva uno schema preciso. Soltanto l'orario era sempre lo stesso, ogni mattina. Sparecchiata la colazione, entro le sette e mezza Orsola prendeva l'elenco e iniziava a spuntarlo.

All'inizio di marzo, Daniela e altre ragazze si erano convinte che Rossella, per via della gravidanza, non dovesse piú sobbarcarsi tutta una serie di compiti. Lei, al contrario, continuava a offrirsi volontaria anche per le mansioni che odiava di piú. Non voleva dare l'impressione di cercare privilegi per avere donato la sua casa alla comune. E in quanto figlia di famiglia ricca e aristocratica, non voleva sembrare schizzinosa e fragilina, nemmeno adesso che era incinta. «Non sono mica di otto mesi!», «lasciate che faccia quello che mi sento». Ma quelle insistevano, sorde alle sue proteste. Nossignora: almeno a Thanur, la maternità doveva essere rispettata e custodita.

Con l'agricoltura e l'allevamento i maschi presero il controllo della fecondità. La fecondità della Terra, quella degli animali e quella delle donne. Questo controllo li rese piú ricchi, aumentò il loro potere, al punto che decisero di allargarlo, con la guerra, la conquista e la schiavitú. Tutte le relazioni di sfruttamento sono figlie di quel controllo. Un dominio che qualcuno chiama «patriarcato». Io preferisco definirlo «androcrazia» o Regno dell'Oppressione.

Rossella non gradiva le troppe attenzioni per il suo stato. Vincenzo lo sapeva, ne avevano parlato, ma se cercava di farlo notare a Daniela e alle altre, quelle lo zittivano, che ne voleva capire lui? Rossella faceva cosí per non lasciarsi relegare nel ruolo biologico-riproduttivo che l'androcrazia riservava alle donne. Ma il vero problema era la scarsa considerazione di quel ruolo rispetto alle attività culturali maschili. Per ribellarsi all'androcrazia, Rossella non doveva svilire la sua maternità, ma rivendicarne il prestigio.

– Se un grande artista maschio è alle prese con le sue geniali creazioni, – insisteva Daniela, – ci sembra normale che non si dedichi alle faccende di casa. Invece, quando una donna crea una nuova vita, deve continuare a pulire il cesso come se niente fosse!

Altre ragazze si opponevano a quel ragionamento, citavano Betty Friedan e sostenevano che la mistica della maternità era un inganno, per convincere le donne a rinunciare a sé stesse e accontentarsi di essere madri.

Orsola, per sollevare Rossella dal peso di tante premure, invitava a considerare la sua gravidanza come un'esperienza collettiva, dalla quale sarebbe nato il figlio, o la figlia, di Thanur. Ma anche quel suggerimento aveva un rovescio della medaglia.

Rossella era di turno in cucina, nonostante le proteste di Daniela per gli odori troppo forti, la fatica, gli spazi ristretti… Il sabato ai fornelli era il giorno peggiore. C'erano da preparare i pasti per tanta gente e dovevano essere pronti a un'ora precisa, non come il resto della settimana, quando a Thanur c'era solo una ventina di persone e ci si metteva a tavola senza fretta, conclusi gli impegni della giornata. La presenza degli ospiti cambiava i ritmi, ti sentivi osservata e giudicata, non solo da loro, ma anche da Orsola, che all'immagine della comunità teneva molto.

Rossella riempí una pentola d'acqua e la mise sul fuoco. Intanto, Enrico rimestava le verdure in padella. Senza smettere di mescolare, girò la testa e buttò un'occhiata verso di lei.

– Coi vestiti sopra non si vede ancora niente, – disse Rossella, per dargli a intendere che aveva intercettato la traiettoria del suo sguardo.

– Io voto *Simòn*, – disse lui. – Scritto come in italiano, «Simone», ma pronunciato alla francese. Cosí è buono in entrambi i casi, maschio o femmina. *Simòn*, come Simone De Beauvoir e Simón Bolívar.

Rossella lo ringraziò del consiglio. Disse che lei e Vincenzo, dei nomi, non ne avevano ancora parlato.

– Non vorrete mica deciderlo da soli! – la rimproverò Enrico. – Vincenzo è d'accordo con Orsola, dice che a crescere vostro figlio sarà Thanur. Allora anche la scelta del nome dev'essere collettiva, toccherà metterlo ai voti.

Con il cucchiaio di legno grattò le verdure che si stavano attaccando al fondo del tegame. – Io farò campagna per *Simòn*, – confermò divertito, poi spense la fiamma e si dedicò alle mele da infornare.

Rossella scolò i fagioli in ammollo con un gesto brusco. Da quando Orsola aveva tirato fuori quella storia del «figlio di Thanur» le attenzioni di tutti non si erano diradate, soltanto spostate, da lei al contenuto del suo ventre – che almeno per il momento facevano parte del medesimo corpo. Se prima la invitavano a riposarsi perché era incinta, ora lo facevano «per il bambino». Dando per scontato che lei volesse farlo nascere.

Il controllo della fecondità, con i suoi brillanti risultati, è diventato il modello di ogni gerarchia: il dominio della cultura sulla natura, della ragione sugli istinti, del padrone sullo schiavo. Grazie al lavoro domestico delle donne, spacciato per loro destino naturale, l'androcrazia ha portato all'accumulazione di ricchezza che ha reso possibile il sistema capitalista.

Dei vari incarichi, il preferito di Vincenzo era il lavoro nei campi. Gli piaceva stare all'aperto, a occuparsi di faccende per lui cosí nuove: potare, concimare, zappare. Dietro ciascuna di quelle attività, che aveva sempre ritenuto noiose, si nascondevano invece mille accorgimenti, mille imprevisti, che rendevano diversa ogni giornata passata nella vigna o nel frutteto. Bastava una mattina piú calda del previsto, o macchie grigie sulle foglie di un albero e già bisognava cambiare programmi, non piú dare lo zolfo e la poltiglia bordolese, ma identificare il tal parassita e combatterlo con il prodotto giusto. C'era sempre qualcosa da imparare, o da sperimentare, per poi correggere il tiro, dare piú acqua lí, tenere asciutto di là, stare bene all'erta, badare ai dettagli. E c'erano tanti modi per rendersi utili, anche se non si sapeva nulla di agronomia: se s'inceppava il trattore tornava buono un meccanico, se c'era da tirar su una rete contro le lepri serviva un carpentiere, oppure un fabbro per riparare la carriola.

Vincenzo s'era fatto apprezzare per le sue doti di scassinatore, affinate al tempo delle pere, grazie alle dritte di un vecchio tossico del Quadraro. Un giorno, di fronte al lucchetto di un ripostiglio per gli attrezzi di cui s'era persa la chiave, lo avevano mandato a prendere una sega da ferro, e lui era tornato con due graffette di metallo. Le aveva raddrizzate, ne aveva piegata una a forma di L, e con gli occhi dei presenti puntati sulle dita aveva infilato, stantuffato e rovistato, finché la serratura non aveva ceduto. Era successo due mesi dopo il suo arrivo a Thanur. Mentre tutti lo applaudivano si era sentito felice come non gli capitava da quand'era un ragazzino. Aveva ancora un gran bisogno di sentirsi dire «bravo». Di certo anche quell'episodio aveva contribuito a fargli prediligere le mansioni da contadino.

Lontano dalla villa, poi, si stava piú tranquilli: tre, quattro persone al massimo, poche chiacchiere, ognuno impegnato con i suoi attrezzi, o le sue piante, senza Tizio che ti dice la tal cosa, Caio che te ne chiede un'altra, il postino che suona, due che litigano, uno che s'incazza perché è finito il sale e nessuno ha scritto di ricomprarlo. Specie da quando Rossella era incinta, la quiete del podere lo attirava come un rifugio. Ulivi e lattughe non erano interessati al suo futuro di padre né a quello del figlio di Thanur. Nessuno capitava lí per caso, tra innesti e letame, a lasciar cadere una domanda in proposito. Proprio per questo, nella riunione del mattino, di tanto in tanto Orsola lo tratteneva in casa, a pulire, cucinare o sbrigare commissioni, per evitare che si isolasse.

> Dunque l'androcrazia non è una vecchia idea che possiamo professare o meno, ma una relazione di potere. Un potere che si manifesta, tra le altre cose, in uno squilibrio nell'accesso. Gli uomini impongono barriere alle donne, ma non vogliono che le donne impongano loro barriere. Le vogliono sempre accessibili, a disposizione.

A Thanur non c'erano turni per apparecchiare, sparecchiare e lavare le stoviglie. Orsola diceva che in una comunità non si deve regolare tutto. L'equilibrio si ricerca, non si decreta. Rossella approfittò dell'andirivieni tra tavola e cucina per intercettare Vincenzo, rientrato dai campi, e invitarlo fuori a parlare. Uscirono nel giardino sul retro della villa, dove uno sciame di fiori gialli si era posato su cespugli che in inverno erano sembrati inutili sterpi secchi.

– Hai parlato con Enrico? – gli domandò Rossella.

– Di cosa? Enrico è in camera con me, parliamo...

– Della mia gravidanza.

Vincenzo tirò dalla sigaretta come se fosse una cannuccia, tenendo il filtro tra pollice e indice. Aveva già capito dove si andava a parare.

– Non gli ho detto niente di che. Solo che il bambino, qui a Thanur, avrebbe tante persone a crescerlo.

Rossella sistemò dietro l'orecchio una ciocca di capelli.

– Per me due genitori sono stati pure troppi. Figurati venti!

Vincenzo si rifugiò in un'espressione assorta. Quanto gli sarebbe piaciuto stringersi nelle spalle e dirsi che quella era la tipica volubilità delle donne incinte. Quanto gli sarebbe piaciuto uscire, sbattersi, pensare alla roba e basta, chiudersi in un posto tutto suo, cucinare la dose, caricare la siringa e spararsela in vena, con Lou Reed in sottofondo.

– Io invece, – commentò, – ho sempre avuto un solo genitore, che poi spesso era in giro o badava ai fatti suoi. Un genitore a metà. Da piccolo, guardavo i miei amici che ne avevano due e li avrei scambiati volentieri con il mio.

– Tuo padre non lo conosco, – disse Rossella, – ma conosco i miei, e non li augurerei a nessuno.

Vincenzo seguí con gli occhi la traiettoria di un satellite che pulsava tra le stelle. Ricordò che suo padre, un tempo, dei satelliti conosceva nomi e orari, e sapeva indicargli ogni costellazione.

– Per non avere genitori, – disse contemplando quelle luci lontanissime, – non bisognerebbe proprio nascere.

A differenza dei club per soli uomini, gli spazi per sole donne, stabiliti dalle donne, sono sempre stati ridicolizzati, puniti, messi fuori legge, soppressi. Perché lo schiavo che dice al padrone «tu qui non entri» gli sta anche dicendo «non sono piú tuo schiavo». Ecco perché a Thanur ci sono luoghi che le donne hanno riservato a loro stesse.

Ma allora, mi dicono alcuni, sei una femminista separatista! Nient'affatto: a Thanur non siamo separatisti, perché crediamo che gli uomini siano responsabili quanto le donne della costruzione di una società migliore, e che vadano coinvolti nel progettarla. Ma non siamo nemmeno solo femministe. Noi attingiamo a varie fonti d'energia: il femminismo, l'ecologia, la teologia della liberazione, l'anarchismo, la spiritualità indiana, la scienza.

Questa è Thanur.

8. Roma, mercoledí 15 marzo

Quella sera Martin Zanka era certamente intento a scrivere, le dita sui tasti della sua Olivetti Lettera 35.

In cima al foglio campeggiava la scritta «*Ufo 78* - Intervento di apertura». La prolusione doveva introdurre l'ospite d'onore, niente meno che Allen J. Rynek. L'ufologo americano era impegnato in un breve tour europeo: era in arrivo con l'ultimo volo da Parigi, per ripartire il sabato e tornare negli Stati Uniti. Dopo di lui doveva intervenire l'incontenibile Casella, e Zanka prevedeva scintille.

Il trotskista brasiliano Romulo Casella (1913-1983), esule a Roma dal '64, era il sostenitore di una teoria tutta politica del fenomeno Ufo, in base alla quale una civiltà tanto evoluta da superare distanze siderali per raggiungere il nostro pianeta non poteva che essere una civiltà comunista. Il contatto con gli extraterrestri, dunque, andava ricercato in chiave di «interplanetarismo rivoluzionario», contro i padroni della Terra. In pratica, Casella auspicava l'invasione aliena. A suo dire, il proletariato aveva solo da guadagnarci e doveva prepararsi ad accoglierla.

La vicinanza di Zanka al Partito comunista, ancorché da tempo rarefatta, era già stata bersaglio delle frecciate polemiche del sudamericano in alcuni articoli usciti sulla rivista aperiodica «Cosmo Rosso». Zanka non se ne curava. A preoccuparlo erano le eventuali scaramucce con il liberale yankee Rynek, al quale Casella riservava critiche ben piú aspre. Una in particolare rischiava di emergere al convegno. Casella imputava allo statunitense un approccio classista e *wasp* allo studio dei contatti con forme di vita aliena. Nel saggio *La realtà degli Ufo*, Rynek considerava piú affidabili le testimonianze di «incontri ravvicinati» se i protagonisti erano bravi cittadini con la testa sulle spalle, non sospettabili di devianze di alcun tipo. Nell'elenco delle testimonianze accreditate non comparivano cognomi ispanici, italiani o asiatici, e Casella era pronto a scommettere che tra i selezionati non c'erano afroamericani.

Zanka poteva anche essere d'accordo, ma temeva che il dibattito deragliasse. Al tempo stesso, proprio la presenza di studiosi cosí diversi avrebbe arricchito la discussione ed era suo compito mantenerla sui binari di un confronto proficuo.

Aveva già riempito due pagine di appunti quando suonò il campanello.

Quella sera non aspettava visite. Il trillo lo lasciò perplesso. Forse era un vicino rimasto a corto di sale o zucchero. Si alzò e andò alla porta.

– E voi cosa ci fate qui? – chiese, incredulo.

– Non ci fai entrare? – domandò a sua volta Vincenzo.

– Buonasera, – disse semplicemente Rossella.

Zanka si spostò per lasciarli passare e li fece accomodare in salotto. Notò la valigia che avevano con sé. Vincenzo lo anticipò.

– Possiamo restare un paio di giorni?

Zanka guardò prima il figlio poi il viso angelico di Rossella.

– Certo. Ma perché non mi hai telefonato per dirmelo?

– L'ho fatto. Non ho mai trovato la linea.

Vero, per non essere disturbato Zanka aveva staccato l'apparecchio fin dal mattino.

Non domandò perché fossero lí. Non se la sentiva. Intuiva che in pentola bolliva qualcosa di grosso. Aveva lasciato suo figlio a tessere le lodi di Thanur e adesso si presentavano lí, lui e la sua ragazza che non era proprio la sua ragazza, come due rifugiati, senza addurre motivazioni.

Fu solo piú tardi, dopo aver cenato in silenzio con la pasta al sugo arrangiata da Zanka, che Vincenzo si decise a sputare il rospo. Approfittò del momento in cui Rossella si ritirò in bagno a vomitare.

– È qui per abortire.

– Ah, – commentò Zanka, – avete deciso, allora.

– È lei che deve decidere. Ci sta ancora pensando. Domani andiamo a San Lorenzo, c'è un consultorio gestito da femministe.

– Corretto da parte tua accompagnarla, – commentò Zanka, ma gli parve subito una frase di circostanza.

In quei mesi il dibattito sull'interruzione volontaria di gravidanza imperversava nel Paese. Il parlamento discuteva la legge che l'avrebbe depenalizzata e regolamentata. Già da alcuni anni le attiviste del Partito radicale e del Cisa, il Centro d'informazione sulla sterilizzazione e l'aborto, agevolavano le interruzioni di gravidanza, aiutando l'espatrio verso Paesi dove l'intervento era legale o rivolgendosi a cliniche «amiche». Dopodiché di solito si autodenunciavano alla polizia per rendere pubblica la propria disobbedienza. C'erano ottime probabilità che in parlamento la legge passasse, perché gli unici contrari erano democristiani e neofascisti. Favorevoli, oltre ai radicali: comunisti, socialisti, socialdemocratici, repubblicani e liberali. Il clima era quello di una grande disfida civile che rischiava di mettere in crisi le alleanze di governo.

– Siamo partiti in fretta e furia. Potevamo andare al Cisa di Firenze, ma Rossella ha letto di quel consultorio su una rivista... E poi le ho detto che qui, – fece un vago gesto con entrambe le mani, – abbiamo un posto dove appoggiarci.

Zanka prese una sigaretta e ne offrí una anche a Vincenzo. Le accesero e restarono a fissarsi attraverso le volute di fumo, ma le spensero quando Rossella tornò dal bagno, pallida e slavata. Vincenzo le fece spazio sul divano.

– Ti senti bene?

– Meglio... adesso, sí, – rispose la ragazza.

Era davvero bella, Rossella Hilzer, da giovane. Lo è ancora oggi, ma con qualcosa di glaciale nell'espressione e nei tratti del viso, qualcosa che all'epoca era appena percettibile, almeno a giudicare dalle fotografie.

– Vado a telefonare a Thanur, – disse Vincenzo alzandosi. – Dico che siamo arrivati.

Zanka rimase con Rossella. Non aveva alcuna dimestichezza con ragazze dell'età di suo figlio e si limitò a chiederle impacciato se desiderasse qualcosa.

– No, grazie, – disse lei. – Sono solo molto stanca.

Le disse che le avrebbe mostrato la stanza di Vincenzo. Non era granché spaziosa, ma c'era un letto abbastanza comodo. Se non volevano stringersi troppo, suo figlio poteva dormire sul divano.

– Hai una strana casa, – disse lei. – Piena di cose. Vincenzo me lo aveva detto.

– *Troppe* cose, – disse Zanka. – Dovrei iniziare a sbarazzarmene.

– Tutte queste statuette... – continuò Rossella lasciando scorrere lo sguardo sulle mensole. – Mi ricordano il presepe. Un presepe fantascientifico.

In un angolo, sul tavolino basso dov'erano posati portafogli, chiavi di casa e zavorra da tasca di vario tipo, spiccava il libro di Orsola Galbiati, *La strada di Thanur*.

Rossella lo vide e lo indicò.

– Te lo ha dato lei?

– No, Ludo. Orsola non l'ho incontrata.

– E lo hai letto?

– Ci ho dato giusto un'occhiata, sai, il lavoro, i preparativi per questo convegno... Ma lo leggerò.

Rossella, che viaggiava sul treno dei propri pensieri, lo stupí con un altro *non sequitur*.

– Non so se io e Vincenzo potremmo essere buoni genitori.

Fai bene a dubitarne, mia cara, pensò Zanka. Mio figlio è un ex tossico senz'arte né parte e tu sei l'erede di una famiglia altolocata che cerca di sfuggire al proprio retaggio. Lui è incapace di badare a sé stesso, figurarsi a un'altra persona. E tu, con un bambino al collo, finiresti per tornare all'ovile dorato, per garantirgli la sicurezza che hai conosciuto per prima. Sareste un *disastro* di genitori. Ma non te lo dirò, non ti dirò niente, perché, guardami, ti sembro un bell'esempio? La madre di mio figlio se n'è andata da piú di vent'anni, io vivo in un appartamento che sembra il museo del kitsch, e lui è finito a drogarsi.

Vincenzo uscí dallo studio. – Ludo vuole parlare con te, – disse al padre.

Zanka si alzò perplesso e raggiunse la stanza accanto. Sollevò il ricevitore.

– Pronto.

– Ciao, Martin, – disse la voce al telefono. L'accento olandese era al tempo stesso spigoloso e suadente. – Ascolta, volevo dirti questo: tuo figlio è un ex tossicomane di eroina...

– È un'informazione di cui ero già in possesso, – rispose Zanka.

– *Yes I know*, ma... ho conosciuto molti *junkies* nella mia vita. La scimmia scende dalla schiena ma segue il *junkie* ovunque, pronta a saltare ancora addosso a lui con un balzo. Soprattutto se il *junkie* torna nella città dove aveva le sue connessioni. È un bel rischio che Vincenzo sta lí a Roma.

Zanka sospirò. – Immagino. E purtroppo è arrivato in un brutto momento, io domani ho un convegno importante. Ma starà sempre con Rossella –. Esitò. Non aveva mai parlato di Vincenzo nei termini che stava per usare. E Ludo era praticamente un estraneo. – Mi sembra piú serio di una volta, mi sembra che la ragazza abbia un buon effetto su di lui. La ragazza, e voi di Thanur, ovviamente.

– Speriamo bene. Noi li aspettiamo. Con o senza bambino. È una decisione di Rossella.

Si salutarono, Zanka posò il ricevitore e lo sguardo gli cadde sul foglio infilato a metà nella macchina da scrivere, poi sull'orologio incastonato nella piramide che teneva sulla scrivania. Aveva già perso un'ora preziosa. Avrebbe dovuto lavorare di notte per essere pronto l'indomani mattina. Cercò di contenere l'irritazione montante, la sensazione di essere vittima di un'intrusione.

Uscí dallo studio e vide l'espressione di Rossella. Confusa, se non prostrata. Forse avrebbe desiderato che qualcuno le dicesse cos'era giusto fare. Qualcuno che la assolvesse o la condannasse. Ma chi guidava la comunità che si era scelta non dispensava assoluzioni né condanne.

Rossella non disse piú niente. Sparí nella stanza da letto, mentre Vincenzo restò sul divano. Quando Zanka gli augurò la buonanotte per ritirarsi nello studio, il figlio gli chiese a bruciapelo: – Tu che ne pensi?

– Di cosa?

– Dei dubbi di Rossella.

Era la seconda volta, nel giro di pochi giorni, che suo figlio gli rivolgeva una domanda diretta e sincera.

– È la sua decisione. Comunque vada, non ho diritto di giudicarla. Posso solo dirti: stalle vicino, e scusa se come raccomandazione suona troppo paterna. Buonanotte.

Tornando al lavoro, dovette tenere a bada i pensieri, l'inquietudine che gli aveva messo in circolo Ludo parlando di *junkies*, scimmie che ti saltano addosso, «connessioni»... Quella situazione riassumeva in modo perfetto il rapporto tra lui e suo figlio, fatto di mancanze, equivoci, linguaggi diversi e momenti sbagliati.

Sedette alla macchina da scrivere. Non era facile tornare a concentrarsi sugli Ufo. Doveva riuscirci prima di crollare dal sonno.

9. Tra Genova e Roma, giovedí 16 marzo

Poco dopo la mezzanotte, mentre Zanka lavorava al suo intervento, gli ufologi torinesi si trovavano a Genova, benché solo di passaggio. *Letteralmente* di passaggio: non erano proprio in città, ma a bordo di un treno fermo alla stazione di piazza Principe.

Milena era con loro. Erano partiti da Torino Porta Nuova alle dieci e un quarto sull'Espresso 613, il tipico treno nottambulo anni Settanta. All'epoca, attraversare la penisola su strade ferrate avvolte dalle tenebre era un'esperienza consueta, familiare a vaste masse di italiani. Erano di là da venire i tagli che nel nuovo secolo avrebbero ridotto in modo drastico, e in pratica soppresso, il servizio notturno.

Dopo la sosta a Genova avrebbero percorso la Riviera di Levante, fermandosi a La Spezia, e attraversato la Toscana da nord a sud, perforando il buio sotto il cielo stellato, quel cielo in cui sempre piú italiani vedevano luci misteriose. Si sarebbero fermati a Massa, Viareggio, Pisa, Livorno e Grosseto, e al sorgere del sole sarebbero entrati nel Lazio. Fatto scalo a Civitavecchia, avrebbero infine puntato su Roma Termini, per concludervi il viaggio alle sette e trentadue, dopo quasi settecento chilometri.

Milena e la delegazione del Grucat – Baudino, Bonino e Ravarino – occupavano lo stesso scompartimento di seconda classe. Per risparmiare, nessuno dei tre aveva preso una cuccetta. Milena l'avrebbe preferita, ma doveva condividere il viaggio con gli altri, o non sarebbe stata *participant observation*. Le sarebbe toccato dormire seduta, se dormire poteva chiamarsi. Sperò di non arrivare troppo stanca per l'incontro con Rynek.

Nel corso del viaggio la carrozza si riempí di ufologi. Tutti maschi, *ça va sans dire*. Tutti diretti al convegno di Roma.

A Genova salí Gianguido Bruzzone dell'Ausl, Associazione ufologica e scientifica ligure. Giunse alla stazione trafelato, direttamente dagli studi di Teleradio Mediterraneo, dove ogni mercoledí sera conduceva il programma *Misteri '80*. Annunciata la sigla di chiusura, era uscito di corsa.

I tre del Grucat avevano anticipato a Milena che l'approccio dell'Ausl all'ufologia era molto vicino al loro. Fin dal nome, con l'importante richiamo alla scienza, indispensabile ancoraggio in un mondo sempre a rischio di derive soprannaturali. Quando fu a bordo, Bruzzone si accomodò nel loro stesso scompartimento.

A La Spezia li attendeva Leandro Sommovigo del gruppo Quinta dimensione, fondato un anno prima a Sarzana. Il nome omaggiava una vecchia canzone dei Byrds, ma faceva pensare a un tormentone del mago Binarelli.

Il Grucat non era in cattivi rapporti con Quinta dimensione, ma ci teneva a rimarcare le differenze. Sommovigo era «troppo di manica larga con gli avvistamenti», disse Bonino, nel senso che accreditava con facilità qualunque testimonianza. Inoltre, si avvaleva di marchingegni la cui utilità non era provata: rilevatori Ganzfeld, cronografi Gndn… Roba che acquistava per corrispondenza e si portava in giro tutto gasato.

Dopo i saluti, Sommovigo passò oltre e andò a sedersi nello scompartimento accanto. Il motivo evidente era che, tra corpi e bagagli, non restava piú spazio, ma il gesto parve segnare la distanza tra gli ufologi piú seri e il nuovo arrivato.

A Massa salí Giacomo «Jimmy» Fruzzetti.

Milena fu subito colpita dal personaggio. Del resto, non era uno che passasse inosservato: di pelo rosso e riccioluto, alto piú di un metro e ottanta e con spalle da nuotatore, ostentava folte basette e lenti a goccia fumé che sembravano occhi di mosca. Quanto al vestire, girava con indumenti presi alle bancarelle di surplus militare, dopo averli addobbati con spille e toppe di gruppi musicali e campagne antimilitariste.

Al suo affacciarsi nello scompartimento, Milena percepí un cambio di atmosfera. Da come lo guardarono, dai saluti impacciati che gli rivolsero, intuí che Ravarino, Baudino, Bonino e Bruzzone non lo consideravano un membro della tribú.

Jimmy, zaino in spalla, scambiò con gli ufologi frasi di circostanza, dopodiché si allontanò.

– Chi è? – domandò Milena.

– Fruzzetti. Si fa chiamare Jimmy. Un fricchettone. Non fa parte di nessun sodalizio.

Piú tardi Milena percorse la carrozza per andare in bagno e vide che Jimmy non era nello scompartimento accanto, insieme a Sommovigo. Stava in corridoio, seduto su uno strapuntino. Solo, con le palpebre chiuse ma sveglio, la schiena diritta, concentrato su chissà quali pensieri.

Senza dubbio il personaggio piú affascinante dell'intero sottobosco ufologico e *misterico* di quegli anni, Fruzzetti si muoveva in un'intersezione tra quel mondo e la controcultura giovanile. Non era del tutto vero che non fosse parte di alcun sodalizio: scambi e contatti ne aveva eccome. Semplicemente, non amava formalizzare le situazioni. Niente sigle altisonanti, niente quote d'iscrizione né tessere, niente riunioni con l'ordine del giorno.

A Viareggio salí Mino Del Freo del Gump, Gruppo ufologico metapsichico. Era noto nell'ambiente per un libello clipeologico in cui, a colpo sicuro, identificava gli angeli della Bibbia con visitatori extraterrestri. Passò oltre salutando con un cenno e si sedette nello stesso scompartimento di Sommovigo.

– Il Beato Angelico e la Scuola radio elettra, – commentò Bruzzone. – Dio li fa e poi li accoppia.

A Pisa apparve Onesto Alloisio dell'associazione Enuk, Escursioni notturne ufologiche e klipeologiche (scritto con la *k*). Un po' piú vecchio degli altri, già sopra i trent'anni, era ancora sul binario quando Bonino lo indicò a Milena, poi col dito si picchiettò la tempia.

Alloisio andò a sedersi con Sommovigo e Del Freo.

A Livorno, verso le quattro del mattino, salí Gipo Verrucci del circolo Odam, Ombre da altri mondi.

Verrucci era un convinto assertore della tesi interdimensionale, secondo cui gli Ufo non provenivano da altri pianeti, bensí da un'altra dimensione. Il loro fugace apparire era il risultato di «interferenze» tra universi, rapide intersezioni e sovrapposizioni. Il tutto puntellato con richiami, piú lessicali che di sostanza, alla fisica quantistica.

– Almeno non va sul mistico, – disse Ravarino, – però spaccia quest'ipotesi per verità colata.

– Inoltre, – aggiunse Bonino, – lui tira subito in ballo gli universi paralleli per qualunque oggetto si veda in cielo, e magari si rivela un pallone sonda, o Venere che appare nella foschia. Io non escludo a priori che gli avvistamenti *inspiegabili* possano spiegarsi a quel modo, però ci vuole serietà.

Cosí si completò il quartetto di ufologi che il Grucat e l'Ausl reputavano «picchiatelli» o quantomeno poco rigorosi: Del Freo, Alloisio, Verrucci e Sommovigo.

Alle quattro e mezza tutti ronfavano. Milena si era assopita per un paio d'ore, ma adesso era sveglia e inquieta. Poiché gli ufologi russavano forte, uscí dallo scompartimento. Avrebbe voluto chiacchierare coi picchiatelli, farsi dare i loro recapiti. Se fino a quel momento, nel lavoro di ricerca, si era concentrata sul Grucat, con la discesa a Roma e l'intervista a Rynek cominciava una nuova fase, durante la quale estendere il raggio delle interviste e dell'osservazione.

L'unico sveglio era Alloisio. Dopo l'inevitabile scambio di «ciao», Milena pensò di rompere il ghiaccio con una domanda sullo strano nome del suo circolo.

– Scusami, – gli chiese, – ho una curiosità: in cosa consiste un'escursione *notturna* clipeologica? La clipeologia non studia gli avvistamenti di epoche passate riportati in cronache, testi letterari, testi sacri?

– Certo. Durante le escursioni noi raggiungiamo i luoghi di quegli avvistamenti. Periodicamente, ad esempio, andiamo a Vada, una frazione di Rosignano Marittimo, dove nel 1778 da una grande nuvola rossa scese una colonna, rossa anche quella, che toccò terra nelle paludi vicino al paese e...

– No, intendevo dire, – lo interruppe Milena, – perché ci andate di notte? Quei posti non si vedono meglio di giorno?

– Eeeh, – sospirò Alloisio. – Io ho questo problema, che la notte non dormo. Al massimo dormicchio un'oretta, verso l'alba. Insomma, spesso di giorno crollo e 'un ce la fo a far niente. Sicché andiamo di notte. Anche il mio lavoro lo fo di notte.

– Che lavoro è?

– Traduco dall'inglese. Romanzi di fantascienza, in particolare per la collana Fantapocket della Longanesi, ma anche per la collana Sigma della Moizzi. Ho tradotto anche dei saggi per la Pepper. Uno era *Le tecniche del rabdomante* di quel tizio, come si chiama…

– Ah, di rabdomanzia non so niente, – disse Milena, – ma di fantascienza sí. Chissà, magari ho letto anche libri tradotti da te.

– Eh, purtroppo al traduttore 'un fa mai caso nessuno!

– Senti, non c'entra niente, è un'altra mia curiosità: perché scrivete «klipeologia» con la *k*?

– Secondo me con la *k* suona meglio.

«A pensarci oggi, – ricorda Milena, – era molto nello Zeitgeist. La *k* è la lettera che definisce gli anni Settanta. Sugli striscioni scrivevamo "Kossiga", cambiando l'iniziale al ministro degli Interni, responsabile della repressione di piazza e di lí a poco delle leggi speciali. Con la *k* sembrava un cattivo dei fumetti. In edicola trovavi Diabolik, Satanik, Kriminal, Zakimort, Cattivik… Uno degli scrittori piú di successo era Zanka, che aveva una *k* nello pseudonimo. E visti i tanti segreti e misteri di quel periodo, i paradossi che si crearono, le matasse che ancora non siamo riusciti a sbrogliare… Be', forse era la *k* di Kafka».

Alloisio non si smentí: si assopí lievemente poco prima del confine col Lazio. Milena aveva ormai le palpebre leggere, niente piú sonno. Ancora in piedi nel corridoio, spazzò via la condensa da un vetro e osservò la notte che correva. Pensava all'appuntamento dell'indomani, a come l'avrebbe accolta Zanka, alle domande da porre a Rynek. L'inquietudine aumentava.

– Ti farebbe bene meditare.

Milena si girò. In piedi accanto a lei, piú alto di mezza testa, Jimmy la fissava sorridendo. Tutt'intorno, silenzio.

O meglio: il rombo continuo e ritmato del treno lanciato nel buio.

Tentò un sorriso anche lei. – Si vede cosí tanto che sono agitata?

– Be'... Insonnia, gli occhi puntati nel vuoto, onicofagia...

– Cosa?

– Ti stavi rosicchiando le unghie.

Milena si guardò le dita. – Oh! Non mi capitava da un po'.

Si sedettero in uno scompartimento vuoto.

– Dicevo: in questi casi può far bene meditare.

– È quello che facevi sullo strapuntino? – chiese Milena.

– Sí, esatto. Anni fa vivevo in una comune, su in Germania. Là si praticava il Surat Shabd yoga, lo yoga della luce e del suono. In realtà adesso medito a modo mio, non esiste un metodo privilegiato –. Tese la mano all'interlocutrice. – Jimmy Fruzzetti, ufofilo.

Milena non aveva mai sentito quel termine. La curiosità che già provava per quel tizio aumentò. Gli strinse la mano. – Milena Cravero, antropologa.

– Ah, certo, la torinese che fa la ricerca sugli ufologi –. Ammiccò. – Le voci corrono.

– Un ufofilo non è un ufologo? – domandò Milena.

– Certo che no. Quelli hanno in testa il Logos. Sono *logocentrici*, vogliono sottomettere gli Ufo al Verbo, alla Ragione, al Senso –. Per far intendere che quei termini avevano l'iniziale maiuscola, li pronunciò in tono stentoreo, accompagnandoli con un gesto alla Von Karajan che dirige un crescendo. – Vogliono per forza identificare il non-identificato.

– E voi ufofili invece no? – dedusse Milena.

– Ufofilia è «l'amicizia per gli oggetti non identificati», – spiegò Jimmy. – Significa rifiutare i pregiudizi e la smania di riconoscere e classificare. Ti sarai accorta che gli ufologi si dividono in due grandi correnti: razionalisti e paranoici. I tuoi amici del Grucat sono razionalisti, tutti statistiche e metodo scientifico. Ogni volta che un tizio vede una luce, loro si precipitano, interrogano, incasellano, vagliano e scartano ipotesi. Solo quando l'avvistamento non trova una spiegazione razionale concedono che il fenomeno possa essere di origine extraterrestre.

– O transdimensionale, – precisò Milena.

– Se non è zuppa è pan bagnato, – ribatté Jimmy. – Poi ci sono i paranoici. Pure di quelli c'è un bel campionario, su 'sto treno. Loro in apparenza fanno il contrario: quando c'è una luce in cielo concludono subito che è un'astronave o un razzo alieno. C'è chi è convinto che gli extraterrestri visitino il nostro pianeta da millenni, anzi, che si siano stabiliti qui e si nascondano in mezzo a noi, con intenzioni maligne o benigne a seconda delle versioni. In ogni caso il Potere, – fece ancora quel gesto, a mimare la maiuscola, – lo sa benissimo, lo sa da molto tempo, ma ci lascia all'oscuro, gli Stati hanno informazioni riservatissime, che custodiscono in laboratori segretissimi. C'è chi non arriva a tanto, ma dà comunque per scontato che «Loro» – i governanti, i servizi segreti, la scienza ufficiale – sappiano qualcosa che non ci dicono. Ah, se solo non tenessero per sé quella verità, quel Verbo! Ecco, i due approcci sembrano diversi, ma sono entrambi logocentrici. Le due tribú convergono nell'essere *nemiche degli Ufo*.

– In che senso? – domandò Milena.

– Nel senso che gli ufologi sono nemici degli oggetti non identificati. Il loro scopo è identificarli e quindi privarli del diritto all'indeterminatezza. Noi ufofili, invece, quell'indeterminatezza la rispettiamo, non pretendiamo di stabilire di preciso cosa siano e da dove vengano, se dalla nostra mente o da un'altra galassia, se siano miraggi o pareidolie, archetipi o realtà.

Milena era al tempo stesso divertita e ammirata. Non c'era da sorprendersi che gli ufologi considerassero Fruzzetti estraneo alla tribú.

– E ora, – disse Jimmy, – se non ti spiace anch'io avrei bisogno di un po' di sonno.

Quanto a Milena, di dormire non se ne parlava proprio. Decise di alzarsi e sgranchirsi le gambe. Ma aveva appena fatto un passo nel corridoio, che tornò indietro e si affacciò sulla porta dello scompartimento.

– Scusami, una curiosità. Tu cosa fai per vivere?

Jimmy si era già sdraiato sul sedile, con le braccia conserte e un'espressione di totale abbandono.

– Il corriere cosmico, – rispose senza aprire gli occhi.

Poi infilò una mano nella tasca della giacca e ne estrasse un biglietto da visita.

HALLOGALLO
La musica e come ascoltarla
Dischi, stereo, radio, libri, nuovi orizzonti
«Un piccolo tempio, anzi, un ashram» - Mauro Rostagno
«Un luogo di autentica sapienza» - Franco Battiato
«Si capisce subito di essere tra intenditori» - Alberto Radius
Fondato e gestito da Jimmy Fruzzetti
Piazza Mazzini 1, 54011 Aulla (Ms)
Tel. 0187 400251

Mentre camminava lungo la carrozza, Milena si accorse che la chiacchierata con Jimmy, per qualche motivo, l'aveva distesa. Forse era stata l'esortazione ad accettare l'indeterminato. Decise di non pensare piú alla giornata che l'attendeva, all'intervista con Rynek, al convegno, alla propria ricerca... *Que sera, sera.*

Alle sette e quaranta, con soli otto minuti di ritardo, il treno arrivò a Termini.

Nel grande atrio della stazione, Milena pensò di raccogliere gli indirizzi di tutti gli ufologi presenti, ma le venne in mente che li avrebbe rivisti nel pomeriggio al convegno. «Dopo, – si disse. – Con piú calma». Li salutò, prima che si disperdessero verso le loro pensioncine o gli appartamenti degli amici che li avrebbero ospitati.

Avrebbe voluto salutare anche Jimmy, chiedergli dove alloggiava, ma l'ufofilo era già svanito.

L'intervista con Rynek era fissata per le dieci e mezza. Poteva prendersela comoda, fare colazione in un bar di via Giolitti. Da quella postazione, e da antropologa qual era, considerò la fauna malinconica che si aggirava lí intorno, come avveniva e avviene nei pressi di ogni grande stazione, specialmente la mattina presto, quando il sole illumina i cascami della notte appena trascorsa. Dal telefono a gettoni del locale chiamò l'amica romana che doveva ospitarla, per confermarle che era in città e farsi dare le indicazioni per raggiungere casa sua. All'altro capo non rispose nessuno.

Uscí di nuovo in strada alle nove in punto del 16 marzo 1978.

10. Roma, giovedí 16 marzo

La mattina di quel giovedí Zanka era in bagno, col rasoio in mano, le guance insaponate e in grave debito di sonno, mentre dalla mensola sotto lo specchio, tra il dentifricio e il deodorante, la radiolina parlava con la voce familiare di Cesare Palandri.

«Gentili ascoltatori buongiorno, ecco i titoli delle principali notizie di cui ci occuperemo nel corso del nostro giornale. Da ieri pomeriggio non si spara piú nel Libano meridionale, le forze israeliane continuano a presidiare tutta la zona che hanno battuto palmo a palmo per rappresaglia contro il raid palestinese di sabato scorso; un centinaio di guerriglieri sono stati uccisi. Il presidente del Consiglio Andreotti illustra questa mattina alla Camera e al Senato il programma del nuovo governo. Nel pomeriggio a Montecitorio...»

Zanka girò le manopole del rubinetto e lo scroscio sovrastò la radio.

C'erano stati anni in cui una simile notizia – la nascita del nuovo governo, e non un governo qualsiasi ma *quel* governo – avrebbe calamitato l'attenzione di Gianmaria Zanchini con giorni, anzi, settimane di anticipo. Ne avrebbe discusso con compagni, colleghi e amici, avrebbe seguito sull'«Unità» i preparativi e le manovre. Per la prima volta, dopo trent'anni di Guerra fredda e *conventio ad excludendum*, il Partito comunista entrava in una maggioranza di governo accanto al suo storico avversario, la Democrazia cristiana. Un evento di quelli veri, no? Invece Zanka non riusciva a interessarsene.

Tra lui e il partito era cresciuta una mutua disaffezione. Gli «intellettuali organici» snobbavano i suoi libri «irrazionalistici e d'evasione»; di contro, lui non rinnovava la tessera dal '69. Certo, alle elezioni votava ancora Pci, perché non era uomo da «gruppuscoli», ma lo guardava con crescente disincanto.

E poi, a ben vedere, l'evento andava ridimensionato. Il Pci non era piú all'opposizione da quasi due anni. Per la precisione, dal luglio del '76, quando aveva consentito la formazione del governo Andreotti III, astenendosi invece di votare contro. Politica che sarebbe passata alla Storia come «non sfiducia», un classico esempio di litote.

Litote, la figura retorica dei paraculi. Quella con cui, invece che affermare qualcosa, si negava il suo contrario. Non a caso Pier Paolo Pasolini aveva definito i dirigenti del Pci «amanti della litote». Ed era morto prima di sentire «non sfiducia»!

Zanka si lavò il viso con l'acqua calda. Niente ferite, niente peli superstiti. Affondò la faccia nell'asciugamano di spugna, si massaggiò le guance con il dopobarba e uscí in corridoio.

Col passo ammorbidito dalle pantofole, si affacciò in sala. Il divano era vuoto, i cuscini al loro posto. Raggiunse la porta della camera di Vincenzo. Era chiusa e silenziosa. Quei due s'erano stretti assieme nel letto e dormivano ancora. Meglio cosí: poteva restare in pigiama, fare colazione e vestirsi con calma. Aveva prenotato il taxi per le nove. Non voleva iniziare una giornata faticosa con lo stress della guida nel traffico di Roma.

Accese la radio in cucina, piazzata sopra il frigo, e aprí lo sportello per versarsi un'aranciata. Sollevò la bottiglia, vuota. Finita e lasciata dov'era, come da usanza di Vincenzo Zanchini.

«Ultime battute al processo Occorsio, forse da oggi in camera di consiglio la Corte. Sport: la Juventus semifinalista della Coppa dei campioni dopo i calci di rigore».

Zanka avvitò la moka e la mise sul fuoco. Sul tavolo spiccavano i resti di uno spuntino di mezzanotte, compreso un sacchetto di erba secca che doveva essere marijuana. Intorno, briciole, piatti sporchi, due sigarette svuotate, una padella unta e un vasetto aperto di cipolline in agrodolce. Zanka prese il caffè e andò a berlo nel suo studio. Erano arrivati da poche ore e già si sentiva invaso.

L'ultimo foglio del suo intervento era ancora infilato nella macchina da scrivere. Ci aveva lavorato fino alle tre di notte. Lo mise insieme agli altri e rilesse da capo, inserendo qua e là piccole aggiunte a matita. Nulla di memorabile, ma non era dal moderatore che ci si aspettavano faville. E meno male, perché un testo piú impegnativo avrebbe richiesto energie che non aveva. Specie dopo l'improvvisata della sera prima.

Sfogliò la rubrica in fondo all'agenda, afferrò la cornetta e compose il numero dell'*Hotel Tiberio*. Non voleva sorprese, e una telefonata di buon mattino era il modo migliore di prevenirle. Innanzitutto chiese conferma dell'arrivo di Rynek la sera prima. Dopodiché si assicurò che la sala fosse in ordine, che ci fossero i tre microfoni richiesti, la lavagna luminosa, il rinfresco di metà pomeriggio. Doveva tenerli sulla corda, trasmettere al personale la giusta dose di apprensione. Avevano tenuto libero un tavolo per i libri e le riviste? Avevano appeso le locandine all'ingresso? Raccomandazioni che di sicuro avrebbe ribadito anche Pablo Pepper ma, come si suol dire, repetita iuvant. E poi Pepper era un tipo imprevedibile, andava subito in fibrillazione, teneva d'occhio mille questioni e ne lasciava indietro la metà. A prima vista sembrava efficientissimo, in realtà era solo molto agitato. Quindi, meglio controllare di persona. Ripetere giova, soprattutto a chi ripete.

Terminato il controllo, Zanka spuntò la voce «sentire albergo» dall'elenco di incombenze che si era preparato. Prima di uscire, gliene restavano due.

Chiamò il centralino del «Messaggero», si fece passare la redazione annunci e chiese conferma che avessero pubblicato il trafiletto con le giuste indicazioni. Avrebbe potuto verificare di persona, ma non gli andava di acquistare un quotidiano soltanto per cinque righe. Ripeté l'operazione per «Il Tempo» – un giornale che non avvicinava nemmeno al bar, ma che era pur sempre il piú letto di Roma. «Paese Sera», invece, aveva inserito l'annuncio nell'edizione pomeridiana del giorno precedente.

Venti minuti piú tardi Zanka era pronto ad andare. Lupetto color crema, soprabito in pelle e stivaletti col tacco. Dal cesto sul mobile d'ingresso raccolse le chiavi di casa e si domandò se lasciare lí, in bella vista, quelle dell'auto. Con Rossella al fianco, Vincenzo gli sembrava piú responsabile, ma forse era soltanto un'illusione. Decise di fidarsi e prese la porta, quindi rientrò di slancio, una prima volta perché s'era dimenticato la cartella di cuoio, e una seconda, imprecando, perché non aveva gli occhiali da lettura.

Il taxi lo aspettava sotto casa col motore acceso. Sopra la sfilata di terrazzi e le chiome dei pini, il cielo era una promessa di pioggia. Zanka si accomodò sul sedile posteriore e diede l'indirizzo. L'albergo era all'Esquilino, vicino alla stazione. Contava di metterci una ventina di minuti, salvo imprevisti. Il traffico sulla Magliana era scorrevole, il tassista guidava in silenzio e ascoltava la radio. Tempo utile per riordinare le idee.

Passarono il Tevere al Ponte dell'Industria e superarono Porta San Paolo, in direzione del Colosseo. Zanka viveva a Roma da piú di vent'anni, eppure, ogni volta che attraversava la città oltre il raggio delle solite passeggiate, si ritrovava a nominare i luoghi, come incrociando un conoscente che si vede di rado. «Quello è il dottor Candi». «Ecco San Gregorio al Celio». Sul taxi, poi, riviveva l'esperienza tipica del nuovo arrivato, che segue il percorso con apprensione, per paura che lo portino in giro, prolungando il tragitto e raddoppiando la tariffa.

Nella sua testa si annodavano le preoccupazioni per il convegno, la toponomastica romana, la viabilità e molti altri fili di pensieri che non avrebbe saputo identificare, ma che lo stesso contribuivano all'intrico, e tra questi senza dubbio anche Vincenzo e Rossella, con i loro progetti per quella mattina.

Di fronte al rosso di un semaforo sulla Merulana, un commento del tassista distolse Zanka dai suoi pensieri.

– E che sarà mai capitato?

Sotto, appena scalfita da un'incrinatura d'angoscia, la voce radiofonica di Cesare Palandri, che gli suonava insolita, fuori dal suo bagno e dalla cucina.

«... purtroppo sembra sia vera. Il presidente della Democrazia cristiana, l'onorevole Aldo Moro, è stato rapito poco fa a Roma da un commando di terroristi».

– Mortacci loro! – esclamò l'uomo alla guida, allungando le dita sulla manopola del volume.

«... l'inaudito, ripetiamo, incredibile episodio, è avvenuto davanti all'abitazione del parlamentare nella zona della Camilluccia. I terroristi avrebbero sparato contro la scorta che accompagnava il presidente democristiano, avrebbero poi caricato a viva forza l'onorevole Moro su una macchina e si sarebbero allontanati facendo perdere le loro tracce.

Non sappiamo altro per il momento. Ci... Ovviamente nel corso della mattinata, se ci collegheremo altre volte, interromperemo le trasmissioni. C'è da aggiungere che la scorta dell'onorevole Moro era composta da cinque... da cinque agenti. Sarebbero tutti morti. A risentirci piú tardi».

Il tassista staccò la mano destra dal cambio, strinse le dita a tulipano e si girò di novanta gradi.

– Cinque agenti stecchiti? Ma che c'avevano, questi, er raggio daa morte?

L'uomo inserí la freccia, sterzò a destra e accostò in seconda fila. Dal finestrino, Zanka notò che molte vetture facevano lo stesso, mentre il semaforo diventava verde, ma la colonna d'auto restava immobile e l'orchestra dei clacson attaccava la sinfonia dell'ingorgo.

La faccia del tassista spuntò tra i poggiatesta dei due sedili anteriori. Zanka notò che era il sosia, baffi compresi, di Domenico Modugno.

– Mio cognato me l'ha detto proprio domenica. Guarda che quello finisce male. I comunisti al governo con i democristiani... maquannomai!

Aldo Moro era stato l'«architetto» della nuova intesa tra Dc e Pci. L'accordo per far passare i comunisti dalla «non sfiducia» al vero e proprio ingresso in maggioranza si doveva al lungo lavoro del saturnino eppure attivissimo, melancolico eppure scafatissimo politico pugliese. Secondo il cognato del tassista, e non solo secondo lui, nel fare questo Moro si era esposto, aveva sfidato gli schieramenti consolidati, e adesso la pagava.

In realtà, Zanka lo sapeva, quell'intesa si preparava da anni. Dopo la sconfitta al referendum sul divorzio, nel '74, la Dc aveva capito di dover governare un'Italia che cambiava molto in fretta. Diverse anime del partito si erano poste all'ascolto dei comunisti che da tempo invitavano a un «compromesso storico».

Nel '75 era uscito un pamphlet dal titolo *Rapporto veridico sulle ultime opportunità di salvare il capitalismo in Italia*, firmato da un misterioso «Censor». L'autore lasciava intendere di essere un pezzo grosso, un esponente di spicco della classe dirigente. Costui dichiarava chiusa la stagione in cui, per contrastare scioperi e reprimere manifestazioni, era necessario trescare con fascisti e vecchi arnesi delle forze armate, ed esortava i suoi pari a fare ciò che in apparenza sembrava l'opposto, cioè far entrare nel governo il Pci.

> Chi, meglio dei comunisti, può oggi imporre al Paese un periodo di convalescenza, in cui gli operai lascino la lotta e riprendano il lavoro? [...] E del resto, domandiamocelo, qual è l'alternativa al «compromesso storico»? L'alternativa è questa, in prospettiva: che si arriverà, prima o poi, ad una situazione tale per cui né i comunisti, né i sindacati, né le forze dell'ordine, né i servizi segreti riusciranno piú a trattenere gli operai per evitare un'insurrezione generale della quale è difficile prevedere tutte le conseguenze.

Il pamphlet era veridico, come da titolo, perché descriveva con candore strategie reali, avvicinamenti davvero in corso. Al tempo stesso era un falso, perché «Censor» non era un membro dell'élite che parlava al proprio mondo ma un rivoluzionario, un «estremista», un ex membro dell'Internazionale situazionista che, fingendo di perorare la causa del Pci, ne denunciava la piena integrazione nel sistema.

Il libretto aveva fatto scalpore, fino a diventare un caso editoriale. Zanka ricordava Pablo Pepper nell'atto plateale di prendersi a schiaffi, perché quel testo avrebbe potuto pubblicarlo lui. Era passato anche per la sua scrivania. Lui l'aveva appena sfogliato, poi l'aveva definito «'na rottura de cojoni». Un raro caso in cui il suo celebre fiuto l'aveva tradito.

Quanto al contenuto, al tempo era parsa un'iperbole, un'esagerazione. Sí, c'era un fondo di verità, ma il Pci era pur sempre un partito comunista. Oggettivamente integrato al sistema poteva essere, ma al governo non poteva andarci, suvvia... E invece, tre anni dopo, l'obliquo auspicio s'avverava, grazie soprattutto al lavorio di Moro.

Ma proprio nel giorno in cui s'inaugurava il nuovo edificio, l'architetto veniva rapito.

Sul marciapiede s'erano già formati due capannelli, stretti alle antenne telescopiche di altrettante radioline. I commercianti uscivano sulla soglia dei negozi. Dalla porta di un bar, un energumeno gridava, con le mani a coppa intorno alla bocca: – Mariooo! Scenni, hann'ammazzato Moro!

Zanka si lasciò andare sullo schienale di pelle, stordito dal peso della notizia. Rapire uno cosí... Possibile? Come fai a portarti via uno come Aldo Moro? Da non credere. Come lo nascondi, un prigioniero del genere?

– Professo', – disse il tassista mentre ripartiva, – meno male che l'albergo sta qua dietro, si no chissà quanno arivava. Qua ce tocca 'na giornata da manicomio.

Zanka si passò le mani sul viso. Anche su quello aveva ragione il tassista. Che ne sarebbe stato del convegno? Potevano mettersi a parlare di Ufo con cinque cadaveri ancora caldi sull'asfalto?

11. Roma, giovedí 16 marzo

Quando vide Zanka entrare nella hall, Pablo Pepper gli andò incontro gesticolando, con i pochi capelli scarmigliati e gli occhi crepati di chi ha fumato sigarette a ripetizione.

– Marty, hai sentito? Qua va tutto a puttane. Tre giornalisti hanno chiamato per dire che non vengono, altri chiedono che vogliamo fa', Cavezzo non mi risponde... Magari è già partito, e comunque è un casino anche solo prendere la linea, figurati, ci sarà un sovraccarico da paura, ma dicono che so' stati i terroristi, che hanno tagliato i fili. Pensa te...

Zanka lo prese sotto braccio e lo portò in un angolo dove poter parlare. All'altro capo della hall, il televisore a colori attirava gli sguardi degli ospiti in attesa di notizie.

– Rynek? – domandò a Pepper, prima che il concierge lo ghermisse per dargli conto di nuove telefonate.

– Sarà in camera, ancora non s'è visto.

Zanka avvertí in lontananza il ronzare di un elicottero e s'informò su quali relatori dovessero arrivare a Roma quella mattina. Erano da mettere in conto voli cancellati, treni deviati, grossi disagi in qualunque tipo di trasporto.

– Bisognerebbe chiamare Termini e Fiumicino, – ragionò Pepper, – l'ufficio informazioni. Ma quelli, altro che informazioni, nemmeno ti rispondono.

L'attenzione dei due venne calamitata dalla sigla del Tg1, con il logo e i quadratini gialli e blu accompagnati dalla scritta «edizione straordinaria».

Il conduttore, Bruno Vespa, comparve nello studio del telegiornale, giacca marrone e cravatta verde, entrambe le mani sulla scrivania, le dita incollate a una penna a sfera. Ripeté la notizia che tutti già conoscevano, precisando però che gli agenti di scorta uccisi erano quattro, mentre non si sapeva se il quinto fosse stato ferito, né se lo fosse l'onorevole Moro.

«Roma è già stretta in uno stato d'assedio nella speranza che i rapitori non riescano ad allontanarsi».

– Macché allontanarsi! – chiosò un tizio col riporto, la testa e le spalle che spuntavano da uno schienale in rattan. – Questi glielo nascondono sotto il naso.

Dalla reception avvisarono Zanka che c'era in linea Gion Cavezzo del «Giornale dell'Ignoto». Alla buon'ora.

In un'intervista di parecchi anni dopo, in occasione del decimo convegno ufologico organizzato dal giornale, Cavezzo sostenne che quella telefonata fu piuttosto accesa. Zanka, a suo dire, si era convinto della necessità di cancellare il programma, invece lui insisteva per salvare almeno il confronto tra Rynek e Casella.

– Chissà quando ci ricapita un'occasione del genere!

Cavezzo abitava fuori Roma, sul lago di Bracciano. Chiamava da un bar della Storta, dove s'era fermato per un caffè e aveva appreso la notizia da un giornale radio secondo cui Moro era stato vittima di un attentato e si trovava ricoverato al policlinico Gemelli. Ora, per raggiungere l'albergo chissà quanto tempo ci avrebbe messo, ma intanto bisognava decidere, non si potevano tenere tutti in sospeso. Di sicuro quel pomeriggio non se ne faceva nulla, però si poteva dare almeno un nuovo appuntamento, per il giorno dopo, prima che Rynek ripartisse.

Quando Zanka riattaccò, la confusione nella sala doveva già essere vicina al picco.

Ospiti con la valigia si affollavano al banco dell'accoglienza, per saldare la camera e lasciare la città. Turisti stranieri si sforzavano di capire cosa fosse successo, mentre gli italiani glielo spiegavano a gesti. Un gruppo di camerieri si stringeva intorno a un tizio col farfallino, domandando il permesso di assentarsi per andare a recuperare i figli da scuola. Pepper parlava con chiunque lo interpellasse come fosse un conoscente di vecchia data, agitando le braccia. Oltre la porta girevole, sirene spiegate e una pioggia sottile. Un altoparlante montato su un'auto annunciava lo sciopero generale, immediato, dalle undici a mezzanotte. La televisione trasmetteva immagini da via Fani: bossoli cerchiati col gesso sull'asfalto, un cappello da pilota, una valigetta di pelle, una pistola, strisce di sangue, un finestrino in frantumi, una portiera perforata dai proiettili, cadaveri coperti da lenzuoli bianchi.

– Signor Zanchini?

Una voce femminile. Zanka si girò e si trovò di fronte una giovane donna, di statura media, capelli ricci, un viso irregolare su cui spiccavano grandi occhi marroni.

– Milena Cravero, – si presentò.

Zanka le strinse la mano, cercando di nascondere l'imbarazzo.

– Ci conosciamo in una ben strana circostanza, – disse lei additando lo schermo.

– Già, – rispose lui, – e il convegno finisce ancor prima di cominciare.

– Mi spiace. Posso immaginare quanta fatica le sia costato.

Zanka fissò il volto di Moro inquadrato alla tivú.

– C'è chi sta peggio – . Poi si ricordò dell'intervista. – Se voleva chiedermi di Rynek, non s'è ancora visto.

Andò al bancone. L'orologio sopra il pannello delle chiavi segnava le dieci e trentatre. L'appuntamento con Rynek era per le dieci e mezza. Chiese al concierge di chiamarlo in camera e di avvisarlo che Martin Zanka lo attendeva all'ingresso. Dopo un breve scambio di battute al telefono, l'impiegato annunciò che l'americano sarebbe sceso a minuti.

Una signora coi capelli bianchi, accasciata su una sedia di vimini, singhiozzava di fronte alle immagini trasmesse in diretta dalla Camera dei deputati.

«La situazione è gravissima, come ognuno vede, lo Stato democratico è aggredito nel modo piú diretto e piú provocatorio», disse l'onorevole Zanone.

Zanka tornò da Milena. Le chiese se voleva un caffè, ma lei rifiutò, aveva lo stomaco chiuso. Lanciava continue occhiate al televisore, come chiunque si trovasse nella hall.

Quando si erano scritti, settimane prima, Zanka aveva pensato che il loro incontro gli avrebbe permesso di chiarirsi. Avrebbero discusso di *Robinson delle galassie*, della recensione che lei gli aveva dedicato, della sua replica stizzita: «Al tribunale delle femministe non scampa nessuno. Forse dovrei dichiararmi prigioniero politico». Una frase che ora suonava ancor piú infelice. Invece...

– Mister Zanka!

Si voltarono entrambi verso le scale. Rynek scendeva la rampa col braccio alzato per attirare l'attenzione. Un'entrata in scena studiata, da divo. Perché non prendere l'ascensore? Del resto, era una star, aveva stuoli di ammiratori che da settimane non stavano nella pelle all'idea di conoscerlo, pensò Zanka mentre andava incontro all'ospite d'onore.

– Che succede? – domandò l'ufologo con il suo accento yankee e quel poco di italiano che ricordava da quand'era sbarcato in Sicilia agli ordini del generale Patton. – Sono arrivati gli alieni?

Mezz'ora piú tardi, con una foto di Moro alle spalle, Bruno Vespa riprese la linea dopo la diretta da Montecitorio. Uno sparuto gruppo di presenti, nel frattempo, aveva spostato gli occhi dal tubo catodico al viso ispirato di Omero Landi, uno dei relatori del pomeriggio, che doveva tenere un intervento su Ufo e psicofonia e stava invece interpretando una quartina di Nostradamus che pareva predire gli eventi della giornata.

– «Un grande re preso nelle mani di uno piú giovane». Qui allude certamente al Gran Turco, cioè il sultano, che per i cristiani era appunto un «moro»; il re giovane invece è Curcio, che è piú giovane di Moro, è il capo delle Br e già dal nome è un Re-nato. «Non lontano da Pasqua confusione e colpo di coltello». Pasqua è tra dieci giorni, no? «Prigioniero perpetuo nel tempio della folgore nella gabbia»... Questo è un riferimento a Roma, perché il primo tempio costruito da Romolo era dedicato a Giove Feretrio, cioè che colpisce con il fulmine, e significa che Moro verrà tenuto qui in città. «Allora i tre fratelli si feriranno e uccideranno». Qui s'intendono le tre correnti della Dc...

– Com Nostradamus puoi preveder qualquer coisa, depois che è successa.

L'uomo che aveva parlato con un suadente accento carioca era appena entrato nella hall. Criniera canuta concentrata ai lati della testa, mentre al centro dominava la calvizie; fisico asciutto, che rivelava i trascorsi da calciatore professionista, mezza punta del Boavista Sc di Rio de Janeiro. La sagoma di Casella era inconfondibile.

Zanka gli si avvicinò con un cenno di saluto.

– Non vorrete mica cancelar o convegno? – lo apostrofò l'esule sudamericano.

– Non abbiamo ancora deciso niente, – disse Zanka. – Ma le speranze sono poche.

– O yankee vuole tirarsi indietro, não é assim? – disse Casella guardandosi attorno in cerca di Rynek. – Non mi sorprende. Dietro a tudo isso c'è Washington, certo. Moro porta i comunisti al governo e la Cia lo scarica. Non possono permetterlo, ora che i cinesi han relanzado i loro piani spaziali e i sovietici preparano grandi esperimenti atomici in Novaja Zemlja.

Oltre all'incontro del terzo tipo con alieni socialisti, l'altra provocazione di Casella era la rivoluzione atomica, cioè l'idea che solo una guerra nucleare inaugurata da Russia e Cina avrebbe dispensato il comunismo all'umanità sopravvissuta. Pochi ma buoni. Quando esponeva la sua teoria si divertiva a osservare le reazioni degli interlocutori, specie se si trattava di intellettuali di sinistra.

Casella non cambiava mai, pensò Zanka.

– Companheiro, te sei accorto che o nome do Rynek sul manifesto na entrada è sbagliato? C'è scritto «Alien J. Rynek» invece di «Allen». È uno scherzo? Espero per te che o yankee tenha o senso do umorismo.

– Imbecilli... – mormorò Zanka a capo chino. Ci mancava solo che Rynek si sentisse preso per i fondelli. Raggiunse il cavalletto su cui campeggiava il manifesto e constatò che il tipografo aveva chiamato «alieno» un ufologo di fama mondiale. Quindi con finta indifferenza lo accartocciò e lo buttò in un cestino insieme alle ultime speranze di svolgere il convegno.

Ricomparve Pablo Pepper, sempre agitatissimo. Portava la notizia della chiusura di cinema e teatri, oltre alla sospensione di qualunque spettacolo ed evento sportivo. Alle cinque era convocata una manifestazione in piazza San Giovanni.

– Con i sindacati, i partiti, i movimenti, e tutta la compagnia cantante.

Il primo canale intanto riproponeva il servizio del cronista Paolo Frajese dal luogo dell'attentato, per i telespettatori che non l'avessero visto. Un uomo sovrappeso, col dorso della camicia zuppo di sudore, si alzò per cambiare canale. Sul secondo, immagini analoghe. La pasticceria di via Fani, un militare col petto decorato di nastrini, le auto della polizia, i passanti e un giornalista, microfono in pugno, a caccia di testimonianze. «Lei ha sentito qualcosa? Abita qui?» Un elicottero volteggiava nel cielo del quartiere Trionfale.

– Dove sta Rynek? – chiese Casella all'orecchio di Zanka.

– Nella sala ristorante, – rispose Zanka. – A bere un cappuccino. Gli avevo fissato un'intervista, ma...

Si interruppe, vedendo Milena di ritorno dallo stanzino del telefono.

– Sono riuscita a rintracciare l'amica che deve ospitarmi, – disse lei. – Mi ha dato appuntamento a casa, spero che arrivarci non sia un'odissea. Poi forse andremo all'università. Con Rynek abbiamo rinviato a domani. Troppa incertezza, troppo trambusto. Concentrarsi sarebbe impossibile.

– Lui come l'ha presa? – domandò Zanka, pensando che al grande ufologo non doveva essere mai capitata un'intervistatrice che gli desse buca.

– Mi ha fatto promettere che faremo colazione insieme.

– Mica stupido, o yankee, – commentò Casella, accennando un affettato baciamano. – È um prazer, companheira! Romulo Casella.

Milena aveva sentito parlare del brasiliano, del suo peculiare approccio all'ufologia, del gruppetto di seguaci che lo attorniava. Aveva letto un suo opuscolo, intitolato *Per un socialismo interplanetario*. Jimmy Fruzzetti lo avrebbe incasellato tra i «paranoici». Si era anche chiesta se intervistarlo per la sua ricerca. In quel momento, però, non era in vena di convenevoli, e fu soprattutto lo sguardo lubrico del vecchio trotskista a convincerla a tagliare corto.

– Milena Cravero, piacere –. Si rivolse a Zanka. – Io vado. A domani, spero.

– D'accordo, arrivederci, – farfugliò lo scrittore.

Milena si diresse all'uscita.

– Chi è quella mulher maravilhosa, Zanka? – domandò Casella. – La tua amante?

– Ma no. È un'antropologa, è qui per una ricerca sugli ufologi.

– Non sarà per caso la Milena Cravero che ha escrito quella fantastica stroncatura del tuo libro...

– Proprio lei.

Casella ridacchiò, poi fissò Zanka.

– Companheiro, dimmi se ho capito bene: o convegno è fottuto... Moro è fottuto... Este pais também está fottuto... E Rynek se ne sta solo sozinho na outra sala?

Zanka non fece in tempo a trattenerlo. Osservò Casella marciare verso il ristorante come si accingesse a un duello alla pistola, spalancare la porta e dire a voce alta, in tono di sfida: – *Alien* Rynek... *At last!*

12. Roma, giovedí 16 marzo

Le ore successive furono un susseguirsi di falsi allarmi e notizie incontrollate. Voci di una bomba esplosa su un autobus a via Cavour, a due passi da lí, quindi una sparatoria a Fiumicino, proprio quando doveva atterrare l'aereo con i delegati della rivista francese «Lumières dans la nuit». Apprensione alle stelle, telefonate a tutto spiano e nulla di vero. Giunse la notizia che le Br avevano rivendicato il rapimento con una telefonata all'Ansa: «Questa mattina abbiamo sequestrato il presidente della Democrazia cristiana Moro ed eliminato la sua guardia del corpo, teste di cuoio di Cossiga. Seguirà comunicato. Firmato Brigate rosse».

A ogni nuova uscita per prendere aria, Zanka notava che le vie si svuotavano, le saracinesche si abbassavano, i bambini uscivano in anticipo da scuola accompagnati da genitori impauriti. Il vento sapeva di scirocco e strade bagnate.

All'ora di pranzo giunse la notizia che anche il quinto agente della scorta era morto in ospedale, con tre pallottole nel petto. Il vicebrigadiere Francesco Zizzi, di Fasano, che a giugno avrebbe compiuto trent'anni, proprio quella mattina sostituiva il caposcorta Rocco Gentiluomo, in ferie dal giorno prima. Mentre i camerieri servivano una pasta scotta nel ristorante dell'albergo, il presidente del Consiglio Giulio Andreotti parlò alla nazione a reti unificate.

«La compattezza delle forze politiche e di quelle sindacali, in questo assolutamente concordi, deve costituire la base di una sempre piú vigorosa azione psicologica e tecnica per ottenere che l'Italia non abbia a precipitare in una spirale di insicurezza e di ingovernabilità».

L'esposizione del programma di governo, a parte qualche battibecco, suonò come la preghiera di una religione estinta.

Andreotti lasciò la Camera alla volta del Senato. Gion Cavezzo arrivò all'*Hotel Tiberio* per il caffè. Il viaggio del direttore del «Giornale dell'Ignoto», cinquanta chilometri da Trevignano a Roma, era durato circa quattro ore, di cui almeno tre passate in coda sul raccordo anulare, nel tentativo di aggirare la zona dell'agguato.

Al momento previsto per l'inizio dei lavori, erano presenti tre relatori su otto. Il pubblico, su centoventi prenotati, ammontava a otto persone. Zanka, teterrimo, tenne un breve discorso a nome degli organizzatori per comunicare che il convegno era purtroppo rimandato a data da destinarsi.

Poi cominciarono a uscire le edizioni straordinarie dei giornali e Pepper, che era un tossico di carta stampata, se ne procurò quante piú poteva, battendo le edicole della zona in cerca delle testate esaurite.

Feroce sfida allo Stato democratico. Moro rapito. Rabbia e sgomento nel Paese. Moro rapito dalle Brigate rosse. I nemici della democrazia non passeranno. Rapito Aldo Moro. Il colpo di stamani va ben oltre le capacità delle Br. Moro rapito. Guerra aperta allo Stato e alla democrazia. Aldo Moro rapito. È quasi un colpo di Stato. Rapito Aldo Moro. Difendere la Repubblica.

Per Pepper non era sufficiente. Fremeva dalla curiosità di vedere la grande manifestazione a piazza San

Giovanni, che dall'albergo distava non piú di venti minuti a piedi.

Zanka lo esortò ad andare. Quanto a lui, l'ultima cosa che gli andava di fare era ficcarsi in mezzo a un marasma di gente e bandiere. Disse che sarebbe rimasto a presidiare la hall dell'albergo, per gestire il fallimento del convegno, ricevere eventuali ospiti ritardatari, dare spiegazioni a chi ancora ne chiedeva.

I lanci d'agenzia parlarono di una piazza gremita: cinquantamila, centomila, duecentomila persone.

Zanka rientrò a casa col buio, stanco e demoralizzato.

Rossella lo salutò distratta. Era seduta sul tappeto, davanti al televisore. Di nuovo Andreotti, al posto del quiz di prima serata. Zanka sprofondò nel divano, esausto.

– Cosa succede adesso? – chiese la ragazza con lo stesso tono di chi vuole conoscere il finale di un film da chi lo ha già visto.

– Non lo so, – rispose Zanka. – Niente di buono, comunque. Siete stati al consultorio?

– Non ci abbiamo neanche provato, col casino che c'era, – rispose Rossella. – Abbiamo telefonato. È già tanto che abbia risposto qualcuno. Ci hanno detto «oggi le compagne sono tutte in assemblea, provate domani».

Zanka annuí, non sapendo cosa dire.

– Vince dov'è? – domandò.

Rossella indicò la sua stanza.

La ragazza sedeva a gambe incrociate, lo sguardo rapito dalle immagini in tivú. Il viso sembrava quello di una statua antica. Zanka si percepí lontanissimo, in orbita intorno a un pianeta sconosciuto grande quanto un'intera generazione. Fissò il volto altrettanto enigmatico di Andreotti sullo schermo. Una sfinge. Metteva paura. Si sentí fragile, come non si era mai sentito, nemmeno durante la guerra, e quella sensazione gli diede i brividi, costringendolo ad alzarsi. Andò a bussare alla stanza del figlio e lo trovò sdraiato sul letto a fissare il soffitto con la sigaretta in mano.

Vincenzo girò la testa e rimase in attesa di una domanda che suo padre non pronunciò.

13. Roma, giovedí 16 e venerdí 17 marzo

«Dov'eri quando hanno rapito Moro? E il giorno dopo?»

A queste domande Milena può dare risposte tanto precise quanto bizzarre.

Il 16 marzo '78, alla notizia del rapimento, comizi e manifestazioni tennero banco in tutta Italia. Quella di Roma, a San Giovanni, fu la piú partecipata, ma raduni simili riempirono le piazze anche a Bologna, Milano, Torino, Bari e in molte altre città e centri minori. Si tennero assemblee sui luoghi di lavoro, nelle scuole e nelle università. Cortei improvvisati, sdegno nazionale, confusione. Nelle fabbriche vi furono anche brindisi e festeggiamenti, che non trovarono spazio sulle colonne dei giornali.

Mai come in quelle ore Milena sentí la mancanza dei compagni e delle compagne. Se fosse stata a Torino sarebbe andata a cercarli, per il conforto di una riflessione condivisa, come nei giorni delle stragi di Stato. Ma Tina, l'amica che l'ospitava a Roma, non aveva un collettivo, un luogo, un'area di riferimento. Cosí finirono all'università, di fronte alla Minerva, in un'assemblea convocata su due piedi, troppo dispersiva e confusa per offrire un approdo nella burrasca.

Nel caos incontrarono un certo Moreno, assistente di Scienze politiche, che poi le accompagnò di qua e di là per l'intera giornata, tra viali deserti e improvvisi affollamenti, in un vorticare di parole d'ordine, frasi avventate e grida nei megafoni. Moltitudini si dirigevano verso piazza San Giovanni. Le bandiere della Dc accanto a quelle del Pci e della Cgil. Il compromesso storico realizzato nelle strade. L'Unione Sacra.

L'obbligo di schierarsi soffocava Milena: o con «noi» – lo Stato e la legge, la «brava gente», le persone democratiche e civili – o con «loro» – i terroristi, i criminali, i farneticanti assassini. Con buona pace di chiunque stesse nel mezzo, o meglio, *di lato*: assemblee autonome di lavoratori, collettivi di studenti, comitati di quartiere, circoli femministi, case occupate, comuni autogestite, radio libere...

Il ricatto delle Br e quello dello Stato, avrebbe titolato «Lotta Continua» il giorno dopo.

«Ricordo di aver pensato: siamo perduti, – dice oggi Milena. – Il movimento, il mondo in cui mi ero formata, si sarebbe ritrovato tra le ganasce di una morsa. Il governo avrebbe trasformato lo sdegno in consenso, col Pci a reggere il gioco per restare nella maggioranza. E dall'altra parte, quanti giovani compagni avrebbero subito il fascino di quella prova di forza, e cercato le armi? Quella sul sequestro Moro fu la prima di tante alternative infernali, per dirla con Isabelle Stengers e Philippe Pignarre. O appoggi lo status quo, chi ci governa e la visione del mondo che esprime, o sarà la rovina tua, dei tuoi cari, di tutti quanti. Davvero quei giorni sono l'alba del nostro tempo».

A sera, Tina andò a dormire a casa di Moreno. Milena rimase da sola, in un appartamento mai visto, tra i palazzi di un quartiere sconosciuto. In compenso, qualcuno a tarda notte suonò il campanello, Milena si svegliò e andò alla porta, ma nessuno rispose ai suoi ripetuti «Chi è?»

Fu una notte lunga e claustrofobica, che la catapultò nel mattino con l'ansia di essere puntuale per l'intervista.

Uscí dall'appartamento prestissimo, in cerca di aria, spazio, vita.

«Dov'eri quando hanno rapito Moro?»

La domanda torna a ogni anniversario. L'interrogativo si estende con naturalezza all'indomani e all'intera durata del sequestro, perché fu tutto un continuum.

> Era il giorno dopo il rapimento di Moro. Io e mio cugino abitavamo molto vicino a via Mario Fani. In linea d'aria saranno stati cinquecento metri, non di piú, anche se non c'era ancora una strada che collegava quella zona a dove vivevo. Ci eravamo trasferiti da poco. Il cortile di casa nostra era diviso da quello di un altro caseggiato da un muro, che noi scavalcavamo arrampicandoci su un tronco d'albero, per andare a giocare con i bambini che stavano di là. Fatto sta che quel giorno si fanno le sei di sera e quando proviamo ad arrampicarci sul tronco per tornare indietro, non ci riusciamo. Quindi io e mio cugino ci troviamo allo sbocco dell'altro cortile su una strada che però non è la nostra. Comincia a fare buio, ci perdiamo, perché non conosciamo ancora bene il quartiere. Cominciamo a camminare mano nella mano piangendo tutt'e due. Eravamo terrorizzati e continuavamo a ripeterci che dovevamo stare attenti perché avevano rapito Moro. Ancora mi ricordo le macchine della polizia che passavano. Finché una signora ci blocca, vedendoci in lacrime, e ci aiuta. Ci porta a una cabina del telefono, dove all'epoca c'erano gli elenchi telefonici, si fa dire il cognome di mia madre, la chiama, e lei ci viene a prendere. Fine.

Questo il ricordo dell'attore Valerio Mastandrea, che nel 1978 aveva sei anni.

Nelle stesse ore, una manciata di chilometri piú a ovest, sette uomini erano in preda al terrore. Sette cacciatori barricati in un capanno dell'Agro Romano, vicino alla borgata Casalotti, dopo che i carabinieri li avevano inseguiti, presi a fucilate e braccati con tanto di elicotteri. Uno di loro, tremante, era uscito a mani alzate e finalmente si era chiarito l'equivoco: stipati in sette su un'unica auto, non si erano fermati all'alt dei carabinieri per paura di una multa. Nell'operazione, l'Arma aveva impiegato quattrocento uomini.

Fin da subito un'atmosfera «nordirlandese» si addensò – condizionando anche i giochi dei bambini – prima su Roma, poi su tutto il Paese. Lo scrittore e deputato Leonardo Sciascia domandò che senso avesse «istituire posti di blocco, controllare mezzi e persone, la mattina del 16 marzo, a Trapani o ad Aosta», e subito si diede la risposta: «Nessuno: se non quello di offrire lo spettacolo dello "sforzo imponente"».

Nel periodo del sequestro Moro, le forze dell'ordine e l'esercito allestirono oltre settantaduemila posti di blocco. «Tutti i mezzi in transito devono essere vivisezionati», disse il generale Mario De Sena, capo di Stato maggiore dei carabinieri. Gli autoveicoli fermati furono oltre tre milioni, le persone controllate, quasi sei milioni e mezzo. Vennero eseguite trentasettemila perquisizioni domiciliari. Manovre che Pietro Pascalino, procuratore generale presso la Corte d'appello di Roma, interpellato da Sciascia, definí con franchezza «operazioni di parata».

Eppure la lista dei ricercati era pubblica già dal 17 marzo, con tanto di foto segnaletiche. Selezione al contempo rozza e indovinata. Includeva persone del tutto estranee, due delle quali già in carcere e una regolarmente registrata nell'albergo in cui alloggiava, inoltre due foto erano della stessa persona indicata con nomi diversi; di contro, tre dei sospetti avevano davvero partecipato all'agguato di via Fani, e altri due erano membri del comitato esecutivo delle Br.

A ciascuno di quei cinque lo Stato fece corrispondere piú di un milione di controlli. Bastava avere la barba, i capelli anche moderatamente lunghi e un abbigliamento da «contestatore» – qualunque cosa significasse – per essere bloccati, trattenuti, a volte portati in caserma. I brigatisti, dal canto loro, non si vestivano in quel modo, bensí da travet, da piccoli borghesi confusi nel tran tran quotidiano.

Il cosiddetto «Decreto Moro» del 21 marzo, primo di una lunga serie di leggi speciali, introdusse il fermo «di identificazione». Si poteva essere portati e trattenuti in questura o in caserma anche per ventiquattr'ore, e interrogati in assenza di un legale. Non solo: il decreto dava mano libera agli inquirenti sulle intercettazioni telefoniche e ambientali, anche preventive, cioè senza indizi di reato.

Anni dopo sarebbero affiorate testimonianze sulle torture ai danni di alcuni sospetti, come il supplizio «dell'acqua e del sale» che un funzionario del ministero degli Interni soprannominato «De Tormentis» inflisse a Roma e in altre parti d'Italia. Il soggetto veniva spogliato e bloccato su un tavolo, poi gli si ficcava un tubo in bocca e lo si costringeva a ingurgitare litri di acqua alternati a manciate di sale. «La lotta al terrorismo non si poteva fare con il codice penale in mano, – avrebbe dichiarato De Tormentis molti anni dopo. – Occorreva ristabilire una forma di auctoritas, con ogni metodo».

Per tutto il corso del sequestro, e ancora per diversi mesi dopo la sua conclusione, non ci sarebbe stato alcun dibattito parlamentare sulle leggi speciali, sulla gestione dell'emergenza, su quanto stava accadendo. Cosa che le stesse Br, in uno dei loro comunicati, non mancarono di far notare: «A nessuno è sfuggito come il quarto governo Andreotti abbia segnato il definitivo esautoramento del parlamento da ogni potere».

Un'efficace descrizione di quel clima si trova in *Mater Materia*, romanzo incompiuto dello scrittore altoatesino

Marco Felder (1975-2021), ambientato a Bolzano nei giorni del sequestro Moro. A esprimersi è un alter ego dell'autore, l'archivista Karlheinz Mezzogaudio.

> Se le Brigate rosse hanno portato l'attacco al cuore dello Stato, lo stesso Stato ha raccolto la sfida e ne scarica il peso sulla vita delle persone. Moro è prigioniero nel carcere «del popolo», mentre l'evocato popolo viene imprigionato a cielo aperto da un potere sempre piú pervasivo, con l'appoggio di quasi tutto l'arco parlamentare. Alla foto di Moro con lo striscione delle Br alle spalle potrebbe corrispondere quella dell'intera cittadinanza in balia dell'arbitrio di Stato. Lo stato d'emergenza passa sopra tutto e tutti. E chi ha qualcosa da obiettare, renitente a questa leva morale di massa, trova ad attenderlo il fuoco di fila di cecchini scelti, pronti a impallinarlo sui giornali, ad additarlo all'odio della gente «perbene».

14. Roma, venerdí 17 marzo

L'aspetto di Rynek era fedele al cliché del professore anglosassone. Pizzetto grigio, occhiali, pipa, capelli brizzolati con la riga da una parte. Il suo elegante completo color perla era in netto contrasto con i jeans, la camicetta e il gilet di Milena. Sedeva nella hall insieme a Zanka. Giornale alla mano, quest'ultimo cercava di spiegare all'americano non tanto la gravità della situazione, facile da intuire, quanto la complessità della medesima. Prima che si interrompessero per salutarla, Milena riuscí a carpire un riferimento all'uccisione di Kennedy.

Rynek si alzò dal divano e indicò la sala ristorante, dove li attendeva la colazione. Milena, scusandosi, chiese a Zanka di accompagnare l'ospite, lei li avrebbe raggiunti in un minuto. Aveva notato i tizi appostati a poca distanza: quattro uomini con occhiali, maglioncini a rombi, giacche beige o a quadretti, borselli e manine sventolate per salutarla. Non aveva piú pensato a Bonino, Ravarino, Baudino e al resto degli ufologi incontrati sul treno, come se quel viaggio da Torino fosse avvenuto in un universo parallelo.

– Ma dove siete finiti ieri? – domandò avvicinandosi.

Bonino si passò una mano sulla faccia. – Abbiamo provato a venire qui, ma era impossibile, c'era il caos, posti di blocco ovunque...

Chissà gli altri – i «picchiatelli» – dove s'erano cacciati, pensò Milena. E Fruzzetti?

Baudino indicò Rynek. – Senti, presentacelo, ti prego!

– Sí, per favore, presentacelo! – fecero eco i compagni.

Subito però trattennero l'entusiasmo, vagamente imbarazzati perché a dispetto di tutto speravano almeno di carpire una battuta di Rynek e un autografo sulle copie del suo libro. Bonino aveva portato anche la macchina fotografica e bramava una foto da esibire nella sede del Grucat.

– Magari anche con Zanka, eh? – disse timidamente.

Milena suggerí di aspettare lí, dopo l'incontro avrebbe messo una buona parola con Rynek. La banda si sperticò in ringraziamenti, Bonino ebbe l'impulso di baciarla sulla guancia ma il gesto non superò la soglia dell'intenzione e venne abortito sul nascere, risolvendosi in una smorfia alla Woody Allen.

Milena entrò nella sala ristorante, prese cornetto e caffè e cominciò l'intervista.

Il giorno prima Milena si era presentata e aveva spiegato il senso della sua ricerca. Non aveva bisogno di ulteriori preamboli. Finse di non trovarsi in quella città, in quel Paese, su quel pianeta, e di stare in orbita da qualche parte lassú, per andare subito al punto.

Chiese a Rynek se Roy Neary, il protagonista del film di Spielberg, corrispondesse al «contattato» tipo oppure no, insomma se gli sembrasse verosimile come personaggio, in base alla sua esperienza. Rynek non capí che si trattava di una domanda trabocchetto, ovvero di essere lui l'oggetto di studio, anziché il fenomeno Ufo. Nondimeno fu abbastanza perspicace da intuire un'insidia, forse un vecchio istinto schivarogne lo mise all'erta.

Disse che non aveva mai creduto ai racconti di «rapiti» dagli extraterrestri, dunque per lui non aveva molto senso chiedersi quanto Neary fosse verosimile come protagonista di una storia del genere.

Milena gli fece notare che la domanda intendeva altro. Cercò parole diverse per riformularla, ma non le trovò, cosí decise di passare alla successiva.

– *Who is Roy Neary, in your opinion?*

Gli occhi grigi di Rynek guizzarono dietro le lenti.

– Un matto! – disse in italiano.

Eh no, troppo facile. Milena gli domandò se non fosse piuttosto un uomo insoddisfatto, in attesa di qualcosa di diverso, di straordinario. Un'esigenza inconscia, che accomunava i testimoni di incontri ravvicinati.

L'ufologo ammiccò, disse che non aveva psicanalizzato i protagonisti degli episodi raccolti nel suo libro, e concluse la frase con un «*my dear*», toccando appena la mano di Milena sul tavolo con fare accondiscendente.

Zanka, che assisteva muto al confronto, registrò il gesto e nascose lo stupore accendendo una Muratti. Temeva che Milena si sarebbe irritata. Invece lei non batté ciglio.

Rynek continuò dicendo che i casi da lui raccolti riguardavano persone assennate, le quali non avevano mai dato alcun segno di squilibrio o avuto episodi allucinatori, e sembravano anche soddisfatte della propria vita, nei limiti del possibile. Loro per primi erano increduli e spesso anche reticenti nel fornire testimonianze, temendo di essere presi per pazzi e di rovinarsi la reputazione. Questi erano i soggetti piú utili da prendere in esame, perché si poteva escluderli dal novero dei mitomani. Nessuno di loro costruiva modellini di montagne nel salotto di casa, concluse Rynek alludendo ancora al film di Spielberg. Di nuovo gli occhi guizzarono e la mano sfiorò quella di Milena.

Lei insistette, senza scomporsi. Persone normali, bravi borghesi, bene integrati nelle loro comunità, e senza precedenti che lascino immaginare qualche disturbo psichico o percettivo, all'improvviso vedono qualcosa di inspiegabile. Davvero non pensava che gli Ufo potessero rispondere a un qualche bisogno recondito?

Rynek affermò che, al contrario, i suoi testimoni avevano visto «qualcosa» senza averne alcuna necessità, e proprio per questo li riteneva attendibili. Una pausa studiata, da professore navigato, prima di concludere, in tono affabile, citando in italiano il titolo del suo best seller.

– Dopo che tu ha spiegato il spiegabile, molte cose rimane ancora. Gli Ufo sono una realità, mia cara.

Rynek aggiunse che non erano i singoli individui, ma l'umanità intera, l'inconscio collettivo, ad avere bisogno dell'inspiegabile, dell'ignoto, di un monolito nero che sfidasse la ragione per farla progredire. Lo disse compiaciuto per la citazione da *2001: Odissea nello spazio* e per lo sfoggio di spirito da pioniere americano. Quindi ne approfittò per elogiare Kubrick, non meno di Spielberg, perché entrambi erano stati capaci di interpretare quella sfida e trasferirla sul grande schermo. Poi chiese l'opinione di Milena sui due film.

L'intervistatrice accettò l'inversione dei ruoli.

Disse che Kubrick pretendeva di fare filosofia con la fantascienza. A tratti si aveva l'impressione che stesse cercando Dio e a tratti che si credesse Dio.

Rynek rise con complicità, colpito dalla sagacia della risposta.

– *Wonderful!* – commentò, con un'espressione tra l'ammirato e il concupiscente che raggelò Zanka.

Spielberg invece, continuò Milena, aveva messo in piedi uno spettacolo di luci colorate e abbaglianti, ma la morale della favola era sessista e consolatoria.

A questo secondo giudizio il sorriso di Rynek si attenuò. Il vecchio istinto tornava a metterlo in guardia.

– *What do you mean?* – domandò prudente.

Stufa del suo svicolare, Milena gli rifilò la sventagliata di domande che aveva in serbo.

Secondo lui, perché Roy Neary partiva entusiasta con l'astronave aliena, mentre la ragazza madre Jillian restava a terra con il proprio bambino e la lacrimuccia che le scendeva sulla guancia? Non sarebbe potuta partire lei insieme al figlio – che, tra l'altro, aveva già stretto amicizia con gli omini bianchi? O perché non la moglie di Neary, lasciando lui da solo con i bambini da crescere? Nel film di Spielberg le madri restavano e i padri se ne andavano: l'evasione era dunque un'esclusiva maschile? Si era mai chiesto, professor Rynek, perché inseguiva gli Ufo, a parte i luoghi comuni sul fascino dell'ignoto? Ed era forse un caso che non esistessero ufologhe donne?

Rynek non si fece prendere in contropiede e ribatté che l'ufologia è maschile quanto la caccia, perché in effetti è una caccia o, se preferiva, quanto il collezionismo. L'ufologo vuole comprendere e catalogare i fenomeni. Aveva mai conosciuto una donna che collezionasse francobolli?, le domandò in tono scherzoso.

Milena ripensò alla passione filatelica di suo padre: una mezza libreria stipata di raccoglitori, che una volta completi rimanevano lassú, abbandonati alla polvere.

Quello di Rynek era uno spunto interessante. Le ricordò la «smania di classificare» di cui le aveva parlato Jimmy Fruzzetti: una caratteristica comune a ufologi e collezionisti. La fuga verso l'ignoto, l'attesa di visitatori straordinari, si rovesciava quindi nel suo contrario: la schedatura. Ma di nuovo: cosa c'era di maschile in quell'atteggiamento? Davvero c'entrava la caccia? O era un'altra la pista da seguire?

Mentre s'interrogava su questo, Milena colse una battuta di Rynek, che aveva tutta l'aria di un'avance. L'americano disse che, quanto a lui, avrebbe seguito una donna come lei in capo al mondo, piuttosto che collezionare francobolli o cercare sciami di luci abbaglianti nel cielo.

Probabilmente era il miglior complimento che il professore potesse rivolgere a una donna.

Zanka sentí una morsa allo stomaco. Si aspettava che Milena rispondesse per le rime, ma proprio in quel momento entrò il cameriere, per annunciargli che il signor Pepe lo desiderava al telefono. Zanka si scusò, sperando che l'interruzione raffreddasse gli spiriti. Tornò nella hall, dove fu subito bersagliato dalle occhiate degli ufologi. Capí che lo avevano riconosciuto, finse di non notarli e raggiunse l'apparecchio di servizio.

– Pronto, Marty? Sei ancora lí con Rynek e l'antropologa? – la voce di Pepper era smaniosa come sempre, ma meno in fregola del giorno precedente.

– Sí, Paolo, ma non credo ne avremo ancora per molto.

– Allora volevo dirti che Rynek me lo porto a pranzo qui a casa. Sai, la buona vecchia ospitalità italiana, cosí lui è contento, tu sei libero e io mi risparmio il conto al ristorante. Dopo mangiato andiamo in aeroporto con la mia macchina, ché il taxi fino a Fiumicino mi costerebbe una fortuna. Tu non sai 'sti brigatisti quanti soldi m'hanno fatto buttar via: prenotazioni, stanze d'albergo, anticipi sull'unghia. Mi lasciano coi debiti, 'sti maledetti.

Zanka si limitò ad approvare il programma e a domandare se c'erano altre faccende che doveva sbrigare.

– Finire il nuovo libro, Marty! – lo aggredí l'editore. – Dopo *Odeon* abbiamo avuto un sacco di prenotazioni, ne stampiamo cinquantamila di prima tiratura, ma se tu non lo finisci perdiamo l'abbrivio e ci ritroviamo col culo per terra.

Zanka promise, ancora qualche giorno, dieci al massimo, per fine mese. Riagganciò e chiese di nuovo la linea al concierge.

Telefonò a casa, lasciò squillare a lungo: nessuno rispose. Chissà a che punto era la missione di Rossella e Vincenzo a San Lorenzo. Abbassò la cornetta, doveva rientrare nella sala ristorante, dove Milena era alle prese con Rynek e le sue smancerie.

Sullo schermo della tivú dell'albergo, per l'ennesima volta, comparve il viso di Aldo Moro. Eccone un altro che non aveva certo immaginato come sarebbe stato quel giorno. Zanka non aveva mai simpatizzato per lui, per i democristiani in generale, eppure in quel momento avvertí una strana empatia, non per il politico, ma per l'uomo, prigioniero chissà dove nelle mani dei suoi nemici.

Quando si girò, si ritrovò davanti Milena che gli mostrava un biglietto da visita con su scritto a biro: «315».

– Mi ha lasciato il suo numero di stanza.

– Mi dispiace, – le disse Zanka in tono sconfortato. – Non pensavo che potesse essere cosí sgradevole.

Milena ci pensò un attimo.

– Piú che sgradevole... – disse, – scontato... banale. Però mi ha dato uno spunto utile. A suo modo è stato sincero.

– Mi consenta di rimediare offrendole il pranzo, – disse Zanka. – È il minimo che io possa fare.

Milena rimase stupita.

– Ho il treno nel primo pomeriggio, – disse.

– La prego. Mi dia un motivo per andarmene da qui. Sarebbe una liberazione, – ammise Zanka.

– D'accordo, – disse Milena. – Vuole aspettarmi soltanto un attimo?

Si avvicinò al capannello dei giovani ufologi ancora in

attesa nella hall. Confabulò con loro alcuni secondi, poi consegnò a Bonino il biglietto di Rynek. Zanka li vide sperticarsi in ringraziamenti e precipitarsi verso l'ascensore. Milena convinse il concierge a lasciarli salire, quindi girò i tacchi con aria soddisfatta.

– Chi sono quelli? – domandò Zanka.

– Soggetti della mia ricerca. Grandi ammiratori di Rynek. Non lo molleranno.

15. Roma, venerdí 17 marzo

Rossella aveva pensato al consultorio autogestito di via dei Sabelli perché ne aveva letto diverse volte su «Effe», mensile femminista che arrivava a Thanur in abbonamento. Sempre nella biblioteca di Thanur, logorato da innumerevoli consultazioni, c'era un opuscolo sulla contraccezione a cura del «Centro per la salute della donna, via dei Sabelli 100, Roma». «Via dei Sabelli 100, interno 11», si precisava altrove. L'interno 11 era un seminterrato umido, con finestrelle che davano sui piedi dei passanti.

Il consultorio era la sede del Collettivo femminista San Lorenzo e del Crac, il Comitato romano per la liberalizzazione dell'aborto e della contraccezione. Era nato nel 1974 su iniziativa di compagne femministe, tra le quali Simonetta Tosi, biologa e ricercatrice al Cnr. Il contratto d'affitto era intestato a lei.

Prima di quel contratto c'era stato un lavoro lungo e appassionato, porta a porta a San Lorenzo: si suonavano i campanelli, si parlava con le donne di casa. All'inizio, non poche si vergognavano a rispondere su «quelle cose»: usi un contraccettivo? Vai dal ginecologo? Hai mai avuto un aborto? Hai mai pensato di averne uno? È meglio se tornate quando non ci sta mio marito, sapete com'è… Le compagne lasciavano volantini e opuscoli, e col tempo avevano guadagnato la fiducia e il rispetto di molte. Era stato il tam tam nel quartiere a far trovare il seminterrato.

Che non era certo confortevole, ma con qualche lavoretto sarebbe andato bene. E come avevano raccolto i soldi per sistemarlo? Organizzando una vendita di vestiti usati. Si erano trovati medici disposti a collaborare, si erano organizzati i turni di presenza. L'affitto lo pagavano con l'autotassazione.

Quando una donna chiamava il consultorio, si faceva una chiacchierata per capirne i bisogni, i dubbi o le angosce. Erano mogli, madri e figlie, proletarie ma anche piccoloborghesi, giovani – talvolta giovanissime – ma anche di mezza età, incerte, scombussolate, intenzionate ad abortire o inappagate dal fare l'amore, tutte poco ferrate sul proprio corpo, come una terra in cui abitavano da sempre ma che non avevano mai esplorato. Con loro si parlava di autocoscienza, di «auto-aiuto», di anticoncezionali.

Quindi si fissava una visita ginecologica gratuita, durante la quale la nuova arrivata non era mai sola. C'era sempre una compagna, di norma quella con cui aveva già parlato, e non era il solito controllo dal ginecologo, freddo e quasi *zootecnico* che poteva avere luogo alla mutua, all'ospedale o in clinica. C'era *dialogo*. E svariati medici – anche le donne, persino quelle con maggiore coscienza – ci avevano messo un po' a sintonizzarsi, a superare il disagio e sciogliersi. Non era certo cosí, in un posto cosí, che avevano mostrato loro il mestiere, all'università e durante la specializzazione.

Se la donna doveva abortire, le proponevano di unirsi al primo scaglione in partenza per Londra, dove l'avrebbe accolta una clinica convenzionata, o la mettevano in contatto con uno dei gruppi che in Italia, sfidando la legge, praticavano l'aborto col metodo Karman: isterosuzione, cioè aspirazione per mezzo di una cannula, molto meno dolorosa del raschiamento.

«Compagne di San Lorenzo, eccomi. Un esemplare perfetto di alta borghesia milanese, e sono incinta. Vivo in una comune, in una tenuta di mia proprietà che ho donato a una donna di nome Orsola. Per questo mio padre dice che sono impazzita. Non so bene in cosa mi sono infilata. Non so cosa pensare di questo forse-figlio che ho nella pancia».

Rossella avrebbe descritto la propria condizione in un modo simile a questo, se al consultorio ci fosse andata. Ma durante la notte, una notte di sonno nervoso e frantumato, il sogno piú vivido che avesse mai fatto le indicò un'altra via.

Era a Bellagio, nel parco all'inglese della villa di famiglia. La villa neoclassica in riva al Lario, bianca e imponente, accanto alla foce del Perlo. Lí aveva passato ogni mese d'agosto della sua infanzia. Figlia unica, d'estate la sballottavano tra la Lunigiana e il lago di Como, sempre con la governante. E con sua madre, che era già imbottita di tranquillanti (Rossella lo aveva capito solo anni dopo). Il capofamiglia, cavaliere dell'ordine del Santo Sepolcro di Gerusalemme Corrado Hilzer, le raggiungeva nei fine settimana. A volte trascorreva lí qualche giorno lo zio prelato, monsignor Pietro Hilzer, col suo segretario, un giovane diacono svizzero.

Anche nel sogno era tarda estate, ma piú tarda del solito. Una languida metà di settembre. Di solito, a quel punto, l'avevano già riportata in città.

Un anno, addirittura, erano venuti a prenderla il giorno dopo Ferragosto. Era il '62, a ottobre doveva fare la prima comunione e doveva riprendere subito il catechismo. Quello speciale, *très exclusif*, fatto da don Luigi in persona solo per lei e pochi rampolli del padronato milanese. «La corrente clericofascista del miracolo italiano», l'aveva chiamata qualcuno. Boom economico e ritiri spirituali. La voce suadente, quasi muliebre di don Luigi. Il mondo contro il quale, adolescente, si sarebbe ribellata.

Nel sogno Rossella non era bambina. Era adulta e incinta, come adesso, e qualcuno o *qualcosa* le diceva di non aver paura. «Vieni, – si sentiva chiamare da un punto al di là del parco. – Cammina e non inciamperai. *Si quis ambulaverit in die non offendit quia lucem huius mundi videt*».

Da dove stava, accanto al mausoleo neogotico in cui giacevano tre generazioni di Hilzer, non vedeva il lago e nemmeno il torrente, ma udiva il respiro di entrambi, i suoni dell'acqua, e i rumori di una giornata quieta, di fine stagione.

Una barca a motore, molto lontana.

L'abbaiare di un cane, ancor piú remoto.

In fondo al parco c'era Santa Maria Lariana, la chiesetta romanica che suo padre aveva fatto restaurare. L'invito – «vieni, Rossella» – giungeva da lí.

Accanto alla pieve, sull'ultima curva del viale principale, sorgeva l'albero piú grande che avesse mai visto.

Un cedro del Libano, l'albero piú menzionato nell'Antico testamento. L'albero usato da Salomone per costruire il tempio.

Il mio diletto è bianco e vermiglio, riconoscibile tra mille e mille.

Il suo aspetto è quello del Libano, magnifico come i cedri.

Rossella entrò nella chiesetta e riconobbe subito l'odore d'umidità e cera di candele.

Con la coda dell'occhio percepí la presenza di un uomo. Pregava su uno degli inginocchiatoi. Anche se non lo vedeva bene sapeva chi era.

Aldo Moro.

In fondo, nella piccola abside, c'era la dea Thanr. Al tempo stesso era la Madonna, con il Bambin Gesú in braccio. Non fosse stato per l'aureola, un neonato come gli altri.

Quello sguardo dolce, compassionevole.

Un senso di completezza e di serenità.

Rossella rimase incantata.

«Non temere, perché ogni cosa troverà il suo posto».

In quel preciso istante si svegliò.

Nelle ore insonni che seguirono, ogni cosa trovò il proprio posto, in effetti, e tutto le parve avere senso.

Il cedro e la voce misteriosa.

Santa Maria Lariana.

Chi cammina alla luce del giorno non inciamperà.

La mattina del 17 marzo Rossella si scoprí lucida, perfino serena.

Non vedeva l'ora di lasciarsi Roma alle spalle. Via dalle sirene che passavano urlando, via dal coro delle tivú aperte sui notiziari, via dalle immagini dell'agguato, dagli scenari prefigurati e da quelli saltati in aria, via.

La decisione era lí, davanti a lei, dentro di lei.

Raccontò il sogno a Vincenzo. Poi gli comunicò che intendeva rientrare a Thanur.

Lui non accolse la notizia con particolare stupore o curiosità. All'opposto, reagí quasi con indifferenza.

– Va bene. Se hai deciso cosí.

Da quel momento fece tutto Rossella. Telefonò alla stazione e chiamò un taxi. Ci volle un bel po' prima di trovarne uno, ma avevano tempo. Il treno partiva da Termini all'una meno dieci.

Mentre attendevano, Vincenzo ne approfittò per scrivere un biglietto al padre: «Rossella vuole tenere il bambino. Torniamo a Thanur. Grazie. V.».

16. Roma, venerdí 17 marzo

1

L'*Hotel Tiberio* era a due passi dalla stazione, ma invece di cercare un ristorante nei dintorni preferirono cambiare zona, per segnare una distanza tra quanto era accaduto lí e il pranzo tranquillo che volevano concedersi. Fecero venire un taxi e lo aspettarono fuori, sotto un cielo sereno che anticipava la primavera e stonava con la cappa scura scesa sulla città e sul paese. Si fecero portare al ghetto ebraico, da *De Castro*. Negli anni di «Paese Sera» Zanka ci pranzava spesso, era un ristorante frequentato da politici, giornalisti e fauna varia dalle cui chiacchiere potevano sempre nascere notizie. Di solito era necessario prenotare, ma quel giorno politici, giornalisti e fauna varia erano altrove e Zanka pensò, non a torto, che un tavolo lo avrebbero trovato senza problemi.

Durante il tragitto rimasero in ascolto delle notizie alla radio: la rivendicazione delle Brigate rosse, le dichiarazioni di Andreotti, di Berlinguer, di Lama. I due passeggeri non si dissero una parola, e anche il tassista taceva, evento raro, come se la litania radiotrasmessa fosse un flusso imperativo e inalterabile, e la sua retorica saturasse l'abitacolo impedendo di aprire bocca se non per cercare aria.

Milena abbassò il finestrino, ma venne investita dall'urlo di una sirena e lo richiuse in fretta.

Solo una volta seduti, davanti a un bicchiere di vino bianco, presero a chiacchierare; a bassa voce, però, quasi timorosi di parlare d'altro.

Zanka le chiese dove avesse conosciuto i tizi appostati nella hall dell'albergo. Lei glielo raccontò. Disse che oltre ad avere una venerazione per Rynek erano anche ammiratori di Martin Zanka, benché alcuni trovassero infondate le sue ipotesi sulle origini extraterrestri della civiltà e fossero pronti a rivolgergli domande scomode.

– È incredibile come siano scontate le relazioni tra maschi, – rifletté Milena. – C'entra sempre la gerarchia. O cercate l'approvazione di un maschio alfa, oppure contestate la sua autorità. Non riuscite a produrre una dinamica diversa.

– Non è sempre vero, – obiettò Zanka. – Abbiamo anche l'amicizia virile.

– Omofilia tra opliti.

– Prego?

– L'amicizia sotto le armi, – specificò lei, – quando si sta dalla stessa parte per conseguire un obiettivo o servire una causa, di solito agli ordini di un capo.

Zanka annuí. Non c'era scampo, meglio non insistere.

L'arrivo dello stracotto spezzò l'istante, e per un po' si dedicarono al cibo.

Zanka chiese a Milena della situazione a Torino. Era anche la sua città, ma non ci tornava da anni.

– C'è un clima soffocante, – disse Milena, – che a quanto pare mi ha seguito fino a Roma. Le sirene, l'aria da stato d'assedio…

Inesorabilmente, finirono a commentare il sequestro Moro, come chiunque in quel ristorante, in tutta Roma, in tutta Italia.

Zanka sapeva che Milena veniva dalla «nuova sinistra», Milena sapeva che Zanka veniva dal Pci. Giocarono a carte scoperte, confessandosi a vicenda il proprio straniamento.

Concordarono su un fatto: tra i partiti della nuova maggioranza, l'ultimo arrivato, il Pci, era quello che piú aveva da perdere. Per questo sarebbe stato il piú rigido, il piú compreso nel ruolo di partito d'ordine.

Anche perché, a differenza degli altri, doveva marcare le proprie distanze dalla lotta armata. I dirigenti sapevano bene che in alcuni settori del mondo operaio e nella stessa base del partito il brigatismo godeva di consenso, anche se loro – ah, la litote! – lo descrivevano come *non dissenso*. Il giorno precedente, in piazza San Giovanni, Lama aveva attaccato «un certo strato di acquiescenti, di passivi, di persone che se non altro moralmente si disimpegnano o addirittura solidarizzano con i criminali», invitando ad allontanare dai consessi operai sia i terroristi sia «chi li giustifica, chi civetta con loro, chi li considera ancora troppo frequentemente come dei ragazzi che forse avrebbero anche ragione in altre condizioni».

– Già, – disse Milena, – ma il Pci si chiede *come mai* le Br godano di questa tolleranza?

Zanka si strinse nelle spalle.

– Da tempo non so piú cosa si chieda il mio ex partito. E da ancor prima ho smesso di fare politica attiva. Lei lo sa, negli ultimi anni ho cercato di rispondere a tutt'altre domande.

A quel punto, forse incoraggiata dal tono dimesso, Milena parlò della *propria* crisi, del perché si era allontanata dalla militanza. Raccontò di un corteo torinese dell'anno prima, durante il quale si era dato alle fiamme un bar di via Po, presunto ritrovo di fascisti e spacciatori. Nel rogo era morto un ragazzo di vent'anni, uno studente-lavoratore entrato là per bersi un bicchiere di vino.

– Quel giorno, – concluse Milena, – ho deciso che per un po' mi sarei dedicata soltanto alla mia ricerca.

Zanka sospirò. – Saggia decisione, – disse, – ma come ha potuto constatare, – e allargò le braccia, a indicare tutto quel che accadeva intorno a loro, – non facile da mettere in pratica.

Nei cinquantacinque giorni che seguirono, Zanka non si espresse mai in pubblico. Del resto, a nessun giornalista venne in mente di chiedere il suo parere. Che c'entrava lui, che si occupava di misteri preistorici? Ma è noto che lo pervase un senso di estraneità, simile a quello espresso da colleghi piú illustri.

Il 20 marzo, sulle pagine del «Corriere della Sera», lo scrittore Alberto Moravia aprí uno spiraglio per quegli intellettuali, come Leonardo Sciascia e pochi altri, che rifiutarono pubblicamente l'aut aut tra la classe dirigente – la stessa dei servizi segreti «deviati», delle stragi, della corruzione e delle collusioni mafiose – e le Brigate rosse:

> Sento con precisione che non avrei voluto scrivere una sola riga come quelle che scrivono le Brigate rosse nei loro proclami, d'altra parte non avrei mai scritto una sola delle tantissime parole che in discorsi, articoli, libri hanno scritto gli uomini dei gruppi dirigenti italiani negli ultimi trent'anni, né fatto una sola delle tantissime cose che essi hanno fatto da quando sono al potere. [...] Non credo che questa situazione sia invidiabile e neppure, però, deprecabile. È quella che è.

Una piccola stecca in un coro frastornante. Come avrebbe ricordato l'anno dopo, intervenendo a un convegno, la giornalista Camilla Cederna:

> «La stampa si è comportata bene», ha detto in quel periodo qualcuno d'altolocato, senza accorgersi che con quella frase rivelava una verità delle piú amare: la scomparsa della libertà di stampa [...]. Quanti giornali possono dire di avere in quei giorni contribuito a tentare di ricostruire una tesi che fosse sganciata dalle decisioni prese dalla maggioranza governativa, a cercare una verità

che non fosse quella, alle volte ingarbugliatissima, dettata dall'alto? [...] Basta sfogliare i giornali di quel periodo e leggere i titoli: sembrano tutti scritti da una stessa mano.

Qualcuno disse, senza giri di parole, che di fronte all'emergenza la libertà di stampa era secondaria. Il Paese era in guerra, e parlare di diritti civili mentre si fa la guerra è roba da anime belle, da disfattisti, da disertori.

Dopo pranzo, Zanka accompagnò Milena alla stazione. Lei volle arrivare in anticipo perché con l'aria che tirava, tra controlli di polizia e imprevisti, Termini sarebbe stata nel caos, né si poteva esser certi del destino dei treni.

Ebbero il tempo di fumare una sigaretta al binario, in attesa della partenza dell'espresso.

– Finora abbiamo evitato l'argomento, – disse Zanka tra una boccata e l'altra, – ma sarebbe stupido salutarci facendo finta di niente, non crede?

Milena capí subito a cosa si riferiva.

– Suppongo di sí.

– La sua critica al mio libro, *Robinson delle galassie*, – disse lui. – Ammetto che lí per lí mi ha irritato. L'idea del naufrago alieno che civilizza i terrestri è colonialista e patriarcale? Può anche darsi, ma nel mio libro i colonizzati siamo noi. Noi che ci crediamo al centro dell'universo. E allora le chiedo: rovesciare la prospettiva non è forse un modo per colpire quel senso di superiorità che lei stessa attribuisce al maschio bianco occidentale?

Milena strizzò gli occhi, come per mettere a fuoco un dettaglio. – Lei però non ha detto queste cose quando ha replicato.

Zanka era pronto ad ammetterlo.

– Vero. L'ho rimbeccata con una frecciata sprezzante sulle femministe. Invece oggi vorrei ringraziarla.

– Ringraziarmi? Di cosa?

La risposta era lí da un pezzo, rimuginata piú volte.

– La sua critica mi ha costretto a fare i conti con quel che scrivo. E ho capito che non mi soddisfa piú.

Ancora una volta, Milena si stupí.

– Anch'io ringrazio lei, – disse. – Sa, ogni tanto mi ritrovo a dubitare che quel che scrivo serva a qualcosa. Che serva a *qualcuno*.

Proprio in quel momento il capotreno fischiò.

Zanka e Milena si strinsero la mano e lei salí nello scompartimento. Abbassò il finestrino e si affacciò.

– Grazie del pranzo, – disse, – e della compagnia.

– È stato un piacere, – rispose Zanka. – Faccia buon viaggio.

Il treno prese a muoversi lento. Milena salutò ancora con la mano.

Lo scrittore ricambiò. Poi rimase sulla banchina, dritto e immobile contro l'ondata di delusione e stanchezza che lo travolgeva.

17. Villa Malaspina, domenica 19 marzo

Il fuoco bruciava da undici ore. Orsola aveva ordinato di accenderlo dopo cena e i thanuriani si erano dati il cambio per custodirlo, con turni solitari o in piccoli gruppi. Ora si stavano radunando al gran completo, pronti a concludere la cerimonia.

La veglia notturna aveva una regola soltanto: le voci dovevano tacere e le fiamme parlare. Altrimenti il rituale veniva abbandonato, le braci spente, e al mattino non si poteva viverne il momento culminante. Quello che qualcuno, per gioco, aveva battezzato «la Cerchia», al femminile, e il nome aveva avuto fortuna.

Durante la notte, purché in silenzio, chiunque poteva sedersi su un ceppo e accudire il falò. Se lo desiderava, poteva scrivere su un grosso quaderno, conservato in una cassetta di metallo accanto alla legna, insieme a un astuccio pieno di penne, matite, pastelli a cera, gomme da cancellare e pennarelli. Alcuni preferivano disegnare, altri meditavano e basta. Chi era capace suonava, perché la musica era ammessa, purché con strumenti acustici.

Il fuoco doveva rimanere acceso dalle dieci di sera alle dieci del mattino seguente. Un'ora prima di spegnerlo, la comunità si ritrovava sul prato, e chi voleva poteva leggere le proprie riflessioni, mostrare il disegno che aveva tracciato, recitare una poesia, rotolarsi sull'erba, danzare, con l'obiettivo di abolire filtri e inibizioni.

Oggi si può guardare con sufficienza a una simile liturgia, ma nelle testimonianze dei «ragazzi di Thanur» la Cerchia viene descritta come un'esperienza preziosa, anche da quanti non risparmiano critiche alla sua pretesa genuinità. Orsola infatti la indiceva senza preavviso e non si poteva sapere il motivo; eppure quest'incertezza, invece di favorire un contributo piú spontaneo, spingeva a interrogarsi su quale fosse il tema, la questione che interessava la fondatrice, per intervenire a tono e assecondarla. O al contrario, per avventurarsi fuori del seminato, e compiacerla con la propria imprevedibile autenticità.

Orsola ascoltava e alla fine tirava le somme, poi si alzava e rovesciava sulle braci un secchio colmo d'acqua. Ma il fuoco della cerimonia covava sotto la cenere e la fondatrice, nei giorni seguenti, non smetteva di richiamare ciò che ognuno aveva rivelato in quel consesso, finché nuove fiamme non illuminavano la veglia successiva.

Ludo era sempre l'ultimo ad arrivare, dal frutteto o dalla vigna, dove trascorreva le prime ore del mattino. Quando anche lui si accomodò su un tronco, fu Daniela a rompere il mutismo che durava dalla sera precedente. Sfogliò il quaderno della veglia e attaccò a leggere quel che aveva scritto.

– Appena ho saputo che Rossella aspetta un bambino, mi sono chiesta cosa farei al suo posto –. Sollevò la testa, fissò la compagna e le rivolse un sorriso raggiante. – Abbiamo la stessa età, credo di capire come si sente. Eppure la risposta non l'ho trovata. Cosí ho aspettato che fosse lei a darmela. Se avesse deciso di non tenerlo, mi sarei spaventata. Avrei pensato che crescere un figlio dev'essere davvero impossibile, se non te la senti nemmeno a Thanur. E avrei anche pensato che Thanur ha qualcosa che non va, se Rossella non vuole avere un figlio qui, proprio lei, che ci ha donato questo posto. Quindi la sua scelta mi rende tre volte felice: per lei, per me e per Thanur.

Appena Daniela ebbe terminato, prese la parola Agata. Il rituale non si basava sul botta e risposta. Orsola rifiutava l'idea che per riflettere insieme si dovesse competere, cioè far valere le proprie argomentazioni, restituendo colpo su colpo e usando le parole come armi.

> Queste abitudini, – si legge nella *Strada di Thanur*, – sono un tipico prodotto dell'androcrazia. Non a caso il dibattito e la battaglia condividono la stessa etimologia, da un verbo latino che significa anche *copulare* e da una radice protoindoeuropea che indica il piede. Discutere combattendo, calpestando le parole altrui. Un modo di stare in cerchio tipico dei maschi, al quale Rousseau attribuisce l'origine dell'ineguaglianza, quando l'incrocio di sguardi stimola il desiderio di sentirsi preferiti e l'attenzione per il vicino è giustificata soltanto dalla voglia di superarlo.

La Cerchia, al contrario, permetteva di esprimersi senza essere giudicati, mettendo da parte il proprio orgoglio, per ritrovarsi nudi, trasparenti e veri.

A ogni modo era difficile rispettare tali precetti, evitando ogni riferimento agli interventi precedenti. Quello di Agata, improvvisato lí per lí, parve a molti una reazione alla felicità di Daniela.

– Vorrei tanto essere felice per Rossella, ma non ci riesco. Vorrei pensare che la sua è una libera scelta, ma non ci riesco. Sí, lo so, tutte le nostre decisioni sono condizionate, ma nel caso dell'aborto le pressioni sono davvero troppe e troppo forti. Non è legale, non è gratuito e, se si viene a sapere in giro, c'è chi ti chiama assassina. Penso alle donne che non hanno un posto come Thanur e per paura si trovano a essere madri, e magari mogli, incastrate in un matrimonio riparatore. Penso a quelle donne, penso a quel che non facciamo per loro, e non sono felice.

Sandra si alzò in piedi, con l'aria timida e la chitarra a tracolla. Aveva scritto una versione italiana di *Both Sides Now*, il brano di Joni Mitchell, e la provava e riprovava da giorni. I thanuriani aspettavano di ascoltarla per intero, perché Sandra aveva una voce incantevole, e pazienza se diventò famosa, negli anni Ottanta, solo per le sigle dei cartoni animati giapponesi.

Allacciò il capotasto, controllò l'accordatura e dopo quattro giri d'introduzione, attaccò la canzone.

Alla terza strofa erano in parecchi ad avere la pelle d'oca e gli occhi lucidi. Dopo l'ultima nota perfino Ludo dovette trattenersi dall'applaudire, mentre Giovanna si affrettava a spezzare la magia del momento.

– Secondo me il punto è il tipo di rapporto sessuale che gli uomini ci impongono, perché a loro piace, godono a pensare che ci piace il loro cazzo, godono a dire «me la sono fatta», e io invece non godo per niente e sarei di gran lunga piú contenta di fare altre cose, ma siccome vogliono solo penetrarmi, allora ho deciso, vado col dito, faccio da me. E se si dirà in giro che odio i maschi o sono repressa, tanto meglio. Meno scocciatori intorno.

Loredana emise un lamento che durò per un minuto buono. Fulvia lesse tre versi della *Īṣa Upaniṣad*. Elena andò a sedersi dietro Nicola e gli massaggiò il collo. Valerio tentò senza riuscirci di rimanere in verticale sulla testa, nella posizione yoga detta *sirsasana*. Nessuno rise, anche se la scena era fantozziana. Enrico disse che la scelta di Rossella andava condivisa da tutta la comunità, cosí come il nome del figlio di Thanur, che non doveva essere né maschile né femminile.

– Io voto *Simòn*, – concluse, dando per scontato che ognuno avrebbe espresso una preferenza.

Maurizio cominciò a parlare dell'impatto psichico che il sequestro Moro aveva prodotto su di lui, figlio di un dirigente della Dc toscana, con un fratello maggiore che guardava con simpatia alle Br.

– Be', a me è andata peggio, – lo interruppe Elena. – Figurati che mio fratello è un fascio. E mica per modo di dire, proprio un picchiatore di merda... Per certe porcate che ha fatto rischia pure la galera.

Maurizio proseguí leggendo le parole del poeta pontremolese Pellegrino Gandolfi, scritte sull'ultimo numero di «Contro/Verso», giornalino ciclostilato che l'autore stesso aveva portato a Thanur il giorno prima:

> Dobbiamo affrontare il frangente con tanto coraggio quanta poca speranza. Perché può ben darsi che vada estinguendosi lo spazio per l'intelligenza critica e lo scandalo della poesia; sicché, dovessimo pur protrarre le nostre esistenze nel tempo a venire, non sarebbe comunque vita, non sarebbe avvenire. Ma il nostro dovere è questo, io credo. Camminare attraverso la terra di nessuno, affilando cuore e cervello, vergando parole che cerchino chiunque non voglia cedere all'insensatezza. Sempre meglio comunque che perire lo stesso – cosa che succederà senz'altro se accettiamo di schierarci in questo scontro – sapendo, mentre intruppiamo le nostre coscienze, che non ci sarà un nuovo giorno.

Le parole si spensero nel silenzio titubante dei presenti.

Prima che Maurizio facesse riferimento a Moro, nessuno si era accorto che la notizia piú importante di quei giorni, quella di cui parlavano anche i muri delle case, non era ancora entrata nella cerchia dei discorsi. Un caso piú unico che raro, una pausa fatata. Di lí a poche ore non vi sarebbe stato raduno o capannello, tavolata o riunione in cui non si commentasse la foto di Moro prigioniero, scattata dalle Br e pubblicata dai giornali. Un'immagine destinata a divenire celeberrima, icona di un intero periodo storico. Moro in maniche di camicia, spettinato, il capo appena reclinato in avanti, una parvenza di sorriso ironico sulle labbra. Alle sue spalle, la scritta bianca «Brigate rosse» e la stella a cinque punte.

Oh, cazzo, pensò la mente collettiva thanuriana, vuoi vedere che Orsola aveva indetto il rituale proprio per sondare gli animi in merito al rapimento?

Ma in quel caso, perché aveva aspettato la sera del sabato, quando l'agguato era stato giovedí mattina?

Vincenzo la guardò: serafica come sempre, attenta a non rivelare troppo delle proprie aspirazioni.

Cosí gli era apparsa la prima volta. Era un sabato di settembre e Franco, un suo compagno di spade, l'aveva trascinato lí. Era l'estate dopo la clinica in Svizzera, dopo il fallimento delle terapie di quei medici che parlavano come i nazisti nei film di guerra. «Andiamo via da Roma, – aveva detto Franco, – se restiamo qui ci lasciamo le penne. C'è una comune, su in Toscana, verso la Liguria». Erano andati con l'auto di Franco, arrivando sfatti e affamati. Il discorso di Orsola era già cominciato, ma a Vincenzo era sembrato che quella donna si rivolgesse a lui. Parlava della condanna a indossare un'uniforme per uno dei ruoli socialmente assegnati. Rifiutare quell'uniforme non bastava: bisognava farlo in nome di una vita nuova. Altrimenti tanto valeva restare nei ranghi della società patriarcale borghese. O farsene schiacciare, emarginare. Vincenzo non se n'era piú andato. Al contrario di Franco, che aveva avuto l'idea giusta ma non era stato in grado di perseguirla, ed era finito a Genova, dove aveva ripreso a bucarsi.

Vincenzo riemerse dai ricordi in un momento di silenzio. Si era seduto lí con il proposito di restare zitto, invece intervenne.

– La decisione è di Rossella. Il figlio è di Thanur. Il nome sarà scelto da tutti quanti. D'accordo, ma di come sto io non frega niente a nessuno. Sono cosí insulso che riesco a essere trascurabile anche quando si parla del mio essere o non essere padre. Cosí insignificante che mi domando: ve n'eravate accorti, che sono tornato anch'io?

Occhiate perplesse tagliarono il cerchio da un estremo all'altro, mentre Vincenzo si rigirava un ramo tra le dita. Nessuno parlò. Mancavano dieci minuti alla fine.

A quel punto era chiaro che toccava a Rossella.

– In realtà non ho mai davvero pensato di abortire, – disse strappando mazzi d'erba. – Ero angosciata. Poi il sequestro di Moro ha bloccato tutto e mi ha dato modo di riflettere. È strano, ma proprio un evento terribile mi ha aiutato a superare la paura. In quelle ore di incertezza totale, ho capito quant'è importante Thanur. Un bambino non ha bisogno di un mondo senza tempeste, ma di un approdo sicuro –. Appoggiò le mani al ventre, una sopra l'altra. – Per questo lo farò nascere qui, in questa casa che unisce la mia infanzia al mio presente, in un luogo dove nulla mi spaventa.

Orsola sistemò la sciarpa sotto il collo, prima di congiungere le mani, la punta delle dita vicino al naso, i pollici contro il mento, per ringraziare alla maniera degli induisti. Un inchino a destra, uno a sinistra e l'ultimo al centro.

Quindi si tirò in piedi, per chiudere il rituale. Era una donna piuttosto alta, una «stangona» si diceva allora, e quella posizione, con tutti seduti, la rendeva ancor piú autorevole.

– Non è facile diventare genitori, partorire il futuro. A maggior ragione in tempi come questi. Tempi dove chi vuole cambiarlo, il futuro, lo fa minacciando il presente e ripetendo il passato. Lo fa con rabbia e disperazione, perché cambiare il domani è impossibile, tanto quanto modificare i giorni andati. Si può soltanto educare il presente, circondarlo di un ambiente favorevole, ma non plasmarlo a nostro piacere. Tutto cresce. Ogni relazione è un allevarsi a vicenda. Anche quando curi una siepe e ti illudi che a darle una forma siano le tue forbici. O quando progetti un edificio e ti chiami architetto, ma il palazzo non corrisponde mai ai tuoi disegni. Tu pensi di aver finito i lavori, ma quello continua a crescere, a mutare, per via del vento e della pioggia, seguendo le necessità dei suoi inquilini, che siano uomini, tarli, rondini o topi. Ognuno è l'ambiente dell'altro, e può sforzarsi di essere cura o veleno, cibo o parassita, compagno o padrone. In questa comunità, in questa *noi-sfera*, cerchiamo di essere nicchia gli uni per gli altri, ma il risultato dipende da quel che abbiamo già vissuto, dai mondi che abbiamo già attraversato. Con il figlio o la figlia di Thanur, invece, avremo l'opportunità di crescere una vita che parte da zero, che certo avrà i suoi geni, il suo Dna: ma il Dna è muto, senza un ambiente, come una tromba suonata nel vuoto. Essere genitori non significa adeguarsi a un ruolo prestabilito. Significa abitare quel vuoto e portare là dentro ciò che serve, il giusto habitat, affinché il suono esca chiaro e pulito, una sinfonia per l'avvenire.

Di nuovo Orsola ringraziò a mani giunte, per tre volte. Sollevò il secchio e lo rovesciò a fatica sulle fiamme ormai intermittenti. Dopo una breve esitazione, il cerchio si sfaldò e ognuno andò incontro alla propria giornata.

Vincenzo prese la via per i campi, ma Ludo lo affiancò e lo trattenne.

– Le tue parole mi hanno impressionato, – gli disse. – Davvero ti senti cosí inutile, cosí trascurato?

Il ragazzo si mise subito sulla difensiva. – Sono stato sincero. Trasparente. Come vuole Orsola.

– Oh no, – lo gelò l'olandese. – Tu hai fatto la vittima, perché ti senti una colpa.

Vincenzo lo interrogò aggrottando le sopracciglia.

Ludo gli cinse le spalle col braccio destro, come per confidargli un segreto.

– Te la senti perché a Roma ti sei fatto.

Indietreggiò di un passo e gli fece l'occhiolino.

Vincenzo trattenne il fiato. L'istinto gli diceva di negare tutto, negare sempre, a qualunque costo. Ma voleva anche dimostrare di non essere piú un drogato di merda, di quelli che negano tutto, negano sempre, a qualunque costo.

– *Just a little fix*, – proseguí Ludo, senza dargli modo di ribattere. – Poco poco, in nome dei *good ol' days*, come quando vai a letto con la tua ragazza della scuola. Non sei nemmeno andato a cercarla, vero? Era lí che ti aspettava, *surprise*! Dov'è che te l'eri dimenticata, la vecchia dose? Sotto il comodino, attaccata con un po' di *tape*? O dentro la coppa che hai vinto al torneo di tennis, eh, campione?

Vincenzo pensò che non era tennis, ma nuoto.

Pensò che un'indovinata del genere poteva riuscire soltanto a chi di storie con l'eroina ne aveva già viste molte.

Appena possibile doveva nascondere meglio la mezza bustina che s'era portato dietro.

Secondo movimento

Dal 3 aprile al 4 maggio 1978

1. Forravalle, lunedí 3 aprile

Aprí gli occhi di colpo.

Il cielo, spalancato e vastissimo, lo schiacciava sotto un bagliore grigio metallo.

Provò a tirarsi su, ma le fitte tempestavano il corpo.

Ricadde, disteso nell'erba, il fiato spezzato.

Il freddo gli fece battere i denti, mentre si tastava in cerca di ferite.

Giacca e pantaloni erano umidi e infangati.

Portò le dita alla fronte e se le ritrovò sporche di sangue rappreso. Un taglio sopra la tempia destra.

Al secondo tentativo riuscí a mettersi seduto.

Sbirciò intorno, con la mano a schermare gli occhi.

Un prato bagnato di pioggia, al limitare di un bosco.

Il sole era coperto, impossibile orientarsi. L'orologio al polso, fermo alle 12.15. Mezzogiorno? Mezzanotte?

Ricordò che era uscito di casa, col buio, per una delle sue serate di avvistamento.

Aveva caricato il telescopio nel bagagliaio della Dyane ed era salito sul Quarzerone, al vecchio capanno di caccia di suo nonno, trasformato in base per lo studio del cielo. Dentro ci teneva poche cose. Un paio di stivali di gomma, un cambio d'abiti, e gli strumenti meno costosi: bussola, rilevatore Gndn, sestante. Con quelli e col telescopio si era sistemato nella radura di fronte. Aveva piazzato i lumini. Li aveva accesi. Era una serata limpida, le nuvole e la pioggia dovevano essere arrivate dopo.

Sí, ma «dopo» cosa?

Perché si trovava lí? E dov'era, «lí»?

Raccolse le forze e si mise in piedi, con una smorfia e un lamento. Fece qualche passo, di nuovo si toccò la fronte.

Come in un Super 8 proiettato per pochi secondi, vide sé stesso rannicchiato a terra, trafitto da scariche di dolore intenso.

Sentí stringersi lo stomaco, ma si sforzò di camminare, o piuttosto claudicare, in cerca di un punto di riferimento, finché non intravide il paese, all'imboccatura della valle.

Capí dove si trovava, in quale parte del monte. I pensieri procedevano al rallentatore, come impigliati tra i rami degli alberi.

Poi arrivò un'altra sequenza di fotogrammi veloci: sagome altissime, bipedi, schierate davanti a lui in controluce. Alle loro spalle, un faro potentissimo, un sole notturno sorto all'improvviso. Grandi teste ovali e pelle nera lucida. Risentí la propria voce, rotta dall'ansia, pronunciare la domanda: «Chi siete?» Subito dopo, quelle scariche di dolore, nel corpo e nella testa. E una forza irresistibile che lo sollevava e lo portava via.

La paura lo spinse ad accelerare il passo, guardandosi attorno, nel caso fossero ancora lí, di chiunque si trattasse.

Si sforzò di nuovo di rammentare.

La serata di avvistamento, come sempre solitaria.

Aveva piazzato i lumini, li aveva accesi. Formavano un simbolo che era un invito per eventuali visitatori alieni: aveva letto un lungo articolo in proposito, su una rivista specializzata. Si era messo al telescopio, ma il puntatore non era piú allineato. Caricandolo sull'auto doveva averlo colpito, spostato, e ora non riusciva a inquadrare nemmeno la luna. Aveva seguito la procedura per rimetterlo in posizione, provando a centrare la croce sulla vetta di Rocca Tesana.

Mentre la cercava nell'obiettivo, aveva colto un baluginare di luci, poco sotto la cima. Una zona isolata, raggiungibile solo a piedi. Un punto dove non c'erano strade, né case o capanni di caccia, lo sapeva bene.

Il fenomeno si era ripetuto un paio di volte. Sembrava che la sorgente luminosa si spostasse. Qualcuno se ne andava in giro, di notte, sul versante piú ripido del monte, dove c'era uno strapiombo di oltre duecento metri?

Aveva caricato in fretta l'attrezzatura, si era messo alla guida...

No. Non subito.

Prima... aveva acceso il baracchino Cb. Aveva selezionato il canale dove di solito parlava con gli astrofili della zona. Voleva capire se quelle luci si vedevano anche da Morrona, da Borgosastro, e cosa ne pensavano.

Aveva riconosciuto alcune voci e stava per inserirsi, ma lo strumento si era spento, in dissolvenza.

Ogni tentativo di riavviarlo era stato inutile.

Allora...

Era arrivato in auto, su questo nessun dubbio. Su per la sterrata che saliva a Collerado e da lí in avanti diventava una pietraia che soltanto lui e pochi altri si azzardavano a imboccare con un mezzo «normale», senza marce ridotte e quattro ruote motrici. L'aveva percorsa spesso per avvicinarsi ai boschi meno battuti, alla ricerca di funghi, di extraterrestri, e per un anno anche dei due boy-scout, o dei loro resti mortali.

Sí, doveva essersi fermato alla radura, oltre la quale nemmeno lui si era mai spinto guidando.

Guardò ancora il panorama, guardò il profilo del crinale.

Con grande fatica cercò di affrettare il passo. I ricordi continuavano ad affiorare.

Aveva recuperato il rilevatore Gndn, e non appena l'aveva acceso, quello aveva crepitato, per spegnersi subito con un rantolo e non riaccendersi piú.

Quindi era saltato sulla Dyane e l'aveva messa in moto, pregando che non morisse anche quella.

Aveva guidato come un pilota di rally mentre i fari illuminavano gli spettri degli alberi che incombevano sulla strada.

L'ultima cosa che ricordava era d'aver impugnato la torcia elettrica e di aver imboccato il sentiero che saliva alla vetta. O forse no, forse ricordava ancora qualcosa, se solo la testa non gli avesse fatto cosí male…

Ed ecco il terzo flashback.

Anche la torcia si era spenta: non dava piú segni di vita. *Clic*, *clic*, *clic*. Un istante dopo, la grande luce lo aveva assalito ed erano comparse quelle creature altissime. Gli s'erano avvicinate con andatura minacciosa.

– Chi siete?

Se li era trovati addosso, ciclopi dai grandi occhi interamente neri. Colpi, dolore, infine la sensazione di fluttuare nell'aria.

Quanto tempo era passato?

Il luccichio sul Quarzerone lo aveva visto a inizio serata. Dovevano essere le nove passate. Altri trenta minuti tra i tentativi al Cb, il rilevatore Gndn e la salita in auto. All'incirca le dieci. E poi? Aveva perso conoscenza. Fino a… mattina inoltrata. Possibile? E perché non era di fianco all'auto? Dove lo avevano portato? Dov'era stato, per tutte quelle ore?

Finalmente sbucò nella radura. Vide la Dyane parcheggiata sotto gli alberi.

Entrò nell'abitacolo, la chiave era nel quadro.
La girò, ma il motore non partí.
La batteria era andata.
Soltanto in quel momento si rese conto che era lunedí mattina e che sarebbe dovuto essere al lavoro, probabilmente già da un pezzo.
L'ansia raddoppiò. A piedi, da lí al paese, ci voleva almeno un'ora. Chiuse la Dyane e s'incamminò giú per la mulattiera, premendo una mano sotto il fianco destro, dove una fitta lo trafiggeva a ogni passo.
L'orologio del municipio segnava le nove e quaranta, quando l'usciere l'osservò entrare con tanto d'occhi, non solo per il sangue in faccia e l'aspetto stazzonato, ma anche perché Filippo Bernacca, in vent'anni di onorato servizio al Comune di Forravalle, non era mai arrivato al lavoro in ritardo, nemmeno una volta.

2. Roma, giovedí 6 aprile

– 'Sta storia del tizio corcato dai marziani è perfetta, Marty. Perfetta.

Pablo Pepper batté l'indice sull'articolo di giornale.

Zanka, seduto dall'altra parte della scrivania, allungò il collo e lesse il titolo.

AGGREDITO DAI MARZIANI?

Uomo picchiato selvaggiamente in un bosco della Lunigiana. Luci e creature misteriose nella notte.

Erano nell'ufficio di Pepper, nella sede della casa editrice, circondati da copertine di libri appese alle pareti, molte delle quali col nome di Martin Zanka a caratteri cubitali. Sulla scrivania, oltre a libri e dattiloscritti, campeggiavano un disco volante posacenere e un portamatite a forma di fondoschiena femminile, la vera grande passione di Pablo Pepper.

– Un episodio di contattismo in Lunigiana. Manco a farlo apposta. È un'occasione d'oro per il lancio del tuo libro.

Zanka scorse l'articolo con aria perplessa.

– Non lo so, Paolo, mi sembra una montatura giornalistica bell'e buona.

– Bell'e buona per noi, – replicò l'editore.

Si accese un mozzicone di sigaro e il fumo biancastro lo avviluppò.

– Ti ho procurato un pezzo per «L'Europeo», – disse strizzando gli occhi.

Zanka sogghignò.

– Su questa storia? Ma dài...

Pepper scosse il capo.

– È solo il pretesto. Nell'articolo puoi anticipare le cose di cui parli nel libro, far montare le aspettative dei lettori... È un *precalentamiento*.

A Pepper piacevano i termini spagnoli. Non a caso aveva «Pablo» come nome d'arte. Diceva che lo chiamavano cosí durante il suo soggiorno nella Spagna franchista, dov'era giunto a metà anni Sessanta per consegnare alla Cnt clandestina una grossa cifra raccolta tra «*los compañeros italianos*». L'aneddoto si trova in alcune note biografiche – peraltro alquanto fumose – di Pierpaolo Pepe, in arte Pablo Pepper.

Per alcuni anni, la voce di Wikipedia sulla Pepper & Co. ha riportato una versione ancora piú pittoresca (ma senza fonte), secondo la quale la missione di Pepe lo spinse a entrare in Spagna sotto copertura, al seguito della troupe del regista Sergio Leone (prestato alla causa), con il ruolo di comparsa nel film *Per qualche dollaro in piú*. La pagina di Wikipedia è stata poi modificata, e dell'aneddoto non rimane traccia. In alcune interviste, Pepe ha pure sostenuto che nel '67 fu il suo cognome anglicizzato a ispirare il titolo dell'album dei Beatles *Sgt. Pepper's Lonely Hearts Club Band*, grazie alla sua amicizia con George Harrison. E perché «*Sergent*» Pepper? Perché, svariati anni prima, Pepe aveva terminato il servizio di leva con il grado di sergente.

L'editore premette il tasto dell'interfono.

– Terry, per cortesia, mi porteresti la copertina di Zanka?

Dopo pochi secondi la porta si aprí ed entrò nell'ufficio una ragazza magra, con i capelli nero corvino e il seno prorompente.

– Grazie, cara, – disse Pepper.

Rimase serio in contemplazione dei passi di Teresa in uscita, poi si grattò il mento non rasato.

– Hai mai pensato di scrivere un romanzo di fantascienza erotico? – domandò a Zanka. – Una roba tipo... Hai presente *Spermula*?

– Ehm, no. È un libro?

– Un film, Marty, ma dove vivi? L'ho visto all'Ambasciatori. Una bomba, un misto di generi. *Crossover*, come dicono gli americani. Vampire spaziali ninfomani!

– Non mi sembra nelle mie corde.

– Pensa a *Barbarella*, allora... Una storia cosí. Meno anni Sessanta, ovviamente.

Zanka voleva tagliare corto e si schiarí la voce.

– Me la fai vedere, questa copertina?

Pepper gli porse subito la bozza e attese la sua reazione con espressione ammiccante.

– Niente male, eh, che dici? Eh?

C'era il solito sfondo stellato, e al centro una statua stele.

Zanka stava per pronunciarsi sulla ripetitività di quelle immagini, ma Pepper non gli diede il tempo di aprire bocca, stupendolo ancora una volta per la capacità di prevenire le obiezioni.

– Marty, è quello che vogliono. Stanno tutti con gli occhi puntati al cielo. Le cose quaggiú fanno troppo schifo –. Si piegò verso di lui, fissandolo con gli occhi azzurri e acquosi. – Ti amano perché sei un visionario, Marty.

Zanka dovette pensare che da quando avevano rapito Moro, di visionari ce n'erano anche troppi. Giorni di fantasticherie, leggende urbane e contagiosa mitomania, quest'ultima alimentata da un'informazione monotematica e dalla paranoia di Stato. Questure, caserme e redazioni dei giornali si erano trovate a fronteggiare un'alluvione di testimonianze, tra telefonate, lettere anonime e gente che si presentava di persona. Il Viminale aveva messo a disposizione un numero di telefono, lo 06/4756989, che si era subito intasato di chiamate. Si erano fatti vivi medium, paragnosti, chiaroveggenti. Anche quel Rolf che si era visto sul Quarzerone, ai tempi delle ricerche di Jacopo e Margherita.

– Dammi retta, Marty, – proseguí Pepper, – tu sei uno che spinge la gente a vedere le cose da un'angolazione diversa. I critici benpensanti, quei bacchettoni che ti accusano di essere un imbonitore, non capiscono, sono annebbiati dalle teorie studiate sui libri di altri bacchettoni. Ma senza immaginazione, senza fantasia, non si fa nessuna rivoluzione, come dicevamo nel Sessantotto. Noi siamo dei rivoluzionari, Marty.

Zanka sorrise, divertito dalla dialettica dell'editore.

– Marty, me lo dài 'sto libro? – chiese Pepper troncando le proprie elucubrazioni. – Dovevi consegnarlo il mese scorso.

– Ecco, di questo volevo parlarti, – disse Zanka. – Devo ancora verificare alcune cose...

– E che devi verifica'? – obiettò Pepper. – Se gli alieni sono stati davvero in Lunigiana cinquemila anni fa? Dài, Marty, caccia fuori 'sto libro –. Appoggiò il sigaro sul disco volante. – Mi consegni il dattiloscritto, poi te ne vai in Lunigiana a buttare giú il pezzo per «L'Europeo». Lo vogliono tra una settimana, per pubblicarlo quella successiva.

– Non lo so, Paolo... Sono anni che non faccio piú il giornalista, – si schermí Zanka.

– Ma è come andare in bicicletta, – sbottò Pepper, – mica ti dimentichi come si fa.

Sbuffando anelli di fumo verso l'alto, Pepper attese che Zanka riflettesse tra sé. Infine giocò la carta vincente.

– «L'Europeo» ti dà mezzo milione.

Ecco, pensò Zanka. Il marpione ha tenuto per ultimo l'argomento risolutivo. Sa che ho bisogno di soldi, finché non vendo l'appartamento di Orbetello.

Pochi minuti dopo, Zanka era sulla via di casa.

Un'aria asfissiante aleggiava sulle strade e sull'intero Paese. Moro era rinchiuso da qualche parte, e insieme a lui tutti erano prigionieri di una realtà deformata.

Moro scriveva lettere indirizzate agli uomini della Dc che aveva avuto accanto per decenni, esortando loro e il governo a trattare la sua liberazione. Lo avrebbe fatto chiunque, pensò Zanka. Chi mai avrebbe detto: «Siate inamovibili, lasciate che mi ammazzino»? Roba da *Martyrologium*. Solamente in certi romanzetti d'avventura, o in qualche untuoso dramma sul Risorgimento.

In quelle lettere, ogni tratto era tipico di Moro. Lo stile, il modo di argomentare, il ricorso a perifrasi, le allusioni agli equilibri interni del suo partito…

Eppure politici e giornali, pietrificati nella linea della «fermezza» e del «rigore», avevano reagito in modo unanime, tetragoni, lapidari: non era possibile. Quello non poteva essere Moro, lui era un grande statista, non avrebbe mai scritto nulla del genere, certamente vergava quelle missive sotto dettatura e costrizione delle Br, oppure era incapace di intendere e di volere. Ecco, sí: drogato, forse ipnotizzato, comunque soggiogato psichicamente, in preda alla sindrome di Stoccolma, impazzito, tutt'uno coi suoi carcerieri, che pena vederlo cosí, che brutta fine, ormai era un'altra persona, si vedeva dalla grafia del tipo «discendente», caratteri «esageratamente grandi e ben marcati»…

Zanka provava una vaga nausea nel vedere il Pci e il suo organo ufficiale, «l'Unità», in prima linea nel negare l'evidenza: Moro cercava di salvarsi, e cercava di salvarsi facendo politica, in continuità con l'intera sua vita.

Poiché la verità doveva essere una e una sola, e riempire ogni fessura del discorso pubblico, in poco tempo le energie compresse, le posizioni dichiarate in partenza illegittime, le angolature dichiarate impossibili erano tornate in altre forme, eruttando nell'immaginario come un potente rimosso psicanalitico. Moro veniva avvistato ovunque e nelle circostanze piú improbabili, spesso da solo e pienamente libero di muoversi. Moro alla guida di un'auto di grossa cilindrata nel traffico di Roma. Moro al volante di un autotreno sull'Autostrada del sole. Moro in una cabina telefonica a Mantova.

Moro libero.

La politica e l'informazione ufficiale erano per la fermezza, ma l'inconscio collettivo sembrava auspicarsi la trattativa.

Mutatis mutandis, anche Zanka si sentiva prigioniero. Di un libro che non voleva piú scrivere e del bisogno di denaro. Per salvare Vincenzo aveva speso tanto, incluso l'anticipo di Pepper per qualcosa che ancora non gli aveva consegnato. E non era servito, Vincenzo aveva trovato una via di salvezza tutta sua. Thanur, Orsola, Rossella. Accettare l'offerta dell'«Europeo» era una scelta obbligata. Infatti aveva detto sí. Era anche il modo di stare lontano da Roma per un po'. Casualmente proprio vicino a Vincenzo. Una catena di fatalità lo riportava in quell'angolo d'Italia. Non che credesse alle coincidenze, ma questa volta era giusto trovarci un senso, l'occasione per fare i conti con quello che era stato e non riusciva piú a essere, e con quello che aveva provato a essere senza riuscirci. Un padre, uno scrittore. Un visionario. Chissà cos'altro.

3. Torino, giovedí 6 aprile

OMBRE GIGANTESCHE E LUCI MISTERIOSE.
AGGREDITO DAI MARZIANI?

Impiegato pestato a sangue in un bosco della Lunigiana.

Pigi Baudino mostrò il titolo su tre colonne. Dopodiché lesse ad alta voce l'articolo del prestigioso giornale. Nominalmente un quotidiano nazionale, in realtà letto quasi solo in Piemonte. Alle sue spalle, appesa alla parete tra locandine e attestati, campeggiava una nuova foto: il grande Allen J. Rynek, sorriso tirato, in una camera dell'*Hotel Tiberio*, attorniato dalla delegazione del Grucat.

– Purtroppo non abbiamo la stampa locale, – chiosò Baudino, cui toccava presiedere la riunione. – Lí i dettagli sono sempre piú succosi. Ma per saperne di piú, abbiamo invitato Paolo Sesto, che accogliamo con vivo piacere.

Con un gesto da presentatore televisivo indicò l'ospite, tra i benvenuto e i buonasera degli astanti.

– Il nostro amico, per non dire maestro…

Sesto ostentò di schermirsi: una smorfia e un lieve movimento della mano. «Lascia stare…»

– … conosce bene i luoghi di questo incontro ravvicinato, ed è qui stasera per aiutarci a ricostruire l'accaduto e inserirlo in un quadro piú completo.

Milena si appuntò che l'ospite speciale non sedeva nel semicerchio come tutti, ma dietro la scrivania, la schiena alla parete. Ex cathedra.

Sesto aveva qualche anno in piú della media dei presenti. I capelli neri, le basette folte e la carnagione scura ne rivelavano le origini siciliane. Era già capitato che intervenisse alle riunioni del gruppo, e molti membri erano in confidenza con lui. Eppure, si percepiva che la sua presenza era considerata un'occasione da non perdere.

– L'episodio di Forravalle, – attaccò, squadernando una cartelletta marrone gonfia di fogli, – non sarebbe significativo, preso di per sé.

Uno dopo l'altro, elencò i tratti essenziali del caso, evidenziando quelli che lo distinguevano da una semplice aggressione nel bosco: gli strumenti elettrici che smettono di funzionare, la luce abbagliante, l'auto che non riparte, il vuoto di memoria, lo iato temporale... Veri e propri *topoi* dell'ufologia.

– Il protagonista della vicenda, – continuò l'oratore, – è un impiegato comunale, Filippo Bernacca. Si interessa di ufologia, ma non fa parte di alcuna associazione. Non aveva mai riferito di avvistamenti in prima persona, tantomeno di contatti, nonostante sia di quelli che tentano invano di comunicare con gli alieni.

Nel brusio di disappunto che accolse l'informazione, si distinse la voce di Ravarino.

– Qua c'è puzza di mitomane, – disse infilando la mano tra i capelli già brizzolati.

Sesto lo pregò di non saltare a conclusioni affrettate.

– Come ufologi, noi siamo interessati alle cause dell'avvistamento. Dobbiamo risalire agli *stimoli* che hanno indotto il testimone a percepirlo in quel modo. Per farlo, occorre sfrondare il suo racconto dalle inevitabili deformazioni della realtà. A volte queste dipendono dal testimone stesso: e quindi, certo, la sua personalità va sondata. Piú spesso, però, ad alterare gli stimoli sono cause fisiche, non psicologiche: le condizioni di luce, la visibilità, il tempo atmosferico. Altre volte sono cause sociali, dovute all'interazione tra il testimone e le persone con cui entra in contatto. Il caso Bernacca non è particolare di per sé, come dicevo. Lo è perché a modificare lo stimolo, qualunque esso sia, è intervenuto certamente anche un quarto tipo di causa: il genius loci.

Gli ufologi si scambiarono occhiate interrogative.

– Io dubito, – sentenziò Sesto, – dubito fortemente che questo pestaggio, la cui dinamica è tutta da appurare, sarebbe stato interpretato come contatto interplanetario se non l'avesse *curvato* in quella direzione il campo magnetico mitologico del monte Quarzerone: un rilievo composto da strati di leggende, non meno che da sedimenti rocciosi.

La metafora scientifica eccitò la curiosità dei presenti. Il concetto in effetti era nuovo e si preannunciava interessante.

– Mi ricorda il nostro Musinè, – disse Ravarino, l'appassionato del monte all'imbocco della Val Susa.

– In effetti ci somiglia, – annuí Sesto, – perché anche il Musinè fa diventare magici gli eventi piú banali. Con la differenza che il Quarzerone è remoto, lontano da grandi centri, e questo lo rende ancor piú misterioso. Anzi: *misteriogeno*.

– Ma dove sta, sulle Apuane?

– Mah, direi piú Appennino tosco-emiliano.

– Nessuno dei due, – disse Sesto. – È un massiccio a sé stante, non lontano da Aulla e da Fivizzano, a metà strada tra l'Appennino e le Apuane. Ma ha caratteristiche peculiari, che lo differenziano da entrambi.

– Sarà di origine vulcanica…

– Non si direbbe. Sulla sua orogenesi i geologi sono ancora divisi. È… – L'oratore fece una pausa, ben conscio dell'effetto che la similitudine avrebbe ottenuto. – È come un'astronave calata dallo spazio.

Tutti tacquero.

Nel silenzio si udí il russare di uno dei due cani accucciati in un angolo.

Il fondatore di «Clipeo» sparpagliò i fogli della cartelletta marrone, ne scelse due e li spinse avanti. Erano una mappa turistica della Lunigiana, di quelle che si trovano negli alberghi, con un cerchio a penna blu intorno al nome della montagna, e una fotografia della cima, in versione invernale, sovrastata da un globo luminoso.

Mentre i due documenti passavano di mano in mano, Paolo Sesto spiegò che nei pressi del Quarzerone si erano registrati, dall'inizio del secolo, undici avvistamenti di strane sorgenti luminose, oggetti volanti non identificati o presunte astronavi.

– Tra questi, ricorderei in particolare: un intervento extraterrestre durante una battaglia della Seconda guerra mondiale; un enorme disco metallico che sarebbe atterrato in una radura, lasciando segni evidenti, durante l'ondata di avvistamenti del '54; e un fascio di luce, proveniente da una cavità della terra, subito spacciata per laboratorio alieno, in una notte d'estate di sei anni fa.

Raccontò che sul massiccio si aprivano decine di grotte e fiorivano storie intorno ai loro abitanti: sibille, fate, eremiti, briganti, partigiani, ribelli, mariti scacciati dalle mogli, demoni, creature di galassie lontane e un cinghiale bianco, mai fotografato, ma incontrato nel bosco da cacciatori e viandanti.

– Questo animale leggendario è stato anche avvistato da piú persone in una singola circostanza. Nella notte tra il 9 e il 10 febbraio 1970, una forte esplosione ha svegliato i residenti della zona. Molti animali sono scesi a valle, verso i centri abitati. A guidarli, secondo alcuni testimoni, era proprio il cinghiale bianco. L'ultima volta era stato visto nel 1938. Il mattino dopo e nei giorni successivi, non si è trovata alcuna traccia del «grande botto», come frane, alberi divelti o bruciature sul terreno. I piú ritengono che si sia trattato di una bomba della Seconda guerra mondiale, caduta in un crepaccio e fatta brillare da un animale incuriosito. Ma l'obiezione a quest'ipotesi è parecchio sensata: durante la guerra, sul Quarzerone, non vi furono bombardamenti. Qualcun altro ha parlato di esplosivo usato nelle cave, ma su quel massiccio, a differenza che sulle Apuane, cave non ce ne sono.

Sesto aggiunse che nel Novecento si erano verificati, sui due versanti, cinque incidenti di montagna con esito mortale e sette in cui non era stato possibile recuperare i corpi. Una cifra davvero considerevole, per un rilievo del genere.

Baudino offrí un bicchiere d'acqua all'oratore, che ne bevve un lungo sorso. Milena ne approfittò per guardarsi attorno: occhi smaniosi, rapiti, convergenti sull'officiante, sul liturgista, sul maschio alfa.

– Oltre a questi dodici episodi, – riprese lui, – ce n'è un tredicesimo, che ancora non è stato classificato. Ne avrete sentito parlare: due quindicenni del gruppo scout Carrara 4 scomparsi nell'estate del 1976. Va da sé che anche sulla loro vicenda circola una ricostruzione curvata in chiave extraterrestre. Ora, alla luce di questo…

Sesto bevve ancora un sorso d'acqua. Maneggiava con destrezza le tecniche della suspense.

– Alla luce di questo, possiamo supporre che il campo magnetico mitologico del Quarzerone abbia curvato lo *stimolo* iniziale, trasformandolo in *avvistamento*. Quindi ha curvato l'avvistamento, mentre nella mente di Bernacca se ne plasmava il *ricordo*, e ha curvato il ricordo nel momento in cui lui ne ha fatto un *resoconto*. Infine, ha curvato quel resoconto nel *racconto* giornalistico che ci ha letto Pierluigi.

I membri del Grucat sedevano in punta di sedia, tesi ad ascoltare, intenzionati a non perdersi una sola emissione di fiato.

– Lo so che noi ufologi, – continuò Paolo Sesto, – di norma non badiamo a quest'ultima *curvatura*. Non ci occupiamo del sensazionalismo di stampa e tivú. Prendiamo il resoconto del testimone e cerchiamo di raddrizzarlo, una curva dopo l'altra, per tornare allo stimolo iniziale.

Milena ricorda ancora quel che scrisse sul suo taccuino d'appunti: «Gli ufologi sono piú kantiani di Kant», per intendere che Paolo Sesto teorizzava l'esistenza di una cosa-in-sé, cioè i fatti al di là di come li percepiamo e raccontiamo, ma ben oltre Immanuel Kant, pensava che quei fatti si potessero ricostruire, ripulire dagli elementi soggettivi, per arrivare alla pura realtà.

Intanto, Paolo Sesto esponeva il punto che piú gli premeva.

– In questo caso, purtroppo, non possiamo disdegnare il carnevale dei mass media con la solita alzata di spalle. Perché in quel carnevale è già spuntata la maschera dell'ufologo. Avrete visto, sul secondo canale, l'intervista a Gipo Verrucci di Ombre da altri mondi, in qualità di esperto. Costui ha propinato il suo classico intruglio di fantascienza e fisica a fumetti, condito con l'incrollabile certezza che il Quarzerone sia un «portale» verso dimensioni parallele. Una figura barbina che ci scredita tutti quanti.

Di nuovo l'assemblea mormorò condanne, anatemi e scomuniche per Verrucci, nei commenti piú morbidi definito «quel deficiente».

– Ho sentito per telefono, – continuò Paolo Sesto, – gli amici del Gruppo accademico ufologico fiorentino. Condividono le mie preoccupazioni e dicono che purtroppo la Toscana occidentale è un guazzabuglio di sodalizi ufologici poco seri.

– Può dirlo forte! – esclamò Bonino. – Ne abbiamo avuto conferma scendendo a Roma per il convegno.

– Come si chiama quello che fa i sopralluoghi solo di notte? – domandò Baudino.

– Alloisio.

– Per non parlare di quell'altro, che se non sbaglio sta proprio lí, in Lunigiana. Dài, il figlio dei fiori che si definisce *ufofilo*...

– Jimmy Fruzzetti.

Solo quando i presenti si girarono verso di lei, Milena si accorse di aver detto il nome ad alta voce.

Paolo Sesto arrivò al dunque: i fiorentini invocavano un intervento «dall'esterno». Bernacca, per quanto facesse repubblica per conto suo, era comunque conosciuto nell'ambiente ufologico toscano. Quelli del Gauf lo avevano incontrato piú volte. Dunque non c'erano le condizioni per analizzare il caso in maniera obiettiva, senza preconcetti che... *curvassero* l'indagine. Inoltre, per la solita rivalità campanilistica, e per l'avversione dei provinciali verso quelli del capoluogo, se a interrogare Bernacca, per riportare il caso sui giusti binari, fosse andato il Gauf, la difficile convivenza tra i gruppi toscani sarebbe finita a gambe all'aria. Invece, se fossero arrivati i torinesi, che erano super partes, magari accompagnati da Bruzzone dell'Ausl di Genova, che conosceva bene i posti, qualche mugugno ci sarebbe stato, ma niente di piú.

La serata si concluse con la decisione unanime di nominare inquirenti Bonino e Ravarino. I due, con l'aiuto del collega genovese, si sarebbero recati a Forravalle, avrebbero interrogato il testimone, raccolto dati oggettivi e prodotto un rapporto, secondo i dettami della scuola ufologica torinese. Il bollettino «Clipeo» lo avrebbe pubblicato, con grande rilievo, sul numero di giugno.

– Saremo Sherlock Holmes e il dottor Watson che vanno a Dartmoor per indagare sul mastino dei Baskerville, – dichiarò Berto Ravarino, scherzando poi con l'altro ufologo su chi di loro fosse il famoso detective e chi invece il suo fido aiutante.

Milena alzò la mano per chiedere la parola. Non lo aveva mai fatto prima. Tutti la guardarono sorpresi.

– Vorrei unirmi alla spedizione, se possibile.

La richiesta disegnò sul volto di Berto un'espressione raggiante, che Paolo Sesto spense sul nascere, ricordando che l'interrogatorio ideale andava condotto da due inquirenti: un interlocutore e un osservatore-verbalizzatore, che a metà dell'incontro potevano scambiarsi i ruoli. Piú di due persone rischiavano di mettere in soggezione il testimone, e la soggezione rischiava di *curvare* il suo racconto.

– Tuttavia, – concluse, – se volete il mio parere, mi pare che la dottoressa Cravero, da brava antropologa, sappia essere estremamente discreta nella sua osservazione.

Berto assentí felice, con grandi cenni del capo, e s'impappinò quando Milena, per accordarsi sulla trasferta, gli chiese di scambiarsi i numeri di telefono.

4. Forravalle, venerdí 7 aprile

All'arrivo dei carabinieri Thanur si stava svegliando. Dovevano essere al massimo le sei del mattino, ma Ludo e altri tre erano già in piedi per accudire la vigna, un secondo gruppo preparava la colazione in cucina e qualcuno faceva il saluto al sole, *surya namaskār*.

La maggior parte dei thanuriani reagí con spavento, perché non aveva mai avuto a che fare con carabinieri o polizia, se non per denunciare il furto di una bici o per un controllo dei documenti alla stazione. Una parte piú piccola rimase tranquilla per lo stesso motivo, mentre una terza, ancora piú esigua, si allarmò perché le conosceva bene, le forze dell'ordine, e sapeva cosa poteva succedere quando suonavano alla porta di qualcuno.

Daniela aveva abitato in una fattoria collettiva dalle parti di Forlí, sgomberata con l'accusa di agevolazione dell'uso di stupefacenti. Giovanna e le sue coinquiline avevano chiamato il 113 per via di un furto nel loro appartamento, ma le guardie, invece di indagare sui ladri, si erano insospettite per un manifesto e avevano perquisito la casa. Ludo era di sicuro il piú esperto di irruzioni e fermi di polizia, ma in Italia non gli era ancora capitato, e vedendo sette uomini in divisa, a mitra spianati, fu colto alla sprovvista. Maurizio, di scene del genere, ne aveva vissute piú di tutti, sempre a causa del fratello, Andrea Salvetti, sospettato di essere un fiancheggiatore delle Brigate rosse. Ma non immaginava che i carabinieri fossero saliti a Thanur proprio per quel motivo.

Fu Orsola in persona ad aprire il cancello e a chiedere la ragione di tanto spiegamento di forze.

– Stiamo cercando un latitante, – fu la risposta.

– E chi sarebbe? – domandò lei.

L'uomo le intimò di limitarsi a collaborare, e con un gesto invitò tre sottoposti a passare oltre e introdursi nel parco.

– È lei la proprietaria dell'immobile? – aggiunse dopo una breve pausa.

Orsola si chiese se davvero quel… tenente?, brigadiere?, non sapesse che la comune era ospite di Rossella Hilzer, rampolla della nota famiglia, erede della marchesa. Thanur non aveva segreti per le autorità. Alcuni ragazzi che alloggiavano lí avevano persino la residenza, e il maresciallo Mereo era informato delle vicende legali che riguardavano la tenuta. Chissà perché non avevano mandato i carabinieri di Forravalle invece di questi.

– Non sono io, – disse indietreggiando di un passo. – Ma se vuole seguirmi, gliela presento volentieri.

Di nuovo l'ufficiale fece un cenno ai suoi uomini, parlò sottovoce, e il gruppo si divise. Due rimasero con lui, gli altri raggiunsero le scuderie e la casa del custode.

Orsola si incamminò lungo il viale che saliva al portone d'ingresso. A metà strada non riuscí a trattenersi. Si voltò e domandò se fosse proprio necessario tenerla di mira.

Il superiore, al centro del terzetto, sventagliò entrambe le mani. Le mitragliette vennero abbassate, salvo rialzarsi appena furono sull'uscio della villa.

Attraversarono l'anticamera, il salone vuoto, e si affacciarono in sala da pranzo. Valerio era già alle prese con i circuiti di un televisore. In attesa di allestire un laboratorio vero e proprio, si appoggiava sul vecchio tavolo di noce per riparare gli elettrodomestici degli abitanti della zona. Dalle casse dello stereo uscivano note di pianoforte. *Zâ*, di Franco Battiato. Valerio aveva comprato il disco il giorno prima all'Hallogallo, dopo aver letto che si prestava a un ascolto «meta-analitico, a favore di una non-spazialità a-temporale».

– Sai dov'è Rossella?

Sentendo la voce di Orsola, l'elettricista sollevò la testa, e alla vista delle armi da fuoco, d'istinto puntò il cacciavite che aveva in mano. Per fortuna i militi non la presero come una minaccia.

– Credo sia in cucina, – disse. – Ma cosa succede?

In quel momento, si udí una voce affannata gridare che c'erano i carabinieri alla casetta dei maschi.

Enrico entrò di corsa dal giardino e rischiò di scivolare sul pavimento di marmo.

– Chiamate Orsola! Stanno...

Uno degli armati si girò di scatto.

Il giovane alzò le braccia e cambiò tono. Non piú concitato, ma supplichevole.

– Stanno buttando tutto per aria. Hanno sfondato una porta senza nemmeno chiederci di aprirla.

Orsola gli disse di non preoccuparsi e con calma olimpica domandò a Valerio di chiamare Rossella.

Poi, rivolta a quello che comandava, provò ancora a capire chi o che cosa stessero cercando.

L'uomo le disse che avrebbe avuto la risposta entro quarantott'ore, con la convalida della perquisizione da parte del tribunale di Massa.

Finalmente comparve Rossella, seguita da Valerio. Lui reggeva un vassoio con una caraffa d'acqua e sei bicchieri. Lei avanzò nella stanza a passi decisi. All'altezza dello stereo, allungò una mano per abbassare il volume. Aveva in volto un cipiglio aristocratico.

Valerio appoggiò sul tavolo il cabaret. Ripose gli attrezzi nella cassetta, prese il televisore sventrato e lo piazzò di sotto, tra le gambe delle sedie.

– Posso offrirvi un bicchier d'acqua? – disse la padrona di casa, quando si trovò di fronte al comandante.

Quella dimostrazione di aplomb e superiorità colse l'ufficiale alla sprovvista. Sbatté le palpebre, poi si scosse e ritrovò la propria postura.

– Lei è la signorina...?

– Maria Rossella Hilzer Malaspina, – snocciolò lei. – Nata a Milano il 31 gennaio 1954. Ho ereditato questa casa da mia nonna, Vittoria Dazzi Giacomelli Malaspina.

Il carabiniere si irrigidí. Orsola immaginò che la squadra fosse salita da Massa seguendo chissà quali indagini. Magari della villa sapevano qualcosa, ma non s'aspettavano di trovarci la nipote della marchesa.

– Ho bisogno che mi fornisca gli atti di proprietà e i documenti relativi alle persone che sono qui.

A Orsola sembrò che il tono della voce si fosse ammorbidito.

– Deve convocarli tutti, nessuno escluso, e procederemo a identificarli.

Mentre parlava, tre dei suoi uomini varcarono il portone, attesero che terminasse il discorso, si consultarono con lui sottovoce e imboccarono le scale che portavano alle stanze delle donne.

Orsola e Rossella chiesero di assentarsi per recuperare le carte e radunare i thanuriani, ma erano ancora nella stanza quando si sentirono tonfi e grida provenire dal piano di sopra.

«Cosa volete?» «Ma che fate?» «Non potete»...

Le due donne si scambiarono uno sguardo allarmato, interrotto da un milite che scendeva le scale.

– Di sopra c'è una cassaforte, – annunciò l'uomo.
– Sono i gioielli di mia nonna, – rispose Rossella.
– Prenda la chiave, – ordinò il piú alto in grado.

Dieci minuti piú tardi, i ragazzi e le ragazze di Thanur erano quasi tutti radunati nella Sala del Fuoco. Sopra il tavolo c'erano le cartelle di documenti che Orsola e Rossella avevano appena consegnato. Fulvia si aggirava per la stanza distribuendo chai, succo di frutta e mele, la solita routine della colazione. Qualcuno aveva sostituito il disco sul piatto dello stereo: al posto di Battiato ora c'era una nenia di flauti di Pan.

Rossella, accompagnata da Orsola e da due carabinieri, salí al piano di sopra per aprire la cassaforte.

Il corridoio era disseminato di lenzuola, cuscini, zaini e borse gettati alla rinfusa, i cocci di un vaso, libri e mutande.

– Che disastro! – commentò Rossella con disprezzo, come se avesse di fronte l'esito di un gioco tra bambini troppo maleducati. Orsola le fece segno di non aggiungere altro.

I due militi rovistarono nel vecchio forziere a muro, tra involti di carta e scatoline rivestite di velluto. Srotolarono l'astuccio dell'argenteria, sfogliarono un quadernetto con l'inventario dei preziosi e dissero che si poteva tornare di sotto.

L'atmosfera della sala, ormai dominata dalla musica andina, dall'odore di spezie e dalle pratiche di controllo delle carte d'identità, si risvegliò con l'arrivo di Ludo e dei militi che erano stati dispiegati nella tenuta.

L'olandese, a quanto pare, si era rifiutato di aprire la legnaia, sostenendo di aver smarrito la chiave, e i carabinieri avevano dovuto sradicare il catenaccio a calci.

– Prima però hanno buttato Ludo a terra! – protestò Gregorio, uno dei ragazzi che era con lui.

– È caduto da solo, – spiegò l'appuntato al superiore, che s'inumidiva l'indice sulle labbra per consultare un pugno di scartoffie.

– Cosa abbiamo, allora? – domandò, mentre Gregorio insisteva con le sue rimostranze e Ludo lo convinceva a stare zitto.

L'appuntato infilò la mano in una borsa di tela e apparecchiò sul tavolo i frutti dell'indagine.

Stando al verbale di perquisizione domiciliare redatto in triplice copia:

> È stato rinvenuto il materiale di seguito sommariamente indicato, che è stato sottoposto a sequestro penale con separato atto, al quale si rimanda per una descrizione dettagliata:
> - Una decina di volantini e fogli ciclostilati con emblemi politici dell'estrema sinistra;
> - Un manuale fai da te per la contraffazione di biglietti ferroviari, manomissione di contatori della luce e contascatti telefonici, intaglio di falsi gettoni Sip;
> - L'agenda e la rubrica telefonica del sig. Maurizio Salvetti;
> - Un coltello a serramanico con lama di 15 centimetri;
> - Due pacchetti di cartine da sigaretta;
> - Svariate pezzature di hashish (circa 10 grammi totali);
> - Una bustina di plastica contenente polvere bianca (eroina).

– Tutto qua? – bisbigliò il comandante.

Il sottoposto allargò le braccia.

L'ufficiale batté i palmi sulle cosce e si tirò su.

– Bene, giovani. Di chi è l'hashish?

Sguardi inquieti si incrociarono nella stanza. Valerio alzò la mano. Daniela disse: – Un pezzo può essere mio, ma che ne so, ci hanno fatto uscire dalla stanza. Ne avevo al massimo un grammo, uso personale.

Orsola si meravigliò che ne avessero trovato cosí poco. O l'avevano cercato per modo di dire, perché gli interessava altro, oppure i ragazzi avevano avuto il tempo di farlo sparire. La riserva di suo marito era almeno il doppio di quel che c'era lí.

– Solo loro due? – commentò il carabiniere. – Guardate che cosí vi mettete nei guai.

Spuntarono altre cinque mani.

– E l'eroina? – chiese sollevando una bustina monodose, mezza vuota.

Nessuno si fece avanti. Ludo fissò Vincenzo, e non fu l'unico, ma il ragazzo teneva gli occhi bassi.

– D'accordo, – disse l'uomo in divisa lanciando la bustina sul tavolo. – Chi di voi è Salvetti Maurizio?

L'interpellato si fece riconoscere.

– Lui resta qui. Gli altri possono andare.

Mentre ragazzi e ragazze sfilavano verso il portone, chiedendosi cosa avesse fatto il povero Maurizio, Orsola prese la parola e suggerí di sistemare le stanze e gli spazi comuni. Si raccomandò di prendere nota degli oggetti rotti e di fotografare gli ambienti, prima di riordinarli. Come si dice, parlare a nuora perché suocera intenda. Gli intrusi dovevano sapere che non era una sprovveduta, che non l'avevano intimorita e che Thanur sapeva difendersi.

Quindi uscí anche lei, insieme a Ludo e Rossella.

Maurizio disse che se dovevano interrogarlo aveva diritto alla presenza di un avvocato.

– E chi vuoi chiamare, Perry Mason? – ghignò il comandante. – Non è un interrogatorio, giovane. Sommarie informazioni, da persona informata dei fatti.

E cosí Maurizio Salvetti scoprí che i carabinieri erano lí per suo fratello, il «sospetto brigatista», che nessuno sapeva dove si fosse cacciato.

5. Forravalle, venerdí 7 aprile

– L'ho portata io, la roba. *Mea culpa, mea culpa, mea maxima culpa*.

Vincenzo si batté il petto col pugno, in piedi davanti a tutti.

Erano di nuovo nella Sala del Fuoco. Orsola sedeva su una sedia, di spalle al grande camino, gli altri erano sui divani e sul pavimento. In un angolo della stanza Ludo rollava uno spinello. Rossella era di fronte a Orsola.

Come sempre, i thanuriani avevano deciso di affrontare la questione parlandone insieme. Non appena i carabinieri se n'erano andati, portandosi via Maurizio, era stata convocata una riunione. Non una Cerchia: qualcosa di piú simile a un'assemblea politica, mescolata a una seduta di autocoscienza. E anche se non somigliava a un tribunale, Vincenzo si era comunque sentito imputato. Quindi si era alzato subito per confessare, senza rinunciare alla sbruffoneria. Sapeva che a farlo agire cosí era la paura. Paura di essere buttato fuori, di perdere la comune che lo aveva accolto, il bene che gli era stato fatto. O forse a pesargli era la vergogna, sentirsi l'anello debole, quello inaffidabile ed egoista. Paura e vergogna risvegliavano l'alter ego che gli viveva dentro. Era lui a sperare perversamente in una condanna che lo sgravasse da ogni peso. Voleva soltanto essere sbattuto in strada, tornare a bucarsi e a fare la vita di un tempo. La dannazione è l'alibi migliore che ci sia. Ottenne invece una domanda.

– Perché? – chiese Orsola.

Vincenzo esitò in cerca delle parole giuste.

– A Roma, il mese scorso, mi sono fatto, – disse. Evitò lo sguardo di Rossella e proseguí: – Mezza dose. Può bastare per ricascarci, no? Allora ho deciso che dovevo dimostrare a me stesso di poter resistere. Ho portato qui il resto della bustina. E ho resistito.

Orsola non disse nulla, in attesa che altri intervenissero. Lo fece Enrico, seduto accanto a Rossella.

– Scusa, ma quale sarebbe la differenza tra tenersi una dose per resistere alla tentazione e tenersela nel caso la tentazione ti venisse?

Vincenzo non rispose.

– Come facciamo a sapere che era l'unica bustina? – chiese Agata. – E non l'ultima di una serie che ti sei già fatto?

Per tutta risposta Vincenzo si calò i pantaloni e le mutande.

– Sono pulito. Dove devo pisciare?

Agata lo mandò al diavolo con un gestaccio, Enrico ridacchiò. Gli altri nascosero l'imbarazzo dietro una cortina di commenti sommessi. Orsola invece non lasciò trasparire alcun nervosismo, tanto meno raccolse la provocazione.

Mentre si rivestiva e tornava a sedere sul pavimento, Vincenzo notò il ghigno di Ludo. Il vecchio *provo* era divertito dalla sua performance. Una volta di piú Vincenzo si chiese come riuscisse a essere il compagno di Orsola. Erano davvero molto diversi.

– Qui a Thanur la questione dell'eroina non l'abbiamo mai discussa, – esordí Sandra.

– Non abbiamo discusso di nessuna dipendenza, s'è per questo, – aggiunse Giorgia.

– Vuoi dire la canapa? – chiese Gregorio.

– Anche alcol, tabacco, caffè... – spiegò la ragazza. – Sono dipendenze pure quelle, no?

– Be', c'è differenza.

– Certo che c'è differenza.

La mano alzata di Ludo attirò l'attenzione di tutti, che si misero in ascolto.

– Ogni sostanza ha i suoi *bad effects*, – disse l'olandese. – Ma non sono uguali. Gli effetti cattivi per me riguardano me, – mostrò lo spinello tra le dita. – Gli effetti cattivi per la comune riguardano ciascuno di noi. Eroina, cocaina, *gambling*... gioco d'azzardo, sí, distruggono la comune, alimentano *selfishness*, egoismo, individualismo. Il problema c'è.

Giada intervenne dal divano.

– Vuoi dire che per certe sostanze dovremmo essere proibizionisti?

Ludo scrollò le spalle.

– Io non so cosa dovremmo essere, *my friend*. Dico solo che devi scegliere. O accetti il rischio che l'eroina distrugga la comune o accetti il rischio di proibirla.

Le parole di Ludo provocarono un brusio dal quale la voce di Orsola emerse soffusa, modulata, a mano a mano che gli altri tacevano per riuscire a coglierla. In pochi secondi si fece silenzio.

– ... non è una soluzione. Se decidiamo di proibire l'eroina, o l'hashish, o qualunque sostanza, diventiamo poliziotti. Bisognerebbe perquisire chi chiede di venire qui, diventare degli inquisitori.

Tutti furono rassicurati da quelle parole.

Dopo una pausa, Orsola riprese.

– Thanur è emancipazione, condivisione, vita. L'eroina è l'opposto. Dunque ognuno deve scegliere tra l'eroina e Thanur. E deve essere una libera scelta.

Dopo un attimo, Giorgia intervenne di nuovo.

– Allora, se uno ha un momento di debolezza e si buca, com'è successo a lui, – indicò Vincenzo, – deve andare via?

– Quale debolezza? Io qui non mi sono bucato, – protestò lui.

Ora l'espressione saggia di Orsola era molto simile a quella nei suoi ritratti appesi alle pareti. Dovunque si volgesse lo sguardo, si incrociava sempre il suo.

– Thanur accoglie, – disse lei serafica. – È questo che abbiamo scritto qui fuori. Non deve succedere che qualcuno, per paura di essere espulso, nasconda il suo problema, invece di condividerlo e affrontarlo assieme, come stiamo facendo ora. Dobbiamo imparare ad affidarci gli uni agli altri. Vincenzo ha accettato di parlarne, e per questo dobbiamo ringraziarlo.

I dubbi galleggiavano nel fumo di sigaretta. Vincenzo aveva il cuore gonfio, anche se dissimulava bene. Invece di una condanna riceveva un ringraziamento, che gli imponeva di esserne all'altezza, e questo metteva in crisi il suo orgoglio. Il tossico dentro di lui si ritrovava alle corde. Di fronte a quella comprensione, il sarcasmo iniziale e il cazzo di fuori diventavano le reazioni puerili di un mediocre.

Gregorio, dopo essersi torturato la barba per un po', ruppe gli indugi.

– Va bene, ma io non ho capito. Qui un eroinomane ci può stare oppure no?

Fu allora che accadde una cosa strana. Una cosa che col senno di poi Vincenzo avrebbe visto come un presagio, anche se col senno di poi tutto può essere presagio di qualunque cosa.

Dal divano la voce di Rossella giunse limpida. Sedeva a gambe incrociate, le mani sul ventre e i capelli canditi di luce primaverile. La sua figura emanava serenità.

– Io credo a Vincenzo, – disse. – Credo che non si sia fatto quando era qui. Si è fatto quando era lontano da qui. Vincenzo dimostra che Thanur non solo accoglie, ma salva. Se capiamo questo, troviamo la risposta che stiamo cercando.

Quelle parole, inattese almeno quanto il fatto che fosse Rossella ad averle pronunciate, andarono a segno, benché non avessero un bersaglio. Sconvolti e al tempo stesso rinfrancati da tanta semplicità, i thanuriani si guardarono e si scoprirono felici. Era la sintesi che superava il dilemma. Era una risposta. Thanur era la risposta. Thanur era la salvezza.

Orsola sorrise a Rossella e salutò la rivelazione a mani giunte, alla maniera indiana, mentre altri davano pacche sulle spalle a Vincenzo, ancora incerto su cosa fosse successo davvero.

Ludo invece gli strizzò l'occhio. Poi si accese lo spinello.

6. Forravalle, sabato 8 aprile

Filippo Bernacca aprí la porta del capanno. Zanka sbirciò da dietro la sua spalla, mentre l'impiegato comunale lo precedeva all'interno.

Un tugurio lungo e stretto, stipato di oggetti.

– È un'eredità. Era il capanno da caccia di mio nonno.

Indicò una tagliola e una roncola appese alla parete di legno, accanto a una sega ad arco. L'unica fonte di illuminazione oltre la porta era una finestrella quadrata. Dal soffitto pendeva una lampada a batterie che Bernacca non si premurò di accendere. Su uno scaffale c'erano un paio di cataloghi per radioamatori, un manuale per l'utilizzo dei contatori geiger e alcune vecchie copie del «Giornale dell'Ignoto». Su un banco da lavoro campeggiavano un apparecchio Cb e un altro marchingegno che Zanka non fu in grado di riconoscere.

Erano saliti con l'auto di Bernacca. L'impiegato era entusiasta, nonostante la vistosa fasciatura alla testa e l'occhio nero, per l'opportunità di portare sul luogo dell'aggressione – o del «contatto» – niente meno che il suo scrittore preferito. Se la prima volta che i due si erano incontrati, al bar del paese, Bernacca aveva giusto evocato i misteri del Quarzerone, ora invece ne era protagonista: il mistero era lui. Nondimeno era come se volesse pregustare il momento, rallentarlo, quindi per tutto il tragitto aveva parlato dei libri di Zanka. Ciò aveva risparmiato a quest'ultimo la fatica del conversare. Gli era bastato emettere un monosillabo ogni tanto. La logorrea di Bernacca era proseguita anche quando avevano lasciato l'auto per imboccare una mulattiera e poi un sentiero imboscato fino al capanno da caccia in mezzo agli alberi, ai margini di una piccola radura.

– Ecco, io vengo quassú con l'attrezzatura, scruto il cielo con il telescopio. Metto anche fuori i lumini di avvicinamento... Vuoi mai che qualcuno arrivi davvero.

Zanka si guardò attorno. – Cosa le fa pensare che gli extraterrestri atterrerebbero qui?

– Perché no? – ribatté Bernacca. Con la benda in testa e l'occhio pesto aveva qualcosa di ridicolo. – Questo monte è un onfalo, un incrocio di linee geodetiche. Come i luoghi su cui sorgono le piramidi messicane o quelle d'Egitto. L'ho letto nei suoi libri, – concluse in tono fiero.

Zanka si limitò ad annuire, accusando un vago senso di colpa per gli effetti delle proprie teorie su un tipo cosí suggestionabile.

– Ero venuto su anche quella sera, – proseguí Bernacca. – Stavo regolando il telescopio e ho visto le luci sul costone.

Zanka lo seguí di nuovo all'aria aperta, lo sguardo puntato nella direzione in cui indicava Bernacca. La parte piú alta del Quarzerone si stagliava sul cielo terso. Era una bella giornata e oltre la cintura d'alberi i contorni delle tre cime apparivano nitidi.

– Mi sono detto: come fa a esserci qualcuno lassú? La parete scende a strapiombo. Allora sono tornato alla macchina e ho guidato fino là, per andare a vedere. Venga che ce la porto.

Ci vollero dieci minuti buoni per arrivare all'auto e ben di piú per raggiungere il luogo dell'aggressione. Sulla pietraia che percorsero ci sarebbe voluta una jeep, ma Bernacca l'affrontò in prima con la sua Dyane, senza remore e con l'aria spavalda di chi conosce ogni buca del tragitto e non teme per i semiassi. Quando finalmente scesero, Zanka aveva la nausea, ma non lo diede a vedere.

– È successo qui, – commentò Bernacca. – Io ero dove sono adesso e loro erano lí, in piedi davanti a me, con quella luce fortissima alle spalle.

– Quindi vedeva le sagome, – disse Zanka, cercando invano con lo sguardo un posto dove sedersi. Oltre allo stomaco gli dolevano le gambe e i piedi. Per la montagna, gli stivaletti che indossava non erano l'ideale.

– Sí, sagome altissime, – rispose Bernacca, – e i loro occhi lucidi, enormi, su quelle teste grandi e oblunghe. A ripensarci mi viene ancora una fifa maledetta, sa? – Bernacca apparve a disagio. – Gli strumenti che si spengono, la torcia che non funziona... Ma la cosa piú inquietante è che mi sono risvegliato molte ore dopo da tutt'altra parte. E infatti ho un ricordo confuso del mio corpo che viene sollevato e portato via. Venga, le faccio vedere.

Zanka maledisse «L'Europeo», Pepper, il *precalentamiento* e il bisogno di denaro, e si rimise in marcia dietro all'impiegato comunale. Dopo un tratto in lieve salita, raggiunsero il prato su cui Bernacca aveva ripreso i sensi quel lunedí mattina. Zanka trovò una roccia sulla quale sedersi. Visto il fiato corto, resistette alla tentazione di accendersi una Muratti.

– Eccoci, – disse Bernacca. – Quando mi sono svegliato era giorno fatto. Com'è possibile che sono rimasto svenuto per cosí tanto tempo? Quella notte quassú deve aver piovuto, perché avevo i vestiti bagnati, e intorno non c'era nessuna impronta, tutto lavato via. Ma io non me ne sono nemmeno accorto.

Zanka non gli chiese se davvero pensasse di essere stato rapito dagli alieni. Domandò invece ancora del Quarzerone.

– So che ci sono strane storie nate intorno al monte, – disse. – Quando sono arrivato stamattina presto, l'albergatore del *Cinghiale bianco* mi ha detto che la locanda prende il nome da una leggenda del luogo...

Bernacca ghignò e scacciò le parole con un gesto della mano.

– Ah, il nostro mostro di Loch Ness. È una burla che s'inventò mio nonno, buonanima, insieme ai suoi amici. Da allora i cacciatori di qui se la passano a vicenda, ogni tanto uno dice di aver visto un cinghiale albino, o crede di averlo visto davvero, e cosí tiene viva la leggenda. Sono quarant'anni che va avanti. I misteri sono ben altri, mi creda.

– Ad esempio?

L'impiegato del Comune si fece serio.

– Sette persone scomparse solo nel nostro secolo, – disse mostrando le dita. – Tre nell'Ottocento, almeno quelle di cui si hanno testimonianze, – ora aveva tutte le dita tese davanti a sé. – L'ultimo caso: i due boy-scout. Ne abbiamo parlato al bar, si ricorda? E poi ci sono io, scomparso per diverse ore. Chi lo sa cosa mi è successo... – Assunse un tono grave. – Questo è il Triangolo delle Bermude italiano.

Zanka appuntò mentalmente la similitudine: era perfetta per l'articolo, una di quelle cose che mandavano Pablo Pepper in brodo di giuggiole.

– Senza contare il grande botto, – riprese Bernacca. – Notte tra il 9 e il 10 febbraio 1970. La ricordo come fosse ieri. Un boato da far tremare i vetri sveglia il paese intero. Mi affaccio alla finestra e vedo un branco di daini che galoppa in mezzo alla strada, proprio sotto casa mia. Il giorno dopo la Forestale va su e non trova niente. Non uno stelo d'erba bruciato, non un ramo spezzato. Sembrava che quel rumore fosse venuto fuori dalle viscere del monte. Il Quarzerone è cavo, pieno di grotte e cunicoli. È proprio come una di quelle piramidi di cui parla lei nei suoi libri –. Bernacca si impettí, recitando a memoria: – «Forse le piramidi sono grandi antenne puntate verso il cielo che indicano la rotta ai visitatori da altri pianeti».

Zanka riconobbe una frase di *Fantascienza dell'Età del Bronzo*. Non fece in tempo a pensare «Ho creato un mostro» che Bernacca aveva già ripreso a parlare.

– Lo sa che i geologi non sono nemmeno certi dell'origine del monte? È un luogo unico, non esiste un altro massiccio cosí. Ecco perché mi sono convinto che possa essere un'antenna. E allora vengo quassú e provo a vedere se arrivano.

Zanka diede un colpetto di tosse per nascondere l'imbarazzo. Tentò di cambiare discorso.

– Quando ci siamo visti la prima volta, se non ricordo male mi ha detto di aver partecipato alle ricerche dei due ragazzi scomparsi.

Bernacca annuí. – Eh, a forza di venire quassú ho imparato a conoscerlo, il Quarzerone. Dare una mano mi è sembrato il minimo. Una bruttissima storia. Parlarne non è piacevole.

Zanka percepí il turbamento, ma non mollò.

– Li conosceva, quei ragazzi? – chiese.

L'altro scosse il capo.

– No, non erano di qui. Ma certe volte, d'estate, mi capitava di vederli, i boy-scout. Erano parte del Quarzerone, mi ci ero affezionato. È triste che dopo la tragedia non vengano piú.

Forse fu l'istinto sepolto del cronista di nera a suggerire a Zanka la domanda.

– Per caso la sera che Jacopo e Margherita sono scomparsi era uscito a guardare il cielo?

Bernacca non ebbe bisogno di pensarci. – Quella sera no. E me ne rammarico, sa? Avrei potuto aiutare fin da subito nelle ricerche. Anche se... – si trattenne.

Zanka rimase in attesa che quello finisse la frase, infine decise di incoraggiarlo.

– Anche se?

– Forse non avrebbe fatto molta differenza, – concluse l'impiegato.

– Cosa intende? – lo incalzò Zanka.

La voce di Bernacca si fece sognante.

– Pensi se quei due ragazzini avessero incontrato degli esseri come quelli che ho incontrato io. Esseri in grado di neutralizzare una persona e portarla via con facilità. Pensi, per ipotesi, se questo monte fosse davvero un'antenna, o magari un passaggio per un altro pianeta o un universo parallelo. Non avremmo nessuna speranza di ritrovarli. Non ci sarebbe niente da fare se non… aspettare che ritornino.

Zanka adesso l'accese davvero, la sigaretta, e tirò un paio di boccate.

– Lei crede questo? Che siano stati rapiti dai marziani?

Bernacca scrollò le spalle e puntò gli occhi in alto, verso la vetta del monte o forse verso il cielo.

– A essere onesto, signor Zanka, non credo niente, – disse con aria improvvisamente smarrita. – Non so cos'è successo a me e non so cos'è successo a quei due ragazzi. Mi piace pensare che sono vivi e che li riporteranno indietro, prima o poi. Magari quando per noi saranno trascorsi cinquant'anni e loro non saranno invecchiati di un giorno.

Zanka continuò a fumare in silenzio, meditando su quelle parole e sul modo migliore di inserirle nell'articolo. Diede gli ultimi tiri alla sigaretta e la spense sotto la suola.

– È un bel pensiero, – commentò. – Quasi poetico.

D'un tratto Bernacca mutò espressione e consultò l'orologio.

– È mezzogiorno passato, – disse. – Posso invitarla a pranzo?

– La ringrazio, ma ho già un impegno, – mentí Zanka.

– Allora bisogna che ci avviamo, – si rassegnò Bernacca, mentre un vento freddo scivolava sull'erba, come per sospingerli nella giusta direzione.

7. Forravalle, sabato 8 aprile

Il cancello era aperto, ma Bonino preferí parcheggiare in strada.

Dagli sportelli della Fiat 127 uscirono quattro corpi anchilosati e bisognosi di spazio.

– Appuntamento qui alle cinque? – chiese Bruzzone mentre si sgranchivano.

Durante il viaggio, i tre ufologi avevano partorito un piano. I torinesi avrebbero interrogato Bernacca, seguendo l'apposito questionario del Grucat. Intanto Bruzzone, che da quelle parti c'era stato piú volte per le sue ricerche clipeologiche, si sarebbe piazzato al bar e in diversi luoghi strategici, a raccogliere «elementi ambientali», ovvero voci e commenti sul testimone dell'incontro ravvicinato.

«Sembravano tre antropologi di epoca vittoriana, – ricorda Milena, – di quelli che andavano in mezzo ai cannibali per studiare il pensiero dei selvaggi. Berto s'era messo elegante, giacca e cravatta, invece Bonino aveva scelto una mise piú rustica, per mimetizzarsi tra gli indigeni, ma il risultato era un vistoso incrocio tra un cacciatore e un alpinista d'altri tempi».

L'edificio era su due piani, poco piú alto del noce che gli cresceva di fianco. Una scala saliva al ballatoio con la ringhiera di ferro, dove si affacciava l'uscio di Filippo Bernacca.

Non vedendo un campanello, Bonino bussò alla porta verde.

– Un momento! – disse una voce, uscendo da una finestra accostata. Seguí il rumore dello sciacquone, e finalmente Bernacca fu sulla soglia. Un intreccio di bende gli copriva la testa come un berretto.

Dopo le presentazioni e i convenevoli, il padrone di casa pregò gli ospiti di accomodarsi attorno al tavolo da pranzo.

L'ambiente, già poco spazioso, era soffocato di libri che occupavano tutte le superfici orizzontali. Mensole, scaffali, ripiani.

– Porto dell'acqua, – disse Bernacca. – Qualcuno vuole un caffè?

Milena ne approfittò per domandare dove fosse il bagno, e per guardarsi attorno mentre lo raggiungeva.

Sul piatto dello stereo c'era un album di Mina, *Plurale*. Il muro, subito sopra, incorniciava il manifesto di un suo concerto, con due biglietti fermati sul bordo da una graffetta.

Scorse i volumi della biblioteca di Bernacca. Classici della letteratura, gialli, fantascienza, storia locale e poi testi sugli Ufo, sulla parapsicologia e l'opera omnia di...

– Martin Zanka, – stava dicendo Bernacca. – Ero con lui proprio stamattina. È già la seconda volta –. La voce era rotta da un'acciottolio di stoviglie. – Addirittura un articolo per «L'Europeo»! L'ho invitato a pranzo, non è potuto restare, se no ve lo presentavo.

I due torinesi si affrettarono a rimarcare che pure loro, di recente, avevano incontrato Zanka: a Roma, per un convegno.

– *Ufo 78*! – esclamò Bernacca. – Volevo tanto partecipare. So che alla fine non se n'è fatto niente.

Gli ufologi raccontarono cos'era successo quel giorno maledetto, col tono sbrigativo di chi non vuole perdersi in chiacchiere.

Milena intanto pensava che anche a lei sarebbe piaciuto pranzare con Martin Zanka. Non sapeva se essere piú sorpresa per la casualità di averlo sfiorato o per la beffa di averlo mancato. Nella mente le si formò l'immagine di due pianeti che orbitano intorno alla stessa stella e che periodicamente si trovano allineati. Qualcuno avrebbe potuto vederci un destino.

Seguendo le indicazioni, imboccò il corridoio, corto e stretto. Sulla parete di sinistra, foto di famiglia, di una donna, di due ragazzi, interrotte da una porta socchiusa, che lasciava intravedere un letto matrimoniale. Sul lato opposto, la camera simmetrica era invece spalancata: un tavolo da lavoro, ingombro di marchingegni elettronici, ne occupava il centro come un intruso, tra il letto a castello, la scrivania e i poster da adolescenti. Subito oltre, un'antica mappa della zona copriva la carta da parati, accanto a stampe con vedute di Forravalle, vecchie cartoline del paese e un manifesto con due ragazzi. «SCOMPARSI», diceva la scritta, sotto ai due ritratti e relativi nomi: Jacopo Musetti e Margherita Toni.

Il bagno era sul fondo, profumato di lavanda. Milena si affrettò, non voleva che l'aspettassero e nemmeno che iniziassero senza di lei.

Quando tornò nel soggiorno, Bernacca era appena uscito dal tinello, reggendo un vassoio. Distribuí sul tavolo i bicchieri, la caraffa e una ciotola di biscotti al miele.

Milena ringraziò e ne prese uno. Bonino aprí un blocco da appunti e impugnò la penna, Ravarino infilò la cassetta nel registratore.

– Allora, – domandò al testimone. – Possiamo cominciare?

«Prima dell'incontro, – ricorda Bonino, – Bernacca lo avevamo sentito al telefono. Avevano parlato con lui gli ufologi fiorentini, che lo conoscevano e avevano sondato la sua disponibilità, poi lo avevo chiamato io: gli avevo illustrato i modi e gli scopi dell'interrogatorio – ma con lui l'avevo chiamato "colloquio" – e gli avevo chiesto di disegnare uno schizzo dell'avvistamento e uno della scena in cui era avvenuto».

– Partiamo dai dati personali, le solite cose: età, titolo di studio, professione, stato civile...

– Bernacca Filippo, – recitò quello, mentre Bonino scriveva e Milena pure. – Nato a Massa il 20 agosto '35. Risiedo a Forravalle da quindici anni e da venti sono impiegato all'ufficio tecnico del Comune. Ho il diploma da geometra. All'inizio facevo il pendolare, poi con mia moglie ci siamo trasferiti. Sposato il 15 giugno 1960, due figli, attualmente separato, pratica del divorzio in corso. Loro adesso stanno a Trento e io vivo da solo.

Milena si stupí dell'ultima informazione. Dalle foto in corridoio s'era immaginata una famiglia unita.

Terminata la schedatura, Ravarino chiese al testimone di raccontare l'avvistamento con parole sue, passo passo, «come se lo stesse vivendo di nuovo».

La cronaca non aggiunse molto a quel che già sapevano dai giornali. Bonino, orologio alla mano, cercò di ricostruire la tempistica dell'incontro ravvicinato.

Al termine, Bernacca mostrò l'identikit dei suoi assalitori. Il foglio è conservato all'archivio del Grucat, nel fascicolo relativo al suo caso. Le sagome dei tre alieni ricordano piovre con quattro tentacoli, due piú corti in alto e due piú lunghi in basso. Unico dettaglio ben definito: il grande occhio nero, privo di sclera.

Conscio, a quanto pare, delle sue scarse doti da illustratore, al posto del secondo disegno, quello con lo scenario, Bernacca consegnò agli ufologi due fotografie: una della vetta di Rocca Tesana, inquadrata dal capanno da caccia, e un'altra del luogo dell'aggressione.

Con il questionario del Grucat sottomano, Ravarino attaccò le domande di approfondimento.

Innanzitutto, tentò di fissare meglio la sequenza degli eventi: quand'erano comparse, di preciso, le tre creature? Le aveva viste attraverso il parabrezza o solo una volta sceso dall'auto? E la torcia elettrica, aveva provato ad accenderla prima o dopo l'apparizione?

S'informò sulle condizioni meteo. Sulla presenza della luna. Sulla dimensione delle sagome rispetto agli alberi.

– Al mattino, di ritorno all'auto, ha notato segni del loro passaggio?

– Lí per lí non ci ho guardato, – ammise Bernacca, – volevo allontanarmi al piú presto. Ma credo che la pioggia avesse ormai cancellato ogni traccia. Quando ci sono tornato per recuperare la Dyane, non c'erano piú neppure le impronte dei miei pneumatici.

Venne quindi indagata la traiettoria della luce apparsa sul Quarzerone. Lineare, curva o complessa?

A gentile richiesta, senza esitare, Bernacca mise a disposizione degli ufologi anche il referto medico del pronto soccorso, dov'erano descritte le ferite e le contusioni riportate nel pestaggio. Bonino ne ricopiò il contenuto.

– Lei porta gli occhiali?

– No. Ho dieci decimi a entrambi gli occhi. È una cosa di famiglia. Mia madre è morta due anni fa e aveva ancora la vista di una ragazzina.

A quelle parole, Milena perlustrò la stanza con lo sguardo, in cerca di foto di una donna anziana. Le parve di individuarne una, su una mensola, dentro una grande cornice.

L'interrogatorio, intanto, proseguiva.

– Gli strumenti che hanno smesso di funzionare quella sera sono ancora fuori uso?

– Il Cb va che è una meraviglia, – rispose Bernacca, – e anche la torcia, il giorno dopo, s'è accesa al primo colpo. Il rilevatore Gndn, invece, quello è proprio morto. L'ho comprato per corrispondenza, ho scritto alla ditta, vediamo cosa mi rispondono. La Dyane l'ho poi rimessa in moto. Mi ha portato su un collega, l'abbiamo attaccata coi cavetti alla sua macchina ed è ripartita. Era proprio la batteria.

– Altre anomalie elettromagnetiche? Che so, luci spente anche nei dintorni, un black-out?

– No, – disse convinto Bernacca. – E se fosse successo, l'avrei saputo. Dopo l'articolo uscito sul giornale si sono fatte vive diverse persone, ma nessuna mi ha parlato di guasti.

– E cosa volevano?

– La maggior parte, chiedermi cos'avevo visto. Altri, parlarmi degli extraterrestri che stanno sul Quarzerone, dirmi le loro teorie. Uno è venuto fin qua da Grosseto per raccontarmi che anche lui è stato rapito dagli alieni. Ho ricevuto piú visite in questo periodo che negli ultimi quindici anni.

Bernacca, notò Milena, aveva pronunciato la frase come battuta di spirito, ma senza riuscire a nascondere una nota malinconica, come se già pensasse all'inevitabile ritorno alla solita vita, dove i dischi volanti erano l'unica promessa, l'unico antidoto alla tristezza. Piú osservava il suo appartamento, piú lo sentiva parlare, e piú Bernacca le sembrava una versione dolente di Roy Neary, il protagonista di *Incontri ravvicinati del terzo tipo*. Entrambi confermavano in pieno l'ipotesi che l'ufologia fosse un prodotto della crisi del maschio occidentale, del suo bisogno di fuggire davanti alle proprie contraddizioni. Ma mentre Neary pareva un bambino ancora assetato di avventure, Bernacca era un adulto invecchiato in fretta, con un divorzio in corso e anni di solitudine davanti a sé. A spingerlo incontro agli alieni non era il fascino per l'ignoto, era il desiderio di una presenza che lo consolasse, o almeno lo considerasse.

– Chi è il primo a cui ha raccontato l'accaduto?

– Un collega di lavoro. Quello che m'ha visto arrivare in ufficio conciato male.

– Gli ha detto che è stato aggredito da... – Ravarino lesse il termine che Bernacca aveva usato nel suo racconto: – «Enormi creature misteriose»?

– No, a lui no. Gli ho parlato solo di «qualcuno», non volevo espormi. Sul lavoro si fa presto a diventare uno zimbello. Forse qualche dubbio in piú l'ho accennato agli infermieri del pronto soccorso, non ricordo. Poi sono andato dai carabinieri a sporgere denuncia e lí, quando il maresciallo Mereo mi ha chiesto se avevo dei sospetti sui responsabili, gli ho detto che non sapevo nemmeno se fossero esseri umani, e anzi, ero sempre piú convinto di no.

Milena si domandò chi di questi soggetti avesse contattato la stampa. Non ce lo vedeva, Bernacca, a chiamare in redazione per confessare la sua storia.

– Lei dice «sempre piú convinto», – notò Ravarino. – Quindi all'inizio non lo era? O lo era in misura minore? Cos'ha pensato, non appena li ha visti?

Bernacca rispose con sicurezza: – Niente. Avevo troppa paura. Solo al risveglio mi è venuto in mente che forse non erano umani. Mi sono chiesto: come mai era trascorso tanto tempo? E come mai non ero piú dove mi avevano aggredito? E perché facevo tanta fatica a ricordare cos'era successo? Ma adesso ho preso appuntamento con un professore di Firenze, un luminare, grande esperto di ipnosi regressiva. Grazie a lui, spero di recuperare la memoria e chiarire quel che non mi torna.

Sentendo nominare l'ipnosi regressiva, Bonino drizzò la schiena di scatto.

«Già ai tempi del Grucat, – afferma rievocando l'episodio, – noi eravamo contrari a quel tipo di ipnosi. In primis, perché non ha una base scientifica. In secundis perché, se anche funzionasse, non darebbe comunque i risultati sperati. Se un uomo è convinto di aver visto i marziani, ricorderà di averli visti pure sotto ipnosi. Il punto non è cosa ricorda. Il punto è cos'ha visto davvero».

L'interrogatorio si avviava ormai alle battute finali.

Bonino, che aveva spuntato la lista delle domande via via che l'altro le esponeva, prese la parola e pose le questioni fin lí tralasciate. La luce sul monte era fissa, tremolava, pulsava in modo regolare o irregolare? A che distanza stimata si trovava?

Completato il questionario, Ravarino espose da capo il racconto a Bernacca, integrandolo con i dettagli, affinché il testimone lo confermasse e sottoscrivesse.

Milena studiava il Grucat da mesi, eppure continuava a stupirsi di tanta scrupolosità.

> Da un lato, – scrive nel suo libro, – è ammirevole che due dilettanti prendano tanto sul serio la propria ricerca. Si tratta, in un certo senso, di una forma di rispetto per l'interrogato. Dall'altro, il tutto si era svolto in maniera molto asettica. Certo, lo scopo era di non *curvare* ulteriormente la testimonianza, di non indirizzarla con giudizi, commenti o ipotesi preconcette. Ma l'effetto finale era che i due ufologi avevano trattato Bernacca soltanto come un oggetto di studio. Con grande interesse, ma nessuna empatia.

Per finire, i due inquirenti domandarono a Bernacca il permesso di scattargli una foto. Quindi si scambiarono i numeri di telefono – «Nel caso le venisse in mente qualcosa che non ci ha detto», precisò Ravarino, come un detective da telefilm. Il padrone di casa si offrí di accompagnare la delegazione, l'indomani, in un sopralluogo: prima alla sua «base ufologica» e poi al luogo del contatto.

– È una bella passeggiata, – precisò, – se non avete fretta di ripartire.

Era chiaro, pensò Milena, che non gli sarebbe affatto dispiaciuto avere compagnia anche domenica mattina.

8. Forravalle, sabato 8 aprile

Fuori, di fianco alla Fiat, Bruzzone attendeva con la sigaretta in bocca.

– Com'è andata? – domandò.

– Per me, – disse Bonino, – è un caso da psichiatri, piú che da ufologi.

Milena gli scoccò un'occhiata infastidita, che Ravarino dovette cogliere, perché si affrettò a prendere le distanze.

– A me non pare il classico matto che vede gli Ufo. Magari il suo racconto non sarà attendibile, ma lui, come persona, mi pare lo sia.

– Attendibile? Mah. Nella scala di Rynek? – lo incalzò Bonino.

La scala di Rynek prevedeva cinque gradi di attendibilità dei testimoni. Ravarino si strofinò il mento con due dita.

– Direi tre punto cinque.

Già, ricordò Milena, questi non si limitano a classificare gli incontri ravvicinati e i diversi tipi di Ufo. Fanno cosí anche per le persone.

– Tu, Bruzzone, cos'hai scoperto? – s'informò Bonino.

Il genovese tirò un'ultima boccata e gettò la cicca in mezzo alla strada. Prima di rispondere, propose di raggiungere a piedi la locanda del *Cinghiale bianco*. Inutile spostare l'auto per mezzo chilometro appena.

– Ho parlato con sedici persone, – dichiarò soddisfatto. – Nessuno dubita della buona fede di Bernacca, né delle sue facoltà mentali. Pensano tutti che sia stato aggredito da qualche balordo e che sia ancora sotto choc. Qualcuno ha fatto battute sulla sua passione per gli extraterrestri, le solite cose, niente di cattivo, a parte una donna che mi ha detto: «Chissà poi cosa ci va a fare davvero, in quel suo capanno». Molti hanno accennato al divorzio: c'è chi lo compatisce e chi gli dà la colpa. Chi dice che la moglie era un'isterica e chi insinua che lo ha mollato perché lo ha beccato con un amante. Maschio.

– Ah, è pure un cupio? – lo interruppe Bonino.

– Un che?

– Com'è che dite voi a Genova? Un buliccio. Un finocchio.

Ravarino arrossí e non ebbe il coraggio di guardare Milena.

– Comunque, – proseguí Bruzzone, – tutti lo considerano un tipo a posto, ma quando ho chiesto di parlare con i suoi amici, non me ne hanno saputo indicare nessuno.

– E ci sarà un motivo! – esclamò Bonino, come a dire che la sua ipotesi psicopatologica trovava un riscontro.

– A ogni modo, – intervenne Ravarino, – io non perderei altro tempo con lui. Mi sembra evidente che è un falso caso.

– Andiamo con ordine, – propose Bonino. – In primo luogo, abbiamo l'osservazione di una strana luce notturna. Strana perché proveniente da una zona del monte dove c'è uno strapiombo di duecento metri. Ma la spiegazione piú semplice è che Bernacca abbia sbagliato a localizzarla con precisione, e che la fonte si trovasse in un punto accessibile.

– Infatti, – disse Ravarino, – poco dopo anche lui è salito sul monte con la sua auto e là è rimasto abbagliato da una grande luce. Con ogni probabilità la stessa che aveva visto dal capanno.

– Con altrettanta probabilità, quella dei fari di un'altra auto. Il che ne farebbe un Ifo.

L'acronimo, in bocca a un ufologo, non si riferisce al famoso istituto per la ricerca economica di Monaco, ma sta per «Oggetto volante identificato».

– No, – commentò Bruzzone. – Non sarebbe nemmeno un Ifo, perché un'auto non vola! Sarebbe solo una belinata.

Bonino annuí e riprese la sua disamina.

– Poi arriviamo all'aggressione... E pure lí c'è una spiegazione convenzionale, compatibile con i dati che abbiamo. A picchiare Bernacca sono stati degli esseri umani, forse disturbati dalla sua presenza. Lui ha tentato di accendere la torcia elettrica, ma nell'agitazione non ci è riuscito.

– Restano fuori gli altri fenomeni elettromagnetici, – s'inserí ancora Bruzzone. – Il Cb e il rilevatore... Com'è che si chiama?

– Gndn, – precisò Bonino. – E chissà cosa dovrebbe rilevare! Uno che compra certi aggeggi per corrispondenza ha un'attendibilità di livello zero, date retta a me.

Bruzzone sghignazzò, Ravarino si trattenne, Milena scosse la testa d'istinto, ma non disse nulla.

– I guasti agli strumenti sono una coincidenza, – tagliò corto Ravarino. – Se fossero legati al presunto Ufo, che in quel momento era a piú di un chilometro in linea d'aria da Bernacca, allora dovrebbe esserci stato un black-out, o effetti simili in tutta la zona. No, – proseguí dopo una pausa, – l'unico elemento che resta da chiarire è la perdita di conoscenza prolungata.

I tre decisero di domandare a un medico se le ferite e i lividi descritti nel referto del pronto soccorso fossero compatibili con uno svenimento di quasi dieci ore. Nel frattempo, erano ormai arrivati all'albergo.

– Domattina, – propose Ravarino. – Io sarei per lasciar perdere Bernacca e andare sul Quarzerone per i fatti nostri. Tanto Bruzzone i posti li conosce, non abbiamo bisogno dell'accompagnatore.

Il genovese disse che aveva ben presente la mulattiera in fondo alla quale era avvenuta l'aggressione «aliena». Potevano passare di lí, dare un'occhiata, poi visitare altri luoghi piú interessanti dal punto di vista ufologico: il prato dove si diceva che fosse atterrato un disco volante, la cavità da cui era uscita una strana luce, la cima di Rocca Tesana.

– Benissimo! – esclamò Bonino. – A meno che il sopralluogo con Bernacca non fosse di un qualche interesse per la nostra dottoressa.

Milena disse che non spettava a lei indirizzare le attività del gruppo e aggiunse che sarebbe andata a fare due passi, prima del tramonto.

Gli ufologi capirono che voleva stare per conto suo e nessuno si offrí di accompagnarla, ma le diedero appuntamento per la cena in albergo.

Lei girò i tacchi e prese una strada in salita che prometteva di arrivare alla chiesa.

I commenti di quei tre l'avevano messa di malumore.

«Caso psichiatrico».

«Livello di attendibilità tre punto cinque».

«Cupio».

«Aveva ragione Jimmy, – riflette oggi Milena. Il loro piú grande piacere consisteva nell'identificare. Del resto è quello che facciamo tutti, anche solo parlando. Se non lo facessimo, resteremmo bloccati. Dire che un albero è un albero, e non un cactus, ci permette di sapere di quant'acqua ha bisogno, di quale terreno. Ogni volta che un fenomeno si ripete, lo etichettiamo, per imparare a trattarlo.

Per controllarlo, certo, ma anche per prendercene cura. Ma la *vis classificatoria* del Grucat andava oltre, era ben difficile sostenere che di Bernacca avessero avuto *cura*».

La piazza della chiesa si spalancò tra le case. La facciata era spoglia, in stile romanico. Un girotondo di animali fantastici intorno al rosone era l'unico ornamento.

È possibile, si domandò Milena, etichettare con lo stesso nome due oggetti o due avvenimenti, come semplici esempi dello stesso fenomeno, senza dimenticare ciò che li rende unici e irripetibili?

Di fronte alla filiale di una banca c'erano una panchina e un cartello, infisso in cima a un palo, col disegno di un autobus.

Milena lesse sovrappensiero gli orari delle corse.

Le piú frequenti erano per Aulla.

La prima partiva alle cinque e quaranta.

Aulla, piazza Mazzini.

Le campane della chiesa batterono cinque colpi, e poi uno, staccato, piú debole e acuto.

9. Aulla, sabato 8 aprile

Benché situato nella provincia profonda, l'Hallogallo era noto a livello nazionale, anche grazie alle vendite per corrispondenza. Una sua pagina pubblicitaria appariva sulle riviste di settore, coi migliori titoli del mese e il numero di telefono. Tu chiamavi, davi l'indirizzo, e Jimmy Fruzzetti ti spediva il catalogo gratis.

Quel catalogo lo curava lui, grafica e contenuti. Di ogni nuova uscita, di ogni perla d'importazione che arrivava in negozio, Jimmy scriveva una breve recensione, dieci righe o poco piú, argute e competenti. C'erano pure la sezione sugli stereo, quella sui libri, qualche illustrazione psichedelica. Una cinquantina di pagine, con copertina lucida in tricromia. Niente da invidiare a una rivista, e Jimmy ne pubblicava tre numeri all'anno, che oggi sono pezzi da collezione. Le copie rimaste passano di mano in mano a prezzi vertiginosi.

Jimmy, dicevano tutti, era bizzarro, sí, ma preciso ed efficiente «come un tedesco». In effetti, aveva vissuto in Germania Ovest. Ci era andato a vent'anni, nel '71. Non per lavorare nelle fabbriche di Monaco, Francoforte o Ludwigshafen, ma seguendo il canto di sirene del nuovo rock tedesco, il piú interessante d'Europa. Di quella scena amava ogni suono: dall'elettronica avvolgente dei «corrieri cosmici» – Ash Ra Tempel, Tangerine Dream, i lavori solisti di Klaus Schulze – al rock piú spigoloso dei Can, dei

Faust e in particolare dei Neu!, passando per gli album affollati e psichedelici degli Amon Düül, che in realtà erano due gruppi, Amon Düül I e Amon Düül II, e prendevano il nome dalla comune in cui vivevano.

Anche Jimmy si era stabilito in una comune, a Colonia, poi per lunghi periodi era stato in Svizzera al seguito del giornalista e produttore discografico Rolf-Ulrich Kaiser, che andava a trovare il «profeta dell'Lsd» Timothy Leary, fuggiasco dalla giustizia americana.

Il Kaiser, come lo chiamavo, sia per il cognome sia per il modo di fare un po' imperioso…

La voce di Jimmy emerge, giusto un poco ovattata, da un vecchio nastro, inciso proprio quel sabato, all'Hallogallo, dopo l'orario di chiusura, con il registratore a cassette di Milena. Un Philips EL3301, con la custodia, la tracolla e il microfono esterno. Tenuto con grande cura, nel 2018 ancora funzionava.

… era già conosciuto anche in Italia, perché Mondadori aveva appena tradotto il suo libro, *Das Buch der neuen Pop Musik*, col titolo *Guida alla musica pop*. Con tutto quel che è successo nel frattempo, oggi è obsoleto, molte parti suonano pedestri. Però è ancora in catalogo, pure qui in negozio ogni tanto ne va via qualche copia. In Germania il Kaiser era piú famoso per la sua etichetta, la Ohr, che poi vuol dire «orecchio». Ha fatto uscire album fondamentali, gruppi del calibro di Tangerine Dream, Floh de Cologne, Popol Vuh… Io li ho conosciuti. Leary siamo andati a trovarlo in Svizzera un paio di volte, prima che il governo lo sbattesse fuori pure da lí. Con lui ci siamo fatti un bel po' di viaggi. Anche da fermi, intendo. Ho «fatto l'esperienza». L'esperienza psichedelica. Tu l'hai mai fatta, l'esperienza? *Are you experienced?* [Ridacchia] Ho capito, ho capito, «qui le domande le faccio io»… A ogni modo, con Leary ho imparato cose che non solo mi sono servite dopo, ma mi hanno fatto riscoprire certi aspetti della mia cultura d'origine.

Nel '74 Jimmy era tornato in paese, con una bella disponibilità economica, della quale nessuno gli aveva chiesto conto. Nel giro di poco aveva aperto il negozio, chiamandolo come il suo pezzo preferito dei Neu!

In Italia, e soprattutto in Toscana, aveva intercettato la voga culturale dell'ufologia, che aveva smosso ricordi d'infanzia.

> In Germania e in Svizzera di ufologi veri e propri non ne ho incontrati, mi sa che l'Italia era piú intrippata, però di gente che vedeva *cose dell'altro mondo* [ride], sai quante? Io poi sono cresciuto coi racconti dell'ondata del '54, hai presente, quando chiunque vedeva gli Ufo, compreso il mio bisnonno sceso in cortile per andare al cesso. Avevo appena tre anni, non posso ricordarmelo, ma se n'è continuato a parlare per chissà quanto, specie a Forravalle, il paese di mia madre. Ci andavo tutte le domeniche, a trovare nonna Jole, e da lei ascoltavo le storie del Quarzerone, la nostra montagna magica. Dopodiché, mettici le esperienze con gli acidi, che ti aprono la mente, e il fatto che già mi piaceva la musica cosmica... Oh, pensa solo i titoli: *Alpha Centauri*, *Galactic Joke*, *Cosmic Joy*, *Birth of Liquid Plejades*... Insomma, era destino: come fai a non diventare ufofilo?

Quel sabato pomeriggio, verso le sei, Jimmy era indaffarato con un cliente che voleva comprare uno stereo. Con la coda dell'occhio ne vide entrare un altro, e quando si girò per dire buonasera lo riconobbe, benché non fosse proprio di quelle parti. Lucchese, ma noto anche nelle province limitrofe. Era stato il cantante di una piccola band e la sua foto era pure uscita sul giornale, una volta, anche se non per via della musica. Jimmy se la ricordava. «Ho un'ottima memoria, – diceva sempre. – Nonostante gli acidi».

Il nuovo arrivato era Onorio Pardini, noto ai piú come «Pardo». Grazie alla sua testimonianza – raccolta nel settembre 2019 a Roma, nella sede della casa editrice Sugli alberi le foglie – si può ricostruire quel che accadde di lí a poco, e comprenderne l'importanza per gli eventi a seguire.

Jimmy era perplesso. Cosa ci faceva quel tipo all'Hallogallo? Lo sapevano tutti da quali giri veniva. E bastava guardarlo per capire in quali giri s'era infilato.

Pardo non poteva avere piú di venticinque anni, ma non sembrava in gran forma. Si aggirava sperso per il negozio, come un bambino circondato da giocattoli che teme di rompere. Aveva con sé una grande borsa arancione.

Jimmy e il tizio che voleva uno stereo fecero vari ascolti, commentando il suono che usciva dalle casse: gli alti, i medi, i bassi, la qualità della puntina. Per quelle prove Jimmy sceglieva dischi particolari, in linea con l'eccentricità del negozio. Quel giorno toccava a un Lp di qualche anno prima, *La finestra dentro* di Juri Camisasca. Una cupa tirata tra folk e apocalisse. Un'aggressione a chi ascolta. Un album che a sentirlo da soli, di notte, può mettere paura.

Ma Jimmy sapeva il fatto suo: di giorno, ad alto volume, i rantoli e latrati del cantante milanese ben si prestavano a giudicare la resa di uno stereo.

E cosí, mentre aspettava, Pardo si sorbí quel pezzo violento, cadenzato, inesorabile, straziato da una chitarra col wah-wah su un tappeto di percussioni. Sentí di topi che correvano nelle vene e causavano un prurito indicibile, e grattarsi era inutile. Poi i topi rosicchiavano il cervello, ma «Io non cedo!», cantava Camisasca, dichiarando che sarebbe rimasto sempre un galantuomo, fino alla morte. Era chiaro, parlava di un segreto sepolto nel corpo, di una verità repressa per obbedire alle norme sociali, i topi che ora uscivano da naso e orecchie erano quella verità, che non poteva piú essere reclusa. A quel punto, il sedicente galantuomo perdeva parti del corpo, e perdeva il controllo della lingua, dicendo cose che non aveva mai detto.

«Sembrava che l'avesse messo apposta per me, – dice oggi Pardo, che proprio per questo non ha dimenticato la colonna sonora di quel pomeriggio. – Ascoltavo e pensavo alla mia dipendenza da eroina, al segreto degli ultimi due anni, al momento in cui i camerati mi avevano scoperto».

Il possibile acquirente, invece, ascoltava con atteggiamento ben diverso, come se sul piatto ci fosse un disco di Sinatra o di Bruno Martino. A lui interessava la qualità dell'hi-fi.

Jimmy vide che Pardo era di fronte agli scaffali di libri e riviste. Un piccolo angolo con pochi esemplari, selezionati con cura. Musica, controcultura, fantascienza. In bella vista c'era *I reietti dell'altro pianeta* di Ursula K. Le Guin. All'Hallogallo, quel romanzo di utopie transplanetarie aveva sempre il posto d'onore. Jimmy lo cita anche nell'intervista registrata.

Pardo prese in mano l'ultimo numero di «Gong». Proprio in quel periodo aveva cambiato sottotitolo: non piú «Mensile di musica e cultura progressiva», ma «Mensile di musica, cultura e fumetti». L'ennesimo segno dei tempi, della new wave di cui tanto si parlava.

Chiamando Hallogallo il suo negozio, Fruzzetti aveva visto giusto: gruppi come Can o Neu! avevano anticipato i suoni e l'attitudine provocatoria del punk, ed erano tra i pochi a non suonare già datati.

Suonavano invece decrepiti i dischi che Pardo aveva con sé nella borsa. Una quindicina di Lp, vendendo i quali sperava di far su due lire.

Dalle casse di un secondo stereo, Camisasca prese a cantare di un vuoto nella testa, di pensieri rovesciati in un fiume di illusioni, di paura di affrontare la realtà, di una risposta che stava chiusa in mano e non andava data, no, non andava data, meglio morire tenendola stretta, per salvarsi l'anima.

Jimmy e il cliente parlavano, e Camisasca vocalizzava. Nella canzone seguente diceva di avere un corpo ovale e mille zampe. Camisasca trasformato in un insetto, come nella *Metamorfosi* di Kafka. Camisasca incalzato dalla madre fino a gettarsi dalla finestra della sua stanza.

Anche Pardo era stato defenestrato. I suoi genitori e tutti i camerati gli avevano detto di non farsi piú vedere. Si era ridotto a un drogato da piazza, era una vergogna.

«Un camerata la roba poteva venderla, – spiega. – Ma diventare un drogato, no».

Finalmente l'impianto fu scelto. Jimmy tolse il disco, il cliente firmò un assegno, insieme caricarono in macchina stereo e casse.

Fruzzetti rientrò e si mise di fronte a Pardo, le dita infilate nella cintura, sguardo interrogativo dietro gli occhiali fumé. Non aveva nemmeno bisogno di farla, la domanda, il suo corpo era tutto uno «'mbe'?»

Alla fine disse: – Aulla non è mica posto per fasci. Men che meno questo negozio.

– Lo so, – disse Pardo. Era piú basso di Jimmy, ma era stato un atleta, cintura nera di karate Shotokan, e si vedeva che era ancora muscoloso, seppure smagrito. Sul braccio destro, da sotto il polsino spuntava un lembo di tatuaggio. Jimmy non riuscí a intuirne la forma.

In compenso, notò le mani gonfie.

– Vedo che non stai messo bene, – gli disse. – Quando stavi messo bene, qui ci saresti venuto coi tuoi camerati, a rompermi la vetrina... o peggio.

Pardo scosse il capo. – Ma no, a me questo posto è sempre piaciuto. Ci ho comprato pure i dischi, per posta.

– Mai spedito niente a nessun Pardini, che io ricordi.

– Usavo il nome di mia madre: Giannotti Elvira, viale San Francesco, Borgo a Mozzano.

– Che tenero... Sai perché mi chiamo Giacomo? Era il nome di mio zio, anarchico e partigiano, ammazzato dalle Brigate nere nel '44. In circostanze appena piú cruente di queste, io e te ci staremmo sparando. Quindi che cazzo vuoi?

– Venderti dei dischi.

– E per vendere dei dischi fai tutti 'sti chilometri? Non ci sono mercatini in riva al Serchio?

– Be', è un po' che mi sono trasferito qui in Lunigiana.

– E hai fatto male. Te l'ho pur detto, non è zona per fasci, questa qua.

– I camerati non li frequento piú, – ribatté Pardo.

Jimmy notò le occhiaie e il velo di sudore sulla fronte. – Capisco. Tu hai bisogno di aiuto, Pardini. E se io ti compro i dischi, non ti aiuto mica.

– Anch'io capisco: tu pensi che se ho due lire le spendo in spade. Ma sto cercando di smettere, prendo il metadone. Però sono in bolletta.

Jimmy sospirò. – Giusto per curiosità, fammi vedere cos'hai.

Si mossero verso il bancone. Pardo appoggiò la borsa e tirò fuori i suoi album. Jimmy li alzò uno per uno, leggendo i nomi ad alta voce.

– Campo X... Julius... La Nuova Vecchia Guardia, Vento degli Dèi, Carmine Burani, Sergino... Direttamente dalla Festa della contea, eh? Com'è che fa lo sloganino? «La musica alternativa e non conforme del lato cattivo di una generazione». Manca solo il tuo complessino, con quel nome cosí spiritoso...

– Un disco non lo abbiamo mai inciso, – disse Pardo, quindi accennò un sorrisetto e aggiunse: – Per fortuna.

– Ma secondo te io posso tenere in negozio quest'immondizia nazistoide?

– Magari non in negozio. In magazzino. Guarda che un giorno sarà roba introvabile.

– Me lo auguro.

– Tra qualche anno i cultori del genere la comprano a peso d'oro.

– Forse, ma da qualcun altro, – Jimmy rimirò una delle copertine. – Il Ritorno del re... Non sono loro che fanno quel pezzo sul tizio che si è dato fuoco a Bruxelles, davanti alla sede di un giornale comunista? «♫ *Didié Devré... Didié Devré...*» – canticchiò.

– Proprio loro, – rispose Pardo. – Concedo che il pezzo non è un granché.

– E la pronuncia è sbagliata. Si chiamava Didier De Vreese. Era fiammingo.

Jimmy mise in bocca una sigaretta e ne offrí una a Pardo – che non era mai stato un gran fumatore, ma in quel momento ne sentí davvero il bisogno – e le accese entrambe con uno zippo, per poi soffocare la fiamma col tipico scatto metallico del coperchio.

Diedero qualche boccata in silenzio.

«Sapevo bene, – commenta oggi Pardo, – che di lí a poco me ne sarei uscito con le pive e i dischi nel sacco. Ma stranamente, ne ero quasi sollevato».

– Voi camerati siete patiti per l'emulazione, – attaccò Jimmy. – De Vreese voleva essere Jan Palach, e Il Ritorno del re vorrebbero essere Guccini che canta *Primavera di Praga*. Sergino è il De Gregori di destra. Gli Julius sono i Jethro Tull con la croce celtica. La Festa della contea è Parco Lambro vorrei-ma-non-posso. Finite sempre per essere l'emulazione fallita di quel che c'è a sinistra, o comunque da tutt'altra parte rispetto a voi.

– Sarà anche vero, – rispose Pardo, – ma pure De Gregori emula Dylan. E a Parco Lambro emulavate Woodstock. A ogni modo, l'ho capito che 'sta roba non la vuoi, non mi serve la lezioncina.

– Ah! – commentò Jimmy. – Lo scatto d'orgoglio!

«Ribattere dovevo per forza, ma in realtà gli davo ragione. Anche come tossico, mi sentivo la brutta copia di un altro, uno che non conoscevo».

Pardo prese i dischi sottobraccio, senza nemmeno rimetterli nella borsa.

– Grazie, – disse a Jimmy.

– E di che?

– Dello scambio di vedute.

– Ah, be', prego, – rispose Jimmy. – Ad maiora!

Uscito dall'Hallogallo, Pardo gettò i vinili nel primo bidone della spazzatura, a due o tre alla volta. Fischiettando.

«Il mio vero obiettivo era quello, – spiega. – Volevo sbarazzarmene. Tentare di venderli era solo un modo di razionalizzare, di motivare il gesto col bisogno di soldi. Il vero bisogno, in realtà, era quello di rompere con il Pardini Onorio che aveva ascoltato quella merda».

Milena, appena scesa dalla corriera, assistette alla scena e se ne stupí.

Jimmy, dal canto suo, si stupí di vedere Milena entrare in negozio, e ancor piú si stupí per la domanda, prima ancora di dirsi ciao:

– Ma fanno cosí schifo, i dischi che vendi?

Un quarto d'ora piú tardi, alle sette spaccate, Jimmy Fruzzetti abbassò la serranda e accese uno spinello. Un paio di boccate e lo passò a Milena, che stava ammirando i tesori dell'Hallogallo: dischi, riviste, libri.

– *I reietti dell'altro pianeta*, – commentò. – È il mio romanzo preferito.

– Veramente? Ti piace la fantascienza?

– Ti sembra strano, eh? Perché sono una donna. E invece… Già da bambina leggevo gli Urania, me li passava mio padre. Secondo te come ci sono arrivata a studiare gli ufologi?

– *Wunderbar!* – commentò Jimmy con un suo tipico germanismo. Si dava un tono, ma si vedeva che era sorpreso ed emozionato dall'apparizione di Milena. Il loro dialogo notturno sul treno per Roma era stato poco piú che un diversivo per insonni, eppure adesso lei era lí, come atterrata da un pianeta lontano, magari Anarres.

Le raccontò che a Roma, il giorno del rapimento di Moro, era stato fermato dai carabinieri mentre passeggiava per la città in attesa di raggiungere l'*Hotel Tiberio*.

– Amore a prima vista. Non mi hanno piú lasciato.

Di certo l'aspetto di Jimmy aveva stuzzicato la curiosità dei militi a caccia dei soliti sospetti.

– Mettici che mi era scaduta la carta d'identità, – disse mentre Milena gli ripassava lo spinello, – e che ho una denuncia per resistenza a pubblico ufficiale, beccata a un sit-in, l'anno scorso, a Camp Darby. Che poi la resistenza era passiva, eh. Gli sbirri non riuscivano a sollevarmi perché erano due tappi di Catanzaro, mi hanno tirato per le gambe, e tira e tira a uno gli è venuto il colpo della strega.

Quel 16 marzo dalla stazione Termini i carabinieri l'avevano portato in caserma per accertamenti. Ne era uscito solo il mattino dopo.

– A quel punto ero talmente scazzato che ho puntato a nord, – Jimmy tese la mano dritta davanti al naso, – e ho camminato, schivando i posti di blocco, fino a ritrovarmi in campagna. Ho fatto l'autostop e a sera tardi ero a casa.

Milena disse che era un peccato, l'annullamento di quel convegno. Rynek, Zanka, Casella, gli ufologi del Grucat... e Jimmy Fruzzetti. Chissà cosa ne sarebbe venuto fuori.

Jimmy ipotizzò che gli altri si sarebbero scontrati su cosa sono le luci nel cielo e come scoprirlo, lui invece avrebbe proposto di domandarsi cosa sono le luci per noi, cosa ci fanno scoprire. Perché alla fine contava quello: le nostre proiezioni, desideri, speranze. Era qualcosa che facevano dalla notte dei tempi gli astrologi, gli avvistatori di comete, i maghi. Fu a quel punto che Milena gli chiese di registrare «una specie d'intervista», ma le sue curiosità non si esaurirono davanti al microfono.

– Esistono altri ufofili? – gli domandò *off the record*, quando si furono trasferiti in una trattoria di Aulla, e il cibo e il vino li ebbero avvicinati a quella soglia oltre la quale un mezzo estraneo diventa quasi un confidente. – O sei l'unico della tua specie?

– David Bowie, – rispose Jimmy. – Ma per lui è facile. Lui è davvero un alieno.

Risero.

– E poi, – aggiunse, – c'è un gruppetto di amici con cui ci ritroviamo e andiamo sul Quarzerone a incontrare gli Ufo.

Strabuzzò gli occhi, dondolò la testa e mosse avanti le mani, come a dire che quei ritrovi non erano all'insegna degli stati «ordinari» di coscienza.

Lei gli raccontò dell'interrogatorio di Bernacca. Anche lui andava sul Quarzerone a cercare gli Ufo, col telescopio e i suoi strani strumenti.

– E ora che finalmente li ha incontrati, quel che piú lo preoccupa non sono le botte che ha preso, ma non sapere chi erano, da dove venivano, cosa gli hanno fatto *davvero*.

– Tipico atteggiamento da ufologo paranoico, – sentenziò Jimmy.

– Mentre a quelli del Grucat, – proseguí Milena, – preme solo rispondere che erano esseri umani, che è una banale aggressione, e il caso è chiuso.

Jimmy le disse che lui, al posto loro, avrebbe suggerito a Bernacca di cercare Ufo piú simpatici con strumenti piú simpatici. Ecco perché, per quelli del Grucat, lui era fumo negli occhi. E non di quello buono.

– Ma poi, dico, lo sai meglio di me! – sbottò. – Sono una setta di sfigati, secondo me passano metà del tempo a sbirciarti di nascosto e metà a fantasticare su di te. E li capisco anche, eh... mi succede la stessa cosa.

– Allora non sei tanto diverso quanto vorresti, – commentò Milena. – E di etichette, caro il mio «amico del non-identificato», ne usi parecchie anche tu: «ufologo paranoico», «sfigati»...

Jimmy forzò un'espressione triste.

– L'ufofilia non è una passeggiata. Si inciampa e si cade di continuo.

Piú tardi, a casa di Jimmy, fumarono un altro spinello, bevvero vino e fecero l'amore ascoltando *The Rise and Fall of Ziggy Stardust and the Spiders from Mars*.

Si addormentarono tardi, abbracciati sotto le coperte sgualcite.

10. Forravalle, domenica 9 aprile

Martin Zanka scese di buon mattino nella sala ristorante del *Cinghiale bianco*, la borsa da viaggio nella mano destra e la valigetta della macchina da scrivere nella sinistra. Il tempo di fare colazione, e poi via verso Orbetello. Non voleva rientrare subito nel caos romano, perciò aveva deciso di scrivere nella casa al mare.

Mentre gli servivano caffè e brioche, si accaparrò la copia del «Corriere della Sera» e l'aprí sulla tovaglia a quadretti bianchi e rossi.

Il primo titolo su cui gli cadde l'occhio, impaginato di spalla, sulla destra del foglio, diceva:

PRESSANTE INVITO DEI PARTITI ALLA FERMEZZA.

«La polemica se trattare o non trattare la liberazione di Moro in luogo di spegnersi sembra accentuarsi e il contrasto...»

Evitò di proseguire e passò all'editoriale di Alberto Ronchey.

L'opinionista prometteva di indagare «le cause del terrorismo», ma a Zanka passò la voglia di leggere dopo nemmeno due righe: «Nessuno pensa che dopo il gulag clandestino di Aldo Moro...»

Cosa c'entravano i gulag, che erano campi di lavoro forzato? Con tutta probabilità, Moro si trovava in un appartamento, non certo a spaccare pietre o a estrarre metalli come gli oppositori di Stalin. Perché un paragone del genere?

Saltando da una colonna all'altra, sbirciò il resto dell'articolo, teso a dimostrare che i comunisti avevano il terrorismo nel Dna, a partire da Lenin, che condannava solo quello individuale, isolato dalle masse, passando per le rapine dei bolscevichi nel Caucaso e arrivando all'assassinio di Trockij.

Zanka lasciò perdere e passò al pezzo al centro della pagina. La firma era di un giornalista che rispettava. Quello che avrebbe raccolto la sua seconda e ultima intervista televisiva.

UNA PRIGIONE CRUDELE ANCHE PER I FAMILIARI DI MORO.

«Non soltanto lui è prigioniero, – scriveva Enzo Biagi, – ma anche la moglie e i figli. Non escono mai».

Zanka avrebbe aggiunto che l'intero Paese era in quella condizione. Incapace di uscire dalla «ridda di voci contrastanti», come diceva il titolo di testa, proprio lí sopra; dall'«atmosfera di eccezionale segretezza», dalla «polemica se trattare», da «tutto il partito fronteggia con fermezza la gravità del momento», da «non si può essere neutrali», e poi le «perquisizioni a Napoli e Cosenza», gli «identikit dei falsi spazzini di via Fani», «non esiste alcuna certezza», «una fonte attendibile afferma», «piena solidarietà all'Italia», «un netturbino aveva un comportamento insolito», «lo spiegamento di forze appariscente, teatrale», «drammatico vertice notturno al Viminale», e ovviamente le lettere scritte nella «prigione del popolo», quelle «misteriose» e quelle ufficiali, quelle da pubblicare e quelle da nascondere, quelle inviate ai politici e quelle alla famiglia.

Moro era prigioniero, ed era come se parlasse con tutti. Era scomparso e non era mai stato cosí presente, né cosí sincero con i suoi interlocutori, amici e nemici. E piú diceva le cose come stavano, piú si cercava di screditare le sue parole, per negarle, attribuendole ai sequestratori o alla confusione mentale.

Anche Biagi partecipava al gioco, sebbene per interposta persona. Riportava il parere di chi cercava in quelle lettere allusioni nascoste, «per far capire che quelle righe, quei pensieri, sono obbligati». Dava voce ai «dubbi su certe espressioni», «e il discorso non pare costruito secondo la sua logica consueta».

Biagi scriveva che Moro, il «tessitore», incitando a trattare con le Brigate rosse si dimostrava «umanamente debole».

> Forse è piú facile essere eroe per un'ora, – commentava, – che per venti giorni. Chi assicura che quelli che guidano gli altri siano sempre, in ogni circostanza, anche all'altezza delle loro aspirazioni?

A Zanka sembrava l'esatto contrario: le lettere di Moro non erano pavide, ma coraggiose. Non umanamente deboli, ma politicamente forti. Quelle lettere dicevano la verità, scoprivano altarini, e lo facevano davanti al Paese.

Il pezzo di Biagi si chiudeva con una tautologia: «Non saremo mai piú quelli di prima».

Zanka addentò la brioche e sfogliò il giornale in cerca di notizie che non avessero a che fare col rapimento del secolo.

Un titolo di cronaca attirò la sua attenzione.

BLITZ DEI CARABINIERI IN UNA COMUNE DELLA LUNIGIANA.

Trovata droga e legami con le Br
Corrado Hilzer accusa: «Drogati e plagiatori».

L'articolo parlava delle scoperte dei carabinieri a Thanur: una bustina di eroina, un certo quantitativo di hashish e un possibile fiancheggiatore delle Brigate rosse, Maurizio Salvetti, che era stato rilasciato, ma l'articolo ricamava sulla latitanza del fratello Andrea, sospettato di aderire al partito armato.

Zanka ne aveva parlato con Vincenzo, la sera precedente, cenando al *Cinghiale bianco*.

Suo figlio aveva raccontato cosa gli era successo a Roma, proprio il giorno del sequestro di Moro.

– L'ho ritrovata in camera, – gli aveva detto. – L'avevo nascosta chissà quando, manco mi ricordavo. Tu non ci crederai, ma non l'ho nemmeno cercata. Era lí e non ho resistito.

Poi metà di quel *quartino* era arrivata a Thanur.

– Ho pensato: ecco, ho rovinato tutto, sono di nuovo nella merda. Però mi sono detto che piangermi addosso era solo una scusa per mollare. E ho voluto dimostrare a me stesso che sono cambiato, che lí per lí ho ceduto, ma ho imparato a starne fuori.

Il «blitz dei carabinieri» era già finito sulla stampa locale, ma nonostante c'entrassero le Br, la droga e una brillante operazione dell'Arma, Zanka sperava che non arrivasse anche su quella nazionale. E invece…

Oltre a quelle ragioni di «notiziabilità», come diremmo oggi, l'episodio accaduto nella provincia profonda era anche un gancio per dare spazio a Corrado Hilzer, patriarca della nota famiglia di industriali lombardi. Nelle dichiarazioni raccolte dal solerte giornalista, Hilzer lanciava affondi pesanti, accusando la fondatrice della comune, Orsola Galbiati, di avere plagiato la figlia Rossella per poter occupare la villa di famiglia e prendersi la tenuta, con l'uliveto e i vigneti pregiati. Il capitano d'industria lasciava intendere che lo scopo recondito della «santona» fosse di impadronirsi di ciò che apparteneva alla sua famiglia, non per qualche nobile causa, bensí per trarre profitto dai suoi beni.

«Non c'è da meravigliarsi che in un contesto del genere, fondato sulla circonvenzione e l'abuso, si riscontrino l'uso della droga e la connivenza con i terroristi. È precisamente quello che ci si può aspettare da certa gente», dichiarava Hilzer. E aggiungeva che nella sua città, Milano, per accuse meno gravi, era stato chiuso da poco un locale dove ci si drogava: «Perché Thanur dovrebbe ricevere un trattamento diverso?»

Zanka si fece andare di traverso il caffè. All'immediata preoccupazione per le sorti di Vincenzo e del suo rifugio terapeutico seguí una constatazione: il destino stava per imparentarlo con quel tizio che pontificava sul giornale. Un padrone delle ferriere che aveva indossato la camicia nera con convinzione, senza pagare dazio, grazie alle sue entrature in Vaticano.

Mentre rimuginava, vide l'albergatore avvicinarsi al tavolino.

– Una telefonata per lei, – gli disse. – Il signor Vos, da Villa Malaspina.

Zanka raggiunse l'apparecchio nell'atrio e sollevò la cornetta.

– Pronto.

– *Hello*, Martin, parla Ludo.

– Salve.

– Bene che ti ho trovato. Vince mi ha detto che sei al *Cinghiale bianco* da ieri.

– Sí. Contavo di partire a momenti.

– Hai letto il «Corriere»?

– L'ho letto.

– *We need to talk*... Per favore.

– D'accordo. Il tempo di arrivare.

– *Good*. A dopo, allora.

Zanka riagganciò e quando si voltò per recuperare il bagaglio si ritrovò davanti tre tizi dall'aria familiare. Non ebbe il tempo di ricordare dove li avesse già visti, perché quelli gli afferrarono la mano uno dopo l'altro scuotendogliela con foga.

– Martin Zanka!

– Piú che una coincidenza sembra un segno del destino.

– Macché destino e coincidenza! Hai presente la puntata di *Odeon*? Sta scrivendo un libro sulla Lunigiana!

– Si ricorda di noi?

Di fronte al silenzio imbarazzato di Zanka, Ravarino fu rapido a venirgli incontro.

– *Hotel Tiberio*, il giorno dopo il rapimento di Moro.

Ufologi, ricordò Zanka. Erano ufologi, certo. Gli amici di Milena Cravero.

Gli fecero un sacco di feste, Bonino tirò persino fuori dalla valigetta lo stendardo dell'associazione per farglielo firmare. Zanka non poté sottrarsi al rituale di una fotografia, che l'albergatore scattò con la macchina di uno di loro. Ravarino e Bonino si disposero ai lati dello scrittore, reggendo il vessillo del Grucat alle sue spalle, e Bruzzone invece si accovacciò, mostrando il pollice alzato.

Dopodiché Zanka si scusò, disse che aveva una certa premura, saldò il conto dell'albergo e fuggí dalla presa dei tre.

Nella sede del Grucat la foto di quel giorno avrebbe fatto il paio con quella di Rynek. Ancora oggi è conservata tra i materiali d'archivio dell'associazione. Bianco e nero, leggermente sgranata, Zanka è stretto tra gli ufologi raggianti, con un sorriso storto e forzato, un'espressione simile a quella di Moro nella foto dal carcere del popolo. Alle spalle la bandiera con lo stemma del Grucat, su cui campeggiano non una, bensí sette stelle.

Quando scese dall'auto, davanti al cancello con i leoni colorati, Zanka era nervoso e impreparato. Una sensazione che odiava. Legato alle sbarre, un rettangolo di cartone bianco spiegava che le visite erano sospese. Chi era arrivato fin lí poteva accomodarsi nelle scuderie a sorseggiare un tè, con tante scuse e appuntamento a tempi migliori.

Zanka suonò il campanello, gli aprirono e percorse il viale fino alla villa, attraverso il giardino deserto.

Ludo lo aspettava sulla porta, l'aria seria. Gli strinse la mano e lo ringraziò di essere lí.

– *Come on in*. Grazie di essere venuto. Orsola ti aspetta.

La casa era immersa in un insolito silenzio. Nessuno svolgeva i compiti abituali. Gli abitanti si erano rifugiati nella lettura, nello yoga o nella meditazione. Ludo condusse Zanka attraverso il corridoio, fino alla porta che metteva nell'orangeria. In mezzo a piante in vaso e alberelli a basso fusto c'era una scrivania, senza fronzoli, simile a una cattedra scolastica. Orsola batteva su una macchina da scrivere di metallo nero. L'ambiente era in netto contrasto con gli altri locali della villa.

Dev'essere bello lavorare immersi nella vegetazione, pensò Zanka. E con quelle vetrate che illuminavano lo spazio e lo rendevano arioso. Ben diverso dal suo appartamento romano, stipato di chincaglieria.

Non appena scorse lo scrittore, la donna si tolse gli occhiali, sorrise, e si distese sullo schienale.

– Benvenuto.

Zanka sedette su una sedia accanto a una pianta di ficus.

Ludo invece si appollaiò su uno sgabello e prese a rollare una sigaretta.

– Sono contenta di conoscerti di persona –. Orsola si fermò, colta da un pensiero. – A Thanur ci diamo del tu, spero non ti metta a disagio.

Zanka scrollò le spalle.

– Nessun problema.

– Bene, allora. Sai, ho finito da poco il tuo ultimo libro, *Robinson delle galassie*. All'epoca mi aveva incuriosito una recensione su «Effe». Adesso mi sono presa il tempo di leggerlo.

Zanka si accese una sigaretta e sbuffò il fumo. Dove voleva andare a parare?

– Anch'io ho letto il tuo libro, – disse per giocare d'anticipo, – e mi sono fatto quest'idea: entrambi pieghiamo l'archeologia alle nostre necessità. Le sacerdotesse della dea Thanr non sono tanto diverse dai miei naufraghi alieni. Diciamo che il rigore scientifico non è la nostra priorità. Raccontiamo storie avvincenti.

– C'è una differenza negli effetti, – intervenne Orsola in tono pacato. – Le mie ipotesi hanno ricadute pratiche –. Indicò attorno a sé. – Creano comunità, producono esperienze. Ciò che conta non è il passato, ma il presente. Vincenzo qui sta bene. Invece gli è bastato allontanarsi un paio di giorni e si è bucato di nuovo.

Zanka annuí, a segnalare che il fatto gli era noto.

– A Thanur, – proseguí Orsola, – la sua presa di coscienza, la sua resistenza, sono inattaccabili. I carabinieri hanno trovato la bustina che s'è portato da Roma, ma non l'aveva toccata.

– Ecco. Veniamo al dunque, per favore, – tagliò corto Zanka, che iniziava a spazientirsi.

– Certo, – lo accontentò Orsola. – A Thanur servono amici. E se gli amici scrivono, vanno in tivú, parlano in pubblico sono ancora piú preziosi –. Gli lasciò assimilare quanto aveva appena detto. – Thanur è un germoglio del mondo che viene. Bisogna proteggerlo, ma senza tenerlo sotto una campana di vetro.

– Io sono senz'altro troppo vecchio per il mondo che verrà, – ribatté Zanka. – E di agricoltura ne capisco poco. Cosa vorreste che facessi per voi?

– Dire la verità, *nothing else*, – intervenne Ludo. – Gli Hilzer puntano il dito, dicono che spacciamo droga, che nascondiamo i criminali, che facciamo il *brainwashing* ai giovani per avere i soldi delle famiglie. Tu puoi dire che Thanur ha liberato tuo figlio dall'eroina, che lui si sta costruendo una nuova vita qui e che nessuno ti ha chiesto niente in cambio.

– Non mi è stato chiesto finora, – disse lo scrittore. – Ma se capisco bene, questo dovrebbe essere un modo per sdebitarmi.

Fu Orsola a rispondere.

– Non hai debiti con noi. Questo è un incontro, un'opportunità. Ci si educa a vicenda. È cosí che si cambia. Thanur è la prospettiva di una vita nuova. Non solo per Vincenzo.

Zanka non volle ribattere.

– Ci aiuti?

Si voltò. Era stato Ludo a formulare la domanda.

Zanka pensò che forse se ne sarebbe pentito, ma pazienza.

– Lo farò, – disse, spegnendo la sigaretta nel portacenere che Ludo gli porgeva. – Ora devo rimettermi in viaggio. Però vorrei salutare Vincenzo.

– È nella vigna, – disse Ludo. – Non sa che sei qui. Le visite sono sospese e deve valere per tutti i membri della comune. *Sorry*.

Zanka annuí.

Ludo lo riaccompagnò all'uscita.

– *You're a good comrade, Martin*, – disse quando furono al cancello. – Credo che sei un buon compagno, sí. *Don't worry*, stai dalla parte giusta.

Zanka rigirò tra le dita le chiavi dell'auto. In un altro frangente quelle parole avrebbero potuto consolarlo. Ma adesso si sentiva stranito, come un vecchio serpente che mutava pelle e d'improvviso percepiva ogni alito di vento. Era vulnerabile, e dopo quello che si accingeva a fare, forse lo sarebbe stato ancora di piú. Ma era giusto cosí.

Guidò verso la statale con la sigaretta tra le dita, pensando a cosa avrebbe fatto appena arrivato a Orbetello. Avrebbe chiamato il «Corriere della Sera» e chiesto di parlare con l'autore dell'intervista a Hilzer per offrirgli una replica. Chiunque fosse, non avrebbe potuto resistere alla polemica tra un industriale cattolico e uno scrittore comunista.

Non era certo una prospettiva che lo allettasse. Mettere in piazza i propri affari privati, le disavventure familiari, non era mai stato nel suo stile. Ma del resto non lo era nemmeno andare in televisione, o trovarsi in alto mare con un libro che avrebbe già dovuto consegnare.

11. Aulla e Forravalle, domenica 9 aprile

Milena si svegliò tra squilli di trombe e percussioni a orologeria. Si alzò dal letto all'irrompere di un basso jazz-rock e seguí le voci fino in cucina, come un serpente incantato da una nenia.

Jimmy era seduto al tavolo, avvolto in una coperta da capo indiano. La musica che usciva dalle casse si mescolava a un profumo di cannella.

Fuori pioveva. Milena si chiese se gli ufologi avrebbero fatto comunque il loro sopralluogo sul Quarzerone.

La sera prima aveva telefonato al *Cinghiale bianco* e lasciato un messaggio: «Scusate, devo rientrare in anticipo. Prendo l'ultimo treno da Aulla. Ci vediamo alla prossima riunione».

In realtà, aveva chiamato dall'Hallogallo.

– Buongiorno, – le disse Jimmy. – Il caffè non c'è, non ne bevo mai. Però ho preparato un chai bello zuccherato.

Milena si accomodò di fronte alla teiera e riempí la tazza di liquido speziato.

– Ma in che lingua cantano? – domandò, indicando il diffusore piú vicino.

– I Magma? È kobaiano, – rispose lui. – Una specie di antico tedesco che però si è evoluto su un altro pianeta. Se l'è inventato il batterista e ci scrive i testi.

Poi Jimmy disse che erano ormai le undici, e lui, quella domenica, doveva andare a pranzo da sua nonna. Propose a Milena di accompagnarlo.

– Da tua nonna? – domandò lei, perplessa.

– Guarda che la Jole è un bel tipo, – disse. – Ti piacerà. È una specie di strega del paese. E del Quarzerone sa tutto, un'autorità in materia. Conosce le storie, i misteri… Altro che Bernacca.

Si chiamava Jole Morini ed era la madre della madre di Jimmy. Viveva in una frazione di Forravalle, due chilometri fuori dal paese. Una frazione che si limitava alla sua casa, al mulino in disuso, e a qualche fabbricato agricolo coperto di rampicanti. Il cartello che la indicava era imbrattato da una galassia di scritte e disegnini, al centro della quale si stagliava il nome: «La Vagina».

A dispetto delle fantasie che suscitava, il toponimo non aveva a che fare con i genitali femminili, ma con la valle profonda e strettissima dello Stilo, un affluente del Rio Borro, che s'infilava tra alberi e rocce come una spada nel fodero (in latino, appunto, *vagina*).

Quella domenica mattina, Jimmy e Milena imboccarono la provinciale a bordo di un Maggiolone Volkswagen. Jimmy lo aveva acquistato a Brema, durante il suo periodo «cosmico» in terra di Germania.

La pioggia sembrava cadere solo su Aulla. Fuori città, Jimmy e Milena trovarono un cielo limpido e un sole giallo giallo da disegno di bimbo. Un tempo da scampagnate.

Al bivio di Forravalle presero a destra, fino a un antico edificio in sasso, immerso nell'odore di umidità del torrente e di legna bruciata nel camino.

«Quando Jimmy mi disse che sua nonna era una specie di strega, mi ero immaginata una *strologa* da fiera di paese, sai… frasi enigmatiche, voce rauca, naso adunco. Invece Jole era l'esatto contrario. Una di quelle vecchiette che parlano franco, ma in tono gentile, che fanno le torte e vanno a messa la domenica. Capelli grigi, sottili come quelli delle bambole; un'ombra di cipria sulle gote; crocifisso d'argento al collo. Anche la casa era molto ordinaria: vecchi mobili lucidati, un tavolo apparecchiato, un divano con il televisore di fronte, l'orologio a pendolo».

Davanti a un piatto di tordelli, Milena disse di essere una ricercatrice dell'università di Torino.

– Studio le persone con la passione per gli Ufo, – precisò.

– Ah, ecco perché è qui con Giacomo! – rispose Jole. – È venuta nel posto giusto. Qua tutti gli anni ce n'è uno che li vede. Adesso abbiamo Bernacca, prima c'era Pirín, il figlio del benzinaio, e ancor prima Fulmicotone, un partigiano convinto che i marziani, dal cielo, hanno aiutato la sua brigata contro i tedeschi, pensa mo'! E sa perché son tanti? Glielo dico io: è per via del fungo.

Fu cosí che Milena apprese dell'esistenza dei marzuoli del Quarzerone, chiamati anche «chiodi delle streghe». Si dice che prendano il nome dalle tre guaritrici del Col Tanuro mandate al rogo nel 1688. Tra i capi d'accusa al processo, infatti, figura l'uso di piante e funghi a scopi di divinazione e sortilegio.

– La gente va nel bosco, – continuò Jole, – e non è buona di distinguere i marzuoli normali da quegli altri. Perché l'unica maniera è darci una leccata –. Si toccò la bocca con un dito. – Se ti pizzica in un certo modo, sono quelli... allucinanti.

– Allucinogeni, – precisò Jimmy.

– Ecco, quelli che ti fan vedere le cose che cerchi.

– E se cerchi i marziani mangiando marzuoli... – concluse il nipote ammiccando. La mano ondeggiò a mezz'aria, a imitare un oggetto volante, o piuttosto un sogno, un volo pindarico.

L'anziana non gli diede corda.

– Non mi meraviglio se vedono il baffardello, il cinghiale bianco e magari pure i dischi volanti. Poi stanno chiusi in bagno un giorno intero con la cagarera e tornano come nuovi. Una volta quei ragazzi che stanno a Villa Malaspina... Sai, quel posto dove han tutti i capelli lunghi, maschi e femmine...

Milena non ne aveva mai sentito parlare. Con lo sguardo interrogò Jimmy.

– È una comune, – disse lui. – Ma non come quella dove stavo io in Germania. Questi vanno dietro a una santona, una che mescola Jung, la dea madre e l'induismo. Hanno ereditato una tenuta da una nobildonna, pensa te.

– È ben strano vederli in quella casa, – aggiunse Jole. – Sotto il fascismo, la marchesa ci faceva le feste coi gerarchi e i suoi amici ricconi.

– Ma dopo non ha anche aiutato i partigiani? – domandò Jimmy.

– Sí, quando gli americani erano già a un tiro di schioppo.

L'anziana si rese conto di aver divagato e spazzò quell'argomento con un gesto della mano, mentre cercava di ritrovare il filo del discorso. – Dicevo: una volta quei ragazzi sono venuti a chiedermelo, dove cercare i marzuoli giusti, come riconoscerli, ma figurarsi, non è mica facile.

Milena ebbe la sensazione che Jole volesse intendere: «Col piffero che lo dico in giro!» e le domandò se quello dei marzuoli fosse un suo segreto.

– Macché segreto! – disse Jole. – È che la differenza è difficile da insegnare. Mia madre diceva che ci vuole una bocca speciale, e mia nonna che è un dono, che lo san fare solo quelle che usano il fungo a fin di bene. Ma in realtà non è vero, l'ha imparato perfino quel vagabondo di mio nipote, che lo prende coi suoi amici.

Gli lanciò un'occhiata di rimprovero, si fece versare un mezzo bicchiere di rosso, e lo allungò con tre dita d'acqua.

Milena le chiese se si considerasse una guaritrice.

– La gente viene da me per certe cose, – rispose Jole. – Perché so levare il verme solitario, la renella, il mal di schiena. Però non ho mica il rimedio per tutto –. Abbassò la voce, il tono si fece grave e carico di sottintesi. – Alcuni rimedi non li voglio adoperare. Il decotto per abortire, ad esempio, non l'ho mai fatto, perché è troppo pericoloso, si sta malissimo e si può anche morire. Quand'ero giovane ho visto mia nonna prepararlo. Ogni tanto capita ancora che venga a chiedermelo una che è finita nei guai. Però io preferisco di no e spero che si sbrigano a fare la legge.

– Quindi non diffida della medicina moderna? – domandò ancora Milena.

Jole si batté la mano sull'anca e disse: – Testa del femore in metallo. Ci vado anch'io all'ospedale, sa? – Fece un gran sorriso, mostrando la dentiera. – E anche dal dentista, – aggiunse. – Una volta una vecchia come me doveva mangiare pappine finché non chiudeva gli occhi per sempre.

L'anziana ordinò di passarle i piatti vuoti e li impilò nell'acquaio. Poi disse a Jimmy di portare in tavola il coniglio, che arrivò guarnito di pinoli e olive.

Al termine del pranzo, davanti a un caffé, Milena volle sapere se il fungo avesse virtú terapeutiche o divinatorie.

Jole rispose col tono di chi spiega un'ovvietà.

– Quando mangi il fungo, vedi quello che cerchi. Anche il rimedio giusto contro un malanno. Il fungo ti racconta tutto, se sai prenderlo. Capirci qualcosa, invece, è un altro paio di maniche.

Mentre ascoltava, Milena aveva tirato fuori un taccuino dalla borsa e si era messa a scrivere, riempiendo una pagina di appunti fitti.

«Ero partita dall'osservazione di una tribú razionalista e tecnoentusiasta, – racconta oggi, – e all'improvviso mi ritrovavo nel mondo di Ernesto De Martino, di fronte a una guaritrice che non aveva nulla da invidiare ai maghi contadini di *Sud e magia*».

– E lei quei racconti li sa decifrare? – chiese senza alzare gli occhi dal foglio.

L'anziana stirò la schiena, ma non parlò subito.

Milena attese paziente, prestando orecchio al *tic tac* della pendola.

– Se le racconto un fatto, è buona di non andarlo a dire in giro? – domandò Jole di punto in bianco.

Milena posò la penna.

– Ci mancherebbe, – rispose.

La strega di Forravalle intrecciò le dita sullo stomaco e socchiuse gli occhi, in una posa meditativa.

– Due anni fa, quando sono scomparsi quei due ragazzi, poverini, quei *boscaut*... La mamma della ragazzina è venuta da me. Stava molto male, ma io non avevo una medicina per quel tipo di dolore. Voleva sapere dov'era la figlia, un'amica le aveva detto che potevo aiutarla.

– E lei le ha dato il fungo? – domandò Milena a voce bassa.

– Certo che no! Avesse visto com'era ridotta, quella povera donna. Una figlia scomparsa nel nulla... Allora, anche se sono vecchia e mezza cieca e certe cose non le dovrei piú fare, ho chiesto a Giacomo...

Milena guardò Jimmy. Si era tolto gli occhiali e teneva lo sguardo basso.

– ... di accompagnarmi sul Quarzerone e di cercare assieme i chiodi delle streghe. Cosí ho capito che quei ragazzi li hanno ammazzati.

Milena rimase a bocca aperta. – Da cosa lo ha capito?

– Ho visto il sangue, – disse Jole, – a Pian del Cielo. E poi delle tracce di luce, come macchie sull'erba. Erano le orme del *lupo manaio*.

– Intende un licantropo? – domandò Milena.

Questa volta Jole si stizzí.

– Intendo uno che è mezzo uomo e mezzo bestia. Uno che se lo vedi è una persona normale, ma dentro c'è nascosto un altro. È lui che li ha uccisi.

– Ha seguito quelle orme? – la incalzò Milena.

– No. Sono troppo vecchia e cammino male, – rispose Jole. – E le dirò, ho avuto anche paura.

Con innegabile tempismo, le leve della pendola scattarono, le ruote si misero in moto e i martelletti annunciarono che era l'una e mezza.

Milena attese che i rintocchi finissero, poi riprese con le domande.

– Cos'ha detto alla mamma della ragazzina scomparsa?

– Non ho avuto cuore di dirle niente.

– Capisco. Ma forse ormai si sarà rassegnata all'idea che la figlia è morta, – suggerí Milena.

– Certo, – assentí Jole. – Però magari pensa che è caduta in un burrone o che si è persa in una grotta. Non sa che è stata ammazzata da qualcuno che è ancora a spasso.

Milena si abbracciò le spalle. La conversazione stava prendendo una piega inaspettata. Il ticchettio inesorabile dell'orologio a pendolo sembrava un memento mori.

– Immagino che per quella donna sarebbe una consolazione se venissero ritrovati almeno i resti. Per avere una tomba su cui portare dei fiori.

Jole volse il capo e indicò col mento verso la finestra.

– Quei ragazzi *i n'én v'gnú giú*, non sono mai scesi dal monte. *I én armasti su*, da qualche parte.

Dopodiché parve riscuotersi. – Lei ha dei bambini? – domandò.

– No, – rispose Milena.

– Alla sua età io avevo già due figli. Uno poi me l'hanno ammazzato i fascisti durante la guerra. Era partigiano.

– Mi dispiace, – mormorò Milena, capendo che Jole si era immedesimata nella mamma di Margherita e aveva voluto aiutarla. – Posso farle ancora una domanda?

– Certo, cara.

Milena cercò il modo piú diretto di formularla.

– Crede che il fungo racconti sempre la verità?

Jole parve stupirsi del quesito e rispose ancora con una vena di accondiscendenza.

– Tante volte siamo noi che non la vogliamo vedere, la verità, perché ci fa spavento. Tante volte la paura è peggio di quello che fa paura.

Ogni domenica che s'avvia a finire è un mélange di malinconie tipiche, soprattutto nelle stazioni di provincia e soprattutto quando, come in quel giorno d'aprile, piove.

La stazione di Aulla, costruita a fine Ottocento, era un complesso di edifici color crema dai finimenti verdi. Sorgeva in piazza Roma, nel centro cittadino. Lí Milena e Jimmy attesero l'accelerato per La Spezia.

Oggi quel luogo non esiste piú. Dai primi anni del nuovo secolo, per prendere un treno, gli aullesi devono raggiungere la stazione fuori città, denominata «Aulla-Lunigiana».

Nella via di fianco, file di utilitarie riportavano a casa famigliole reduci da gite nei dintorni. Sui visi espressioni ancora contente eppure già tristi, perché la sera avanzava, e oltre le ore di sonno incombeva il lunedí mattina.

Milena e Jimmy sedettero su una panchina davanti al binario, ascoltando il picchiettare della pioggia sulla pensilina. Lungo la strada, non avevano parlato granché. Stretti sotto l'ombrello, si erano goduti gli ultimi scampoli di tempo insieme. Jimmy percepiva un non detto, qualcosa che crucciava Milena, ma esitava a indagare, per timore di sbagliare o di rovinare l'atmosfera.

– Senti, per il racconto di mia nonna, – disse. – Non vorrei che ti fossi fatta una strana idea.

Milena si scosse dai suoi pensieri. – In che senso?

– La Jole va presa con le pinze. Non voglio dire che è matta o che racconta balle, lei ci crede a quelle visioni, e ti dico di piú: quelle visioni sono vere… a un certo livello. Però ci aggiunge un po' di teatro. Nel tuo caso si è visto subito che le stai simpatica. Io me ne accorgo se qualcuno le va a genio. E con chi le va a genio, lei calca la mano apposta. Non dare troppo peso alle immagini che usa, sono allegorie…

Milena alzò una mano per fermare quella logorrea.

– Frena, non stavo pensando a questo.

Intorno a loro c'era piú silenzio. Aveva smesso di piovere.

– E a cosa, allora?

– Al fatto che rivedersi sarà un bel casino. Io in questo periodo faccio una vita di merda, lavoro e basta. La ricerca da portare avanti, le interviste da sbobinare, le corvée in facoltà, il materiale da sottoporre al Fulgido… Spesso sgobbo anche nei weekend.

– Eh, capisco bene, – disse Jimmy. – Io in negozio sono da solo, sto chiuso lí dentro otto ore al giorno e il sabato è la giornata clou, non posso tirar giú la serranda per venire a Torino. Ma troveremo il modo, ne sono sicuro.

– Per forza, – disse Milena. – Ormai sei parte della mia ricerca.

– Sí, insieme ai tuoi amici del Grucat, – commentò Jimmy ridacchiando. – Spero non mi darai buca come hai fatto con loro ieri.

– Spero non me la darai tu: hai promesso che mi presenti gli altri ufofili. O esistono solo dentro la tua testa?

– Vedrai, vedrai... Sei invitata già da ora alla prossima veglia. Appena ho la data te la dico.

Si udí un fischio, seguito da un pigro sferragliare e dal lento ingresso in scena di una locomotiva color castagna seguita da tre vagoni. La littorina Parma - La Spezia delle 17.58. Si fermò con uno stridere di freni.

– Ci sentiamo presto, allora, – disse Milena, raccogliendo la borsa da viaggio.

– Certo, *meine liebe*. Ti chiamo domani sera.

I due si baciarono, poi Milena si voltò e salí in carrozza. Si udí uno scampanellare. Le sbarre del passaggio a livello si abbassarono e la littorina uscí dalla stazione.

12. Orbetello, lunedí 10 aprile

Fu certamente nella casa al mare ormai disadorna, depredata a piú riprese da Vincenzo nel suo periodo allo sbando, che Zanka lesse sul «Corriere della Sera» il risultato delle proprie dichiarazioni.

MARTIN ZANKA:
«QUELLA COMUNE HA SALVATO MIO FIGLIO DALLA DROGA».

Lo scrittore di best seller risponde a Corrado Hilzer e difende la «santona» Galbiati. La comune in Toscana perquisita dai Cc torna al centro di polemiche.

Giornalista lui stesso e di lunga esperienza, Zanka non si lasciò irritare dai titoli. Nel complesso l'articolo non era malaccio. Quantomeno raggiungeva lo scopo di rintuzzare le sparate di Hilzer e fornire un punto di vista opposto.

«Qualche anima bella si scandalizza perché le forze dell'ordine hanno trovato una bustina di eroina in una comune di giovani? Una comune non è un luogo separato dal mondo, nessuno può pensare che sia linda come un santuario. Io posso testimoniare che a Thanur dalla droga ci si libera, perché cosí è stato per mio figlio. Non saprei dire in che modo, ma dove la medicina ha fallito, Thanur lo ha salvato»

Sfogliò il resto del giornale. Il solito ammasso di panna montata sul caso Moro.

GRAVE TENSIONE PER LA LETTERA CHE SCOTTA.
SI PARLA DI MILIARDI E DI OSTAGGI PER MORO.

Un viaggio lampo di Cossiga in Svizzera scatena una bufera di voci – Smentita l'esistenza di un nastro registrato con le parole del presidente Dc – C'è chi dice che all'agguato di via Fani abbia partecipato anche il terrorista sudamericano Carlos.

– Certo, e forse pure Pancho Villa! – avrebbe commentato Pablo Pepper al telefono, verso sera. – Attempato, ma *con su carisma intacto*.

Zanka finí di slancio l'articolo per «L'Europeo». Le dita volteggiavano sui tasti, la testa era leggera e dimentica dello spazio intorno.

Rilesse. Per la miseria, gli era venuto *bene*.

Se mai qualcuno vorrà cimentarsi in una biografia dell'autore torinese, dovrà dare a quel pezzo il peso che merita. Scriverlo lo aiutò a fare il punto sulla propria carriera e a trovare una via d'uscita dalla crisi.

Zanka sbirciò l'orologio: un quarto a mezzogiorno. Doveva sbrigarsi, o avrebbe trovato l'ufficio postale chiuso.

Mise i fogli in una busta, ci segnò sopra l'indirizzo – «L'Europeo», via Monte di Pietà 15, 20121 Milano – e uscí.

Spedito l'articolo col corriere accelerato, Zanka pranzò in trattoria. Non vedeva l'ora di tornare a casa per lavorare al libro, si sentiva il vento in poppa. Ma quando rientrò e sedette di fronte all'Olivetti, fu subito bonaccia.

Mentre cercava l'ispirazione, si guardò intorno.

Andati il televisore e l'impianto stereo: per sentire il giornale radio e un po' di musica si era comprato una radiolina. Scomparse le poltrone in pelle Cinova. Svanita ogni suppellettile che avesse un minimo pregio. Persino piatti e bicchieri avevano preso il volo.

Poco male. Una caffettiera, una tazzina, le Muratti, un accendino, la macchina da scrivere: ecco tutto quel che gli serviva, oltre al catalogo del museo di Pontremoli e alla cartella dei ritagli di stampa.

Almeno cosí aveva creduto.

La solitudine da eremita, la spiaggia dall'aspetto ancora invernale, l'antica polveriera spagnola davanti alla finestra… In passato, quel contesto lo aveva aiutato a scrivere. Nei giorni seguenti, invece, i fogli rimasero fermi sul rullo, oppure cominciarono a riempirsi di caratteri, ma dopo pochi minuti finirono accartocciati.

Ogni uscita per piccole necessità si trasformò in una passeggiata, e ogni passeggiata si allungò piú del previsto, fino alla torre sopra le miniere o al convento dei passionisti. Sulla via del ritorno, nell'ultima luce del pomeriggio, un paio di volte Zanka si fermò al cinema per lo spettacolo delle sei. Vide *Incontri ravvicinati del terzo tipo*, con François Truffaut, che tutti sostenevano gli somigliasse tanto. «Boh, a me non sembra», era solito rispondere.

Per combattere il fastidio del tempo perso, fissò appuntamenti con un paio di agenzie immobiliari. Voleva una valutazione della casa e farsi un'idea piú chiara di quanto ci poteva guadagnare.

L'appartamento l'aveva comprato nel 1968 coi proventi del terzo libro, quello che lo aveva reso famoso. Grazie a *Luci nella notte dei tempi* aveva potuto lasciare il giornalismo, alla buon'ora, e fare lo scrittore di professione. Anni addietro aveva ritirato un premio a Porto Ercole e quei luoghi – l'Argentario, l'Isola del Giglio – lo avevano ammaliato. Certo, comprando casa là si sarebbe svenato, ma Orbetello era piú alla sua portata, e sarebbe andata benissimo. L'Argentario era lí, «a un tiro di cerbottana», s'era detto.

Era stato anche un posto dove passare le estati con Vincenzo, e in certe occasioni con loro c'era una donna, mai la stessa. Relazioni effimere, di rapida consunzione, con cui Gianmaria cercava di lenire la perdita di Marion e trovare a Vincenzo una madre putativa. Vincenzo, però, le detestava, senza eccezioni.

Nessuno può tornare nel passato, entrare nella testa di Zanka e leggere i pensieri con cui si intrattenne tra quelle mura dove s'era ritirato per «darsi il calcio in culo» e finire un libro che sentiva ormai lontanissimo. Si sa però che in quelle settimane prese una decisione fatidica, e *Astronavi su Luni* divenne un libro completamente diverso.

Di fronte a scelte di vita drastiche, a svolte anche brusche, Zanka non si era mai tirato indietro. Fin da quando, in Valsusa, aveva deciso di diventare partigiano.

In valle c'era arrivato sfollando da Torino. Dopo i bombardamenti del 12 e 13 luglio '43 suo padre s'era deciso e aveva mandato il figlio da un malgaro di Foresto, persona di fiducia. Gianmaria Zanchini aveva diciannove anni e si era appena diplomato al liceo Galileo Ferraris. Senza esame di maturità, perché in quelle circostanze – il Paese sotto invasione, con gli alleati già in Sicilia e la guerra che andava di male in peggio – si era deciso di sopprimerlo.

Gianmaria si era già ambientato in valle quando a Roma, la sera del 25 luglio, il Gran consiglio del fascismo votò contro il duce, e re Vittorio andò anche oltre, facendolo arrestare dai carabinieri.

Ai quarantacinque giorni del governo Badoglio seguí l'armistizio, e all'armistizio, in un lampo, l'occupazione tedesca. Hitler piantò in Alta Italia una Repubblica fantoccio avvolta di stracci, con un pallone bucato a fare da testa. Zanka avrebbe usato quell'immagine nell'intervista a Biagi. E lo spaventapasseri cosa fece? Chiamò alle armi le classi dal '22 al '24. Gianmaria, che ci cadeva in pieno, non esitò un momento, e si diede alla macchia.

Doveva essere il suo primo anno al Politecnico, e invece lo trascorse coi *banditen*. All'università non ci sarebbe piú andato. Il nome di battaglia, Martin, lo prese dal romanzo *Martin Eden* di Jack London, che aveva letto da poco. Si uní a una banda di giovani valsusini, il nucleo fondatore della 42ª Brigata Garibaldi Walter Fontan, battezzata in onore di un partigiano di Bussoleno morto in battaglia. Quella che nel luglio del '44 mise in rotta i repubblichini nella famosa battaglia di Balmafol, scagliando giú dalla montagna enormi macigni.

A fine inverno del '45 Gianmaria chiese e ottenne di tornare a Torino. L'insurrezione era dietro l'angolo e voleva viverla nelle strade in cui era cresciuto.

Ma liberare la città si rivelò un'impresa piú rognosa del previsto. Si dovettero snidare i cecchini fascisti.

«Franchi tiratori», li chiamavano, dove «franchi» significava non inquadrati, liberi di agire per loro conto. Zanka, da artigiano delle parole qual era, lo avrebbe fatto notare piú volte: l'espressione edulcorava la realtà. Non a caso era quella utilizzata dai fascisti, nostalgici o «neo» che fossero. Zanka li chiamò sempre nello stesso modo: assassini. Ben nascosti dietro scuri o parapetti di balconi, sparavano a chiunque uscisse di casa, a chiunque vedessero sui marciapiedi.

Dopo la guerra Gianmaria divenne giornalista. Fece la dovuta gavetta all'«Unità», edizione torinese, per poi diventare una firma di «Paese Sera», a Roma. Dove si trasferí all'inizio del '54 per amore di una donna. Una ventiduenne dai capelli ramati, il viso sprizzato di efelidi.

Si chiamava Marion. Marion O'Donnell, nata e cresciuta a Boston. Era fuggita dagli Usa del maccartismo insieme al marito, drammaturgo di poca fama, simpatizzante comunista e – cosí si diceva – spia sovietica a rischio di arresto. Si erano trasferiti in Svizzera, nella grigia Berna, dove lui, pesce fuor d'acqua, era diventato ubriacone e manesco. Lei lo aveva mollato e si era spostata in Italia. A Trastevere, per la precisione. Tutta un'altra vita.

Gianmaria l'aveva conosciuta nel '52 al festival nazionale dell'«Unità», al parco Michelotti di Torino. Marion era con una comitiva del Pci romano: intellettuali, artisti, sedicenti tali. La sera stessa lui l'aveva separata da loro e conquistata all'antica maniera, indicandole le costellazioni e raccontandone le storie. Maniera antica, ma anche avveniristica, perché le aveva parlato di razzi spaziali, passione che in lui stava sbocciando, nutrita di stampa popolare e cinegiornali, di notizie dall'Urss e romanzi americani.

«Un giorno di un futuro non lontano, – le aveva detto, – l'uomo raggiungerà quelle stelle».

«Anche la donna?» aveva chiesto lei.

L'anno dopo Marion rimase incinta, e nel '54 nacque Vincenzo.

A «Paese Sera» Gianmaria faceva il jolly, o meglio, il tappabuchi. Si occupava di cultura e spettacoli, ma anche di nera. Conosceva Roma e i romani meno dei colleghi, ma aveva fiuto per le storie. Presto si ricavò una nicchia tutta per sé, scrivendo articoli di divulgazione sui viaggi spaziali, racconti di fantascienza camuffati da articoli, elzeviri gonfi di lirismo dopo ogni impresa compiuta dai sovietici: la messa in orbita dello Sputnik 1, la missione nello spazio della cagnolina Kudryavka... Fu l'unico a usare il suo vero nome, che voleva dire «ricciolina». Nel resto dell'occidente la chiamavano «Laika», ma Gianmaria lo sapeva, i laika erano una razza di cani siberiani.

Il nom de plume Martin Zanka nacque in quel periodo. Dalla penna di Gianmaria uscivano anche novelle di fantascienza, del sottogenere che gli americani chiamavano *space opera*: avventure rocambolesche su pianeti sconosciuti e battaglie tra astronavi. Testi che nei giri del partito avrebbero fatto storcere piú di un naso, dunque non potevano uscire a suo nome. Li mandò a riviste popolari, equivalenti italiani dei *pulp magazines*. Gliene pubblicarono un paio, dopodiché rimise lo pseudonimo nel cassetto.

Vincenzo era piccolissimo quando Marion tornò in America, abbandonando compagno e figlio.

Negli anni Cinquanta la depressione postnatale non era ancora oggetto di studi medici, articoli sui rotocalchi, romanzi e film. Non c'era un test per diagnosticarla, né una terapia specifica. Una donna che diventava madre non poteva che essere felice. Qualche giorno di stanchezza dopo il parto, qualche momento di malinconia ci potevano stare. Ma se il pianto, l'insonnia, l'ansia e il panico duravano settimane, si concludeva che la follia era già latente, la nascita del bambino l'aveva solo scatenata.

Ai primi sintomi, Zanka aveva preferito sdrammatizzare. Quindi pazientare, incoraggiare, scuotere, gridare. Era convinto di averle provate tutte e alla fine, sconfitto, aveva smesso anche di provare.

Marion si era rivolta a uno psicologo, poi a uno psichiatra. Aveva preso farmaci che annegavano il malessere in un torpore senza fine. Li aveva interrotti di colpo, svuotando blister e flaconi nel water. Un giorno Zanka era tornato a casa e già sulle scale del condominio aveva sentito il pianto di suo figlio. Era entrato nell'appartamento e l'aveva trovato nella culla, paonazzo e con i pugni in bocca. Marion se n'era andata senza nemmeno lasciare un biglietto.

A sera, un'amica aveva rintracciato Zanka. Marion era lí da lei, ma non voleva parlare. Non si erano piú sentiti per due settimane, finché la stessa amica gli aveva telefonato: «Stamattina è partita per New York».

Negli Stati Uniti, i genitori l'avevano convinta a ricoverarsi in una clinica. Da loro, Zanka aveva ottenuto qualche notizia sporadica. Non si erano piú rivisti.

Sedici anni dopo, Vincenzo avrebbe ricevuto una lettera da sua madre, con una foto. Zanka non gli avrebbe nemmeno chiesto di vederla.

Gli articoli spaziali di Gianmaria erano piaciuti all'ambasciata sovietica, e di conseguenza al partito, che nell'estate del '61 lo mandò in Urss in viaggio premio: visita ai luoghi simbolo dell'Ottobre e del socialismo, sí, ma soprattutto ai cantieri del programma spaziale, con un cicerone d'eccezione, il compagno Korolëv in persona, affiancato dai suoi fidi collaboratori all'Okb-1, l'ufficio di progettazione sperimentale.

Da quelle parti il morale era alle stelle: c'era appena stata l'impresa di Gagarin, il primo uomo nello spazio. Lo stesso Gianmaria ci aveva scritto una serie di dieci articoli sbordanti nel visionario: «Un giro d'orbita fatto della materia dei sogni eppure concretissimo»; «108 minuti che hanno già cambiato la Storia»; «Dal primo, stentato volo dei fratelli Wright non sono passati nemmeno sessant'anni»; «Ora ci attendono le nuove frontiere: la Luna, Marte, i confini estremi del sistema solare»... Ma Gagarin non poté incontrarlo. Quell'estate, il cosmonauta era in tournée mondiale, ovunque accolto da folle festanti, socialiste o capitaliste poco importava.

Anche il viaggio in Urss e la chiacchierata con Korolëv divennero una serie di articoli. In fondo, premio o non premio, lo avevano mandato là per quello.

Al rientro dall'Unione sovietica seguí un periodo di incredibile prolificità e felicità di scrittura. Padre single in un'epoca in cui esserlo era inconsueto, dopo aver messo a letto Vincenzo strappava le ore al sonno e scriveva, con la penna, perché il ticchettio della macchina avrebbe svegliato il bambino, che la mattina dopo doveva andare a scuola. Dopo un anno si ritrovò con una risma di pagine, un brogliaccio di storie «strane ma vere», di aneddoti bizzarri, di considerazioni su come i viaggi nello spazio avrebbero potuto cambiare la cultura, la percezione della storia umana. Tutto sarebbe stato piú relativo, anche il confine tra scienza e magia. Se l'uomo poteva spingersi oltre l'atmosfera terrestre, perché chiudere le frontiere del possibile? Un testo strano e forse inutilizzabile. Lo mise da parte, come aveva già fatto col nome «Martin Zanka».

Poi lesse *Il mattino dei maghi* di Pauwels e Bergier, trovandoci mille risonanze col proprio manoscritto. Il successo dei due francesi, col loro realismo fantastico, lo convinse che c'era spazio per quei discorsi, per quei racconti, per quei sogni. Avrebbe seguito quel filone. Certo, tenendo i piedi piú a terra, con meno svolazzi nella spiritualità. Era pur sempre un comunista.

Tirò fuori dal cassetto *Il pianeta nascosto* e lo batté a macchina a ritmi forsennati. Al momento di firmarlo decise di ripescare il suo nom de plume. Inviò il plico a una decina di case editrici. Una gli rispose di sí. «Martin Zanka» era tornato per restare.

Ma ora sentiva di essere rimasto anche troppo.
Korolëv era morto nel '66.
Gagarin nel '68.
Zanka, invece, era ancora tra i piedi e Gianmaria non ne poteva piú di lui.
Aveva nausea di sé stesso, o meglio, del proprio personaggio, dell'immaginario che continuava a rimestare da un quindicennio.

13. Villa Malaspina, martedí 11 aprile

Quella mattina il lavoro da segretaria toccava a Giada: rispondere al telefono, archiviare le bollette, aprire al postino…

– Chi è? – domandò nella cornetta del citofono.

Rispose una voce maschile con l'accento emiliano e la *r* arrotata. L'uomo si presentò, cognome e nome, Bernardi Radames, e chiese di parlare con «il responsabile per i nuovi ingressi». Giada pigiò il bottone del cancelletto. Disse a Bernardi di seguire il vialetto fino in cima, ma quello fece notare che era in macchina. Cortesemente, potevano aprire il cancello grande? La ragazza gli spiegò che le auto dovevano restare fuori, parcheggiate nello spiazzo sulla destra.

Mentre Bernardi saliva alla villa, Giada mandò a chiamare Ludo. Se la visita inattesa riguardava una domanda di accoglienza, a occuparsi di quelle faccende era lui.

Bernardi era un signore di media statura, sulla cinquantina, capelli brizzolati, occhiali, paltò. Il viso era scavato e pallido, la barba di un giorno ricopriva le guance. Di nuovo si presentò, e diede a Giada il proprio biglietto da visita, da cui risultava il titolare di una piccola impresa metallurgica di Parma. Ripeté la richiesta: voleva parlare con il responsabile della «struttura».

– È una comune, – gli disse Giada. – Si chiama Thanur.

Quindi lo invitò a sedersi sulla poltroncina nel grande andito e ad attendere qualche minuto.

Di minuti ne passarono dieci prima che Ludo apparisse sul sentiero dei campi, stivali di gomma e braghe di tuta inzaccherate. «L'attesa è un ingrediente fondamentale dell'ospitalità, – diceva sovente Orsola. – Sottolinea l'importanza dell'incontro». Suo marito la prendeva in parola, anche perché quell'approccio si confaceva alla sua indole rilassata.

In quel lasso di tempo, Bernardi aveva fumato due sigarette con fare nervoso.

Giada rimase in disparte, ma assistette alla scena dall'uscio della stanza che faceva da segreteria. Ludo sedette di fronte all'ospite e partí con le domande: in che modo aveva conosciuto Thanur? Perché voleva venirci a vivere?

Bernardi scosse il capo. Non era lí per sé stesso, disse, ma per sua figlia, Caterina.

Ludo aggrottò la fronte: era inusuale che un padre volesse mandare la figlia in una comune alternativa. E la ragazza dov'era?

– È in macchina, – rispose Bernardi.

Ludo chiese come mai non fosse salita.

L'uomo cominciò a rispondere, ma ebbe una specie di singulto. Alzò la mano, si tolse gli occhiali, li guardò, pulí le lenti con una pezzuola ocra. Ludo e Giada notarono gli occhi lucidi.

Finalmente Bernardi riuscí a dire quel che aveva pensato e si era ripetuto in testa per tutto il viaggio.

Caterina aveva diciannove anni ed era tossicodipendente. Proprio in quel momento era piena di eroina fino ai capelli. Lui e la moglie erano disperati. Poi avevano letto sul «Corriere» l'intervista di «quello scrittore famoso».

– Diceva che suo figlio qui ha smesso di drogarsi. Negli ultimi giorni non sapevamo neanche dove fosse, Caterina. È tornata stanotte, e stamattina l'abbiamo trovata in bagno con la siringa ancora nel braccio. Allora l'ho caricata in macchina di peso e... Insomma, eccoci qua. Dateci una mano, vi prego.

– *Listen*, *my friend*... – disse Ludo. – Io capisco il tuo dolore, ma questa è una comune che segue una filosofia. La filosofia di Thanur. Il figlio di Martin Zanka sta qui perché condivide la nostra scelta di vita, *you understand*? Bisogna che tua figlia si presenta qui lei, a conoscere noi, perché se non è lei che vuole stare...

– Anch'io capisco voi, – disse Bernardi. – Ma quella, se le chiedete cosa vuole, vi risponde che vuole la droga. Non le interessa nient'altro. Io non so piú cosa fare, io...

La voce gli si spezzò. Il singhiozzo lo costrinse a fermarsi. Ludo si girò verso Giada, ma non fece in tempo a dirle nulla: stava già portando un bicchiere d'acqua.

Bernardi bevve e ringraziò. Poi disse che lui non era uno scrittore famoso, ma una certa disponibilità ce l'aveva. Dalla tasca della giacca prese un libretto degli assegni e una stilografica.

– Posso pagare. Ditemi una cifra. L'importante è che prendete dentro mia figlia, che non me la fate riportare a casa da sua madre, che non ha nemmeno piú gli occhi per piangere.

Ludo lo invitò a mettere via il libretto. Non era questione di soldi, gli disse. Allora il tono dell'uomo si fece supplichevole: – Almeno parlateci, con Caterina.

Ludo e Giada si guardarono incerti, poi l'olandese disse: – Va bene.

I tre uscirono in giardino e si diressero verso il cancello. Bernardi e Ludo camminavano spediti. Giada, inquieta, li seguiva a distanza di pochi passi.

«Quando arrivarono padre e figlia, – racconta Vincenzo, – io e Maurizio eravamo nei campi con Ludo. Lui scese dicendo: “Vado giú un momento, hanno bisogno”. Vedendo che non tornava, andammo a cercarlo. Era insieme a uno sconosciuto, andavano verso il cancello e dietro di loro c’era Giada».

– Che succede? – le chiese Vincenzo, quasi sottovoce. – Quello chi è?

– Uno di Parma. Spera che la figlia si convinca a trasferirsi qui.

– La figlia?

– La figlia si buca. E lui ha letto le dichiarazioni di tuo padre sul «Corriere». Magari parlaci tu.

– Io? E per dirgli che?

«Non mi rispose, e io non domandai piú nulla. Con l’intervista di mio padre ero finito al centro dell’attenzione, l’ultima cosa che avrei voluto. Rischiavo di diventare il testimonial della disintossicazione».

Trovarono la Mercedes con una portiera aperta. Dentro non c’era nessuno.

Bernardi si accasciò contro l’auto. – Ecco. Scappata un’altra volta... Uno li mette al mondo e poi... – di nuovo le parole gli morirono in gola. Deglutí. – Come si fa a lasciare che una figlia si ammazzi? Come faccio a lasciarla andare?

Risalí in macchina e avviò il motore.

Giada chiese: – Non lo aiutiamo a cercarla, poveretto?

I thanuriani attesero un’indicazione da Ludo.

– Torniamo al nostro lavoro, – disse lui.

La Mercedes fece manovra, imboccò la strada e sparí dietro la prima curva.

Cinque mesi piú tardi i giornali riportarono la notizia: Caterina Bernardi era morta. Si era uccisa lanciandosi dalla finestra di camera sua, dove i genitori l'avevano chiusa a chiave nel tentativo di disintossicarla. Sul comodino, un biglietto: «Non contate su di me».

Nel ventennale della comunità fu pubblicato un volume commemorativo: *Thanur 1974-1994. La comune, la comunità*. A quest'episodio non è dedicata nemmeno una riga.

14. Forravalle, mercoledí 12 e giovedí 13 aprile

Erano quattro. Tre ragazzi e una ragazza. Li scorsero la mattina presto, oltre il cancello. Avevano dormito lí, con i sacchi a pelo in una tenda canadese. Un bel freddo, di notte, alla metà d'aprile.

Quei quattro non venivano da dietro l'angolo, ma nemmeno da troppo lontano: erano di Livorno. Elena, che quel mattino era la segretaria, parlò con loro e decise che prima di farli entrare sarebbe stato meglio consultare gli altri. Tornò alla villa a chiedere lumi.

Dopo una decina di minuti ripercorse il tragitto fino al cancello insieme a Ludo.

– Cosa cercate? – chiese l'olandese.

– Ospitalità, – disse il piú alto e magro dei quattro.

Erano tutti magri, per la verità, e slavati. L'occhio clinico di Ludo ci aveva messo un attimo a inquadrarli. Scarsa alimentazione e dosi massicce di eroina.

– *I'm sorry*, questo non è un ostello, – disse con la sua tipica flemma. – Venite di sabato, quando la comune è aperta alle visite, cosí conoscete la nostra filosofia di vita e parlate con Orsola, la fondatrice.

La ragazza si fece piú vicina e appoggiò la fronte alle sbarre di ferro. Aveva i capelli biondicci, lisci, e un'età indefinibile, tra i venti e i trenta.

– Sul giornale c'era scritto che avete salvato il figlio di quello scrittore.

Ludo la guardò di sottecchi, arrotolandosi la sigaretta.
– Non abbiamo fatto niente, noi. Lui vive qui.
– Anche noi vorremmo vivere qui, – disse un altro.
Aveva la barbetta incolta e ispida, e gli mancava un dente nell'arcata inferiore.
– *I'm sorry, my friend*, non funziona cosí.
– Almeno facci vedere com'è dentro, no? Già che ci siamo…
– Mi dispiace davvero, *darling*. Venite sabato, vi ho detto.
Tornò verso la villa, seguito dai fiacchi richiami dei quattro.

Quel pomeriggio Maurizio, rientrato dal paese, avvertí che i tossici non c'erano piú, e nemmeno la loro tenda. Piú di uno dei presenti tirò un sospiro di sollievo. I thanuriani non potevano sapere che quelli non se n'erano andati: si erano solo spostati piú a valle, dove scorreva il torrente e c'era l'abbeveratoio, per avere acqua e riparo sotto gli alberi. Dal canto loro, i quattro in questione non potevano sapere che quel terreno era del vicino, Saverio Menconi, di anni sessantacinque, reduce di guerra, decisamente poco propenso a lasciar campeggiare estranei sulla sua proprietà. Dopo un alterco con i pellegrini, anche Menconi si presentò ai cancelli di Thanur chiedendo udienza niente meno che alla «signora».

Fu cosí che Orsola si ritrovò faccia a faccia con il vicino. Nei quattro anni di esistenza della comune si erano incontrati appena in un paio di occasioni e ogni volta per screzi di sconfinamento. Vincenzo ricorda come fu osservarli insieme, per il contrasto che incarnavano: «Lei sembrava una regina hippie. Sai, alta, con i vestiti colorati, la sciarpa indiana, la treccia… Lui invece tarchiato, la giacca da cacciatore, gli stivali di gomma».

– Quelli là accampati sono roba vostra, o sbaglio? – esordí lui.

Orsola non si lasciò provocare.

– Quelle persone non fanno parte della comune.

– Dico: sono venuti qui per voi, no? E allora il problema è vostro, signora. Trovate una soluzione in fretta, se no ci devo pensare io.

– Quale soluzione? Non posso rispondere per il comportamento di estranei.

Menconi annuí con il capoccione.

– Ah, ho capito. Voi fate la cagata, e a me tocca raccoglierla. Nessun problema. Io quando c'è da spalare merda non mi tiro indietro.

Menconi se ne andò e la situazione rimase tranquilla fino al pomeriggio del giorno dopo. Ma già al mattino Thanur non poté riaprire i cancelli, perché c'erano tre nuovi tizi che mendicavano l'ingresso. Pallidi, con gli sguardi da animali braccati e al tempo stesso in cerca di preda. Erano arrivati lí in corriera e autostop. Due venivano da La Spezia. Vincenzo vide in loro copie di sé stesso un paio d'anni prima. Il terzo invece era lucchese. Aveva un fisico asciutto e tornito, e un viso ancora poco segnato dalla roba, con un vago sorriso che non si spegneva mai.

Ludo respinse anche le loro richieste, ma fece portare dell'acqua e qualcosa da mangiare. Orsola si chiuse nell'orangeria, e chi passò lí davanti durante la mattinata non la vide battere a macchina, bensí passeggiare nervosa tra le piante.

A far precipitare le cose furono due colpi di fucile e le grida che seguirono. Venivano dal podere di Menconi, o meglio, dal torrente. Ludo, Vincenzo, Gregorio e Maurizio andarono a vedere cosa succedeva e si imbatterono in due dei ragazzi del giorno precedente.

– Quel vecchio di merda ci ha sparato!

I thanuriani raggiunsero il torrente. Della biondina e del terzo ragazzo non c'era traccia. C'erano invece i resti anneriti del falò, gli zaini, avanzi di cibo in scatola, sacchi a pelo. E Menconi, in lontananza, che tornava verso casa.

Vincenzo gli corse dietro, inseguito da Ludo che cercava di trattenerlo.

– Tu sei pazzo! – gridò.

Menconi si girò, la doppietta appoggiata nell'incavo del braccio.

– Tiravo alle cornacchie che mi mangiano i germogli, – rispose sarcastico.

Vincenzo gli si fece sotto.

– Vaffanculo! Potevi ammazzare qualcuno!

Menconi accarezzò il fucile.

– È caricato a pallini. E ho sparato in aria. Quelli vengono sul mio terreno, piantano la tenda, fanno il falò, pisciano e cagano in giro. Hanno chiesto il permesso? No. La prossima volta *t vedrè che il fan*! Gli ho dato una lezione di vita. Dovrebbero ringraziarmi.

Vincenzo fece per replicare, ma Ludo lo spinse indietro.

– Dove sono gli altri due? – chiese.

Menconi scrollò le spalle e indicò in direzione del bosco.

– Si sono dati alla macchia, come si dice –. Sogghignò. – Se li vedo ancora mollo i cani.

Ludo scrutò invano tra gli alberi. Quindi fece segno ai compagni di tornare indietro. Vincenzo continuava a fissare Menconi con aria di sfida. L'olandese lo trascinò via per un braccio.

Al cancello di Thanur trovarono i superstiti che spiegavano ai nuovi arrivati cos'era successo. Vincenzo guardò Ludo, era scosso, non gli aveva mai visto in faccia un'espressione cosí truce. Quando il lucchese gli si avvicinò, dicendo che con quel pazzo in giro non potevano negargli asilo, Ludo ebbe una reazione inattesa. Lo spintonò. E si mise a urlare.

– *Go away!* Andate via!

Le parti si invertirono e toccò a Vincenzo trattenerlo.

Gregorio e Maurizio convinsero i tossici a lasciar perdere, dopodiché i thanuriani rientrarono e chiusero il cancello dietro di sé. Vincenzo restò accanto a Ludo finché l'olandese non si scusò e andò a fumare uno spinello solitario per calmarsi.

«Credo ce l'avesse con sé stesso, – dice oggi Vincenzo. – L'idea di far parlare mio padre con la stampa era stata sua e adesso rischiava di ritorcersi contro Thanur. Si sentiva in colpa e questo lo mandò in tilt».

Piú tardi, quel giorno, Orsola uscí dall'orangeria e parlò alla comune, riunita nella Sala del Fuoco.

– Thanur ha i propri tempi, è rischioso farsi imporre le scelte dall'esterno, per giunta con un ricatto. Questo è un esperimento giovane e ancora fragile, dobbiamo averne cura.

– Ma come facciamo? – chiese Enrico. – Restiamo barricati finché quelli non se ne vanno o si fanno sparare addosso di nuovo?

– Thanur accoglie… con il cancello chiuso, – aggiunse Elena. – Vi rendete conto che è un paradosso?

«Sapevo che aprire quel cancello significava mettersi in casa un grosso problema, – ricorda Vincenzo. – Conoscevo gli eroinomani, ero stato uno di loro, sapevo che avrebbero portato casini. Ma Thanur mi aveva accolto, e mi era bastato un giorno a Roma per tornare a bucarmi. Ero l'ultimo che poteva dire di tenerli fuori. Quindi in quel momento rimasi zitto. Poi Rossella ci mise davanti al fatto compiuto».

Quando riapparvero la biondina e il suo compagno, di turno al cancello c'era lei, Rossella. Scappando dalle fucilate di Menconi, i due si erano persi nel bosco e avevano vagato per ore prima di ritrovare la via di Thanur. La ragazza tremava come una foglia, batteva i denti e camminava piegata su sé stessa, ma il compagno era troppo debole per sostenerla, per quanto ci provasse.

– È in astinenza! – sbraitò, in lacrime. – Aiutatela, vi prego…

La ragazza si accasciò a vomitare.

Uno degli ultimi arrivati, quello di Lucca, fu lesto a sorreggerle la testa, poi a prenderla in braccio.

Rossella aprí il cancello.

«La sentimmo che ci chiamava dal viale, – ricorda ancora Vincenzo. – Uscimmo di corsa e li vedemmo con quella tossica in preda ai brividi».

Ludo andò loro incontro. Insieme a Vincenzo trasferirono la ragazza in una stanza al piano di sopra. Ludo recuperò la valigetta dei medicinali, chiese dell'acqua, una bacinella e delle coperte. Quindi misero a letto la ragazza. Ludo rovistò nella borsa e ne trasse una boccetta di pillole.

– Questo per farla dormire, – disse. Poi estrasse anche un barattolo di pomata. – E questo per i dolori dei muscoli. Bisogna spalmarlo sulle gambe e sulle braccia.

Era chiaro che l'olandese si era già trovato in una situazione simile. Rossella sedette sul letto e accarezzò la testa fradicia della ragazza. Ludo le passò le pillole e lei l'aiutò a deglutirle con un po' d'acqua.

– Come ti chiami? – le chiese.

La risposta arrivò con un sibilo tra i denti.

– Anna.

– Io sono Rossella, – disse sfiorando quel viso contratto dai crampi.

– Non mandarmi via… – riuscí a dire la ragazza, in lacrime per il dolore e lo smarrimento. Si teneva lo stomaco con entrambe le braccia, rannicchiata in posizione fetale, il naso che colava.

«A vederle cosí, sembravano una la versione corrotta dell'altra. La tossica pentita…»

– Non avere paura, – disse Rossella. – Questa è casa mia. E adesso è anche casa tua.

«… e la Madonna dei Drogati».

15. Orbetello, giovedí 20 aprile

La telefonata sorprese Zanka alle otto e mezzo del mattino, mentre imburrava una fetta di pane. Accanto alla tazzina del caffè, la copia fresca di stampa dell'«Europeo».

Dentro la cornetta, una voce da fumatore dava corpo a uno strano ossimoro, un tono di eccitata delusione o di delusa eccitazione, a seconda che l'accento cadesse sull'una o l'altra componente.

– Pronto, Marty? Scusa l'ora, ma ho appena letto l'articolo. Tu l'hai letto?

– Secondo te?

– Certo, figurati, è che m'era venuto il dubbio te l'avessero tagliato. Il titolo è fantastico, prometteva bene: *Il triangolo delle Bermude italiano: la montagna dei misteri, tra dischi volanti e cronaca nera*. Ma la parte sugli alieni è giusto una spolverata, due frasi di quel Bernacca, due aneddoti rapidi, dopodiché partono le leggende di fate e cinghiali, e tutto il resto è su quei ragazzini scomparsi, roba di due anni fa che non se la ricorda piú nessuno. Voglio di', fila via bene, ma non mi pare Martin Zanka. Mi pare Sciascia, mi pare.

– Magari Sciascia, mi fai un complimento.

– Complimento un cazzo, Marty! La gente da te vuole i cosmonauti preistorici, le venusiane che trombano coi faraoni, i marziani che fanno piovere la manna. L'articolo doveva lanciare il nuovo libro, o no? *Precalentamiento*, s'era detto. E il nuovo libro parla delle astronavi atterrate in Lunigiana, non delle giovani marmotte che si perdono quando vanno a pomicia'!

Zanka lo sentí ansimare.

– Senti, Paolo, – disse. – A proposito del nuovo libro...

Spiegò che non lo sapeva piú, di cosa avrebbe parlato. Sí, certo, le statue stele e le ipotesi sulla loro origine, però non era detto che le astronavi del titolo fossero il piatto forte della narrazione. Come nell'articolo per «L'Europeo», poteva darsi che gli Ufo diventassero un pretesto, il gancio iniziale per passare a una storia diversa.

– Quella dei due ragazzini? – domandò Pepper allarmato.

Zanka se lo immaginò con una mano sulla fronte, gli occhi chiusi, la testa reclinata sulla cornetta grigia.

– Mentre scrivevo l'articolo, – disse, – mi sono reso conto che i miei libri partono dalla realtà e poi decollano per viaggi intergalattici. Sto pensando di invertire la rotta: dalla fantascienza al mondo reale. Secondo me l'atterraggio sarà anche migliore.

– *Tu quieres arruinarme, compadre*... – mormorò Pepper. – Ci stanno fior di scrittori che passano la vita a cercare un tema, uno stile che li distingua dagli altri. Tu ce l'hai e ti fa pure vendere carrettate di libri, e dall'oggi al domani vuoi cambiarlo?

– Paolo, tu dici che la gente ha lo sguardo rivolto in alto perché il mondo quaggiú fa schifo. Ma pensaci, gli Ufo piú inquietanti si muovono sulla Terra, i veri misteri ce li offre la cronaca e attirano gli sguardi piú delle luci in cielo.

A quel punto si giocò l'esempio, la storia di cui l'Italia intera parlava da ventiquattr'ore. – Pensa a cosa sta succedendo al lago della Duchessa...

Due giorni prima, un comunicato brigatista aveva annunciato l'esecuzione di Aldo Moro. Un dispaccio dai toni quasi goliardici, platealmente falso agli occhi di chiunque conoscesse lo stile delle Br, eppure Criminalpol e carabinieri lo avevano dato per autentico. «La salma di Aldo Moro, – c'era scritto, – è immersa nei fondali limacciosi (ecco perché si dichiarava impantanato) del lago Duchessa, alt. mt. 1800 circa località Cartore (Ri) zona confinante tra Abruzzo e Lazio».

Un lago che d'inverno era quasi irraggiungibile, e fino a tarda primavera coperto da uno spesso strato di ghiaccio. Gli inquirenti c'erano arrivati in elicottero e per aprire buchi nella superficie avevano dovuto usare esplosivi.

Che il corpo di Moro fosse là sotto era impossibile. Si trattava di un rozzo depistaggio, a opera di chissà chi, che le Br avrebbero denunciato di lí a poco, allegando a un *vero* comunicato una nuova foto di Moro, vivo, in faccia il sorrisetto sardonico di sempre, in mano una copia della «Repubblica» del 19 aprile.

Ma mentre lo scrittore e l'editore parlavano al telefono, le ricerche nel lago e nei dintorni erano ancora in corso. Mezzi aerei, sommozzatori, cani poliziotto, e persino il solito Rolf.

– Il mio pezzo, – proseguí Zanka, – arriva in edicola proprio quando tutti hanno gli occhi puntati su un lago di montagna dove si cerca un corpo. La coincidenza mi sta facendo riflettere. Anche nella storia dei due ragazzi scomparsi ci sono misteri, versioni che si contraddicono a vicenda, cose che non quadrano.

– Sí, ho capito, – disse Pepper. – Però mi tremano i polsi, *chaval*. Chi lascia la via vecchia per la nuova… Almeno riesci a consegnarmelo in tempo?

Zanka non cercò di indorare la pillola: l'alternativa era tra non finire il libro, lasciarlo incompleto e provare a trasformarlo in corso d'opera. Morale della favola: chiese qualche giorno per ragionarci sopra.

Pepper gli concesse due settimane.

– Però pensaci bene, Marty, d'accordo? Io non ti scoccio e tra due settimane ci risentiamo, ma mi devi dare certezze. Ciao, – e riattaccò.

Zanka si mise subito a rimuginare. Invece di accanirsi ad aggiustare un libro che non l'aveva mai convinto, doveva capire che tipo di libro voleva scrivere.

Ma forse un'idea l'aveva già. Aveva preso forma proprio durante la telefonata. Doveva soltanto metterla a fuoco.

Si fece la barba, si vestí, salí in macchina e guidò fino a Forravalle.

16. Forravalle, giovedí 20 aprile

Il castagneto di Collerado non veniva curato da prima della guerra, quando l'ultima famiglia aveva abbandonato la frazione piú alta di Forravalle. Da allora apparteneva al Comune e col tempo era diventato un'attrattiva del paese. In autunno, versando una piccola quota, ci si potevano raccogliere ottime castagne di varietà Carpinese, e la terza domenica di ottobre si teneva la fiera delle *mondine*, cioè delle caldarroste, che richiamava gente fin dalla costa. Nelle altre stagioni erano i tronchi degli alberi secolari a conquistare i visitatori, con le loro forme contorte di spettri del monte.

Anche Gheppio era affascinato da quel luogo e ci passava spesso, a volte solo per sedersi su un ceppo e concedersi una pausa. Da qualche tempo, però, il castagneto lo preoccupava. Il vento e le nevicate dell'inverno avevano indebolito molte vecchie piante. Qualcuna era morta e si era schiantata su un letto di foglie, altre si erano crepate come muri dopo un terremoto. Il sindaco aveva chiamato gli esperti dell'università di Firenze, che dopo alcuni mesi avevano dato un parere: per salvare gli alberi monumentali bisognava abbattere gli esemplari piú giovani, almeno un centinaio, che crescevano a scapito dei patriarchi. Proprio per decidere quali tagliare il tecnico del Comune, insieme a Gheppio, era salito a Collerado di buon'ora.

Il forestale però non riusciva a convincersi. Che senso aveva eliminare piante giovani e robuste per lasciar spazio a quelle ormai decrepite?

Il tecnico passeggiava avanti e indietro, toccando i tronchi, quasi quel contatto dovesse confermargli ciò che sosteneva.

– Gornara, lei lo sa bene che i castagni secolari sono importanti. Sono parte del patrimonio storico e paesaggistico.

– E un bosco di castagni sani, – insistette Gheppio, – non è anche quello un patrimonio?

– Non allo stesso modo, – fu la risposta non troppo convinta.

Gheppio passò la mano sulla corteccia rugosa di un giovane castagno.

– E se invece di buttarli giú proviamo a potare i vecchi, come si faceva una volta, per alleggerirli? Sono anni che lo dico al sindaco.

Il tecnico scrollò la testa.

– E il sindaco risponde che è un lavoro da esperti, lungo e costoso, ma poi non è detto che risolva il problema. Vendendo come legna le piante abbattute, invece, rientriamo delle spese.

Piú che un botanico sembrava un ragioniere, pensò Gheppio.

– Quando ho fatto la segnalazione in Comune non pensavo che ve ne sareste usciti con questa bella trovata, – disse. – Il castagneto è un gran bel posto. Ma se le vecchie piante non si reggono piú dritte, non è giusto sacrificare le giovani per farle sopravvivere. C'è qualcosa di storto, nel ragionamento... di sbagliato, non le pare?

Il tecnico si strinse nelle spalle.

– Non so che dirle. Le cose stanno cosí. Mi dispiace.

Gheppio si voltò, scuotendo la testa. Raggiunse il fuoristrada verde, prese dal bagagliaio la vernice e il pennello e si preparò a discutere su ogni singolo tronco da segnare.

Secondo Marfari, detto «Astore», sedeva alla sua scrivania, intento a compilare scartoffie. In quei giorni poteva dedicarsi solo a quelle. Scivolando in bagno si era fratturato una caviglia, portava ancora il gesso e camminava con la stampella.

Ancora con la testa a Collerado, Gheppio varcò la soglia dell'ufficio.

Il collega gli indicò una persona in attesa.

– Buongiorno, – disse Martin Zanka.

Il forestale, sorpreso, ricambiò il saluto.

– Possiamo parlare? – domandò lo scrittore.

Gheppio sedette al lato opposto della scrivania.

Alle sue spalle era appesa una grande mappa del Quarzerone, punteggiata di cerchi e *x* tracciate a pennarello. Oltre a questa, un calendario del Corpo forestale dello Stato, un orologio a muro, il ritratto ufficiale del presidente Leone, un pannello di legno con affissi documenti e circolari. In basso, fermato con quattro puntine da disegno, c'era il volantino con le foto dei due ragazzi scomparsi nel '76.

Zanka appoggiò sul tavolo la copia dell'«Europeo» che aveva portato con sé e la aprí alla pagina del suo articolo.

Gheppio ne estrasse da un cassetto una identica e ce la depositò sopra.

– Ah, – esclamò Zanka.

– «*Un triangolo delle Bermude italiano*», – citò Gheppio.

– Al di là del titolo, ci terrei a un giudizio spassionato.

Gheppio mise in bocca la pipa spenta, poi la riappoggiò sulla scrivania.

– Non mi intendo di scrittura, – ammise. – Ma è un articolo onesto, senza le solite idiozie.

– Vero, – confermò Astore. – E a tener fuori le idiozie, parlando di Bernacca, bisogna esser bravi. Con quel che si dice di lui in paese, ci poteva riempire un numero di «Cronaca vera».

– In che senso? – chiese Zanka, girandosi appena verso l'altro forestale.

Per tutta risposta, quello si titillò con l'indice il lobo dell'orecchio destro e canticchiò: – ♫ *Mi han detto che ti piacciono i ragazzi col ciuffo*... – poi passò da Little Tony ad Alberto Rabagliati: – ♫ *Vieniiiii, c'è una strada nel boscoooo, un capanno conoscoooo*...

– Falla finita, Astore, – gli intimò Gheppio. – Dove siamo, a Sanremo? – Poi, rivolto a Zanka: – Maldicenze. Se non le ha raccolte, non si è perso niente. Ma lei non si è fatto tanta strada solo per sentire il mio parere sul suo articolo.

– Vorrei occuparmi ancora di Jacopo e Margherita, – disse Zanka indicando la foto dei due ragazzi. – Scrivere un libro sulla loro scomparsa. Però mi serve aiuto.

Ecco, l'aveva detto.

Ora doveva attendere la reazione del viceispettore, che lo fissava in silenzio, con la sua aria da Toro Seduto. Il mestiere diceva a Zanka che dietro quella faccia senza età e cotta dal sole c'era una storia interessante. C'erano scelte personali, forse un'ossessione, talmente lucida che quando lui aveva indicato Jacopo e Margherita il forestale non aveva nemmeno spostato lo sguardo. Quei ragazzi erano lí, accanto a lui, in quell'ufficio, da quasi due anni. Erano presenze note, ben impresse nella mente. I suoi fantasmi.

– Perché?

Gheppio aveva lasciato cadere la domanda come un sasso.

Zanka decise di essere franco. A Pepper aveva raccontato di voler cambiare stile. Non piú il viaggio dalla Terra agli alieni, ma quello dagli alieni alla Terra. Mentre guidava fino a lí si era accorto di avere anche un altro motivo.

«C'è una differenza in quello che scriviamo, – gli aveva detto Orsola Galbiati. – Le mie ipotesi hanno ricadute pratiche. Creano comunità, producono esperienze».

– Voglio scrivere un libro che serva a qualcosa, – spiegò. – Un libro utile a riaprire il caso, per dare una risposta ai genitori di quei due ragazzi.

Gheppio rimase taciturno, quasi stesse valutando la sincerità di quelle parole o l'affidabilità del tizio che aveva davanti.

– L'avverto, – disse infine, – non sarà piacevole. È una storia dolorosa.

– Me ne rendo conto, – ribatté Zanka.

– Se può trattenersi a Forravalle, ci vediamo qui domattina alle sette. Le mostrerò dove li abbiamo cercati.

Zanka annuí.

– Affare fatto.

17. Torino, giovedí 20 aprile

Nella sede di Radio Piemonte International, che oggi è il punto vendita di una compagnia telefonica, Milena si presentò armata di penna, taccuino e registratore.

– Quello non ti serve, – le disse un barbuto sulla soglia. – Se vuoi una cassetta della trasmissione, te la facciamo noi dalla regia.

Lei spiegò che le interessava catturare anche i fuori onda, quello che i conduttori si dicevano a microfono spento, tra un intervento e l'altro. Il tizio aggrottò le labbra sotto i baffi, come a dire: «Contenta tu...» e le indicò una porta addobbata da un poster di Frank Zappa.

Milena la varcò, salutò i presenti, si accomodò su un divanetto sfondato e accese il suo Philips.

Chiunque abbia visitato una radio libera nella seconda metà dei Settanta saprebbe riconoscere i rumori che si sentono all'inizio del nastro.

Il cigolare dei bracci a molla per i microfoni. L'attrito delle sedie sul linoleum. La rotella di un accendino che sfrega sulla pietra focaia. Le labbra che schioccano al primo tiro di sigaretta. Le gole raschiate per schiarirsi la voce.

Poi qualcuno infila un sette pollici sull'apposito adattatore in plastica, quell'aggeggio che permetteva di tenere in posizione i dischi con il foro centrale molto piú largo del perno del piatto. Il selettore scatta da 33 a 45 rotazioni per minuto.

La mano del regista solleva la testina del giradischi e la avvicina al bordo del vinile. Le scritte sull'etichetta iniziano a vorticare, sempre meno leggibili: il nome della band, il titolo del singolo, l'autore tra parentesi e la durata. Fruscii di polvere e scariche elettrostatiche annunciano l'ingresso della puntina nel primo solco del lato A.

La voce di Jim McGuinn attacca a bruciapelo insieme alla musica.

Mr Spaceman dei Byrds, un gioiello di scrittura datato 1966. Doveva suonare vecchia già allora, con il suo country rock spensierato e appena una goccia di acido lisergico. Milena ricorda la riunione «strategica» per il nuovo programma radiofonico del Grucat, dove quella della sigla era stata la scelta piú combattuta. Sul titolo invece, *Luci nella notte*, tutti d'accordo, lo avevano votato all'unanimità. Anche sul nome del conduttore c'erano stati pochi dubbi: Matteo Bonino era di gran lunga quello con la parlantina piú sciolta. A ogni puntata lo avrebbe affiancato un altro membro del gruppo, sempre diverso. Per quella serata il compito era toccato a Berto Musinè.

Il pezzo terminò col ritornello ripetuto due volte, e a chi sapeva l'inglese non poté sfuggire la somiglianza del testo con *Extraterrestre* di Eugenio Finardi, che era una hit proprio in quei mesi. Gli anni passavano, ma i musicisti continuavano a chiedere agli alieni di portarli via con sé.

Sull'ultimo giro di chitarra il regista sollevò la mano destra, quindi agí con entrambe sui cursori del mixer: giú quello del piatto, su quello del microfono, un gesto con l'indice in direzione di Bonino e…

– Gentili ascoltatori, buonasera, e benvenuti a *Luci nella notte*, una trasmissione a cura del Grucat, Gruppo ricercatori ufologi e clipeologi associati Torino, che ogni settimana vi parlerà di oggetti volanti non identificati, di ricerche sulle comunicazioni interplanetarie, di archeologia spaziale e tutto quanto riguarda la possibilità che l'universo nasconda ulteriori forme di vita, capaci di entrare in contatto con l'umanità.

Il regista intanto aveva rinfoderato il 45 giri e sistemato sul secondo piatto *Space is the Place* di Sun Ra, da tenere in sottofondo mentre Bonino parlava, pronto a spingerlo in primo piano per riempire i silenzi e gli stacchi tra i vari interventi.

La colonna sonora del programma era curata da Lino Garbarino, membro del Grucat, collezionista di vinili e grande esperto di composizioni musicali con riferimenti agli alieni e ai viaggi nel cosmo. In cambio di dischi e musicassette, nella discussione sulla sigla aveva preteso che il suo voto contasse per due, e grazie a quel potere aveva permesso al pezzo dei Byrds di spuntarla su *Have You Seen the Saucers?* dei Jefferson Airplane, relegata in chiusura del programma.

– Oggi, a tenervi compagnia fino alle ventitre, c'è il sottoscritto, Matteo Bonino, assieme al qui presente, al mio fianco, Umberto Ravarino.

– Buonasera, – disse l'interpellato tirando a sé il microfono. Il regista lo invitò a tenere a posto le mani, per evitare rumori fastidiosi.

– In questa puntata d'esordio, – proseguí Bonino, – ci occuperemo di un incontro ravvicinato, il cosiddetto «caso Bernacca», del quale hanno scritto anche diverse riviste e quotidiani, compresa «La Stampa». Vi invitiamo quindi a telefonarci, se volete intervenire, farci domande o condividere la vostra opinione.

Il regista alzò il volume di Sun Ra e con le labbra suggerí al conduttore di ricordare il numero della radio. Lo scarabocchiò su un foglietto e glielo spinse sotto gli occhi.

– Okay, ecco... Se volete mettervi in contatto con noi, chiamate il 243013, 011 per chi chiama da fuori Torino. Colgo l'occasione per ringraziare Spillo, che oggi ci aiuta qui alla console e ci affiancherà per alcune puntate del programma, finché non avremo piú dimestichezza.

In uno dei capitoli piú interessanti del suo libro, Milena scrive:

> Per la prima volta dall'inizio della mia osservazione, con *Luci nella notte* il Grucat si rivolgeva all'esterno, senza filtri, e doveva quindi proiettare un'immagine di sé, affrontando il problema di come presentarsi al mondo e di come il mondo avrebbe risposto. Le conferenze e le serate organizzate dal gruppo, alle quali pure avevo assistito, non erano nulla di paragonabile, perché coinvolgevano un pubblico già interessato, che aveva scelto di andare in un determinato posto per ascoltare un determinato discorso. Si potrebbe dire che erano momenti di ritrovo della stessa tribú. Anche le saltuarie dichiarazioni rilasciate a qualche quotidiano, in occasione di avvistamenti Ufo, non ponevano la questione dell'identità in maniera cosí forte, perché un testo scritto posticipa un'eventuale replica con la quale confrontarsi e la relazione che instaura è in differita, dilatata nel tempo. La radio è diversa. Stai a casa e l'accendi, fai altro e l'ascolti, giri la manopola e capiti per caso su una stazione in cui si parla di Ufo. Inoltre, se un programma radiofonico prevede di mandare in onda le telefonate, ecco che la relazione diventa biunivoca e il pubblico, non piú selezionato o silenziato, può esprimere un giudizio attivo.

Gli ufologi dovevano esserne consapevoli, perché si erano preparati meticolosamente, cercando di pensare a tutto, per limitare al massimo i contrattempi e gli imprevisti.

«Bonino era quello piú impostato, – commenta Milena riascoltando il nastro, sopravvissuto nel suo archivio privato. – Credo si fosse imparato a memoria tutte le battute iniziali, quelle di presentazione del programma, e pure altri passaggi. Comunque aveva un tono spigliato. Io stavo su un divanetto alle loro spalle, e il tavolo con l'attrezzatura era rivolto al muro. La stanza però era davvero minuscola e ricordo che loro si passavano di continuo un foglio di carta, lo studiavano, ci facevano sopra dei segni di spunta. Alla fine ho chiesto di dargli un'occhiata: era una specie di registro contabile, diviso in due colonne, solo che al posto del dare/avere c'erano i brani musicali e i punti da toccare, cancellati a penna via via che ne passavano uno».

Berto Musinè, fedele a quella scaletta, attaccò dal racconto di Bernacca, con il Cb fuori uso, le luci, gli umanoidi in tenuta spaziale, l'aggressione e lo svenimento.

– Due settimane fa, una delegazione del Grucat è scesa in Lunigiana per un'indagine sul campo. Ha fatto un sopralluogo sul monte Quarzerone, teatro del preteso contatto, e ha intervistato Bernacca.

L'ufologo proseguí illustrando la teoria della *curvatura* del Quarzerone espressa da Paolo Sesto, lasciando bene intendere che con ogni probabilità si trattava di un caso di mitomania. Mentre parlava, una lampadina rossa, avvitata dietro al mixer, prese a illuminarsi a intermittenza. Berto s'impappinò, perse il filo, ma Spillo, il regista, afferrò la cornetta del telefono e gliela mostrò, perché capisse cosa stava succedendo. Bonino intervenne per ricordare all'amico dov'era rimasto. Intanto il regista, telefono all'orecchio, si era chinato sulla sedia, la testa sotto il tavolo, per evitare che i microfoni intercettassero i suoi bisbigli.

Quando riemerse, fece segno a Berto di andare a concludere. Piazzò nel mangianastri una cassetta, dopo averla indicata a Bonino, che capí l'antifona e si affrettò a presentare il brano.

– Facciamo una pausa musicale e torniamo da voi alla fine di questo pezzo degli Ufo, la band si chiama proprio cosí, selezionato anch'esso dal nostro socio Lino, che salutiamo. Il titolo è *Lights Out*. Buon ascolto.

Fuori onda, il regista spiegò che in linea c'era un tizio di nome Giuseppe che voleva intervenire sul caso Bernacca. Schiacciò un tasto e mise la chiamata in attesa.

La canzone, un muro di metallo urlante, era lunga cinque minuti ma venne sfumata verso la metà. Nelle casse entrarono i rumori di fondo pescati dalla cornetta in casa dell'ascoltatore.

– Abbiamo la prima telefonata. Buonasera, ci senti, Giuseppe?

– Certamente! – rispose quello, con un pesante accento siculo.

– Giuseppe ha telefonato in merito all'avvistamento del Quarzerone. Cos'hai da dirci in proposito?

Smitragliante come un fucile d'assalto, detonò in studio la pernacchia piú spropositata che Milena avesse mai sentito. «Sembrava di vedere le gocce di sputo piovere dagli altoparlanti», ricorda. Invece di interrompere la chiamata, Spillo la tenne in onda fino alla fine, per almeno quindici secondi, finché Giuseppe non terminò il fiato e riattaccò.

Milena pensò che nemmeno il regista doveva avere una gran considerazione per gli ufologi: «Forse non intervenne perché stava cambiando un disco, ma secondo me godeva nel vederli in imbarazzo, indifesi di fronte a quello sfottò, che soltanto lui, in quanto maschio dominante, aveva il potere di fermare».

– Mi è parso di capire che si tratta di una critica, – mormorò Bonino, mentre il ricevitore tornava al suo posto, sull'apparecchio grigio, e un nuovo sottofondo prendeva piede. Era *Ufo*, dei tedeschi Guru Guru. Sulla copertina, la sagoma sgranata di un disco volante rosso contro un cielo giallo fuoco.

– Purtroppo, – continuò il conduttore, – Giuseppe ha riattaccato prima che potessimo domandargli a chi era diretto il suo sberleffo. Perché se il bersaglio era Bernacca, non possiamo dargli torto.

Bonino spiegò che nel pensiero comune gli ufologi erano dei creduloni convinti che ogni oggetto volante fosse un'astronave. Al contrario, invece, molti di loro partivano da una posizione scettica, e sviscerava no i singoli avvistamenti per scartare le fanfaluche e occuparsi piú a fondo dei casi che resistevano alle obiezioni razionali. Quello di Bernacca rientrava a pieno titolo nella prima categoria.

La lampadina rossa brillò di nuovo e un altro ascoltatore venne messo in onda.

– Ciao, sono Walter. Vorrei sapere se qualcuno ha pensato di sottoporre Bernacca a una seduta di ipnosi regressiva, e cosa ne pensate, voi, dell'ipnosi come tecnica per saggiare l'attendibilità di chi dice di avere avuto contatti con extraterrestri. Grazie.

Aveva parlato troppo spedito, come se leggesse, e chiuso troppo in fretta, come se avesse paura d'essere scoperto. Milena pensò che «Walter» doveva essere un amico dei suoi ufologi, incaricato di fare una domanda programmata. Forse era proprio uno del Grucat. A ripensarci, la voce somigliava a quella di Majorino.

– Grazie della domanda, Walter, – disse Berto, e partí con una risposta che aveva anch'essa l'aria di essere stata preparata. – Sí, in effetti lo stesso Bernacca ha parlato della possibilità di farsi ipnotizzare. Sinceramente noi del Grucat non crediamo che rivivere sotto ipnosi l'esperienza del contatto sia un metodo affidabile per verificare l'attendibilità dei testimoni. Si tratta di un mito che risale al celebre caso di Betty e Barney Hill, una coppia di Portsmouth, New Hampshire.

Berto lo raccontò agli ascoltatori. In una notte del 1961, durante un viaggio in automobile i coniugi Hill avevano assistito all'atterraggio di un Ufo. Si erano precipitati a casa, o almeno cosí credevano di aver fatto: presto si erano resi conto di avere un vuoto di memoria, un «buco» di alcune ore. Si erano allora convinti che gli alieni dell'astronave li avessero catturati, per poi cancellare i ricordi di quell'evento. Nei giorni successivi, la coppia aveva consultato uno psichiatra, e qui era entrata in gioco l'ipnosi, nel corso della quale entrambi avevano raccontato le stesse scene di rapimento alieno. Interpellato dalla stampa, lo psichiatra aveva garantito che i due non erano impostori, perché credevano davvero di aver visto ciò che raccontavano.

– Ma credere, convincersi che qualcosa sia avvenuto, non significa che quel qualcosa sia avvenuto realmente, – concluse Berto. – La memoria infatti non è un archivio dove gli avvenimenti che viviamo vengono registrati e mai piú ritoccati. La memoria è fluida e mutevole. Quello di Bernacca potrebbe essere un caso di falso ricordo, di allucinazione o di autosuggestione.

La lampadina delle telefonate si accese ancora. Dopo il consueto scambio di gesti, la nuova chiamata venne messa in onda.

L'ascoltatrice disse di chiamarsi Carmen. Aveva una voce grave, quasi cavernosa, simile a quella della cantante Amanda Lear.

– Salve, – esordí, e fece subito una pausa, tipica di chi parla mentre sta fumando. – Di solito a quest'ora ascoltavo Radio Frocia, ma che fine ha fatto? Non è che le avete cacciate per oscenità? A me piacevano un sacco. Facevano politica parlando di scopate. Perché «il personale è politico», no? Ma mica tutti hanno capito cosa vuol dire. C'è chi pensa che per fare politica basta che mi occupo dei cazzi miei. E c'è chi invece ne ha dedotto che i cazzi miei non sono mai miei e basta, quindi tocca farsi i cazzi di tutte e tutti, che è la politica.

– Scusa, Carmen, – provò a interromperla Bonino, – non ti seguo…

– Ti faccio un esempio. Se tu hai la tosse e mi parli per mezz'ora della tua tosse, ti stai facendo i cazzi tuoi. Se tu hai questa tosse e mi parli per mezz'ora dell'inquinamento che te l'ha fatta venire, della fabbrica che te l'ha peggiorata, e del medico che non te la cura perché ha troppi pazienti, ti stai facendo i cazzi di tutte e di tutti. Mi sono spiegata?

– Sí, Carmen. Però noi siamo una trasmissione che parla di oggetti volanti non identificati, non di salute.

– E qui ti volevo, – vibrò la voce, – perché con gli Ufo il discorso è lo stesso. C'è questo tizio che dice che i marziani l'hanno picchiato in montagna. E chissenefrega! È cosí importante dimostrare che non erano davvero extraterrestri? Se uno ci vuol credere, di sicuro non smette perché glielo dici tu. Voglio dire: giú in strada c'è la guerra civile, la repressione, la gente che va in carcere per un volantino, l'eroina che ci ammazza. Ti pare che me la devo prendere con uno che vede i marziani? Beato lui! E comunque: cazzi suoi. Se invece tu gli vuoi fare le pulci, e pretendi che io t'ascolti, allora mi devi spiegare per quale motivo i suoi extraterrestri non sono solo cazzi suoi, o solo vostri, che lo mettete in croce perché lui li vede e voi no. Altrimenti io ti spernacchio, come Giuseppe. Capito?

– Certo… Grazie del contributo, – farfugliò Bonino e il regista riportò i Guru Guru in superficie, magma incandescente dalle viscere di un vulcano.

A Milena, nei giorni successivi, la telefonata di Carmen sarebbe tornata in mente a piú riprese.

«Mi chiedevo se gli ufologi, per quanto sostenessi che tramite loro studiavo la crisi del maschio occidentale, non fossero soltanto i "cazzi miei". Forse anch'io, come loro con Bernacca, li usavo per dimostrarmi superiore. Dimostrare di aver capito perché certi maschi inseguivano i dischi volanti, cosa c'era sotto, quale verità. Loro smontavano Bernacca, io smontavo loro. Perché in fondo pure io, nonostante la mia passione per le utopie fantascientifiche, volevo appuntarmi la mia spilletta di accademica: una che non cedeva alla meraviglia, che la guardava dall'esterno, che la faceva in pezzi, come se non ci fosse altro modo di comprenderla. E nel farlo, avevo messo in secondo piano l'elemento umano. Bernacca era una persona sola, forse perfino depressa, che per una volta nella vita era riuscita a farsi ascoltare, a farsi considerare, a trasmettere il proprio bisogno di altrove».

E chissà cosa si sarebbe potuto dire dei soggetti studiati da Rynek, o dei coniugi Hill. Rynek aveva garantito che era tutta gente equilibrata e perfettamente normale: niente sostanze stupefacenti, niente malattie mentali, niente stranezze. Vite tranquille, come quella di Bernacca. E se proprio il tran tran fosse stato il punto? Se vedere gli Ufo fosse stato il modo scelto dall'inconscio di quelle persone per spingerle fuori dalla gabbia in cui conducevano l'esistenza? Questo aspetto non interessava ai «suoi» ufologi, restava fuori dal campo di ricerca. Forse perché li avrebbe costretti ad affrontare anche i propri desideri negati, le frustrazioni, i sogni, facendoli sentire piú vicini ai loro casi di studio di quanto non pretendessero di essere.

Forse aveva ragione Jimmy: «L'ufologia è un articolato tentativo di esorcizzare il perturbante dentro di sé».

Jimmy. Quella sera dovevano sentirsi. Milena stava cercando di incastrare i propri impegni per scendere ad Aulla un fine settimana.

– Questo è l'ultimo brano in scaletta, – disse Bonino nel microfono, – *Space Truckin'* dei Deep Purple.

E fu cosí che gli strilli di Ian Gillan si portarono via l'eco dei Guru Guru, cantando di Venere, di Marte e della musica del nostro sistema solare.

18. Forravalle, venerdí 21 aprile

Di tanto in tanto Gheppio doveva fermarsi ad aspettare Zanka. L'uomo di città faticava a tenere il passo del forestale, che oltre a essere piú giovane aveva di sicuro piú fiato. Mentre lo raggiungeva, lo scrittore sbirciava il profilo imperscrutabile di Gheppio, che continuava a ricordargli una guida indiana in un film di John Ford. E in effetti Gornara lo guidava con sicurezza, tra i boschi e le rocce del Quarzerone, seguendo un percorso non segnato che da Pian del Cielo, dov'era stato il campo scout, saliva verso le vette.

In certi punti del cammino era impossibile scorgere tracce della presenza umana, almeno per chi fosse abituato ad associarla a case, strade, coltivi, e non al taglio di una ceppaia di faggi, o alla terra nera di una piazzola da carbonai. A Zanka non dispiaceva quella solitudine, gli ricordava certi momenti della guerra partigiana, quando per giorni lui e i suoi compagni non incontravano anima viva e si sentivano esploratori di un pianeta sconosciuto. Era una mattina limpida e la primavera prendeva possesso del paesaggio, che si apriva allo sguardo in un susseguirsi di dorsali, avvallamenti e scarpate.

Gheppio passò allo scrittore una delle due borracce che s'era messo nello zaino.

– I turisti fanno questo sentiero? – chiese Zanka dopo essersi dissetato.

– Di turisti qua non se ne vedono, – rispose il forestale. – Cacciatori, fungaioli e gitanti della domenica. Quelli fanno il giro piú comodo. Ci siamo quasi.

Ripresero a salire, sotto una galleria di carpini, fino a sbucare davanti a una parete a picco, oltre la quale si intravedeva, molto piú in alto, una delle tre vette. Alla base, dietro una cascata verde di felci, si apriva l'imbocco nero di una grotta.

Gheppio accarezzò il muschio che l'incorniciava come fosse il pelo di un gigantesco animale.

– Questo è l'Antro di San Palpano, – disse. – Da qui partono due chilometri di gallerie.

– Lei crede che i ragazzi siano finiti dentro una di queste grotte? – domandò Zanka.

Il forestale scacciò l'idea con un gesto.

– Su questo versante le abbiamo battute in lungo e in largo –. Passò ancora la mano sulla roccia. – Sono venuti speleologi da tutta la Toscana. Se i corpi erano qua sotto, qualcuno li trovava –. Con uno scatto del mento accennò alla direzione. – Venga.

Proseguirono per dieci minuti buoni in mezzo ai cespugli, finché non sbucarono proprio sul ciglio della forra. Zanka provò una vaga vertigine. La gola del Rio Borro era un taglio di lama nel monte. Le pareti scendevano a grandi balzi fino al fondo, dove si sentiva scorrere il torrente, senza però che si riuscisse a vederlo.

– Un bel salto, – commentò Zanka.

Gheppio gli fece segno di seguirlo, in discesa, lungo una traccia appena riconoscibile, parallela al burrone. Mentre procedevano, il rumore del torrente si faceva piú netto. Poi lo scorsero, settanta metri piú in basso, dove si infilava sotto la montagna.

Gheppio indicò un punto vago sull'orizzonte.

– Sbuca fuori sull'altro versante e arriva fino a Forravalle.

– Qualcuno pensa che siano caduti giú, – domandò Zanka, – e che il torrente li abbia trascinati nel tratto sotterraneo, dico bene?

La replica giunse dopo un po'. Zanka aveva ormai imparato ad avere pazienza.

– Dicono che forse lei è scivolata, è caduta, – spiegò il forestale, – e lui le è andato dietro per cercare di salvarla. Una morte romantica.

Il tono non sembrava sarcastico. Zanka restò zitto, finché Gheppio non indicò ancora, stavolta in basso, al lato del sentiero.

– È qui che abbiamo trovato la molletta.

– La molletta?

– Un fermacapelli. Di Margherita. La madre l'ha riconosciuto.

Rimasero entrambi a contemplare il fazzoletto d'erba, come per immaginare l'oggetto ancora lí, dove i cercatori di Jacopo e Margherita l'avevano rinvenuto.

Zanka notò un masso dall'aria sufficientemente comoda e chiese se poteva sedersi un attimo. Gheppio glielo concesse. Non resistendo alla tentazione, lo scrittore si accese una Muratti. Non era certo il modo migliore per riprendere fiato, ma lo aiutava a riflettere e a mettere a fuoco le domande per il suo sherpa.

– Questa storia della caduta non la convince, vero?

Stavolta l'attesa fu piú breve, ma ad arrivare non fu una risposta.

– E a lei?

Lo scrittore si strinse nelle spalle.

– Non saprei. Non sono un esperto di montagna. Ci sono stato da partigiano, ma era una montagna molto diversa. Su dalle mie parti, in Piemonte.

– Anche i miei due fratelli piú grandi erano partigiani, – disse il forestale.

– Quassú? – domandò Zanka.

– No. Al mio paese, – guardò verso l'Appennino. – I tedeschi li hanno torturati e impiccati in piazza.

Il viceispettore sciorinò quell'informazione senza battere ciglio.

Nella mente di Zanka riaffiorarono le immagini delle strade di Torino alla fine di quell'aprile remoto. I corpi a terra. La paura.

Si costrinse a tornare al presente. Con una scarpa spense la sigaretta, si alzò e sbirciò nel precipizio.

– Gliel'ho detto, non sono un montanaro, ma posso dire la mia da scrittore. In un romanzo giallo il fermacapelli lo avrebbe messo lí qualcuno, per confermare la caduta dei due fidanzatini.

Il forestale lo fissò come se lo vedesse per la prima volta. Zanka capí di avere toccato la corda giusta.

– È questo il suo sospetto? – insistette. – Un depistaggio? Una traccia lasciata apposta?

Gheppio annuí appena.

– Quindi, secondo lei, qualcuno li ha ammazzati? – chiese lo scrittore.

L'altro non rispose.

– Ma perché? – domandò ancora Zanka.

Gheppio sollevò il cappello d'ordinanza, si passò una mano sulla fronte e lo ricalcò in testa.

– Non lo so, – fu la risposta. Una sentenza inappellabile, un mistero a cui arrendersi.

– Se qualcuno li ha uccisi, potrebbe averli gettati giú di qua e poi la corrente li ha portati sotto, – azzardò Zanka.

Il forestale si strinse nelle spalle.

– Là sotto non sono riusciti ad andarci nemmeno i sommozzatori. Troppo forte il risucchio. Troppo stretto il buco. Se sono laggiú, nessuno lo saprà mai.

– Ma secondo lei è un'ipotesi plausibile? – chiese lo scrittore.

Gheppio lo prese per un braccio e lo invitò a sporgersi di piú dal burrone.

– Vede là, dove il torrente si infila sotto la roccia?

Zanka, opponendo una certa resistenza, ma non troppa, per non sembrare spaventato, annuí nervoso.

– Nessuno mi cava dalla testa che due corpi di ragazzi da lí non ci passano, – disse Gheppio. – Una volta sono dovuto scendere con l'imbracatura a tirare via la carcassa di un daino che era rimasta incastrata. Se non ci passa il daino, non ci passa nemmeno un corpo umano.

Mollò la presa, non prima di essersi assicurato che Zanka avesse recuperato l'equilibrio. Lo scrittore tornò a sedersi sul masso.

– Se togliamo le grotte e il torrente, l'unica alternativa logica è che chi li ha uccisi abbia portato via i corpi.

Con un cenno, Gheppio lo invitò a proseguire il ragionamento. Zanka si sentí messo alla prova e alzò una mano a chiedere tempo.

– D'accordo, – disse meditabondo. – Diciamo che se anche fossero stati piú di uno, avrebbero dovuto trasportare fino a valle i due corpi. Una faticaccia. Col rischio di imbattersi negli altri boy-scout. – Abbassò la mano e concluse: – Non sembra molto credibile.

Gheppio trovò da sedere su un tronco inclinato, tirò fuori la pipa e si mise a caricarla, pescando il tabacco da una piccola borsa di pelle.

– Qual è l'ipotesi del viceispettore Gornara, invece? – domandò Zanka.

Il forestale inclinò appena la testa, mentre accendeva la brace con un fiammifero.

– Non ce l'ho, un'ipotesi, – disse tra una boccata e l'altra. Col fiammifero spento indicò tutt'attorno. – Può darsi siano ancora qui, da qualche parte.

Zanka sentí accapponarsi la pelle, come se i fantasmi dei ragazzi fossero seduti sul masso, proprio accanto a lui.

Ricordò la prima volta che aveva parlato con Gheppio, fuori dal bar del paese. «Avrei dovuto anche riportarli indietro», gli aveva detto il forestale. Garantire la loro sicurezza su quella montagna faceva parte del suo lavoro. Di quel che era successo si sentiva in parte responsabile.

– Vorrei parlare con i genitori, – annunciò lo scrittore.

– Stanno a Carrara. Gliel'ho detto, non sarà una cosa piacevole.

Per qualche minuto rimasero immersi in un'atmosfera ovattata, da quadretto bucolico. Zanka si accorse che Gheppio lo stava di nuovo fissando.

– Si sta chiedendo se questo tizio che pubblica libri, va in tivú e scrive sui giornali ha la scorza, non è vero? – domandò. – Se l'è chiesto dal primo momento che ci siamo incontrati. Sa, Gornara, ho fatto e visto molte cose in vita mia. Una gliela racconto adesso, se le va.

Gheppio seguitò a fumare la pipa.

Zanka accese un'altra sigaretta e tirò alcune boccate.

– Nei giorni della Liberazione, a Torino, dov'ero sceso con la mia brigata, i cecchini fascisti sparavano alla gente per strada. Puntavano ai partigiani, ma anche ai civili. Sapevano di avere le ore contate e se la rifacevano su chi capitava a tiro. Abbiamo ricevuto l'ordine di stanarli, casa per casa. Alcuni hanno venduto cara la pelle, altri si sono arresi, e cosí abbiamo catturato il pesce piú grosso: Solaro, ex federale della città e capo delle Brigate nere di tutto il Piemonte. Due giorni dopo il tribunale militare lo ha condannato a morte per impiccagione. Il Cln voleva una condanna rapida ed esemplare, da eseguire nello stesso posto in cui i fascisti, nel '44, avevano impiccato quattro partigiani per rappresaglia. Uno di loro aveva appena diciassette anni. La gente era stata costretta ad assistere. Stavolta avrebbe assistito alla giustizia dei partigiani.

Zanka osservò la cenere rosseggiare sulla punta della sigaretta, e con la coda dell'occhio spiò la reazione di Gheppio.

– Abbiamo portato Solaro sul posto, – riprese. – Era una bella giornata di fine aprile. Bella come questa. Doveva essere poco dopo mezzogiorno, ricordo che c'era tanta luce. Abbiamo legato il capestro al ramo di un albero, che sotto il peso del corpo si è spezzato. Quando lo abbiamo riappeso Solaro era già mezzo morto. Ma per essere sicuri gli abbiamo tirato anche una sventagliata di mitra.

Con grande flemma Gheppio svuotò la pipa contro il tronco, e la ripose in tasca. Sputò un pezzetto di tabacco che gli era finito tra le labbra, quindi si alzò e controllò l'orologio.

– È ora di tornare giú. Voglio farla parlare con una persona. A quest'ora forse la troviamo a casa.

Zanka si preparò a scendere, ma Gheppio esitò un istante, in mezzo al sentiero.

– *A 'vî fât ben*, – disse. – Quelli che hanno impiccato i miei fratelli se la sono cavata. E adesso chissà dove stanno.

Poi si rimise in marcia.

19. Forravalle, venerdí 21 aprile

Gheppio fermò il fuoristrada sull'aia di una casa colonica, ai piedi dell'altura su cui sorgeva Villa Malaspina.

Appena aprirono gli sportelli li accolse l'abbaiare di un cane alla catena. L'animale si zittí soltanto quando sull'uscio apparve un uomo sulla sessantina, baffi e pizzetto a punta, bianchi come i capelli, che erano lunghi fin sopra le spalle. Con in testa un cappello a tesa larga, lo si sarebbe scambiato per Buffalo Bill.

L'uomo attese che Zanka e il forestale lo raggiungessero.

– Ciao, Gheppio. Sei venuto per il caffè o per il vino?

Si strinsero la mano e Zanka si presentò.

– Giorgio Capoferri, onorato, – rispose l'altro. – Prego, accomodatevi.

Mentre scendevano a valle Gheppio aveva spiegato a Zanka chi era l'uomo che andavano a incontrare, uno dei forravallesi che piú si era speso nelle ricerche di Jacopo e Margherita.

«Era il fattore di Villa Malaspina, finché è stata al mondo la marchesa. In paese si dice che fossero anche amanti. Tant'è che nel testamento gli ha lasciato la casa dove vive. È veneto, viene dal Cadore. È andato volontario in Etiopia, di sicuro era un fascista convinto, da giovane, ma dopo sei anni prigioniero degli inglesi ha capito di aver preso una gran fregatura».

«Sei anni?» domandò Zanka.

«Sí, in Africa. È tornato che la guerra era finita da un pezzo».

Capoferri li fece entrare in un ampio soggiorno col camino. Il mobilio consisteva in un tavolo, quattro sedie, divano e una poltrona, oltre a un cassettone che sorreggeva un vecchio televisore. Su una mensola spiccava un cappello da alpino con la penna nera, la nappina dorata e il grado di sergente. Alle pareti erano appesi disegni di piante della zona, una croce copta in legno intagliato, una mappa dell'Apuania, e diverse fotografie incorniciate con vedute del Quarzerone e dei dintorni.

Il padrone di casa portò in tavola una bottiglia di rosso e tre bicchieri.

– Questo è quello di Thanur, – disse versando il vino. – Non gli daresti due lire a quelli là, e invece è buono per davvero. Sul giornale diceva che suo figlio vive con loro... – Capoferri non finí la frase.

Zanka annuí titubante.

– Io ero amico della marchesa, – riprese Capoferri. – E prima ancora, di suo marito. Era prigioniero con me al campo di Nanyuki, in Kenya, e purtroppo c'è rimasto. Tubercolosi. In punto di morte mi chiese di portare alla moglie una lettera d'addio e quei pochi oggetti che aveva con sé. E cosí, nel '47, sono arrivato qui a Forravalle. Ero senz'arte né parte, e la marchesa mi ha dato un lavoro: fattore della tenuta Malaspina. La nipote l'ho vista crescere da quando era alta cosí –. Stese la mano a mezzo metro dal pavimento. – Sua nonna stravedeva per lei. Diceva che era la sua consolazione per aver dato la figlia, poveretta, in moglie a Corrado Hilzer. Non c'è da meravigliarsi che abbia lasciato la villa alla nipote.

– Forse i figli dei fiori non li aveva messi in conto, però, – suggerí Gheppio.

Capoferri si strinse nelle spalle.

– Certo che no, quand'era giovane era piú da figli della lupa. Come tantissimi, del resto. Però poi ha ospitato in villa degli sfollati e ha perfino nascosto dei partigiani, per questo in paese la rispettavano. Conoscendola, non è mica detto che quelli di Thanur le sarebbero dispiaciuti. Io li ho visti sistemare la casa del custode e salvare quella vite centenaria, che nessuno sapeva fosse ancora viva, coperta dai rovi. Sono strambi, sí, ma ci sanno fare. C'è gente in paese che vorrebbe cacciarli via, per le voci che corrono sulla droga, sul sesso… A parte il proprietario del *Cinghiale bianco*, che fa affari grazie a chi viene dalla santona, tutti li guardano storto. E tocca tener buono l'intero paese, incluso il sindaco –. Biascicò qualcosa d'incomprensibile rivolto al primo cittadino di Forravalle. – Per me, se stanno dietro alla terra e curano la casa, non fanno male. Ma la gente di qua ha la testa dura. E i ragazzi di là, – indicò oltre l'uscio, – ci mettono pure del loro. Pitturare i leoni all'ingresso è stata un'idiozia, ha dato fastidio anche a me. Le assicuro che mantenere il quieto vivere è una gran fatica.

Gheppio osservava la foto di un panorama, sulla parete proprio di fronte a lui. – Quella è nuova, – disse. – L'hai presa da Rocca Tesana?

Capoferri si rivolse di nuovo a Zanka: – Ormai conosce il Quarzerone meglio di me. E pensare che quando è arrivato qui, dieci anni fa, non lo avrebbe nemmeno trovato sulla mappa.

Il forestale si mise in piedi per studiare meglio l'inquadratura.

– Si vede pure l'abbazia delle Braci, – commentò, avvicinando il dito a un campanile diroccato che spuntava nel verde scuro degli alberi.

– Giornata limpidissima, cespugli ancora bassi e un ottimo obiettivo, – gongolò Capoferri.

Gheppio fece notare a Zanka che salendo sul Quarzerone erano passati proprio di fianco all'abbazia, sulla sinistra, prima di Pian del Cielo.

– L'ho portato su, a vedere i posti, – spiegò rivolto all'altro.

Capoferri divenne subito serio. A Zanka non sfuggí l'occhiata che i due si erano scambiati. Immaginò che avessero condiviso le ore, i giorni, le settimane successive alla scomparsa dei due ragazzi, l'affievolirsi progressivo delle speranze, l'infittirsi del mistero. Una cosa del genere ti segna per la vita.

– Sono qui per Jacopo e Margherita, – disse Zanka dritto per dritto.

– Credevo che lei scrivesse di piramidi e marziani… – replicò cauto Capoferri.

– Lascia stare, – intervenne Gheppio. – Se non faceva sul serio mica venivamo qui.

L'amico mostrò le mani in segno di resa, poi le incrociò in attesa delle domande.

– Com'è possibile che non li abbiate trovati? – chiese Zanka. – Se ho capito bene voi due siete le persone che conoscono quel monte meglio di chiunque altro.

Capoferri scosse la testa.

– Nessuno conosce tutti gli angoli del Quarzerone, è un monte troppo strano. Io credo che chi li ha ammazzati li ha anche fatti sparire. Ma non li ha portati giú. Troppo difficile e troppo rischioso.

Fece una pausa.

– Quindi? – lo incalzò Zanka. – I corpi si sono volatilizzati?

Il padrone di casa riempí di nuovo i bicchieri. Gli altri non si opposero. Una seconda dose non guastava.

– Un modo per liberarsi dei corpi c'era, – disse Capoferri. – Farli a pezzi e gettarli nel Rio Borro, nel punto dove la corrente è piú forte e trascina sotto.

Zanka rifletté un istante.

– Con che cosa? – domandò in tono scettico. – Un'ascia? Una sega? Chi va in giro con questi arnesi? Un boscaiolo?

Capoferri scosse la testa. – Se vuol saperlo, ogni lunigianese che si rispetti, quando va nel bosco o nei campi, mette alla cintura il pennato, la roncola tipica di queste parti. Ma in fondo, basta un buon coltello da caccia. A patto di saperlo usare.

– Secondo lei è stato un cacciatore a ucciderli? – domandò Zanka.

Capoferri annuí.

– Io penso di sí. Ma Gheppio ha da obiettare.

Zanka si volse verso il forestale, che stava centellinando il vino.

– I cani avrebbero fiutato il sangue, – disse Gheppio senza staccare gli occhi dal bicchiere. – Ma non ne abbiamo trovato da nessuna parte.

Capoferri sospirò, con l'aria di chi si è sentito fare la stessa obiezione innumerevoli volte.

– Il sangue basta farlo colare nel posto giusto. Chi caccia il cervo o il cinghiale lo sa. Anche i contadini quando ammazzano il maiale non ne sprecano una goccia, per farci il sanguinaccio. Per dissanguare un maiale bastano venti minuti. Non credo che per un essere umano ne servano molti di piú.

Zanka pensò che per illustrare l'ipotesi nel suo libro avrebbe dovuto usare un'altra immagine.

– Chi potrebbe fare una cosa del genere a due ragazzini? – chiese. – Un pazzo, un maniaco…

– Esatto, – replicò Capoferri. – Certe cose non esistono solo nei film americani.

Lo scrittore aggrottò la fronte. Da ex partigiano, e pure da ex cronista di nera, sapeva bene che le peggiori efferatezze non accadono per forza in luoghi squallidi e malsani, eppure gli sembrava impossibile che qualcuno fosse salito sul Quarzerone con l'unico scopo di massacrare dei ragazzini innocenti.

– Faccio fatica a crederci. Dissanguare e macellare due esseri umani… Mi sembra veramente assurdo.

– Meno assurdo che pensare siano spariti nel nulla o che li abbiano portati via i marziani, – concluse Capoferri.

Dopo che si furono congedati e furono di nuovo in macchina, Zanka e Gheppio rimasero taciturni per l'intero tragitto fino al paese. Lo scrittore sentiva la necessità di riordinare le idee, di mettere gli elementi in fila e provare a ricomporre un quadro plausibile degli eventi.

Il forestale fermò il fuoristrada davanti al *Cinghiale bianco*.

– Ci vediamo qui domattina alle dieci, a parlare coi genitori dei ragazzi è meglio se vengo anch'io.

Zanka ne convenne. Nel frattempo, sarebbe andato a trovare suo figlio a Thanur.

– Posso farle una domanda personale, Gornara? – chiese mentre si accingeva a scendere.

Gheppio restò in attesa.

– Lei ha famiglia, figli?

– No. Sono da solo, – fu la risposta. – Gliene faccio una anch'io, – aggiunse Gheppio. – Lei è torinese, vive a Roma… Com'è che suo figlio è arrivato quassú?

Zanka non ebbe bisogno di pensarci.

– Passando dalla Svizzera, – rispose. – La clinica dove l'avevo mandato era a Davos, in montagna. Ma si vede che questa, di montagna, ha qualcosa di speciale.

Puntò gli occhi verso le cime del Quarzerone. Il sole s'era nascosto dietro la piú bassa e le coronava di raggi. Una visione al tempo stesso sublime e minacciosa.

20. Carrara, sabato 22 aprile

Se Margherita Toni fosse tornata a casa dopo venti mesi avrebbe trovato la sua cameretta esattamente come l'aveva lasciata il 24 agosto del 1976, prima di chiudersi la porta alle spalle per andare al campo estivo sul Quarzerone. Il letto nell'angolo con i cuscini rosa, il poster di Claudio Baglioni, le annate rilegate del «Corriere dei Piccoli», la Madonna di terracotta, il mangiadischi in plastica arancione, il foglio ciclostilato, sulla scrivania, con lo stemma del gruppo Carrara 4, i dettagli per la partenza e le firme dei capi in fondo alla pagina.

Nel suo libro *Jacopo e Margherita. Un mistero italiano tra Ufo e montagne incantate*, Martin Zanka descrive l'ambiente, ma non racconta la visita dal proprio punto di vista, non si mette in scena. Il suo stile rimane quello «scientifico» dei saggi paleocosmonautici, o dei suoi articoli da cronista anni Sessanta: «I fatti, non le opinioni». Riporta però le parole della signora Isolina:

> Liberare la stanza sarebbe come rassegnarsi, non trova? Io ogni giorno entro in camera sua e sfoglio i quaderni di scuola. Se li tenessi in uno scatolone non sarebbe lo stesso. Sfoglio il diario, i bigliettini. Le piaceva tanto scrivere. Anche piú che parlare. Mandava bigliettini a tutti, pure a me, pure a suo padre. Le persone le rispondevano e lei conservava ogni cosa: ce n'è un cassetto pieno. Bigliettini di amiche, di parenti, dei capi scout, del povero Jacopo, e perfino di qualche professore. I carabinieri li hanno studiati, per trovare un indizio. Ma niente. […] Le dirò la verità, anche se mio

marito non la vuole ascoltare, e per questo oggi non c'è. Lui non ci riesce, via via che il tempo passa parla sempre meno, sempre meno. È come se… se avesse litigato con nostro Signore. Be', io penso che Margherita sia caduta in un burrone o in un buco profondo, ecco. Ma dopo? Dopo la morte, intendo. Noi non sappiamo quel che succede dopo. Diciamo «è morta» perché siamo ignoranti, ma Margherita era un angelo in terra, e adesso è un angelo in cielo. E di tanto in tanto si fa sentire, io la sento. Un mese fa ero in macchina, era tardi, mi sono addormentata al volante. Mi ha svegliato lei. Ho sterzato, ho evitato per un pelo di schiantarmi contro un albero. Mi ha salvato la vita.

Non sappiamo se Zanka e Gheppio commentarono quell'incontro, nel breve tragitto tra la casa della famiglia Toni e il bar dove avrebbero incontrato i Musetti. Sostiene Vincenzo che suo padre gliene parlò tempo dopo, al telefono, ancora molto inquieto. Il dolore degli altri è un lago ghiacciato: per quanto ci si prepari e ci si attrezzi, non lo si può attraversare senza rischiare di esserne inghiottiti. Ma fu anche un secondo aspetto a sorprendere l'uomo che per quindici anni si era occupato di civiltà extraterrestri e testimonianze di visite aliene.

Aveva conosciuto decine e decine di persone che credevano nell'esistenza dei dischi volanti, di misteriosi visitatori intergalattici, di razze superiori che avrebbero cullato l'umanità nella notte dei tempi. Nei suoi libri aveva raccontato alcune di quelle ipotesi, ne aveva esplorato il fascino, secondo i suoi detrattori lo aveva anche subito, e certo aveva contribuito a propagarlo, ma aveva sempre considerato quelle teorie fantastiche un gioco intellettuale. Anche chi ci credeva con convinzione, tutto sommato, non gli sembrava diverso da chi crede nei personaggi di un romanzo, perché se non ci credesse non potrebbe godersi la storia.

Non gli era mai capitato, invece, di conoscere una persona come la signora Isolina: una che crede in un'ipotesi fantastica perché non può farne a meno, perché le alternative reali la ucciderebbero. Quella donna non parlava di angeli come i contattisti parlavano dei loro rapitori alieni. Loro dichiaravano di aver visto l'inspiegabile e di esserne rimasti terrorizzati; lei confidava nell'inspiegabile che non aveva visto, perché a terrorizzarla erano le spiegazioni razionali.

L'appuntamento era in un caffè del centro, in piazza Alberica. I Musetti non volevano parlare del figlio scomparso in presenza delle sorelle piú piccole, che erano rimaste a casa con una zia.

Descrissero Jacopo come un ragazzo in gamba, con la testa sulle spalle, la passione per il pianoforte e la media dell'otto al liceo scientifico.

– Che possa essersi allontanato con Margherita lo capisco, – disse la madre. – Le faceva il filo dai tempi delle medie, era talmente bella... Ma non era uno di quei ragazzi che si mettono in pericolo. Anzi, a dire la verità, era molto prudente. Non me lo vedo a portarla chissà dove, nel bosco.

Zanka fece notare alla signora Musetti che nel bosco era in corso un gioco, con gente sparpagliata in un'area vasta. Forse questo aveva convinto i due ad allontanarsi. Oppure Margherita aveva convinto Jacopo.

La madre provò a rispondere, ma non ci riuscí. Portò una mano al petto, domandò scusa e pescò un fazzoletto dalla borsa per asciugarsi gli occhi.

– È vero, – intervenne il padre, – ma io non credo che si siano allontanati per stare insieme. Al buio, in un bosco, per appartarsi basta un cespuglio. O tanto valeva che tornassero al campo. Lí non era rimasto nessuno, soltanto Simone, il caporeparto, ma per il resto, voglio dire... avevano tutte le tende a disposizione. No. Secondo me hanno visto qualcosa. Qualcosa che li ha convinti ad allontanarsi. Un animale strano, una luce…

I signori Musetti avevano ancora la figlia piú piccola nelle Coccinelle del Carrara 4. Furono loro a passare a Zanka il numero di telefono di Gemma Corsini. Il referente di Gheppio era sempre stato Simone, che nell'aprile '78 viveva in Svezia da mesi; Gemma invece era ancora nel gruppo. Accolse Zanka nella vecchia sede, che è rimasta la stessa fino agli anni Novanta, e oggi ospita un ufficio della Caritas diocesana.

Ai tempi, tra le foto sul muro ne spiccava una di Margherita in uniforme, col fazzolettone bianco-verde al collo e la mano destra sollevata nel saluto a tre dita.

Zanka domandò come mai non ce ne fosse una anche di Jacopo.

– Questa è la stanza del reparto femminile, – rispose Gemma. – I ragazzi si riuniscono nella stanza accanto.

È probabile che Zanka non avesse mai messo piede in una sede scout e che non conoscesse il significato di tanti oggetti e simboli radunati là dentro. Ecco perché nel libro li descrive con dovizia di particolari: per lui erano cimeli di una civiltà aliena. Il giglio e il trifoglio, il nodo piano, le bandierine colorate legate a lunghi bastoni, con sagome di animali cucite sopra. Giusto il volto di Lord Baden-Powell of Gilwell, dipinto sulla parete, gli risultava già visto. Subito sotto, un cielo stellato giallo e blu gli ricordò le copertine dei suoi libri.

– Il nostro reparto si chiama Vega, – spiegò Gemma, – come la stella piú luminosa della costellazione della Lira. Quello è il settore di cielo di cui fa parte. Diversi reparti hanno nomi ispirati allo spazio. Quello maschile si chiama Pioneer, la prima sonda lanciata dalla Nasa.

Zanka s'interessò alle attività dei due reparti: perché, se avevano addirittura sedi separate, si ritrovavano insieme per il campo estivo?

– Lo scoutismo italiano, – attaccò Gemma, – non è piú diviso in due associazioni, una maschile e una femminile. Però i nostri reparti, cioè i gruppi di ragazzi e ragazze, sono divisi: alcune attività si fanno separati, altre insieme. I capi sono maschi per i maschi e femmine per le femmine, ma nei momenti comuni, tipo il campo estivo, i capi dei ragazzi sono un riferimento anche per le ragazze e viceversa. O almeno cosí dovrebbe essere.

– E invece?

La risposta di Gemma colse Zanka di sorpresa.

– Viviamo in una società patriarcale. Una ragazza come me fatica davvero a farsi ascoltare e ubbidire da dei quindicenni maschi. Per Simone era piú semplice, con le ragazze.

Non conoscendo bene lo scoutismo, Zanka non sapeva quanto il Sessantotto l'avesse messo in crisi, svuotato, indebolito e costretto a rinnovarsi. Ecco perché non si aspettava quelle parole, quello spunto femminista, nella sede di un movimento fondato da un militare britannico, ospitata all'interno di una canonica.

– Poi si sa, – continuò Gemma, – è facile che un'adolescente abbia un'infatuazione per un ragazzo di ventidue anni. Simone piaceva un po' a tutte le caposquadriglia. Era il classico tipo del bel tenebroso.

Zanka domandò a Gemma se fosse rimasta in contatto con lui.

Si erano sentiti per il suo compleanno, al telefono. Ma Simone non era un gran conversatore e stare a Göteborg non lo aveva certo aiutato a diventare piú ciarliero. Inoltre, già prima di partire, le aveva fatto promettere che non avrebbero parlato mai piú di Jacopo e Margherita, e questo rendeva i loro dialoghi impacciati, gravati da quel tabú.

Zanka si fece lasciare il numero, dicendo che avrebbe tentato di parlarci, ma senza insistere. Ripose il taccuino nella cartella di pelle, ringraziò Gemma per il tempo che gli aveva dedicato, infine tornò con Gheppio all'auto parcheggiata.

– Anch'io vorrei non parlare piú di questa storia, – disse il forestale, dopo un silenzio lungo alcuni chilometri. – E lo farei, se servisse a mettersi l'anima in pace. Però non funziona cosí. Se ripeti una frase mille volte, di sicuro te la ricordi meglio. Ma se smetti di ripeterla, non è detto che te la scordi.

21. Forravalle, mercoledí 3 maggio

Non ci volle molto perché il ballo dei tossici alle porte di Thanur diventasse una manfrina quotidiana.

Arrivavano a gruppi di tre o quattro, chiedevano di entrare, si aggrappavano al cancello. Minacciavano e supplicavano, strillavano e bisbigliavano, raccontavano a chiunque gli capitasse a tiro la vecchia vita che volevano rinnegare e i buoni propositi per quella nuova. A sera, qualcuno portava loro del cibo e grandi coperte di lana infeltrita. Si accampavano lí, sotto le stelle, tra litigi e carezze, finché duravano le scorte d'hashish e il gelo dell'alba li ricacciava in città, su auto sgangherate oppure a piedi, incrociando lungo la strada una nuova ondata di fuggiaschi.

Per diversi giorni la questione se accettarli o no rimase sospesa, perché i letti erano pieni, le camere al completo. Dei tre tossici accolti per primi, due s'erano ambientati bene. Anna si era ripresa dalla crisi d'astinenza ed era diventata l'ombra di Rossella; il lucchese, che si faceva chiamare Pardo, si offriva sempre volontario per gli incarichi faticosi, i lavori di casa piú sgraditi, come a dire: «Visto? Pensavate fossi un relitto, e invece guardate che acquisto avete fatto!» Il terzo, del quale nessuno ricorda piú il nome, aveva tenuto duro per una settimana, poi aveva ceduto al richiamo delle spade.

A quel punto, Rossella iniziò a ripetere che un conto era lasciare fuori quei poveretti perché non si sapeva dove metterli, e un altro respingerli ora che almeno un posto s'era liberato.

Pian piano, con le parole giuste, portò dalla sua tre quarti dei thanuriani ma Vincenzo non si lasciò convincere.

Oggi, mentre racconta quegli episodi, confessa che la sua ostilità era una miscela di due sentimenti.

Da un lato c'era la paura. Paura che ritrovarsi con quella gente attorno lo avrebbe riportato indietro, a quando anche lui era messo come loro, pensava come loro, raccontava le stesse balle e si sbatteva per la roba. Gli era bastato tornare nella città dove si bucava per cedere alla voglia di rifarlo. Lo stesso poteva capitargli ad ascoltare di nuovo i discorsi da piazza, a ritrovare certi sguardi, ad annusare nelle persone quel desiderio feroce che nemmeno lui aveva dimenticato.

Dall'altro lato c'era la gelosia, o qualcosa di simile. All'inizio, con Rossella, era stata una classica storia senza impegno. Oggi con te, domani chissà. A Thanur era normale, per quanto molto, molto meno frequente di quanto si dicesse in giro. Ma non appena lei si era scoperta incinta, e gli aveva detto che il figlio era suo, si erano ritrovati piú vicini, e a Vincenzo non era affatto dispiaciuto. La loro nuova intimità era culminata nel viaggio a Roma, ma il ritorno a Thanur l'aveva soffocata. Rossella, presa la decisione di tenere il bambino, si era fatta sempre piú distante, e con l'ingresso di Anna le sue attenzioni erano state solo per lei, la derelitta che aveva salvato.

Ecco perché Vincenzo, invece di essere il paladino dei tossici, non li voleva tra i piedi.

Per di piú, visto che quelli si presentavano sempre in gruppo, toccava decidere chi lasciar fuori. E in base a cosa si poteva dire: «Tu sí e voi no»? Bisognava meritarselo, il posto a Thanur? Arrivare per primi la mattina, mettersi in fila? Oppure vinceva chi era piú in difficoltà, e pazienza se era pure piú stronzo?

– Solo facendo impareremo come fare, – aveva risposto Rossella, con una di quelle massime che di solito uscivano dalla bocca di Orsola.

L'occasione si presentò puntuale la mattina seguente.

Due ragazzi e una ragazza, simili a quelli dei giorni precedenti, ma l'occhio clinico di Vincenzo colse una differenza.

«Non stavano a rota, – ricorda. – Erano già ripuliti».

Lucio, un pisano coi baffetti, spiegò che s'erano scalati il metadone per conto loro.

– Quelli del Centro di salute mentale non volevano, dicevano che non eravamo pronti. Ci tenevano da un mese a venti milligrammi. Ma allora, ci siamo detti, dipendenza per dipendenza, tanto vale farsi le pere, almeno la roba è buona. Il metadone invece fa schifo. Per quello te lo dànno. Potrebbero ottenere gli stessi risultati con l'eroina, ma quella ti piace, quindi non va bene. Sei un tossico di merda e non devi godere. Cosí abbiamo scalato, e in due settimane eravamo a zero. Cioè, non proprio a zero zero: qualche goccia di Roipnol, o di Valium, ma se si resta in città, hai voglia le gocce, tempo due giorni e torniamo a bucare. Per questo siamo qui.

Nel volume celebrativo per il ventennale di Thanur Rossella afferma che l'arrivo di quel gruppo costrinse Ludo ad affinare il colloquio di selezione degli ospiti, «strumento di cui la comunità avrebbe fatto tesoro negli anni a venire».

Eppure non ci fu bisogno di un vero e proprio colloquio. O di un gioco a premi, come lo battezzò Vincenzo.

Dei tre al cancello, due stavano insieme, non volevano separarsi, e lasciarono al terzo incomodo l'unico posto libero.

– Tempo due settimane e questo se ne va, – disse Pardo a Vincenzo, mentre sgobbavano nella vigna e Lucio, invece di dedicarsi al verderame, contemplava il paesaggio.

Secondo Pardo, il pisano non era pronto a mollare l'eroina, perché non aveva ancora toccato il fondo. L'idea di disintossicarsi era stata dei due piccioncini: lui li aveva imitati perché s'era invaghito della ragazza e sperava di soffiarla all'amico. Ma non c'era riuscito, e adesso era chiaro che la rimpiangeva. Non la ragazza: la roba.

Questo lo aveva scoperto «torchiandolo come si deve, altro che colloquio di selezione!»

Non fu difficile persuadere Vincenzo che quello non la contava giusta. Cominciò anche lui a tenerlo d'occhio e a condividere con Pardo i suoi sospetti.

Due giorni dopo l'ingresso di Lucio, con un pretesto, Vincenzo e Pardo si spostarono a dormire nel letto di fianco al suo, in una camera da tre, e convinsero il nuovo arrivato a tenere la porta chiusa, di notte, con la scusa delle correnti d'aria. I cardini cigolavano in maniera ignobile e Vincenzo, quando serviva, aveva il sonno leggero. Era certo che Lucio non se ne sarebbe andato alla luce del sole, salutando e ringraziando per l'ospitalità, ma sarebbe fuggito col buio portandosi dietro qualche ricordino.

Lo aveva visto aggirarsi intorno alla Thanurmobile, la vecchia Cinquecento gialla di Orsola, messa a disposizione della collettività. Lo aveva beccato a sbirciare dentro, dal finestrino, ma non era intervenuto: il suo obiettivo non era prevenire, ma cogliere in flagrante. Non voleva metterlo sull'avviso, né portarlo sulla retta via. Voleva beccarlo con le mani nel sacco e sputtanarlo davanti ai thanuriani, lui e quell'idea sdolcinata di salvare i drogati con le gioie e le fatiche della vita in comune.

Già se lo immaginava, nel cuore della notte, la Cinquecento gialla ferma davanti al cancello, a motore acceso, e il bottino sul sedile posteriore. Perché l'auto, giusto a quello poteva servirgli: a trasportare qualcosa di pesante. Uno cosí non sapeva manco dove piazzarla, una macchina rubata. L'avrebbe abbandonata in un parcheggio, mentre lo stereo e le casse della Sala musica poteva rivenderli già in giornata. Rimediando certo una bella fregatura, perché le vene ansimano e il corpo ha freddo e il prezzo diventa subito giusto.

Se lo figurava lí, con il catenaccio in mano, ormai a un passo dal completare il suo furto e invece *zac!*, il detective Zanchini gli arrivava alla spalle: «Lucio, guarda chi si vede! Anche tu hai l'insonnia?»

Quante volte s'era girato quel film nella testa e quante volte aveva dovuto riavvolgere la pellicola, dopo essersi svegliato di soprassalto, al cigolio della porta, e aver constatato che Lucio era davvero insonne, com'è normale per uno che ha appena smesso di farsi, e si alzava per svuotare la vescica, fumare una sigaretta, passeggiare.

Cosí, proprio la notte giusta, una decina di minuti prima dell'alba, quando Lucio si tirò su dal letto, si infilò le scarpe e la porta gemette, Vincenzo continuò a dormire, ormai abituato a quei rumori, finché una mano non lo prese a scossoni.

– Ci siamo, – disse Pardo.

Vincenzo stava sognando e si svegliò convinto di essere all'Argentario, nell'estate di dieci anni prima. Si sentí scrollare ancora e realizzò che a chiamarlo non era la voce di suo padre. Capí di essere adulto, di essere a Thanur e di avere a fianco un letto vuoto. Quello di Lucio. Allora si liberò dal lenzuolo e saltò giú come se la casa stesse andando a fuoco. In un attimo s'infilò scarpe e maglietta, e senza nemmeno intendere quel che Pardo gli diceva, lo seguí sull'aia, con ancora addosso i pantaloni del pigiama.

Era l'alba del nuovo giorno e il profilo del Quarzerone si stagliava appena sul cielo blu scuro.

La Thanurmobile sonnecchiava intatta di fianco al trattore. La villa taceva, assediata da voli di rondini. Nessuno in vista, nessun ladro di impianti stereo.

– Dov'è? – ringhiò Vincenzo, e Pardo gli spiegò quel ch'era successo.

Lui la mattina si svegliava molto presto. Per leggere, meditare, fare esercizi sul prato. – A un certo punto, sento un motore che risale i tornanti. Guardo oltre il cancello e vedo il Range Rover del vicino, Menconi, e i cani che abbaiano nel cassone sul retro. Non fa in tempo a girare la curva che salta fuori Lucio. Esce in strada e si mette a correre dalla parte opposta. Dove cazzo va?, mi chiedo. Da quella parte c'è solo la casa di Menconi, poi la strada finisce. Allora mi fiondo alla vigna, perché dal poggio si vede il giardino di Menconi. Ti ricordi, quand'eravamo lí a lavorare, che Lucio guardava sempre giú, come se studiasse le mosse del vicino? Be', le studiava davvero. E infatti lo becco che scavalca la rete, punta la casa e ci scompare dentro.

– Che testa di cazzo, – sbottò Vincenzo, ma Pardo gli disse di non preoccuparsi.

– Adesso lo aspettiamo qui, gli svuotiamo le tasche e restituiamo il malloppo.

– Tu non conosci Menconi, – si disperò l'altro. – Quello fa la denuncia comunque, e se fa la denuncia si sparge la voce che siamo un covo di tossici e topi d'appartamento.

– E allora, – lo tranquillizzò Pardo, – si fa in un altro modo.

Mezz'ora piú tardi Lucio attraversò lo spiazzo davanti al cancello di Thanur.

Una sagoma lo colse alle spalle.

– Allora? Trovato niente di interessante da Menconi?

Lucio trasalí. – Oh, Vince... Facevo quattro passi perché non riesco a dormire.

Da dietro un albero uscí Pardo. Si avvicinò, lo sguardo basso, e quando fu alla distanza giusta fece partire un pugno al fegato. Il ladro si piegò in due come una sedia da giardino, e cadde in ginocchio, le braccia premute sul fianco. Un calcio alla spalla lo rovesciò di lato.

– Tira fuori tutto, – gli ordinò Pardo con tono inflessibile.

Lucio restò rannicchiato. Dalle labbra gli usciva un lamento sommesso. Con la coda dell'occhio, vide Pardo caricare un secondo calcio.

– Aspetta, aspetta, – gridò alzando una mano, quindi la infilò nei pantaloni e tirò fuori quattro carte da cinquanta.

– Ho detto *tutto*, – insistette Pardo, prima che il calcio colpisse Lucio sulla schiena. Non troppo forte, giusto per incoraggiamento.

Nella polvere del parcheggio atterrarono ancora centomila lire, una spilla in avorio e un orologio marca Longines.

– Sbrighiamoci, – disse Vincenzo, mentre aiutava il ladro a tirarsi su e Pardo lo sorvegliava da dietro.

Per la strada, Lucio attaccò a piagnucolare che non c'era bisogno di menarlo, proprio lui che invece di rubare a Thanur, dove sarebbe stato piú facile, aveva preferito servirsi dal vicino, e comunque poca roba, giusto per svoltare le prime giornate.

Vincenzo gli ordinò di tacere: per quanto la strada fosse senza uscita, e Menconi sui grippi coi cani, non era comunque il caso di fare baccano.

Giunti al cancello del vicino, molto piú basso dell'inferriata di Villa Malaspina, Pardo rimase a controllare la strada. Gli altri due si arrampicarono veloci: Vincenzo agile come un ramarro, Lucio con fatica per le fitte al fianco.

Sul retro della casa c'era una portafinestra e a Vincenzo venne il dubbio che il ladro l'avesse aperta di forza. Nel qual caso, la loro spedizione perdeva di senso. Impossibile evitare che il furto venisse scoperto.

Lucio invece pescò dalla tasca un cacciavite e una spatola da stucco.

Attaccò la serratura, bestemmiando la Madonna perché la prima volta s'era sbloccata subito e adesso invece non ne voleva sapere.

– Dammi la spilla, – lo incalzò Vincenzo e con il ferro appuntito sondò la molla dello scrocco, infilando la spatola tra lo stipite e il battente, per liberare il chiavistello dal foro della piastrina.

Un attimo dopo la porta si schiuse. Il chiarore dell'alba illuminò la cucina quel tanto che bastava per aggirare i mobili e non piantarsi uno spigolo nelle costole. In salotto le persiane erano aperte, e una testa di cinghiale fronteggiò gli intrusi con le zanne acuminate. Altri musi di animali punteggiavano le pareti. Le corna di un cervo dominavano la cappa del camino. Lucio indicò un comodino: i soldi stavano lí sopra, bloccati dal piedistallo di un gufo impagliato.

– La spilla invece l'ho trovata di sotto.

Il pisano camminò fino a una porta grigia, gli attrezzi da scassinatore di nuovo in pugno.

– Questa è piú semplice, – commentò, prima di aprirla in un paio di mosse. – M'ero immaginato che nascondeva un tesoro, e invece una fava.

Schiacciò l'interruttore sulla destra e scese le scale, tallonato da Vincenzo.

Nella grande stanza del seminterrato, Menconi teneva il suo laboratorio da tassidermista, oltre a qualche arnese per il giardinaggio, la caccia e le piccole riparazioni. Dopo aver notato l'accozzo di fiere affacciate sul soggiorno, Vincenzo non si stupí di ritrovarsi nella fabbrica di quei trofei, davanti a una pelle di volpe mezza imbottita di paglia e fil di ferro. Ma l'odore di selvatico e di prodotti per la concia era talmente disgustoso che dovette trattenere un conato di vomito. Poi sai che casino, pulire tutto quanto.

Lucio spalancò una vetrinetta fissata sopra il tavolo. Niente chiavi, stavolta. Conteneva spille, medaglie e numerosi piccoli oggetti di fattura militare: una bussola, un binocolo, un fischietto. Roba della guerra, immaginò Vincenzo. C'erano anche altri memorabilia, come quello che Lucio stava rimettendo al suo posto. Souvenir di viaggio, portachiavi, ferraglia modellata in simboli vari. La lupa di Roma, il giglio di Firenze, il drago di Milano.

– Fatto, – annunciò il pisano, riaccostando l'anta del mobile.

Tornarono sui propri passi, e non solo per modo di dire, quasi a calpestare le stesse porzioni di gradini e piastrelle, girandosi spesso per controllare di aver spento la luce.

Di là dal cancello, Pardo li rassicurò: non un rumore, nessuno in giro. È andato tutto liscio, pensò Vincenzo. Per una volta, una storia di tossici a lieto fine. Ma di ritorno allo spiazzo sotto i leoni di Thanur, Pardo si rimboccò le maniche del maglione, mettendo in mostra il tatuaggio che aveva sull'avambraccio: un'aquila in lotta con un serpente.

– Hai presente il motto dei centurioni romani? – disse a Lucio. – *Unum castigabis, centum emendabis.*

E senza aggiungere spiegazioni, con tre cazzotti diretti al corpo, lo mandò al tappeto.

– Ne castigherai uno, ne correggerai cento, – tradusse, prima che Vincenzo riuscisse ad aprir bocca. – Vale per tutti, ma ancor piú per noi tossici. Solo se ne prendi uno e gli dài una bella lezione, la imparano anche gli altri novantanove.

Vince obiettò che a Thanur, oltre a loro tre, di tossici c'era soltanto Anna, che casomai gli sembrava troppo apatica, non certo una che va a rubare in giro. E poi Lucio lo aveva detto chiaro e tondo, voleva tornarsene a Pisa, che senso aveva colpire uno che se ne stava andando?

– Dammi retta, – disse Pardo, cingendogli le spalle. Si allontanarono di alcuni metri, mentre il pisano cercava di riprendere fiato, – tempo una settimana, Radio Spade diffonderà la notizia e ogni drogato tra Firenze e Genova saprà che a Thanur chi sgarra paga. Vedrai che poi quassú ne arrivano meno, e piú motivati.

A Vincenzo il discorso cominciava a suonare giusto. In effetti il ladro aveva avuto quel che si meritava. Eppure replicò, quasi per dovere, che a Thanur la violenza era bandita e il compito di punire, se necessario, spettava all'intera assemblea.

Pardo puntò il dito sui sassi del parcheggio, che ora proiettavano lunghe ombre sottili.

– Qui non siamo a Thanur, – disse. Pochi metri piú in là, Lucio si rialzò a fatica, ma subito si lasciò ricadere, seduto contro il tronco di un albero.

Vince pensò che fino a quel momento aveva considerato Pardo un tipo strano, diverso da lui, ma proprio per quello gli piaceva, perché non gli ricordava il classico tossico, cioè il tossico che lui stesso era stato. Altri thanuriani lo avevano preso in antipatia, specie Maurizio, che non mancava di criticare le sue letture (Nietzsche e Mishima) e «quel suo tatuaggio da fascio».

Chissà cos'avrebbe detto, pensò Vincenzo, se avesse scoperto quel che aveva appena scoperto lui.

Pardo sapeva picchiare. Lo faceva con inquietante naturalezza ed efficacia, come un falegname che inchioda due assi.

Ma nonostante a Thanur le abilità artigianali fossero apprezzate, Vincenzo sentiva che quella di Pardo non avrebbe giovato alla sua reputazione.

22. Villa Malaspina, giovedí 4 e venerdí 5 maggio

Radio Spade non tradí le aspettative. La notizia delle costole incrinate di Lucio non arrivò soltanto a Pisa, dove la portò lui stesso in un pomeriggio di pioggia, mentre si sbatteva per rimediare un quartino. No, l'eco delle botte raggiunse anche altre piazze di spaccio, e se non si diffuse da Genova a Firenze, come aveva detto Pardo, di sicuro se ne parlò fino a La Spezia, Livorno, Pistoia. Il tam tam ingigantí numeri, intensità e conseguenze, fino a evocare un ricovero in ospedale, ma nessuno può sapere se ottenne il risultato sperato da Vincenzo, ovvero scoraggiare chi intendeva salire a Villa Malaspina immaginando di trovarci una comunità per tossici.

Un effetto indesiderato della violenza si ebbe tra le mura di Thanur, dove Lucio, sempre lui, prima di riprendere la via del buco, spiegò a chi glielo domandava l'origine della smorfia di dolore che gli usciva a ogni movimento.

La voce giunse alle orecchie di Anna e in questo caso non fu il passaparola a deformarla, ma fin dall'inizio il diretto interessato mise in giro una mezza verità, dicendo che Pardo lo aveva menato (e fin qui nessun dubbio), con l'aiuto di Vince, per impedirgli di andarsene e riattaccare con le pere.

Anna stava a Thanur da tre settimane, ma ancora viveva in una specie di limbo, dove quel che le accadeva intorno, a seconda del caso, poteva suonare lontanissimo, come un canto di balena sull'altra sponda dell'oceano, oppure aggredirla con volume assordante, insopportabile quanto un martello pneumatico. Per due anni l'eroina era stata il diaframma tra lei e il mondo: tolta quella, per ogni stimolo doveva ritrovare la giusta risposta. Orsola le aveva suggerito di tenersi impegnata, per non lasciare spazio ai cattivi pensieri, ma gli acciacchi ormai cronici e i postumi dell'astinenza le permettevano giusto di cucinare, cucire, annaffiare le rose, e la sua testa intanto prendeva il volo, per atterrare tra i ricordi della vita di prima e rammentare al corpo il piacere dell'ago e di un piccolo assaggio di morte.

Appena seppe, nella versione distorta, quello ch'era successo a Lucio, s'immaginò che lo stesso sarebbe potuto capitare a lei, se avesse ceduto alla voglia che la tormentava. Quella prospettiva la terrorizzò. Lasciò cadere il rastrello e corse sulla ghiaia in cerca di Rossella, la sua salvatrice, e quando infine la trovò, le confidò piangendo l'intenzione di abbandonare Thanur, subito, seduta stante, «non starò qui un minuto di piú».

Rossella riuscí a trattenerla con la promessa di chiarire la questione.

Quella sera, durante la cena, tra il minestrone e lo sformato di verdure, i due giustizieri dovettero giustificarsi e presentare la loro versione dei fatti, ma per quanto fossero in due, e pure concordi nei loro resoconti, ci misero del bello e del buono per convincere la comune che le cose erano andate come dicevano loro, che Lucio aveva rubato in casa di Menconi ed erano stati costretti a metterci una pezza, per difendere Thanur dalla tempesta di merda che altrimenti l'avrebbe investita. Pardo, in definitiva, si era sacrificato, mollando al ladro qualche sberla, si era trovato a dover agire in fretta e non gli era venuta un'idea migliore. Entrambi omisero di dire che le botte piú consistenti erano partite alla fine, quando il furto non rischiava piú di essere scoperto.

L'indomani ci si aspettava che Orsola convocasse la Cerchia, o un'assemblea, per affrontare insieme le ripercussioni – qualcuno le chiamò «il karma» – della violenza che aveva investito la comune. Ma alla riunione del mattino, quella in cui si stabilivano gli incarichi della giornata, Orsola si limitò ad assegnare un compito collettivo, invitando ciascuno a riflettere sulla propria aggressività, a scrivere su un foglietto un episodio in cui s'era manifestata, per poi bruciarlo nel fuoco del camino.

– Divertitevi! – disse alla fine, per augurare una buona giornata e sciogliere il raduno.

Quando il gruppo si disperse, Rossella si avvicinò a Orsola e le domandò: – Insomma quei due se la cavano cosí?

Nel libro pubblicato per il ventennale di Thanur, quell'episodio diventa un apologo.

> Orsola disse che la violenza del singolo è il sintomo di una malattia collettiva, che ha bisogno di una cura ecologica, non individuale.
>
> Rossella non si accontentò di quella risposta, e anzi la criticò, sostenendo che il male comune non doveva essere un alibi.
>
> In seguito, tuttavia, ripensò spesso alle parole della fondatrice, e le rivalutò a tal punto da farne un caposaldo del programma terapeutico. Infatti, anche la tossicodipendenza di un ragazzo è il sintomo di un malessere del suo gruppo sociale. Curarsi soltanto di lui, per poi reinserirlo in quello stesso gruppo, tale e quale, significa buttare tempo ed energie. Non è il singolo a essere tossico, ma la sua famiglia, i suoi parenti, le sue relazioni.

Nel volume non si dice, però, che la delusione di quel giorno portò Rossella ad affrontare Vincenzo.

Lo intercettò sul sentiero a margine dell'uliveto e gli disse che grazie al cielo c'era Thanur e non le toccava di crescere un figlio con un padre cosí.

– Ma *cosí* come? – la incalzò lui. – Che ne sai tu? Io quello manco l'ho sfiorato e pare che sono un mostro assetato di sangue!

– No, macché mostro! – ribatté lei. – Tu sei uno smidollato, una banderuola. Hai cominciato a farti per dimostrare a qualche pirla che ne avevi il coraggio, sei venuto qua perché ci veniva un tuo amico, sei rimasto per Orsola e per stare dietro a me, quando non sapevo se abortire non hai detto una parola, quando ho deciso di non farlo nemmeno, e quando Pardo ha picchiato Lucio sei rimasto a guardare. Non sia mai che Vincenzo Zanchini corra il rischio di prendere un'iniziativa! Ce l'hai coi drogati che vengono qua per smettere, ma almeno quelli fanno una scelta vera, e alla fine, sai che ti dico? Qui a Thanur sei piú fuori posto tu di loro.

È probabile che Rossella avesse in mente quelle accuse da tempo, e che quanto accaduto in quei giorni fosse solo la scintilla che innesca l'esplosione. È probabile, ma nessuno può saperlo, perché da molti anni Rossella Hilzer e il suo staff comunicano soltanto attraverso l'ufficio stampa di Thanur.

Per il diverbio tra lei e Vincenzo, quindi, l'unica fonte disponibile sono i ricordi di quest'ultimo, ma sulla fine improvvisa del loro botta e risposta ci si può affidare anche al libro di Maurizio Salvetti, *Tu mi tradirai*.

Tutt'e due le testimonianze ci dicono che fu proprio Maurizio a interrompere Rossella e a darle la notizia: Anna non s'era presentata in cucina, l'avevano cercata e avevano trovato un biglietto d'addio. Maurizio lo porse a Rossella.

> Grazie di avermi accolta, ma non posso stare in un posto dove si rompono le costole a qualcuno, qualunque sia il motivo. Ti porterò con me.
>
> Anna

Mentre Rossella leggeva, si radunò lí attorno anche il resto della comune e Ludo, che era nella vigna, si avvicinò per capire cosa succedeva.

Dal mormorio di cordoglio e «che ne sarà di lei», uscí decisa la voce di Pardo: – Se non andiamo a riprenderla, quella crepa.

Indignati mugugni gli intimarono di non pensarci nemmeno, lui che amava risolvere le faccende a pugni, lui che di Thanur non aveva ancora capito nulla, lui e il suo tatuaggio da superuomo.

– Cosa intendi con «andiamo a riprenderla»? Costringerla? Legarla? Trascinarla per i capelli?

Se Anna aveva deciso cosí, bisognava rispettare la sua scelta. Al bando le relazioni possessive. Al bando…

– Pardo ha ragione, – disse Ludo e il brontolio evaporò all'istante, – Anna è molto giovane, ha poco esperienza di *addiction* e qui è stata la sua prima *detox*. Lei adesso va, prende la sua solita quantità di eroina, ma non la sopporta piú ed è come un'overdose. Il rischio c'è, sono tanti che muoiono cosí.

Al solito, Ludo non aveva proposto una soluzione, semmai aveva reso piú complicato il problema, e il vociare ripartí.

– La libertà è la cosa piú importante!

– Pure quella di ammazzarsi?

– Bene vive chi può morire come vuole!

– Ma scusate, se un vostro amico fosse seduto sul davanzale, pronto a buttarsi dal quinto piano, non cerchereste almeno di parlargli?

– Lo sapevo! Con la scusa del rischio, si introduce controllo!

– Giusto, è cosí che funziona, la repressione è sempre «per il tuo bene».

– Il maschio alfa che sorveglia le sue donne.
– Paternalismo!
– Androcrazia!
– A parti invertite non sarebbe successo!

La discussione proseguí, lí all'impiedi, tra il fango della capezzagna e i fiori di campo, finché qualcuno rivolse a Pardo una domanda diretta, e dal silenzio che ne seguí ci si rese conto che l'interpellato non era piú presente.

– Che testa di cazzo. Fa una proposta, poi se ne va mentre la discutiamo.
– Roba da matti. C'era da aspettarselo, da uno cosí.
– Guarda che quello le è andato dietro.
– Come dici?
– Dietro ad Anna, per convincerla a tornare.
– Cosí, di sua iniziativa? Senza una decisione comune?
– Ma chi si crede di essere?
– Però scusa, quel che vale per Anna vale anche per lui.
– Cioè?
– Se lei può andarsene quando le pare, allora anche lui. O vorreste inseguirlo per impedirgli di inseguirla?

Pian piano, i thanuriani ripresero i loro impegni, lasciando che a incartarsi nelle pieghe filosofiche di un dibattito infinito fossero i soliti tre o quattro, abbonati alla spaccatura del capello.

«E dei coglioni», aggiunge Vincenzo, che fu il primo a mollare l'assemblea improvvisata.

Arrivò cosí l'ora di pranzo. E già i piú spalancavano la bocca, per infilarci una forchettata di maccheroni, quando Anna fece il suo ingresso nella stanza e corse in lacrime ad abbracciare Rossella, mentre Pardo, con la modestia del cavaliere che ha obbedito a un ordine superiore, prendeva posto a tavola, sulla sedia rimasta vuota.

– Che sbruffone, – mormorò Maurizio.

– Chissà come l'ha convinta, – si domandò Agata.

Vincenzo non ricorda da chi partí l'applauso, che in un amen trascinò i commensali, festeggiò il ritorno di Anna e bruciò le tensioni di quegli ultimi giorni.

Solo Maurizio non si uní all'entusiasmo generale, ma nessuno diede peso alla sua defezione. Qualche tempo dopo, però, tutti ripensarono a quella scena, quando Maurizio rientrò a Thanur «da una giornata di impegni» e fece rivelazioni su Pardo e sul suo passato.

23. Torino, giovedí 4 maggio

Voci che si accavallano, con picchi d'altezza e di volume.

Facce impegnate nello sforzo di cogliere, trattenere, produrre parole.

Occhi a palla, di chi vede accadere quel che ha sempre atteso.

Corpi in subbuglio, incapaci di star fermi.

Puzza di fumo e sudore maschile.

Milena ricorda cosí l'ultima riunione del Grucat di cui fu testimone.

Il motivo di tanta confusione era duplice, se non triplice.

Due giorni prima, un oggetto volante non identificato era comparso nel cielo di Milano, e aveva tenuto col naso all'insú migliaia di persone. Tra queste, un ufficiale della guardia di finanza e un sergente maggiore dell'aeronautica in servizio, con sei colleghi, alla torre di controllo dell'aeroporto di Linate.

– Altro che Bernacca! – sghignazzò qualcuno.

> L'uomo in divisa, – scrive Milena nel libro, – con un ruolo nell'esercito o nelle forze dell'ordine, per gli ufologi è il non plus ultra dell'affidabilità. I militari *sanno*. Se non parlano, è per custodire un segreto. Se aprono bocca, dispensano verità.

L'Ufo, candido e accecante, si era avvicinato allo scalo milanese verso le nove di sera, seguendo la rotta del Monte Bianco, quella degli aerei stranieri in fase di atterraggio, ma i radar non lo avevano tracciato. L'ufficiale, che lo aveva osservato con un binocolo, lo descriveva come «una palla schiacciata ai lati» ed escludeva che si trattasse di un corpo celeste, di un satellite o di un velivolo di tipo conosciuto. Dopo una sosta sulla verticale del grattacielo Pirelli, la luce si era allontanata a grande velocità ed era sparita senza lasciare traccia. Ancora pochi secondi e sarebbe partito il segnale d'emergenza, con il decollo dei caccia F-104 dalla base piú vicina.

– Come qui a Torino, cinque anni fa! – s'infiammò Piergiorgio Pellegrino, che alle luci misteriose dell'autunno '73, in volo sulla città, aveva scattato una serie di fotografie notturne, sfocatissime, dalla finestra della camera da letto. L'inizio conclamato della sua passione.

– Però è diverso, – si inserí Majorino. – Quella volta i radar hanno registrato tutto.

– E i caccia militari, – aggiunse Bonino, – sono decollati davvero.

Dalla prospettiva di Milena, il viso dello studente di ingegneria era uno e trino, come in un'icona ortodossa. La testa di Bonino si trovava al centro tra due repliche, in fotografia, appese in cornice sulla parete alle sue spalle. Una in compagnia di Rynek al convegno di Roma e l'altra insieme a Zanka al *Cinghiale bianco*. I tre Bonino indossavano lo stesso maglione.

– Nel '73 noi di «Clipeo», – ricordò Pigi Baudino, che era ufologo da prima della fondazione del Grucat, – abbiamo scritto che era un pallone sonda di tipo aerologico, lanciato dalla Francia e spinto dal vento fino a Torino. Ci ha ripreso anche «Stampa Sera».

– Non con questo risalto! – esclamò Bonino, battendo l'indice sul «Corriere».

Sotto la testata, di spalla, spiccava un titolo in bell'evidenza: *Grazie Ufo*. L'articolo celebrava l'epifania del disco volante, sopra la fredda e razionale Milano, per aver concesso ai suoi cittadini un'ora d'aria, nella prigione di quei giorni tristi. Un'ora spesa con gli occhi tra le nuvole, fantasticando di altri mondi, mentre in quello reale si sparava e non si sperava piú.

Quell'articolo, per i membri del Grucat, era il secondo motivo d'interesse, per non dire di entusiasmo. Non certo per il contenuto, che anzi trovavano irritante.

Un pezzo molto simile, sotto quell'aspetto, era già uscito sullo stesso giornale appena ventiquattr'ore prima. Un racconto firmato dallo scrittore Luigi Malerba per la rubrica *Diario delle delusioni*. Il protagonista, un ufologo, si dichiarava talmente interessato ai dischi volanti da sdegnare ogni avvenimento terreno, con la sola preoccupazione che il fumo dei lacrimogeni, sparati in strada dalla polizia, gli impedisse di sorvegliare il cielo.

Bonino lesse ad alta voce entrambi gli articoli, uno di seguito all'altro.

– Ma perché nessuno se la prende coi meteorologi? – sbottò alla fine Berto Musinè. – O con gli astronomi? Anche quelli guardano per aria. Però li considerano gente coi piedi per terra, invece chi studia gli Ufo fugge dalla realtà. E chi fa giardinaggio, allora? Chi va a vedere l'opera? Chi gioca a Subbuteo? E chi va allo stadio? Perché «Grazie Ufo» e non invece «Grazie Juve»?

– Juve merda, vorrai dire, – gli rispose Baudino, che da tifoso granata non aveva ancora digerito il diciottesimo scudetto della Vecchia Signora, conquistato con una domenica d'anticipo.

Nella stanza gli juventini erano in netta minoranza. Tentarono una timida reazione all'insulto, ma vennero sommersi da invettive e improperi, prima che Bonino riacciuffasse il filo del discorso.

– Berto ha ragione, – ripartí, sventolando la copia del «Corriere», – la metafora dell'Ufo come diversivo è fastidiosa, ma spetta a noi sbugiardarla. E questa è un'occasione da non perdere.

Ciò che li infervorava di quell'articolo era la collocazione. Infatti, sebbene migliaia di oggetti volanti non identificati avessero solcato i cieli della penisola fin dal Dopoguerra, sulla stampa la sigla «Ufo» non era mai volata cosí in alto, appena sotto la testata del principale quotidiano del Paese, scritta in caratteri grandi quanto quelli del titolo d'apertura e del cognome del presidente del Consiglio.

L'Ufo di Milano valeva quanto Andreotti.

Per comprendere l'eccitazione di Bonino e compagni bisogna considerare che fino agli anni Settanta i giornali italiani piú autorevoli mettevano in apertura solo determinati argomenti: la politica, l'economia, il lavoro e gli episodi eclatanti di cronaca, come stragi, omicidi illustri, catastrofi naturali. Non c'era spazio per articoli di costume, avvenimenti frivoli e tematiche «leggere».

Proprio in quel 1978, alla fine dell'estate, avrebbe fatto scalpore la scelta del «Corriere» di piazzare in *prima* la lettera di un cinquantenne che minacciava il suicidio, perché incapace di piantare la moglie per una donna piú giovane.

Solo molti anni dopo si scoprí che la lettera era falsa, scritta da un redattore. Pubblicandola, il giornale di via Solferino stava seguendo le indicazioni di un corposo documento, circolato a primavera nelle stanze del gruppo editoriale Rizzoli. S'intitolava *Scenario* e suggeriva ai direttori di quotidiani e riviste di assecondare un imminente ribaltone nei gusti del pubblico: disinteresse per la politica, riflusso nel privato, edonismo, spiritualità alternative, magia. Forse gli articoli apprezzati dal Grucat, quel giovedí 4 maggio, erano già parte di quella strategia. Ma allora non era dato saperlo e gli ufologi li lessero come il manifestarsi di un interesse genuino. Finalmente si scriveva «Ufo» senza dover specificare tra parentesi il significato dell'acronimo. Finalmente se ne parlava senza il solito corollario di sciocchezze, misteriose impronte sulla neve, disegni di alieni con gli occhi a mandorla o racconti di alienati tipo Bernacca.

Bonino appoggiò il «Corriere» e frugò nella borsa di pelle che teneva sulle ginocchia. Gesti, occhi e postura dicevano che ne sarebbe uscita una grossa sorpresa.

Con entrambe le mani afferrò un altro quotidiano e lo sollevò in alto, per mostrarlo a tutti.

– Guardate qua! – disse trionfante.

Milena lo fece e Bonino le apparve come un essere mitologico, con il corpo di uomo e la testa di carta stampata.

Al posto della faccia aveva una copia del «Corriere d'informazione», il cosiddetto «Corinf», giornale di proprietà dell'editore Rizzoli, ovvero lo stesso dell'altro «Corriere», noto come «Corsera». A differenza del suo parente nobile, questo andava in edicola di pomeriggio, il che lo rendeva meno prestigioso, perché le notizie del primo mattino erano quelle davvero imprescindibili, che davano un tono a tutta la giornata. Dopo pranzo, tornati dal lavoro, ci si poteva dedicare a letture piú rilassate, magari sulla poltrona del barbiere, o su quella di casa.

Al centro della prima pagina di quel «Corriere» *minore* – chiassosa, strillata e un po' pacchiana – il titolone, *Un Ufo su Milano*, non era quindi cosí stonato. Lo illustravano addirittura due foto: la torre di controllo di Linate e un ritratto di Antonio de Stasio, il sergente maggiore dell'aeronautica. Subito sopra, il titolo principale riguardava Moro e il piano di Craxi per liberarlo, ma i cognomi dei due politici erano ben piú piccoli dell'acronimo preferito dai soci del Grucat.

– Mai vista una roba del genere, – disse Berto Musinè, allungando la mano perché gli passassero il prezioso documento.

– Io invece mi ricordo, – lo corresse Pellegrino, – che nel '73 «Stampa Sera» ci ha fatto almeno due aperture, sull'Ufo di Caselle. A casa ho conservato i ritagli.

L'obiezione innescò una raffica di commenti, tra chi era d'accordo con Pellegrino, chi sosteneva il contrario, e chi sottolineava le differenze tra i due casi.

Il cane di Majorino, svegliato dal baccano, si mise ad abbaiare finché ottenne silenzio.

Bonino fece subito notare che l'Ufo milanese era finito in prima pagina sgomitando tra le notizie sul sequestro del secolo, il caso Moro, e questo rendeva l'impresa ancor piú sorprendente.

Milena pensò che casomai era vero il contrario: il clima mediatico saturo aveva favorito, e non ostacolato, l'emergere dell'Ufo. Proprio perché, come diceva l'articolo che lo ringraziava, aveva regalato una distrazione in un periodo buio e di pensieri neri.

– Quindi secondo voi, – si inalberò Pellegrino, – l'Ufo di Milano è piú importante del nostro? Vi ricordo che il fenomeno di Caselle ha un indice di attendibilità pari a cinque sulla scala Rynek, il piú alto mai ottenuto da un caso italiano. Voglio vedere questo, quanti punti ottiene, con i radar che non hanno rilevato un fico secco. Nelle conferme strumentali, è già uno a zero per noi.

Prima che si scatenasse un nuovo bailamme, Majorino convinse il liceale che non si trattava di una partita, nessuno metteva in dubbio il record dell'Ufo di Caselle, né quello di Torino, la capitale dell'ufologia italiana.

–Ma non dobbiamo farci trovare impreparati, – disse Bonino, tornando al punto che piú gli premeva. – Per esempio, sulla questione dei radar, dobbiamo subito buttar giú uno studio, capire per quale motivo non abbiano rilevato l'oggetto volante, inviarlo ai giornali, far conoscere il nostro approccio scientifico, ma senza cadere nell'eccesso opposto, negando a priori che il fenomeno possa avere una componente aliena.

Fece una pausa e si gustò le teste che annuivano, il silenzio carico di aspettative, l'attenzione che s'era conquistato.

– Pigi ha citato l'articolo di «Clipeo», ripreso da «Stampa Sera» nel '73. Io all'epoca avevo quindici anni e mi ricordo benissimo di aver letto quel trafiletto con un misto di ammirazione e fastidio. Mi piaceva la chiarezza, l'onestà con cui degli ufologi dicevano: «Sono soltanto palloni sonda». Però allo stesso tempo mi erano antipatici, mi sembravano dei guastafeste. E questo noi lo dobbiamo evitare. Sappiamo benissimo che un avvistamento del genere, con questa copertura di stampa, scatena ulteriori avvistamenti. Vuoi per imitazione, vuoi per un maggior interesse per quel che accade in cielo. Se poi ci aggiungiamo il caso Bernacca ripreso sull'«Europeo», la ristampa del libro di Hynek e il successo di *Incontri ravvicinati*, be', c'è da scommettere che i prossimi saranno mesi interessanti. Quindi ripeto: dobbiamo essere pronti, saper cogliere l'occasione. E a questo proposito: sapete dove l'ho rimediata, la copia del «Corriere d'informazione»?

Di fronte alle facce incuriosite dei soci, Luca Majorino azzardò una risposta.

– In edicola.

– Sbagliato! – scrollò la testa Bonino. – Qua a Torino è quasi introvabile. Ma io stamattina sono stato alla sala stampa delle Poste centrali, in via Alfieri.

Il palazzo lo conoscevano tutti, con le colonne alle finestre e le cariatidi alla porta. Ma nessuno aveva mai sentito parlare della sala stampa.

Bonino spiegò che era uno stanzone con un grande tavolo, messo a disposizione dei corrispondenti dei vari quotidiani, italiani ed esteri. C'erano le macchine da scrivere per battere i pezzi. C'erano due telefoni, riparati da una conchiglia di plastica, per attutire le voci di chi dettava un articolo. I giornalisti in trasferta non solo potevano usare la telescrivente o la fotocopiatrice, ma trovavano i quotidiani di tutt'Italia.

– Un mio amico lavora lí come inserviente, pulisce la stanza a fine giornata. Tempo fa mi ha detto che i giornali, dopo un mese, vengono venduti al macero, a peso. Stamattina ho pensato: e se li comprassimo noi, allo stesso prezzo? Potremmo spulciarli e conoscere molti piú casi rispetto a oggi. Se l'avvistamento di Milano avrà le conseguenze che immagino, potremmo tenerle d'occhio, catalogarle, dire la nostra. Diventeremmo l'archivio ufologico piú importante d'Italia. Insomma, oggi sono andato lí e ho preso appuntamento con il direttore, per discutere la cosa. E quando sono arrivato, il mio amico mi ha fatto trovare il «Corinf» di ieri. Giusto come assaggio.

– Quanti giornali ricevono? – domandò Baudino.

– Una ventina.

Pellegrino calcolò piú in fretta degli altri.

– Sono seicento giornali al mese! Con dieci minuti per sfogliarne ognuno, fanno cento ore. Bisogna trovare un posto dove tenerli, decidere dei turni, comprare uno schedario…

– Propongo, – lo interruppe Berto, – di mettere questo punto all'odigí della prossima riunione. Adesso, vista l'ora, direi di passare alla questione successiva. Come gestire al meglio le telefonate in radio. Perché anche lí, nelle prossime settimane, ci toccherà essere ben preparati.

Alle undici e mezza, Berto Ravarino cancellò il secondo e ultimo punto all'ordine del giorno. Non c'erano varie e nemmeno eventuali. La riunione era finita e i lavoratori, col pensiero all'alzataccia del mattino dopo, già si mettevano in piedi e salutavano gli altri.

Milena si schiarí la gola e disse: – Scusate, volevo dirvi una cosa.

Gli ufologi, sorpresi, drizzarono le orecchie.

– Oggi ho finito la prima fase della mia ricerca. Era già previsto, ma non vi ho detto nulla per non influenzarvi. Giovedí prossimo non sarò qui con voi. Ho concluso l'osservazione partecipante e volevo ringraziarvi per l'opportunità che mi avete dato.

«A dire il vero, – si corregge Milena quarant'anni dopo, – la decisione di interrompere l'avevo presa solo da qualche giorno. Avevo previsto un'osservazione di otto mesi e quegli otto mesi erano passati, d'accordo, ma non avevo mai fissato una data sul calendario, dicendo: smetto qui. Ho capito che poteva bastare perché del Grucat ormai mi ero fatta un'idea abbastanza precisa, e quindi era meglio cambiare prospettiva, assumere un punto di vista nuovo, concentrarmi sul lavoro iniziato con Jimmy».

Durante il weekend, finalmente, Milena era scesa ad Aulla. Aveva concluso l'intervista a Jimmy iniziata ad aprile, dopodiché lui aveva preparato la cena, messo su un paio di dischi, avevano fatto l'amore e insieme avevano letto il nuovo numero di «Un'Ambigua Utopia», una rivista che cercava di coniugare la fantascienza alla controcultura e alla politica «di movimento».

La domenica mattina, al risveglio, Milena era tornata alla carica per sapere quando si sarebbe tenuta la prossima veglia ufofila, ma Jimmy era stato vago e come sempre, tra il serio e il faceto, si era messo a concionare: «Che senso avrebbe identificare una data per celebrare gli oggetti non identificati? Non appena il clima lo consente, con un rapido giro di telefonate fissiamo un fine settimana, e andiamo avanti cosí, ogni volta che ci va, finché non comincia a fare freddo. Non siamo noi a decidere il momento: è il momento a *decidere noi*. Senza quest'elemento anarchico, diventerebbe un impegno in agenda, una scadenza da rispettare, e non un evento unico, libero, irripetibile».

Milena, sdraiata accanto a lui, gli aveva fatto il solletico e il discorso si era trasformato in una risata a crepapelle.

Berto fu il primo a commentare l'annuncio di Milena. Aveva l'aria di un ragazzino alla fine delle vacanze estive, quando si salutano gli amici di quelle due settimane non sapendo se l'anno prossimo ci si ritroverà.

– Proprio adesso che inizia... tutto questo? – disse indicando il tavolo ingombro di appunti, resoconti, tabelle, giornali, fotografie dell'Ufo milanese, lettere e buste affrancate. Un caleidoscopio di informazioni che per l'intera riunione era stato rimestato e riconfigurato, acquistando nuovi significati a seconda dei frammenti che via via si inabissavano o salivano a galla.

A Milena vennero in mente i dazibao che il suo collettivo appendeva sui muri del liceo durante l'occupazione del '68.

Rispose a Berto che se davvero gli Ufo si preparavano a fare il loro debutto in società, non piú osservati solo da piccole tribú, ma tenuti d'occhio da migliaia di persone, allora anche l'antropologa doveva seguire quel percorso, e passare dallo studio di una sottocultura a quello del loro impatto sull'intera cultura.

Quel discorso sembrò convincere Ravarino, che abbassò gli occhi e propose un applauso per la dottoressa.

Ma col senno di poi, si può dire che a consolarlo non furono le motivazioni di Milena, bensí il pensiero che in agenda aveva pur sempre il suo numero di telefono.

Terzo movimento

Dal 5 al 24 maggio 1978

1. Roma, venerdí 5 maggio

Zanka tornò a Roma con i primi sette capitoli del nuovo libro freschi di battitura. Pepper lo ricevette nella sede della casa editrice e quando ebbe di fronte la cartellina di cuoio fu subito colto da un atroce sospetto, che però nascose dietro un commento ingenuo.

– Grande Marty! Ci siamo lasciati che dovevi decidere come sistemare *Astronavi su Luni*, e tu ti presenti, già in avanti coi lavori, prima ancora che io mi faccia vivo? Alleluia, cazzo! Ti sei proprio sbloccato.

Zanka si domandò fino a che punto giocasse al finto tonto. Nel dubbio, preferí non lasciare spazio ai malintesi.

– Non si chiama piú *Astronavi su Luni*, – disse indicando il plico.

Pepper aprí la cartellina e lesse il titolo: *Jacopo e Margherita*. A quel punto investí Zanka con una raffica di domande ansiose.

Lo scrittore disse il minimo indispensabile. Non gli era mai piaciuto anticipare il contenuto di un testo, per lui aveva piú senso parlarne *dopo*. In qualche modo Pepper si quietò. Prese il plico e scorse alcune pagine.

– Insomma… – disse per condensare quel che era ormai evidente. – È proprio n'altro libro.

– È il libro in cui credo, – rispose Zanka in tono definitivo. – Quello che mi sento di scrivere.

La mattina dopo, fu Pepper a restituirgli la visita, secondo un loro schema consolidato. Consegnare il lavoro era compito dell'autore. Per discuterne, si scomodava l'editore.

Zanka lo accolse con la valigia già pronta nell'ingresso. Aveva sbrigato le incombenze inderogabili, ritirato la posta, pagato le bollette, e non voleva stare a Roma un minuto piú del necessario. La città era una palude di sgomento e paranoia. A Orbetello, invece, in pochi minuti eri sull'Argentario, dove il profumo dei cespugli e il volo degli uccelli erano gli stessi di un tempo.

Come d'abitudine in quelle riunioni domestiche, Zanka preparò il caffè mentre Pepper s'accomodava in salotto.

– Ho letto i capitoli che mi hai dato, – esordí non appena entrambi furono seduti.

Seguí una pausa studiata che Zanka sfruttò per accendersi una sigaretta.

– Vuoi dirmi cosa ne pensi o te lo tieni per te?

– Sono buoni, – annuí Pepper, quasi che gli costasse ammetterlo. – Sono molto buoni, cazzo. La storia acchiappa eccome. I ragazzini scomparsi, le ricerche, gli scout, i genitori… e al centro: la montagna dei misteri, – ridacchiò. – Un mix tra *Incontri ravvicinati* e *Picnic a Hanging Rock*.

Zanka immaginò una copertina in puro stile Pepper's, dove il Quarzerone si fondeva con la Torre del Diavolo immortalata da Spielberg e le cime rocciose del film di Peter Weir. Il tutto sullo sfondo di un cielo notturno, solcato da scie di comete e avanguardie di un altro sistema solare.

– Sono contento che ti siano piaciuti, – commentò.

L'altro scolò il caffè e si alzò di scatto, battendo le mani sulle cosce. Pessimo segnale. Quando attaccava un discorso in quel modo, e lo proseguiva camminando, era come se volesse aggirare l'interlocutore per sorprenderlo alle spalle.

– Però, Marty, – attaccò. – Teniamo conto che il lettore non sa niente. Si aspetta i marziani nella preistoria. Se vogliamo che la novità sia eccitante, e non deludente, dobbiamo aiutarlo.

– Cosa vuoi dire? – domandò Zanka sospettoso. Sentiva puzza di «trovata» pepperiana.

– Dico che l'ambientazione è comunque la Lunigiana, riferimenti alle astronavi ce ne sono. Se il titolo restasse quello che abbiamo anticipato...

– Paolo, vorresti spacciarlo per un libro paleocosmonautico, anche se non lo è? – domandò secco Zanka.

– Ehi, mica gli rifiliamo la merda, – protestò l'editore. – È un ottimo libro, *compadre*, una svolta. Ma se ti vuoi bene, basta che ci infili un po' piú di Ufo, a partire dal titolo, e il gioco è fatto. Dico: adesso che li vede anche Piero Chiara, tu decidi di non parlare piú di extraterrestri? Quella è la montagna degli Ufo, no? E allora metticeli e siamo tutti contenti. Noi e i lettori.

Zanka non aveva voglia di imbarcarsi in una discussione sui gusti del pubblico. Pepper pretendeva di «fiutarli» nell'aria, nello spirito dei tempi, senza prendersi mai la briga di fare quattro chiacchiere con un lettore in carne e ossa.

– Grazie, Paolo, – rispose in tono diplomatico. – Terrò a mente il tuo consiglio.

– Bene. Ti lascio lavorare, allora, eh?

– Torno a Orbetello e ti richiamo appena l'ho finito.

– Sí, d'accordo. Oh, comunque è chiaro chi è l'assassino, no?

Zanka, già sul punto di sparecchiare il tavolino, si trattenne perplesso.

– Ah, sí? – domandò.

– Certo, – disse Pepper. – È stato il capo scout, no? Quel Simone. Ti pare che la racconta giusta?

– In che senso?

– Marty, non guardi abbastanza film americani, – lo rimproverò Pepper. – Il capo scout si innamora della giovane coccinella, che però se la fa con il lupetto. Gelosia, invidia... Quando il nostro becca i due piccioncini, che invece di giocare con il resto della truppa sono in tenda a fare altri giochetti, perde la brocca, li fa secchi e nasconde i corpi vicino al campo, cioè l'ultimo posto a cui qualcuno penserebbe. Dopodiché aiuta nelle ricerche e lascia apposta il fermaglio per capelli della ragazzina in bella vista, per depistare. Ma presto il senso di colpa lo schiaccia, reggere la parte diventa impossibile e decide di tagliare la corda. Se ne va in Svezia. Dico, Marty, in Svezia, mica in convento. Ce le hai presenti le svedesi, sí?

Zanka rimase zitto. Aveva appena ascoltato una boutade alla Pepper, e al tempo stesso un'inedita ricostruzione della vicenda.

Dopo che si furono salutati, cercò di non indugiare troppo su quell'idea. Scese in garage, caricò l'auto con quel che gli serviva e guidò verso l'Aurelia, ma non appena il traffico si diradò, una domanda insistente occupò lo spazio lasciato libero da clacson e semafori. Perché nessuno aveva preso in considerazione l'ipotesi che Jacopo e Margherita fossero rientrati al campo base? Perché lí c'era Simone. Soltanto Simone. Se fossero tornati, lui sarebbe stato il solo a incontrarli. No, impossibile, Pepper non poteva avere ragione. Simone era un bravissimo ragazzo, era stato iscritto a Giurisprudenza, Gemma... Cos'aveva detto Gemma?

Aveva detto che Simone era un tipo fascinoso, le ragazzine si innamoravano di lui. E lui di loro? Com'era la frase esatta? L'aveva trascritta, tale e quale, sul taccuino.

Si sforzò di ricordarla, fissando la striscia bianca della mezzeria che sfilava sotto il cofano.

Quando avvistò una piazzola di sosta, inserí la freccia, scalò le marce e accostò.

Rovistò in una delle borse accatastate sul sedile anteriore, prese un taccuino, lo sfogliò e trovò quel che cercava.

«Simone piaceva un po' a tutte le caposquadriglia. Era il classico tipo del bel tenebroso».

Sulla stessa pagina, il numero di telefono che gli aveva dato Gemma.

2. Orbetello, venerdí 5 maggio

Rientrando nella casa di Orbetello, Zanka non aprí nemmeno le imposte: si limitò ad attaccare la corrente, per raggiungere il telefono senza inciampare. Piazzò una sedia di fronte all'apparecchio e appoggiò sulle ginocchia il taccuino, che s'aprí subito alla pagina giusta. Compose il 15 e comunicò il numero di Göteborg. Dopo un breve silenzio, udí un suono intermittente. Duemila chilometri piú a nord, un telefono stava squillando.

Attese a lungo. Era ormai scoraggiato quando una voce maschile rispose.

– *Hallå?*

– Salve, sono Martin Zanka, uno scrittore italiano. Parlo con Simone Bartocci?

Zanka lo sentí deglutire, come se dovesse buttar giú un boccone.

– Sono io.

– Ho avuto il suo numero da Gemma Corsini. Mi sto occupando della scomparsa di Jacopo e Margherita. Vorrei farle un paio di domande.

Silenzio. Solo il respiro. Zanka temette che riattaccasse.

– Non voglio piú parlare di quella storia, – disse l'altro.

– D'accordo. Allora posso chiederle perché non vuole piú parlarne?

– Non lo capisce da sé?

– Me lo dica lei, è meglio.

– Se non ci arriva non è un problema mio.

– È per questo che ha lasciato l'Italia?

– Non sono affari suoi.

La comunicazione venne interrotta.

Zanka si accese una sigaretta e rimase seduto, con le tapparelle abbassate e la valigia ancora davanti all'uscio. Da quanto non si sentiva cosí? Eccitato e frustrato al tempo stesso, convinto di fare esattamente quello che era importante fare, a prescindere dagli ostacoli. Anima e corpo dedicati a un obiettivo, come quando si è innamorati, e la rinuncia non è contemplata. Spense la cicca nel posacenere, ricompose il 15 e dettò lo stesso numero telefonico svedese.

Simone sollevò di nuovo il ricevitore, e Zanka si affrettò a parlare.

– Per favore, non metta giú. Un'ultima cosa, poi la lascio in pace.

Nella cornetta il rumore del respiro continuò regolare. Era il momento di giocarsi il tutto per tutto.

– Chiunque li abbia uccisi li ha anche fatti sparire lassú, sul monte, – disse Zanka, sperando di impressionarlo. – Lo avete passato al setaccio da cima a fondo. Com'è possibile che non li abbiate trovati?

Zanka percepí nel respiro dell'altro un affanno.

– Si è appena risposto, – disse Simone.

– No, io non ho risposte, purtroppo. Mi aiuti, la prego.

Ancora quell'ansimare greve, affaticato.

– Jacopo e Margherita non dovevano essere trovati, – disse Simone. E il modo, il tono, in cui lo disse, la vibrazione nella voce erano cosí tombali da mettere paura.

– Cosa intende? Non capisco.

Simone trattenne il fiato, al capo opposto del filo e del continente. Forse stava per riagganciare.

– Li abbiamo cercati per mesi, – disse infine. – Con i capi scout, i forestali, gli speleologi. Gente esperta. Se non li abbiamo trovati, significa che non dovevamo, che ce l'hanno impedito.

– Ma chi? Che senso ha? – domandò Zanka esasperato.

– Si rilegga Pasolini. In Italia nessuno vuole sapere quello che tutti sanno ma non possono dimostrare. Si può soltanto scegliere se vivere nell'autoinganno, oppure andarsene.

Quel riferimento spiazzò Zanka, non si aspettava da Simone una riflessione politica, che andava ben oltre quanto accaduto sul Quarzerone. D'un tratto, si sentí vicinissimo al segreto, a un passo da una verità che si poteva almeno inquadrare, se non cogliere, con un metodo d'indagine serrato. Lo stesso metodo che aveva finto di adottare per spiegare le stranezze delle civiltà antiche, in realtà formulando ipotesi fantastiche. Adesso accadeva il contrario: indagava su un vero mistero e ogni spiegazione razionale sembrava terribilmente fantasiosa.

– Cosa fa lassú? Come vive? – domandò.

– Faccio lo scaricatore al porto, – fu la risposta. – E mi creda, va bene cosí. Non mi chiami mai piú.

Clic.

Zanka ripose il ricevitore.

L'appartamento gli apparve freddo, inospitale, e non per via del frigo spento, o delle poltrone scomparse. Qualcosa lo spaventava e non capiva cosa. Le parole di Simone, o quei due fantasmi che ancora si aggiravano sulla montagna e tenevano legate a sé le esistenze di altre persone. Di piú: sembravano tenerle sospese. Zanka pensò ai genitori che aveva incontrato; alla cameretta intonsa di Margherita; al tormento che aveva colto in fondo allo sguardo di Gemma; pensò a Simone, alle sue scelte radicali; pensò a Gheppio, anche lui segnato, indurito, e alle domande che avrebbe voluto fargli. Perché non si era considerata l'eventualità che i due fidanzatini fossero tornati alle tende? Simone era un tipo strano, quantomeno per come aveva reagito a quella storia. Lo si era escluso dalla rosa dei sospettati solo perché aveva partecipato alle ricerche?

Chiuse il taccuino, lo appoggiò sul mobile e sfilò la rubrica dalla tasca esterna della ventiquattrore.

Non è dato sapere quale fu la risposta che Martin Zanka ottenne da Gheppio, quando lo chiamò al telefono e gli domandò per quale motivo Simone Bartocci fosse rimasto fuori dalla lista dei possibili colpevoli.

Si trattò certamente di una risposta breve, asciutta, in sintonia col carattere del forestale.

Il contenuto lo si può dedurre da quel che Zanka scrive nel suo libro.

Simone non poteva allontanarsi dal campo base perché era responsabile dell'infermeria.

Quindi, Simone poteva aver ucciso Jacopo e Margherita soltanto al campo base.

In quel caso, però, già la mattina dopo le squadre cinofile avrebbero trovato delle tracce, dato che le ricerche erano partite proprio da Pian del Cielo.

Infine, nel lasso di tempo intercorso tra l'ultimo avvistamento dei due ancora vivi e l'allarme per la scomparsa – in tutto due ore – tre ragazzini erano passati dal campo per farsi medicare ferite e sbucciature e nessuno di loro aveva notato alcunché di strano.

Molto piú gioco per l'immaginazione lo lasciano invece le reazioni di Gheppio.

Chissà se camminò fino a Collerado per confidarsi coi patriarchi del castagneto.

Chissà se gli venne il dubbio di essersi lasciato scappare il colpevole, dopo averlo avuto accanto per un'intera estate. Uno su cui avrebbe messo la mano sul fuoco.

Chissà se ripensò ai suoi fratelli. In fondo era andata cosí anche a loro. Avevano accolto in brigata un ragazzo di città, renitente alla leva, che si diceva braccato dai fascisti. Invece coi fascisti era in combutta, si era infiltrato tra i partigiani per spifferare i loro piani e spingerli in un'imboscata. Li avevano impiccati, già cadaveri, sulla piazza del paese. Il delatore ci aveva guadagnato una bella cifra e grazie a quella, dopo la Liberazione, era emigrato all'estero – qualcuno diceva in Argentina – e nessuno era riuscito a fargliela pagare.

Anche ammesso che Simone li avesse ingannati tutti quanti, quel che il forestale non si spiegava era in che modo potesse aver ucciso due ragazzi, nascosto i corpi e cancellato ogni traccia nel giro di poche ore.

Un maniaco avrebbe avuto anche il tempo di farli a pezzi, scavare una buca profonda, o trovare una grotta remota e ficcarceli dentro. Quella era la tesi di Capoferri. E se invece di uno fossero stati in due o tre – una setta satanica, come aveva azzardato «La nuova Toscana» – avrebbero potuto trasportare i cadaveri fino a una forra, per poi buttarli giú. Ma le sette sataniche, sul Quarzerone, non s'erano mai viste, e l'idea che ad aggredire Jacopo e Margherita fosse stato un branco non aveva mai convinto nessuno.

Un lupo solitario, piuttosto. Ma Simone era rimasto al campo, in infermeria.

Poteva essere andata cosí: li aveva sentiti parlare e spiati in una tenda. Aveva preso un'accetta dal materiale del reparto e li aveva accoppati. Quindi, per trasportarli meglio e non dare nell'occhio, li aveva fatti a pezzi, con quella stessa accetta e magari una sega. Ma ci voleva comunque del tempo. E intanto un ferito poteva arrivare in infermeria per chiedere un cerotto. Meglio avvolgere i cadaveri nel telo mimetico 29 e trascinarli nel bosco un po' piú in là. Infine Simone aveva lavato la tenda e si era precipitato in paese, al comando stazione. Durante la notte, in un momento propizio, fingendo di partecipare alle ricerche si era allontanato per macellare i corpi al chiar di luna... con decine di persone in giro a cercare i due scomparsi.

No, niente cadaveri fatti a pezzi. Aveva scavato una buca lí, vicino al campo, oppure aveva caricato i due corpi su una carriola e li aveva portati alla grotta piú vicina. Ma nei dintorni di Pian del Cielo non c'erano grotte o crepacci. Gli scout ci andavano proprio per quel motivo, per evitare pericoli, cadute accidentali. E comunque fin dal mattino seguente le grotte piú prossime al campo erano state ispezionate con ogni mezzo. Forse Simone si era unito alle ricerche al preciso scopo di cancellare le ultime tracce. Per costruirsi una patente da insospettabile e infine per depistare le indagini con quel fermacapelli lasciato sull'orlo della scarpata.

Chissà se Gheppio ragionò su queste cose, in questa maniera.

Chissà se le pensò tra i castagni di Collerado, se le disse a Capoferri bevendo un rosso con lui, oppure se rimase alla sua scrivania, dopo averne parlato con Astore, la pipa spenta ancora tra le labbra. E chissà se fissò la foto incorniciata dei suoi fratelli, giurando per l'ennesima volta che avrebbe trovato Jacopo e Margherita, o quantomeno il loro assassino. Anche a costo di andarlo a prendere in Svezia. O in Argentina.

3. Torino, domenica 7 maggio

Nell'Italia degli anni Settanta, «il dí di festa» era ancora un giorno diverso dagli altri: la domenica i negozi erano chiusi, gli uffici pure, la maggior parte delle persone non lavorava e la violenza del produci/consuma sembrava concedere una piccola tregua, per poi tornare, il lunedí mattina, con rinnovato fervore.

Il cielo era sereno e Milena camminava per le vie della città, diretta all'appuntamento con Umberto Ravarino.

– Alle cinque in piazza San Carlo, sotto al Caval 'd Brôns, – le aveva detto al telefono. – Devo darti una cosa da parte di tutti. Una sorpresa per te.

Milena si era incuriosita, e lí per lí, con la cornetta in mano, non aveva domandato per quale ragione proprio lui, Berto Musinè, fosse stato prescelto per consegnarle la «sorpresa», e perché lui da solo, se si trattava di «una cosa da parte di tutti». Un motivo c'era di sicuro, gli ufologi non agivano mai a caso.

Appena lo riconobbe, notò che Berto non aveva la classica mise da riunione del Grucat. Indossava una giacca di velluto a coste, una camicia button down, un paio di pantaloni con la piega e i mocassini. Solita tonalità sul beige, ma con uno stile da intellettuale brillante che non sembrava nemmeno troppo affettato.

– Ci prendiamo un caffè, un gelato? – propose l'ufologo.

Milena optò per il primo e si diressero a un bar sotto i portici, coi tavolini all'aperto, carezzati dal sole e da una luce alpina.

Berto aprí il borsello e sfoderò la sorpresa.

– Questa è per te, – disse appoggiandola sul tavolo.

Aveva l'aspetto di un biglietto d'auguri, di quelli fatti con un cartoncino piegato a metà, stampato su carta giallastra. Il formato era poco piú grande di una patente di guida.

Milena lo girò per leggere. Sulla copertina c'era scritto:

G.R.U.C.A.T.
Gruppo ricercatori ufologi e clipeologi associati Torino

Subito sotto, spiccava il simbolo del gruppo. Sette stelle, unite da un tratto leggero, a formare l'inedita costellazione del Disco Volante. Al centro, il disegno di un'astronave, sul genere di quelli tracciati dai testimoni di incontri ravvicinati. Nell'angolo in basso a destra, un numero a quattro cifre: 1978.

Non era difficile indovinare di cosa si trattasse, ma Milena pensò che fosse gentile mostrarsi stupita.

– Che cos'è? – disse in tono meravigliato, un attimo prima di voltare pagina.

Sopra gli spazi compilati a mano, l'intestazione diceva:

Tessera Socio Onorario
n. 2
Rilasciata al sig. Milena Cravero

Che bello, rifletté Milena, mi hanno nominata *maschio ad honorem*.

– Il numero uno è Paolo Sesto, – ci tenne a precisare Berto, affinché l'onore fosse ancora piú rotondo.

– Grazie davvero, – disse Milena. – La metterò in cornice –. E mentre la rimirava, pensò che aveva tra le mani la seconda tessera della sua vita dopo quella della Ginnastica Torino, annate '62-67.

Sulla terza pagina c'era una griglia per le dodici «quote mensili», già tutte timbrate, e nell'ultima un estratto dallo statuto del gruppo, accompagnato da una citazione.

> Un uomo saggio bilancia ciò in cui crede
> con le prove di cui dispone.
>
> David Hume

Milena ripose la tessera nella borsa e si disse che davvero l'avrebbe messa in cornice. Del resto il Grucat era stato una tappa fondamentale della sua ricerca, che le avrebbe schiuso chissà quali orizzonti.

Bevuti i caffè, Berto pagò il conto e domandò cosa le andasse di fare.

– Torno verso casa, – rispose lei, e lui pronto si offrí di accompagnarla.

Attraversarono la piazza. Un tipo coi capelli scarmigliati e la pancia enorme cantava a squarciagola *Gianna* di Rino Gaetano, battendosi il petto con la mano destra.

Due passanti, con la radiolina all'orecchio per sentire i risultati delle partite, commentarono che matti del genere avrebbero presto invaso le città, per colpa di quel Basaglia e della sua riforma dei manicomi, già votata in parlamento e tanto amata dagli intellettuali.

– Altro che chiuderli! – disse il piú alto dei due. – Bisognerebbe allargarli, i manicomi, coi tempi che corrono.

Milena affrettò il passo.

– Il prossimo fine settimana, – le andò dietro Berto, – c'è uno spettacolo interessante al teatro Erba. S'intitola *Da che mondo vieni?* Pare sia il primo esperimento mai tentato di una pièce teatrale fantascientifica. Tre atti unici, di autori diversi, e pensa che il secondo si svolge sul Musinè durante l'atterraggio di un Ufo.

– È una vera invasione, – rise Milena. – Sui giornali, al cinema, a teatro, in televisione, in cielo… Se continua cosí, il '78 passerà alla Storia come l'anno dei dischi volanti.

– Ho pensato, – continuò Berto, – a quel che hai detto l'altra sera alla nostra riunione. Quella cosa di allargare la prospettiva, perché anche gli Ufo sono usciti dalla nicchia… Era cosí, no? E allora volevo chiederti, insomma, in quest'ottica, se magari t'interessava di vederlo, questo spettacolo, perché nel caso potrei prendere i biglietti, ci si potrebbe andare assieme…

Ahia, pensò Milena. Ecco perché Berto era venuto da solo a consegnarle quella tessera. Voleva tentare un approccio, tastare il terreno.

– Sai, – disse ancora lui, lo sguardo fisso sul selciato e sulla punta delle scarpe, – io ti avrei voluto invitare già da diverso tempo. Cioè, non a questo spettacolo, che è nuovo, ma casomai al cinema, per vedere un film, o a mangiare qualcosa, però mi dicevo sempre: «No, aspetta, forse rovinerebbe la sua ricerca, mica può uscire con uno mentre lo sta studiando», e quindi, adesso che quella fase è finita…

Milena stava pensando a come smarcarsi con la dovuta cortesia quando all'angolo di via Lagrange sbucò un corteo di tifosi juventini. Erano reduci dall'ultima partita della stagione, giocata e vinta in casa contro il Lanerossi Vicenza, a suggellare la conquista del diciottesimo scudetto.

Tra cori e mortaretti sfilò la masnada: cani con la maglia di Bettega, giovani con la faccia dipinta di bianco e nero, cartelli col numero 18, bandiere italiane e della squadra, trombette, striscioni. Milena si stupí di non aver badato a quel baccano in avvicinamento.

Un gruppo di cinque ragazzi con le sciarpe bianconere al collo si parò davanti a Berto e Milena, cantando qualcosa sull'aria di *Guantanamera*, battendo le mani e saltando. Era evidente che volevano essere imitati, coinvolgere la gente nel loro festeggiamento, ma Milena li aggirò con indifferenza.

Uno di loro la agganciò sottobraccio, per trascinarla nella danza. Puzzava d'alcol a un metro di distanza. Milena si divincolò con uno strattone e quello mollò la presa, giusto un attimo prima che Berto gli rifilasse una spinta e lo mandasse a sbattere contro un suo compare.

– Tieni a posto le mani!

Il tizio spintonato si ributtò in avanti e colpí l'ufologo con un *lordone* in faccia. Milena sostenne Berto da dietro ed evitò che cadesse: fosse stato piú grosso, l'avrebbe trascinata per terra, ma era un tipo asciutto, fisico da maratoneta, non fu difficile rimetterlo in piedi.

I tifosi, intanto, allontanavano l'energumeno, dicendogli di lasciar perdere: ci mancava solo che si beccasse un'altra denuncia.

Berto perdeva sangue dal naso e lo zigomo aveva già una sfumatura violetta. Intorno s'era formato un capannello di persone che chiedevano se stesse bene, se avesse bisogno di un'ambulanza, e chissà dove si sarebbe andati a finire con quella gioventú senza morale.

Milena passò al ferito un fazzoletto per pulirsi la faccia. Un cameriere uscí dal bar di fronte con un pugno di cubetti di ghiaccio avvolti in un cencio. Berto ringraziò e fece segno che stava bene.

– Mi dispiace, non ho potuto trattenermi, – disse a Milena sottovoce. – Tifo per il Toro da quando sono *gagno*.

Lei apprezzò lo spirito di quella *diminutio*: invece di atteggiarsi a prode cavaliere, difensore della sua damigella, Berto giustificava il suo gesto con la fede calcistica e l'autoironia. Gli consigliò di andare subito a casa, non serviva che l'accompagnasse, ma lui insistette, non s'era fatto niente, e in fondo quel tragitto era comodo anche a lui, avrebbe preso l'autobus in corso Regina Margherita.

L'incidente con gli juventini aveva interrotto il discorso sulle uscite serali e sullo spettacolo al teatro Erba, ma Milena sapeva che non era finita lí e mentre Berto le parlava di un libro di Asimov, lei si preparava per quando avrebbe riproposto l'argomento.

L'ufologo tacque di colpo. Un rombo sordo s'era infilato tra i rumori del traffico. Milena vide una coppia fermarsi e piegare il collo per guardare in alto.

– Ecco, lo vedi? – disse qualcuno dietro di lei.

Lassú, oltre i balconi di via Maria Vittoria, con i gerani fioriti e la gente che s'affacciava; oltre i cornicioni bianchi e appena sopra i tetti dei palazzi antichi, contro il cielo troppo azzurro del tardo pomeriggio, si stagliava un'astronave gigantesca. Aveva la forma di un siluro.

Milena sentí che Berto le prendeva la mano e la ritirò d'istinto. Poi, per addolcire il gesto, la portò sulla fronte a mo' di visiera.

– Il digiribile, il digiribile! – gridò una bambina correndo sul marciapiede.

Un raggio di sole colpí sul fianco il pachiderma aeronautico e illuminò la scritta che lo percorreva. Le parole «Good» e «Year» erano separate da un talare, il sandalo alato di Ermes. A poppa, dietro gli alettoni, scodinzolava una bandiera a stelle e strisce.

L'ombra del dirigibile sfilò lenta e minacciosa sopra le auto parcheggiate e l'asfalto della strada, sopra i muri con le scritte «Forza Juve» e «Potere operaio».

Milena ricordò che anni prima, doveva essere ancora al liceo, sua madre le aveva parlato di un dirigibile in volo sopra Torino, e le amiche le avevano raccontato del suo passaggio sopra le loro case, di notte, illuminato da mille lampadine. Lei non aveva visto niente, e il giorno dopo non ce n'era piú traccia.

Ora, pensò, anche Torino aveva il suo Ufo da ringraziare. A differenza di quello milanese – veloce, piatto e accecante –, il dirigibile era un mastodonte leggero. Era desueto, ma avveniristico. Era lento, ma filava senza ostacoli. Era goffo e aggraziato, come un ippopotamo ballerino. Era poetico ed era pubblicitario. Era poesia al servizio della pubblicità. Era un ossimoro volante inaspettato. *Unexpected Flying Oxymoron*.

E infatti portava in giro la scritta «Goodyear», «anno buono», in un anno che di buono aveva ben poco. L'indomani sarebbe ricominciato il processo alle Br, e sarebbero ripartite pure le «drammatiche ore», la «vita di Moro appesa a un filo», la «necessità di isolare i violenti», lo «spettro della crisi», la «piaga dell'eroina».

– È la nave madre di Goldrake! – strillò un bambino, la faccia nascosta dietro una nuvola di zucchero filato.

Ecco. Sarebbe ripartito tutto, tranne *Atlas Ufo Robot*, il cartone animato giapponese che anche Milena aveva visto in tivú, «per motivi di studio». L'ultimo episodio era andato in onda proprio quel sabato sera, subito prima del Tg2. «*Quando schiaccia il pulsante magico | lui diventa un ipergalattico*»... E dopo la vittoria di Goldrake sui vegani – che allora erano soltanto i perfidi alieni provenienti da Vega –, largo ai commenti dei politici sul comunicato delle Brigate rosse.

– Immagina se un giorno, – le disse Berto in tono rapito, – un Ufo apparisse cosí, alla luce del sole, sotto gli occhi di tutti, innegabile e incontrovertibile.

Milena pensò che anche gli ufologi razionalisti erano un ossimoro: scettici per dovere, ma con la speranza di poter credere. Come un ateo in attesa di un'epifania divina.

Nel quarto d'ora di cammino che li separava da Vanchiglia, il quartiere di Milena, Berto non parlò piú del teatro Erba né di eventuali serate al cinema. Raccontò quel che lo attendeva nella settimana a venire e lei fece lo stesso. Ogni tanto alzavano lo sguardo verso il dirigibile, che puntava la collina di Superga, e Milena s'immaginava, in sottofondo, *L'abbattimento dello Zeppelin* degli Area, con i fischi del theremin e la voce di Stratos che descriveva l'aeromobile gonfiato dal vento, ubriaco di potere, buttato giú da un rumore d'acciaio, piombato nel fango con ignominia.

Di fronte al portone del suo palazzo, in via Buniva, Milena fece il possibile per sbrigarsi con le chiavi.

– Ascolta, – le disse Berto, – io l'ho capito che non è cosa.

Milena fece per parlare, ma Berto proseguí. – Nessun problema, lo accetto. Però spero che ci rivediamo.

– Certo, – disse Milena con imbarazzo, – c'è la mia ricerca, quando l'ho finita ve la faccio leggere. Ne discuteremo.

Si sporse e lo baciò sulla guancia sana.

– Ci sentiamo piú avanti. Mettici sopra qualcosa, una pomata, mi raccomando... – disse indicando l'altra guancia.

Mentre lui arrossiva, si girò a infilare la chiave nella toppa e, dopo un'ultima occhiata al dirigibile, entrò in casa.

4. Forravalle, lunedí 8 maggio

– È un fascio! – disse Maurizio indicando Pardo. – Voleva infiltrarsi dentro Thanur! È un fascio, a Lucca lo conoscono tutti. Guardate, è finito anche sul giornale!

Il giornale fu il *coup de théâtre*, anche se era solo una fotocopia. Di Pardo aveva parlato, nel settembre del '72, «Pugno al cielo», foglio d'agitazione della sinistra extraparlamentare di Viareggio e dintorni. All'epoca non si diceva ancora «dossieraggio», men che meno *doxxing*, ma di questo si trattava. Era la rubrica «Gap - Gruppi di azione Panottica». Sottotitolo: «Il proletariato tutto vede, dopodiché provvede». È innegabile che i redattori avessero *sense of humour*.

VERSILIA: CHE FARE DEI FASCISTI E DELLE LORO SEDI.

> Li conosciamo tutti bene, sappiamo i loro indirizzi e le loro abitudini. Per troppo tempo ci hanno infastidito e li schiacceremo come mosche, perché abbiamo altro da fare che difenderci dalle loro provocazioni. Noi siamo stanchi anche di fare denunce, dare avvertimenti, e stanchi delle manifestazioni genericamente antifasciste. C'è solo un modo per mettere «fuori legge» i fascisti, in Toscana e altrove, e bisogna cominciare a farlo.

Seguivano i nomi e i volti dei camerati, in gran parte lucchesi. Di ognuno si forniva la foto, un riassunto delle malefatte, indirizzo di casa e tragitti abituali, per alcuni anche il modello – e in un paio di casi la targa – dell'auto o della moto.

Il dossier aveva causato il sequestro della tiratura. L'avvocato dei fascisti era un principe del foro, Goffredo B. Mazzaroso («B.» stava per Benito). Costui aveva sporto querela per una miriade di reati: pubblica intimidazione, diffamazione, minaccia, istigazione a delinquere, istigazione a disobbedire alle leggi, istigazione all'odio tra le classi (articolo abolito due anni dopo perché incostituzionale), apologia di reato e persino violazione di domicilio, perché due foto apparivano scattate mentre i soggetti erano in casa loro o alla sezione del partito. Dopo soli tre numeri, «Pugno al cielo» aveva cessato le pubblicazioni. Il direttore responsabile era fuggito all'estero.

La copia passava di mano in mano. Nell'immagine, piuttosto sfocata, Pardo era poco piú che adolescente. Magro, viso imberbe, capelli scuri. Aveva un boccolo ribelle in mezzo alla fronte, di quelli detti tirabaci... e in mano una spranga. Lo sguardo assente, sogghignava tra sé e sé.

Piú o meno come adesso, pensò Vincenzo alzando gli occhi dal foglio e scrutando il Pardo in carne e ossa, versione 1978. Un mezzo sorriso sulla faccia, tra lo spavaldo e il rassegnato. Tambureggiava con le dita sul tavolo mentre tutti lo indicavano, si indignavano, vociavano.

Rossella, in piedi accanto al camino, teneva le braccia conserte e scuoteva il capo.

Orsola era una sfinge, sedeva immobile sull'orlo di una poltrona di vimini.

Dietro la poltrona, Ludo fumava uno spino, indeciso o forse sornione, in attesa che accadesse qualcosa.

Maurizio riafferrò la fotocopia e lesse ad alta voce:

PARDINI ONORIO detto «Pardo», anni 18, frequenta il liceo Vallisneri di Lucca. Vive a Borgo a Mozzano, in viale San Francesco 11. Ha una Vespa 125 primavera, color panna con sella nera. Karateka, si è distinto piú volte come membro di squadracce. Appena quindicenne, Onorio era nel Fas, Fronte di azione studentesca, l'organizzazione con cui Ordine Nuovo cercava di penetrare tra i giovani, sciolta nel '69. Era tra quelli che nel giugno '70 attaccarono il picchetto di operai davanti all'Electroflux... prendendole secche. Ambiguo, si dà arie da beatnik e canta in un complessino tutto formato da camerati e perciò di infima caratura, i Clark Gables (ma pronunciato «Goebbels»).

Pardo annuí, quasi divertito. – Vero, – disse. – Eravamo inascoltabili.

Maurizio non disse come si era procurato «Pugno al cielo», *et pour cause*. Un paio di giorni prima aveva incontrato suo fratello, Andrea Salvetti, latitante da quasi un mese, anzi, in clandestinità, perché membro di un gruppo armato lo era davvero. Non le Br, uno di quelli minori: Gpc, Giustizia proletaria per il comunismo.

A Lucca e dintorni tra il '77 e il '78 c'erano stati diversi attentati, esplosioni rivendicate con quella sigla. Ora si parlava di una cellula delle Br attiva in città. Qualcuno azzardava, addirittura, che Moro fosse prigioniero a Lucca. «Per quanto possa sembrare assurdo, – ricorda oggi Pardo, – c'era chi lo pensava davvero. La "prigione del popolo" a Lucca. Una città che per calcolarne il perimetro moltiplichi *pi* greco per due pisciate. Moro a Lucca, e da due mesi nessuno lo trovava?»

Già prima del sequestro, questura e carabinieri erano sul chi vive per via degli attentati. Figurarsi dopo: facevano controlli a tappeto, pattuglie ovunque.

Andrea era sfuggito all'arresto all'alba del 6 aprile. Si era nascosto in Lunigiana, nel casolare di un insospettabile dalla doppia vita: dirigente della Cisl di Carrara – che era anche la città dei Salvetti – e «irregolare» di Gpc.

Maurizio e Andrea erano gemelli eterozigoti. Non si vedevano da un pezzo, un po' perché Andrea stava a Lucca da anni, un po' perché Maurizio era entrato a Thanur e non aveva piú avuto contatti con la famiglia. Ma li accomunava la lunga simbiosi, l'essere nati e cresciuti insieme. Non c'era stato alcun imbarazzo nel rivedersi, nessuna necessità di rompere il ghiaccio.

Si erano dati i reciproci aggiornamenti. Andrea aveva chiesto a Maurizio come fosse la vita a Thanur. Parlando degli ultimi sviluppi, il fratello si era sfogato e, quand'era venuto fuori il nome di Pardo, Andrea aveva avuto un sussulto: «Onorio Pardini? Ma io me lo ricordo! È un fascio, un picchiatore! A Lucca lo sanno tutti!»

Andrea ricordava di aver visto il numero di «Pugno al cielo» con la scheda su Pardini. «Lo trovi dai compagni del centro di documentazione, a Carrara, – gli aveva detto. – Lí ce l'hanno di sicuro».

E cosí quel pomeriggio Maurizio era sceso a Carrara, aveva scovato il giornale, se n'era fatta dare una fotocopia ed era tornato a Thanur per l'ora di cena.

Solo molti anni dopo, con Andrea al riparo da pendenze giudiziarie, Maurizio avrebbe raccontato di quei loro incontri nel suo libro.

Pardo non sembrava alle strette. Quando calò il brusio, prese la parola.

– Scusate, eh, ma io mica ho nascosto niente. A me nessuno ha chiesto un cazzo. E secondo voi, se volevo infiltrarmi, usavo il mio nome vero? Infiltrarmi per fare che, poi?

Silenzio in sala. Si udí appena un flebile scricchiolio: Orsola si accomodava sulla poltrona di vimini.

Un modo per dire: «Ti ascoltiamo».

Ludo si appoggiò con una spalla alla parete, posa rilassata.

Rossella restò a braccia conserte.

Nel corridoio suonò un vecchio orologio. Le nove di sera.

Vincenzo fece a Pardo un cenno col mento: «Vai pure avanti».

Fu cosí che Onorio Pardini si mise a raccontare: i trascorsi da fascista, la caduta nella roba, la «cazzata» di due mesi prima, l'arresto, la malora, la piú importante decisione della sua vita.

5. Forravalle, lunedí 8 maggio

Nel maggio del '78 Pardo stava per compiere venticinque anni. Da quando ne aveva quindici era stato con un piede fuori e uno dentro il partito. Il partito ufficiosamente neofascista. Quello rappresentato in parlamento da borghesi in doppiopetto. Quello che se fascista lo fosse stato *ufficialmente* lo si sarebbe dovuto sciogliere. Decenni di giochini con la legge e la Costituzione, di vedo e non vedo, di qui lo dico e qui lo nego, di tra noi ci intendiamo, tu non superi questa linea e tutti siamo contenti.

Per Pardo quel partito coincideva con suo padre, a diciott'anni impiegato in un ufficio del Regio esercito, poi al ministero della Difesa nazionale della repubblica di Salò. Dopo la guerra, era stato dipendente della Repubblica italiana – direttore di un ufficio postale – fino alla pensione, ma sempre fedele all'ideale di gioventú, pieno di gratitudine per chi gli aveva riempito il petto d'orgoglio e amor di patria.

All'epoca del dossier di «Pugno al cielo», Pardo aveva rischiato di ritrovarsi la testa spaccata, ma l'aveva presa con filosofia, almeno cosí disse quella sera a Thanur.

– In fondo, anche i camerati hanno sempre aizzato a colpire i compagni.

Parlava, e intanto si guardava intorno. Per la prima volta un'intera sala pendeva dalle sue labbra. Non era cosí, ai tempi dei Clark Gables.

La band si era sciolta presto e senza incidere niente. Girava però il nastro di un concerto alla festa tricolore di Poggio Tumulo, frazione del Comune di Marese (Lt). Era stato cosí che Pardo era entrato nel radar di Fruzzetti. Jimmy aveva ricevuto per posta quel *bootleg* e l'aveva recensito sulla rivista dell'Hallogallo, nella rubrica *Il gusto dell'orrido*.

> Come tutti sanno, il pubblico fascista non capisce un cazzo di musica. Solo cosí possiamo spiegarci l'esistenza di questo nastro deprimente. Arditi e sprezzanti del pericolo, o meglio, del ridicolo, i Clark Gables si lanciano in dozzinali versioni rock di canzonette care al cameratume: *Balilla*, *Noi tireremo dritto*, *Bombe sull'Inghilterra*... È tutto un credere, obbedire, combattere. Manca giusto il saper suonare. L'apice dell'imbarazzo si tocca quando la band se la prende con gli omosessuali in *Campo dei finocchi*, atroce parodia di *Un mondo d'amore* di Gianni Morandi. Comincia con lo stesso arpeggio di chitarra, ma l'atmosfera si fa subito sguaiata: «*C'è un campo là a sinistra | dietro il bosco dei compagni | dove cresce il terzo sesso, | quello è il grande campo dei finocchi*». Non fa ridere, ma strappa il commento: braccia rubate all'orticoltura. L'ultimo pezzo si intitola *Abbiamo pazientato quarant'anni, ora basta!* Ammirevole pazienza: per romperci i coglioni a noi son bastati quaranta minuti di Clark Gables. (JF)

Nel 1973 Pardo si era iscritto a Giurisprudenza. Quell'anno aveva anche subito un processo per rissa, articolo 588 del codice penale, con riferimento all'episodio dell'Electroflux di Camporgiano. Lo avevano assolto perché, a dispetto di quanto scritto su «Pugno al cielo», lui quel giorno non c'era.

Nel 1975 aveva mollato l'università. Sciolta la band e accantonato l'impegno politico, s'era ritrovato senz'arte né parte. Era stato allora, nell'inverno del '76, che si era messo a spacciare. Anfe, coca, ero... Non c'era voluto molto prima che contravvenisse alla regola *Never get high on your own supply*. Mai sballarsi con la propria merce.

Giusto uno schizzetto per provare, aveva pensato, non ricapiterà piú.

Ma poi era ricapitato. E vabbe', che vuoi che sia…

«È stato proprio come nella canzone di Finardi, – ricorda. – Quella che s'intitola *Scimmia*, com'è che faceva? "*Io la imparerò ad usare, | mi saprò gestire, non mi farò fregare*". Invece, hai voglia se mi son fatto fregare! Intanto continuavo a spacciare. Per quasi due anni sono riuscito a tenere nascosta la cosa agli amici, ai camerati, ai miei vecchi. Ormai vedevo tutti di rado: morta mia nonna, che stava al piano di sotto, ero andato a vivere da solo in quell'appartamento. Il partito non lo frequentavo quasi piú. Ma a un certo punto ho fatto una grande cazzata».

La sera del 16 marzo '78, dopo il sequestro di Aldo Moro, il partito ufficiosamente fascista organizzò a Lucca, come in altre città, un presidio con fiaccole di fronte alla propria sede. Pardo non faceva piú politica attiva, ma decise di andarci per vedere com'era.

Nel pomeriggio, a Montecitorio, il presidente nazionale del partito aveva chiesto le dimissioni del ministro dell'Interno, leggi speciali contro il terrorismo, pena di morte per i reati piú efferati e l'applicazione del codice penale militare. Aveva gridato che dietro le Brigate rosse c'era l'odio di classe fomentato dalle sinistre. Ancor piú *dietro* c'erano il Kgb, la Libia, i servizi segreti cecoslovacchi. Quella del suo partito, aveva tuonato, era l'unica, vera opposizione ai governi del lassismo interessato e del consociativismo.

Pardo non era un ammiratore del presidente. Tra le due correnti che si scontravano nel partito aveva sempre preferito quella del Deuteragonista, che invece di limitarsi alla trinità della destra da salotto – Dio, Patria e Famiglia –

voleva contendere alla sinistra il terreno della protesta e della rivoluzione.

Mentre si dirigeva verso il presidio, Pardo era curioso e al tempo stesso inquieto. Nell'ultimo anno aveva passato piú tempo a schivare i camerati che a cercarli. Se avessero scoperto che si bucava, non avrebbero certo reagito bene.

Che vendesse si sapeva, nessun problema. Altri camerati lo facevano, alcuni in grande stile.

La coca? Niente di male, era stata il carburante degli squadristi, e prima ancora dell'impresa di Fiume. Di «madama Sleppa» Italo Balbo era innamorato perso, D'Annunzio idem.

Benzedrina, metamfetamina, Pervitin? Li usavano le SS e la Wehrmacht per essere piú resistenti in battaglia.

L'eroina invece era merda per fricchettoni, smidollati e morti viventi.

Pardo non voleva cedere all'angoscia, ma nelle ultime due settimane le sue giornate si erano fatte sempre piú pesanti. Non riusciva a dormire, e quando ci riusciva, si svegliava per gli incubi, che poi non ricordava. Aveva sempre un velo di sudore freddo sulla pelle. Anche quella sera.

Un manipolo dall'espressione truce, con la fascia tricolore al braccio, formava un recinto di spranghe e bastoni, a sbarrare la strada. C'era pure la banda di Landucci, notò Pardo, benché priva del capo, che era latitante. Giacche di pelle nera da motociclisti e occhiali scuri sulla fronte.

Si fece riconoscere e lo lasciarono passare.

C'era al massimo un centinaio di persone e l'atmosfera era diversa da come l'aveva immaginata.

I caporioni formavano un crocchio, sparuto e con le spalle al muro, isolato dal resto del branco.

Un camerata domandò cos'avrebbe detto il Deuteragonista se al posto del presidente fosse intervenuto lui.

Un secondo strillò che mentre loro stavano lí a farsi le seghe, i comunisti aspettavano un segnale dall'Urss per metterli tutti in un gulag, altro che Moro.

Di lí a poco due tizi cominciarono a insultarsi e spintonarsi. Il piú secco dei due finí addosso a Pardo, strillando le parole «guerra civile». Sopra le teste, bandiere italiane o del partito, intristite dall'assenza di vento. Un cartello diceva: «Si scrive Br, si legge Stasi». Tutto puzzava di morte, pensò Pardo. Sembrava di essere a un funerale, eppure non stavano commemorando un camerata ucciso.

Pardo si immalinconí e gli venne voglia di uno schizzo. Però era a secco, tanto di roba quanto di denaro. Lasciato il presidio, andò in cerca del suo contatto, quello che comprava la brown al porto di Livorno.

Il contatto si fece trovare, e l'ero gliela diede, ma da smazzare, in cambio di qualche soldo e una dose a lavoro finito. Ma lo avvisò anche di stare in campana, ché con quella storia di Moro la città era piú pattugliata del solito, e polizia e caramba erano assai nervosi.

Pardo in campana non ci stette, e cosí finí di nuovo sul giornale, stavolta un giornale borghese, quello locale.

MANETTE ALLO SPACCIATORE, SGOMINATO TRAFFICO D'EROINA.
Legami con ambienti neofascisti? – Indagini in corso

Non c'è solo lo «scacco» dello Stato nel non aver saputo impedire il rapimento dell'onorevole Moro: in tutta Italia e anche a Lucca si cominciano a vedere concreti risultati nella guerra contro i venditori di droga. Un giovane eroinomane è stato arrestato dai carabinieri ieri alle venti a Porta San Pietro; aveva appena venduto «merce» a due ragazzi. In tasca gli sono stati trovati due grammi di eroina del tipo brown sugar. Si chiama Onorio Pardini, 25 anni, disoccupato. Con il soprannome di «Pardo» è noto anche come militante dell'estrema destra cittadina. Alla sezione Narcotici dell'Arma è definito «medio spacciatore». Da tempo era stata segnalata la presenza del Pardini e di altri spacciatori tra Porta San

Pietro e Porta Elisa. I carabinieri si sono appostati nelle vicinanze e quando il Pardini ha «piazzato» la roba lo hanno circondato e bloccato. «Riteniamo, – dicono i carabinieri, – che il giovane faccia parte di un'estesa organizzazione che si procura droga dai mercati dell'Estremo Oriente. L'arresto del Pardini è solo il primo passo: non escludiamo sviluppi entro breve tempo».

– Mi hanno tenuto una notte in commissariato. Ammetto che ne sono uscito perché, a differenza di molti drogati, avevo qualche santo in paradiso. Parlo di santi fascisti. Il giudice competente era un vecchio amico di mio padre. Ha fissato subito l'udienza di convalida e ha fatto un discorsetto al Pm. Il quale Pm ha chiesto che l'arresto non venisse convalidato e il giudice è stato ben felice di accontentarlo. Articolo 80 della nuova legge: non punibilità per il possesso, a uso personale, di modica quantità di stupefacente. Me la sono cavata, ma i camerati mi hanno rinnegato. Il partito ha ribadito di essere «contro ogni tipo di droga». Volevano espellermi, ma siccome non facevo la tessera dal '74, hanno scritto un comunicato che diceva piú o meno: «Se fosse stato ancora iscritto, non c'è dubbio che lo avremmo espulso». Nemmeno la mia famiglia ha piú voluto saperne di me. Babbo mi ha cacciato dall'appartamento che era stato di mia nonna. «Quella era una santa donna! – mi ha detto. – Non meritava un drogato sotto il suo tetto!»

– E come sei finito in Lunigiana? – gli chiese qualcuno.

– Qui aveva un casolare un mio zio che è morto, – rispose Pardo. – Era vuoto, e mi ci sono trasferito.

Maurizio Salvetti dovette provare un brivido nell'udire che Pardo aveva fatto la stessa mossa di suo fratello latitante.

– È un casolare poco fuori Pallerone. Senza luce, senza gas, senza un cazzo. Mi sono rinchiuso lí per smettere di farmi. Mi sono procurato il metadone in piazza e ho cominciato a scalarmelo da me. Ma cosí è durissima non ricascarci. Poi ho letto sul giornale che in questa comune qualcuno, – e indicò Vincenzo, – era guarito dalla tossicodipendenza. Il resto lo conoscete.

L'orologio del corridoio suonò le dieci.

Pardo aveva raccontato di sé per un'ora abbondante, senza nemmeno bere un sorso d'acqua.

– Di sicuro non sono un infiltrato. Di sicuro non sono qui per ingannarvi. Ecco, io quello che dovevo dire l'ho detto. Regolatevi come credete.

Di nuovo fu il silenzio.

I thanuriani aspettavano che Orsola si pronunciasse.

L'ex docente universitaria riportò le terga sull'orlo della poltrona. Inspirò platealmente, fissò Pardo negli occhi e gli disse:

– Chi arriva a Thanur lascia dietro di sé la vecchia vita. È quel che abbiamo fatto tutti.

Poi allargò le braccia a indicare i presenti e aggiunse:

– Questa è Thanur. Sei il benvenuto.

Dopo un momento di stupore, i volti si distesero e ci fu anche un accenno di applauso.

L'unico a masticare amaro era Maurizio, la cui grande rivelazione era stata un buco nell'acqua. Abbozzò, e fece buon viso a cattivo gioco. Un minuto piú tardi non c'era piú, era salito in camera.

Pian piano tutti andarono a dormire.

6. Torino, martedí 9 maggio

Un ambiente chiuso, a pianta semicircolare.

Dall'altezza dello sterno al soffitto, la lunghissima parete curva è tutta una vetrata, o meglio – ché certamente non è vetro –, un unico pannello trasparente da un margine all'altro del campo visivo.

Sotto, una distesa di macchinari e pulsantiere, schermi e quadranti, manopole e cloche.

È l'astronave di *Incontri ravvicinati del terzo tipo*.

Nel film l'interno non si vedeva, ma Milena *sa* di esserci dentro.

Sul soffitto vibra, come se respirasse, un reticolo di tubi colorati.

Là fuori c'è la notte stellata. Milena guarda in basso. Riconosce la sagoma del Quarzerone e il borgo di Forravalle. La radura di Pian del Cielo è punteggiata di piccole luci. Milena sa che sono fuochi fatui.

Al centro della sala, sopra un piedistallo lucido, un uomo siede a gambe incrociate. È rinchiuso in un parallelepipedo trasparente, una membrana appena percettibile lo tiene prigioniero.

È Aldo Moro.

Il presidente della Democrazia cristiana ha l'abito sgualcito, la barba di piú giorni, i capelli in disordine. Quando vede Milena mormora qualcosa.

«Il sacrificio degli innocenti in nome di un astratto principio di legalità...»

Milena non coglie la fine della frase. D'istinto protende il capo in avanti.

Dalla parete a cui dà le spalle giungono un rumore e una corrente d'aria. Si è aperta una porta scorrevole. Di là c'è un corridoio avvolto nella luce. Varcano la soglia cinque extraterrestri. Sono esili e hanno grandi teste, come nel finale del film di Spielberg.

Si dispongono accanto al cubicolo di Moro e quello al centro gesticola verso Milena. Anzi, *quella* al centro: Milena sa che sono femmine. Le altre restano impassibili, le braccia distese lungo i corpi bianchi e traslucidi.

«Non capisco...» dice Milena.

L'aliena indica Moro, poi si indica la bocca, poi indica Milena.

«Devo... tradurre?»

Moro si alza e le si avvicina, per quanto gli consente la membrana che lo ingabbia.

«Il sacrificio degli innocenti in nome di un astratto principio di legalità...»

Milena scuote il capo, guarda le aliene. «Mi dispiace, io non...»

L'aliena le dice qualcosa. Ha una voce inaspettatamente grave, da contralto. Chi se l'aspettava, da uno scricciolo cosí? Parla una lingua che sembra tedesco. Milena in ogni caso non capisce, ed è sempre piú agitata. Ha studiato il tedesco al liceo, ma questo non è *Deutsch*, ci somiglia e basta.

«Stai tranquilla», dice qualcuno alla sua destra.

Milena si gira e vede Jimmy.

«Concentrati. Parlano in kobaiano, la lingua dei Magma. Abbiamo ascoltato un loro album, *Üdü Ẁüdü*».

«Ma io non lo parlo, il kobaiano».

«E invece sí. È la lingua dei sogni di stanotte. Chiunque ne stia facendo uno può parlare kobaiano».

Milena guarda Moro, poi le aliene.

Ogni essere in quel salone è in trepida attesa.

Moro scandisce: «Il sacrificio degli innocenti in nome di un astratto principio di legalità è inammissibile».

Milena ha un brivido. Traduce.

Le aliene annuiscono, poi formano un capannello. Si consultano per pochi secondi. Infine la portavoce comunica il responso.

Milena non è certa di avere inteso: «Noi lasceremo andare Moro, e tutti gli altri, ma voi dovete restituirci... il contadino?»

Der Hofbauer, cosí ha capito.

«No, David Bowie», chiarisce Jimmy.

E a quel punto, come accade nei film e nei romanzi, la sveglia suona.

Milena aprí gli occhi. Era nel proprio letto, nell'appartamento di quarantacinque metri quadri in cui viveva da meno di un anno, all'ultimo piano di una casa di ringhiera in borgo Vanchiglia. Pagava l'affitto a una madamina, una vedova di sessant'anni che s'era trasferita a Pinerolo perché ci stavano i figli e le nuore, e perché *a Pinareul a j-è nen tüta sta violensa, a Türin a l'an perdü la testa*! Si sentiva ancora l'odore dei suoi fiori, delle essenze e delle spezie, delle «buone cose di pessimo gusto».

Appena alzata, Milena prese un taccuino e trascrisse il sogno, finché se lo ricordava.

Quindi si fece la doccia. Mise su un caffè.

Infine, telefonò a Jimmy.

– Almeno un significato è chiarissimo, – disse Jimmy al termine del racconto.

– D'accordo, dottor Freud, – disse Milena. – Sentiamo la sua *Traumdeutung*.

– Prima toglimi un dubbio, però. Le cinque aliene… Come hai capito che erano femmine?

– Eh no, caro. Troppo facile. Se vuoi fare quello che interpreta i sogni, devi farlo senza il mio aiuto.

– Okay. Per cominciare, Moro non è Moro.

– Lo dicono in tanti, – lo interruppe Milena, sarcastica.

– Sí, ma io intendo che Moro è un allegoria.

– Però la frase che dice è sua. L'ha scritta a Cossiga dalla prigione del popolo.

– Diciamo allora che non è *soltanto* Moro. È «il rapito» per eccellenza. Ora, «rapito» significa anche concentratissimo, interessatissimo, intrippatissimo. Tant'è che la gente che si interessa agli Ufo, tipo quelli del Grucat o dell'Ausl, si può dire *rapita* dagli Ufo. Però con le aliene Moro non riesce a comunicarci.

– Perché non sa il kobaiano.

– Esatto. Una lingua che invece conoscono gli artisti come i Magma, gli ufofili come me e le antropologhe sognatrici come te.

– Veniamo al dunque?

– Okay. Tu trovi una situazione bloccata: Moro, cioè il rapito, cioè l'ufologo, non riesce a farsi capire dalle aliene. Sia perché sono aliene, sia perché sono *donne*, questi esseri cosí rari in ambito ufologico. All'inizio non pensi di dover intervenire, però te lo chiedono le aliene stesse, perché sei donna come loro. A quel punto ti rendi conto di conoscere la loro lingua, e diventi il ponte tra i due mondi. Me l'hai detto tu che hai dato il benservito al Grucat perché è tempo di fare osservazione partecipante fuori da quel recinto. Il sogno ti conferma quello che già pensavi, cioè che non devi solo cambiare tribú, ma fare un passo avanti: meno osservatrice, piú partecipante. Che paesaggio hai visto dall'astronave?

– Il Quarzerone.

– *Das stimmt*! La tua prossima meta è quel monte, dove guarda caso noi abbiamo in programma la veglia ufofila. E tu parteciperai.

– E perché c'erano i fuochi fatui?

– Fuoco fatuo in tedesco si dice *Irrlicht*, titolo del primo album solista di Klaus Schulze, uno dei piú grandi corrieri cosmici. E infatti sul Quarzerone ci andrai con un corriere cosmico, il sottoscritto.

– Infatti poi arrivi tu, – disse Milena. – Sei tu a suggerirmi di parlare kobaiano, a ricordarmi che lo so parlare.

– La veglia la sto organizzando io, no? E i Magma te li ho fatti ascoltare io. E non è forse vero che mi trovi irresistibile?

– E David Bowie cosa c'entra? – domandò Milena.

– Che domande. Starman. Ziggy Polvere di Stelle. L'Uomo che cadde sulla Terra.

– Però di cose che non mi quadrano ce ne sono. Va bene, Moro sarà anche il «rapito» nel senso che dici tu... Ma perché la prigione del popolo è proprio sull'astronave di Spielberg? Ah, no, aspetta, questa la so!

– Cioè? – chiese Jimmy.

– Un corriere cosmico di mia conoscenza direbbe che lo Spielberg è la prigione per eccellenza, il carcere austroungarico dov'erano prigionieri Pellico e altri patrioti del Risorgimento.

– Non so, mi sembra una forzatura...

– *Questa*. Le tue, invece...

– Touché, – disse Jimmy ridendo. – La verità è che il tuo sogno è un portentoso *Mischmasch*. In ogni caso, ti aspetto qui sabato 20 maggio.

Quando Milena riattaccò erano le undici del mattino.

Poco dopo l'ora di pranzo, radio e tivú diedero notizia del ritrovamento, a Roma, del corpo senza vita di Aldo Moro.

Stava nel bagagliaio di una Renault 4 – che i telespettatori videro grigia, sul momento fu detta rossa, e in realtà era amaranto – parcheggiata in via Caetani, a metà strada tra la sede nazionale del Pci e quella della Dc. Un chiaro messaggio ai due partiti del compromesso storico e della «fermezza».

Le Br avevano annunciato l'esecuzione il 6 maggio, in quello che passò alla storia come «il comunicato del gerundio». Una delle ultime frasi diceva infatti: «Concludiamo quindi la battaglia eseguendo la sentenza a cui Aldo Moro è stato condannato».

Da tre giorni ci si chiedeva, talora scomodando linguisti di chiara fama, cosa quel gerundio – modo verbale indefinito e senza declinazioni – potesse voler dire. Moro era stato ucciso prima della stesura del comunicato o sarebbe stato ucciso dopo?

Il 9 maggio si capí che, al pari di molte questioni sollevate nei cinquantacinque giorni del sequestro, anche quella era di lana caprina.

Quanto a Moro, di quella lana non ne aveva filata. Proprio lui, famoso per le circonlocuzioni, il periodare contorto, le allusioni, da prigioniero era stato chiaro nell'indicare i responsabili dell'epilogo ormai scontato.

In primis il suo partito, anzi, *ex* partito, perché in una lettera al segretario Zaccagnini, mai recapitata, aveva comunicato la sua decisione «irrevocabile» di lasciare la Dc. Quella Dc che non aveva trovato il coraggio di rompere il fronte della fermezza – dell'«unanimità fittizia», nelle parole di Moro – e accettare uno scambio di prigionieri, come si fa in guerra tra nemici che si riconoscono. Ma i partiti del rigore non potevano, non volevano riconoscere quei nemici. Si trattava di criminali, assassini e null'altro. «Tutto è inutile, quando non si vuole aprire la porta... – aveva scritto Moro. – Domani gli onesti piangeranno il crimine compiuto e soprattutto i democristiani... Il mio sangue ricadrà su di loro».

In secundis il Partito comunista, vero e inesorabile mastino del «rigore» contro ogni ipotesi di trattativa.

Poi i giornalisti e i politici che, analizzate le numerose e disperate missive del prigioniero, le avevano liquidate come opera di un dissociato mentale.

Infine, persino il papa, che per provare a salvarlo aveva fatto «pochino».

In quelle che erano ormai le sue ultime volontà, Moro aveva intimato che al suo funerale non si facessero vedere «gli uomini del potere».

Mischmasch, l'aveva chiamato Jimmy. «Guazzabuglio».

Eppure, anche nel sogno Moro era andato dritto al punto.

Nel sogno, Milena giunse a concludere, Moro era *soprattutto* Moro. Lucidamente sé stesso, anche in una situazione *aliena*, a confronto con un mondo che non era il suo.

Le risuonava nelle orecchie la frase che il prigioniero aveva detto, che aveva pronunciato non una ma tre volte. E che lei aveva tradotto in kobaiano.

Il sacrificio degli innocenti in nome di un astratto principio di legalità è inammissibile.

Nelle notti che seguirono, molti altri sognarono il politico ucciso. Testimonianze in tal senso non mancano. Racconta lo scrittore Giuseppe Genna, all'epoca in quarta elementare:

> Ecco un incubo che feci allora. Moro mi appare in veste di compagno di classe, seduto al banco accanto al mio. Io ho otto anni e mezzo, ma lui è adulto e dimesso, uguale a come lo mostrano

le foto dalla prigione del popolo. La postura curva mi fa pensare a un triste cammello. Il maestro lo sta interrogando. Ha il volto coperto da un passamontagna. «Parlaci *dello* Sim! – chiede a Moro, che balbetta e non risponde. – Forza, Moro, non costringermi a darti un brutto voto... Che cos'è *lo* Sim? Ne abbiamo parlato tante volte. Vuoi dirmi che non hai mai ascoltato? Chi sa rispondere a questa domanda?» Io alzo la mano, contento di poter fare bella figura: «È lo Stato imperialista delle multinazionali». Il maestro si complimenta con me, dopodiché estrae una pistola. Una P38. Io mi aspetto che la punti in faccia a Moro, invece se la punta alla tempia. Mentre tira il grilletto mi sveglio, fradicio di sudore.

7. Forravalle, sabato 13 maggio

Prima di quel sabato, gli abitanti di Forravalle non si erano mai imbattuti in una siringa abbandonata all'aperto.

Era una classica «insulina» da mezzo millilitro, con ago in acciaio, piantata come una freccetta nel tronco di un tiglio in piazza Libertà.

«L'invasione dei drogati» era già un problema di dominio pubblico, discusso e commentato al *Ragno azzurro*, fuori dalla chiesa dopo la messa, col parroco e col sindaco, col forestale e col maresciallo. Ma la siringa in piazza produsse un corteo spontaneo e rabbioso, con almeno quaranta paia di gambe, diretto dal paese a Villa Malaspina.

Giunti di fronte all'entrata di Thanur, i paesani dovettero arrestarsi. In teoria quel giorno la comune era aperta ai visitatori, ma da quando i richiedenti asilo avevano preso a stazionare lí davanti, il cancello restava chiuso.

All'arrivo del gruppo, gli accampati nello spiazzo rimasero seduti intorno agli avanzi del fuoco.

Un cinquantenne forravallese, tozzo e robusto, raccolse un bastone mezzo bruciacchiato e lo abbatté sulla cassa di una chitarra.

Pessime vibrazioni si levarono dai frantumi e dalle corde spezzate.

Brandendo ancora il bastone, l'uomo intimò ai ragazzi di togliere le tende e il disturbo. Lo sostenne un coro di approvazione. Quelli accennarono una protesta, e per tutta risposta uno di loro rimediò uno spintone che lo mandò gambe all'aria. Qualcuno prese a sfilare i picchetti delle tende, qualcun altro reagí. Volarono ceffoni, ancora spinte, qualche calcio, molti insulti e bestemmie. I tossici smobilitarono e si ritirarono verso la provinciale, in attesa che passasse la buriana. Ludo, Vincenzo, Maurizio e Pardo, arrivati di corsa, si trovarono a fronteggiare la piccola schiera di paesani oltre le sbarre. Dopo le prime ingiurie ricevute, Ludo mandò Vincenzo ad avvertire Orsola.

Lei era sul retro delle scuderie con il registratore in mano, pronta per il discorso del sabato.

Vincenzo si scusò per il disturbo e le raccontò quel che accadeva là fuori.

Lei non sembrò sorpresa e reagí con la consueta calma: – Se quelle persone sono venute a esprimere il loro disappunto, non vedo come potremmo impedirglielo. Né perché dovremmo.

– Non capisco, – disse Vincenzo.

Orsola gli sfiorò il braccio.

– Thanur accoglie. Questa non è una fortezza. E io sto facendo tardi per il mio discorso. Aprite il cancello.

Vincenzo la guardò sparire e tornò di filato all'ingresso principale. Riferí a Ludo le parole di sua moglie. Maurizio tentò un'obiezione, ma l'olandese tirò via il chiavistello e lasciò che Forravalle entrasse a Thanur.

Nella vecchia scuderia i posti a sedere erano tutti occupati. Orsola si era appena messa in poltrona e stava sistemando il registratore sul tavolino, di fianco alla statuetta della dea Thanr. Gli abitanti del paese erano in piedi in fondo alla sala. Vincenzo si appoggiò al muro, desideroso di ascoltare, ma distratto dalla certezza che sarebbe accaduto qualcosa. Pardo si mise accanto a lui, arrotolando le maniche della maglia sugli avambracci, la fronte sudata.

Orsola schiacciò i tasti Rec e Play del registratore. Si sporse in avanti.

– La vita in comune per migliorare sé stessi, – disse.

Un uomo alzò il braccio. Si chiamava Berengari ed era il macellaio di Forravalle.

– Perché non parliamo di questa, invece?

Teneva in mano la famigerata siringa, stretta in un fazzoletto, e se il gesto di raccoglierla e portarsela dietro può suonare sconsiderato, occorre ricordare che in quella primavera l'Aids era ancora sconosciuto, e gli attrezzi per il buco abbandonati dai tossicomani non erano considerati rifiuti speciali, piú pericolosi della diossina.

– L'abbiamo trovata in piazza stamane, – continuò Berengari, – e siamo venuti a restituirvela.

Lanciò a terra la siringa, come un ordigno esplosivo, nel corridoio centrale che si apriva tra le sedie.

Vincenzo si staccò dalla parete, fece un passo avanti, ma la presa di Pardo sul gomito lo trattenne. Orsola sollevò appena la mano destra e mostrò il palmo agli adepti, che già rumoreggiavano all'indirizzo dell'intruso e gli intimavano di tacere, mentre quello puntava il dito intorno a mo' di pistola: un cowboy circondato dagli Apache.

– E non raccontateci che non è roba vostra, – disse ancora. – I drogati vengono per stare qui da voi. *As vede c'a i traté bén!*

– Ma stai zitto, fascista! – gridò una voce femminile.

L'uomo cercò di individuare chi aveva parlato.

– Fascista io? – disse. – Non ci provare, bellina. Io sono anarchico figlio di anarchici. Mio padre si è fatto il confino a Ventotene e alle Tremiti. Per me siam tutti liberi. Ti vuoi drogare? *Fa cóm t'vó!* Basta che lo fai per conto tuo e non lasci in giro le siringhe, ché magari un bambino si fa male.

I presenti erano ammutoliti e attendevano un segnale da Orsola. Avrebbe ripreso il discorso interrotto, come se niente fosse? Per il momento taceva. Si augurava che qualcuno rispondesse al tipo per le rime, ora che il pistolotto era terminato?

Il macellaio sembrava un pugile che ha sferrato un paio di buoni colpi e si mette in guardia per studiare la reazione dell'avversario.

Vincenzo fu lí lí per uscire dall'angolo e affrontarlo, ma Rossella lo precedette. Si alzò, una mano sul ventre, mosse un passo avanti e parlò con la stessa calma di Orsola.

– Chi entra a Thanur non usa piú siringhe. C'è chi viene qui proprio per smettere.

– E le tende? – domandò una voce il cui timbro suonò familiare a Vincenzo.

Scrutò le teste e riconobbe Saverio Menconi.

Il cacciatore fece un passo in avanti. Sul viso, la solita espressione torva.

– Questa gente non può piantare le tende dove vuole. E non può venire a drogarsi in paese. Se li volete tanto, chiudeteli qui dentro *e non féli pu sciortire!*

Dal settore dei forravallesi si levò un applauso.

– Credi che sia cosí facile rinchiudere le persone? – domandò Rossella. – E credi che sia giusto, se fanno male solo a sé stesse?

Menconi scosse il testone arruffato.

– Credo che la buonanima di tua nonna si rivolta nella tomba, per come avete conciato casa sua, ecco cosa credo.

I thanuriani esplosero in una raffica di proteste e insulti, Vincenzo sentí ancora la stretta di Pardo sul braccio mentre gli sfuggiva un sonoro «pezzo di merda!» Una scena analoga si ripeteva vicino all'ingresso della scuderia, con Ludo che tratteneva Maurizio.

Da un angolo in fondo alla sala, una voce baritonale si impose.

– Prima di nominare la marchesa bisogna lavarsi la bocca col sapone.

Gli occhi della platea si volsero da quella parte e inquadrarono la sagoma di Giorgio Capoferri, il vecchio fattore della tenuta Malaspina. Doveva essere arrivato alla villa attratto dagli schiamazzi.

– Una gran donna, – riprese, tirandosi un baffo per la punta, – che con la sua proprietà ha fatto quello che credeva giusto. Lo stesso fa la sua erede qui presente –. Indicò Rossella. – Legittimamente. C'è poco da recriminare.

– Bella roba! – sbottò ancora Menconi.

– Bella o brutta, non sono affari nostri, – disse Capoferri.

– Invece sí, se poi 'sta gente non ha rispetto per nessuno, – insistette il cacciatore. – Tu difendi la nipote perché la vecchia ti ha lasciato la casa. E non aggiungo altro.

I due si fronteggiarono, il corridoio tra le sedie a tenerli distanti. Avevano circa la stessa età, e anche la corporatura era simile. Ma i tratti regolari, i capelli bianchi e il pizzetto candido donavano a Capoferri uno charme che l'altro nemmeno si sognava.

– Non ti piacciono i drogati? E allora forse lo capisci anche te che questi, – disse indicando la mezza sala occupata dai thanuriani, – non sono tuoi nemici, perché qui dentro i drogati smettono di drogarsi.

– *E fora*? – domandò Menconi. – Chi glielo insegna a stare al mondo? A questi gli piace vagabondare, passare dove cazzo gli pare. Sono sicuro che qualcuno di loro mi si è infilato in casa. Ho trovato delle cose spostate e son fortunati che non mancava niente. Ma se lo beccavo…

– Meno male che lo abbiamo beccato noi, – sussurrò Pardo.

Quelle parole sgonfiarono la rabbia di Vincenzo, che si riappoggiò al muro.

Il brusio dei commenti soverchiò l'alterco tra i due sessantenni, finché Orsola non alzò di nuovo la mano.

Quando il vociare si fu abbassato e anche l'ultimo strascico sfumò nel silenzio, la fondatrice parlò.

– Per il discorso di questo sabato avevo scelto il titolo: *La vita in comune per migliorare sé stessi*. Dopo quello che ho ascoltato, direi che è perfetto. La vita in comune può migliorarci, ma può anche ucciderci, come ogni utopia. È davvero una sfida tenere assieme Eros e Agape, direbbero i Greci. L'amore come pulsione e l'amore come cura. I desideri di ciascuno e l'accudimento reciproco. Trovare una tonalità che permetta di suonare insieme, ma solo ascoltandosi a vicenda, senza spartiti, senza metronomi, senza direttori e senza orchestra, senza arroganza e senza un fine. Accordarsi perché è bello, fa star bene: non perché qualcuno ha pagato il biglietto e si aspetta di ascoltare il concerto. Credo che stasera abbiamo iniziato questo cammino. Grazie di essere venuti. Vorrei che tornaste sabato prossimo. Vorrei che la nostra discussione continuasse. Questa è Thanur.

Gli abitanti di Forravalle furono colti in contropiede. Mormorii, facce perplesse, finché Menconi rilanciò le ostilità.

– Resta che qua davanti campeggiano, con fuochi accesi di notte, li vedo fin da casa mia, e niente servizi igienici, in prossimità di un centro abitato. Mi risulta che dalla strada al cancello sia terreno comunale, ho controllato al catasto. Quindi noi adesso presentiamo un esposto al sindaco perché faccia smontare le tende. Con le buone, se capiscono l'antifona, oppure con le ruspe, se sono duri di comprendonio.

Detto questo, si girò e marciò fuori seguito dai compaesani, felici di avere un capitano.

Mentre il brusio dei thanuriani riprendeva fitto, Rossella si avvicinò a Capoferri.

– Grazie, Giorgio, – gli disse, abbracciandolo. – Vedrai che troverò una soluzione.

– Certo che la troverai, – rispose lui. – Tu sei come tua nonna.

Dopo averlo salutato, Rossella raggiunse Orsola.

– Dobbiamo farli entrare, – le disse.

– Dove li mettiamo? – domandarono all'unisono Ludo e Vincenzo, spuntando alle sue spalle.

– Nel giardino, – rispose Rossella. – Con le tende. Avete paura che rovinino il prato?

Vincenzo si mise subito di traverso.

– Mi sembrava avessimo deciso di accoglierli gradualmente, – disse. – Per avere il tempo di conoscerli, non tutti assieme.

– È un'emergenza, lo capisci? – sbottò Rossella, che fino a quel momento aveva finto di non vederlo. – Non possiamo andare allo scontro con il paese!

– Rossella ha ragione, – sentenziò Orsola. Quindi si rivolse a Ludo: – Per favore, facciamoli sistemare in giardino. Gli animi sono esasperati.

Ludo si allontanò per eseguire la direttiva.

– Se li fai entrare, domani saranno il doppio! – disse Vincenzo. – E ti toccherà metterli anche qui, con tanti saluti al discorso del sabato –. Poi rivolto a Rossella: – E pure ai gioielli di tua nonna, se uno di quelli trova la chiave!

Rossella lo fissò con astio.

– È un'emergenza, come te lo devo dire? In attesa di una soluzione stabile.

– Ah, sí? Quale? – la provocò ancora Vincenzo.

– Quella che tu non saresti mai in grado di trovare, – sibilò Rossella. – Ci dovrà pensare qualcun altro, che si rimboccherà le maniche e si farà crescere il pelo sullo stomaco.

Cosí dicendo si accarezzò ancora il ventre.

– Non lo faccio, se tu non sei d'accordo, – disse rivolta a Orsola.

La matriarca le sorrise e allargò le braccia.

– Io? Thanur, vorrai dire.

– Quale soluzione? – protestò ancora Vincenzo, ma le due donne lo ignorarono.

Seguí Rossella e la sentí chiedere a Enrico di accompagnarla in paese l'indomani, in tempo per prendere la prima corriera. Nel giardino, la affiancò.

– Di quale soluzione parlate? – domandò di nuovo. – Dov'è che devi andare?

Lo scricchiolio dei passi sulla ghiaia si interruppe.

– Salgo a Milano a parlare con mio padre, – disse Rossella.

In quell'istante un'intuizione attraversò la mente di Vincenzo.

– Oh, no. Ti prego, dimmi che non è vero…

Lei non gli tolse gli occhi dalla faccia. Non le aveva mai visto un'espressione piú dura.

– Non lo vedi che siamo accerchiati? I carabinieri, i tossici accampati, la gente del paese… Dobbiamo fare qualcosa.

Lo lasciò piantato in mezzo al giardino, e fu lí che lo trovò Pardo, ancora un minuto dopo. Gli offrí una canna, che Vincenzo rifiutò. Non era in vena di fumare. Pardo l'accese e tirò un paio di boccate con gli occhi stretti, facendo uscire il fumo dal naso.

– Tipa tosta. Alla prima impressione non sembrava. Devi prenderla con filosofia, Vince. Guarda che è andata benone. Poteva finire a cazzotti, come in un film di Bud Spencer. *Piedone a Forravalle*! – e sghignazzò.

Vince lo ascoltava a metà. Cosa poteva capirne delle beghe di Thanur, lui che era l'ultimo arrivato?

– Tra l'altro, – continuò Pardo, – hai presente quando ti sembra di avere già visto uno ma non sai dove? Uno di quelli là mi pare d'averlo già incrociato da qualche parte...

In quel momento, risuonò il fischio di Ludo. Lo videro far loro ampi cenni perché lo raggiungessero. Bisognava organizzarsi per la notte, evitare ulteriori attriti, spostare le tende ai tossici – che nel frattempo erano tornati presso il cancello – e mettersi a pensare piú in grande. Quanto piú in grande l'avrebbero capito di lí a poco.

8. Orbetello, venerdí 19 maggio

Zanka dormiva sempre meno. Era arrivato a quattro ore per notte. All'alba di quel giorno, era già intento a scrivere. Bevuto il caffè, senza mangiar nulla – lo stomaco gli si apriva un paio d'ore dopo il risveglio – si era messo all'Olivetti per dar ordine a una messe di appunti manoscritti. Passò in rassegna episodi legati al Quarzerone e alla presenza di alieni, senza sapere quanta di quella roba sarebbe finita nel libro.

Nessuna storia del suo dossier andava piú indietro del 1954.

Gli ufologi lo chiamavano «l'anno dell'ondata», per il gran numero di avvistamenti di dischi volanti.

L'unico episodio precedente era la Battaglia della Cagarera. Eccezione piú apparente che reale, perché sempre all'ondata si tornava.

Si trattava di un presunto intervento alieno durante una scaramuccia fra partigiani e nazifascisti, nell'inverno del '44. Ma solo nel '54 qualcuno aveva dato una spiegazione «marziana» all'inattesa ritirata dei nazifascisti, colpiti da terribili crampi intestinali. Ad anni di distanza l'ex partigiano Armando Vatteroni, nome di battaglia «Fulmicotone», si era ricordato che nel mezzo della battaglia erano apparse in cielo tre luci disposte a triangolo. In men che non si dica, tedeschi e repubblichini si erano piegati in due per le fitte, per poi riempirsi calzoni e stivali di merda e filarsela barcollando, inseguiti dai proiettili della Terza Brigata Garibaldi Apuana.

A detta di Fulmicotone, gli alieni avevano diretto contro Brigate nere e Wehrmacht un «raggio squassabudella». Purtroppo non era piú possibile intervistarlo. Era morto nel '76 e i suoi ex compagni di brigata, come i reduci della parte avversa, spiegavano l'evento in modo piú prosaico: una partita di rancio andato a male.

Secondo un'altra diceria, nel '61 un gigantesco disco di metallo scintillante era atterrato a Pian del Cielo. A testimoniarlo, il caratteristico anello di erba bruciata. Che però sembrava l'opera di un buontempone del luogo. Lungo la circonferenza il terreno odorava di nafta, propellente improbabile per un mezzo costruito da una civiltà avanzatissima in grado di superare distanze intergalattiche.

Ancora: in una sera d'estate del '72 un fascio di luce bianca s'era alzato da dietro il crinale, visibilissimo da Forravalle, da Borgo Sastro e da Morrona. Per alcuni scaturiva da una cavità del massiccio, in seguito «identificata» come base aliena.

Due anni prima, c'era stato il Grande Botto del '70. Un classico esempio di *mystery boom*, per dirla all'anglosassone.

La notte tra il 9 e il 10 febbraio, verso l'una, un boato proveniente dal Quarzerone aveva svegliato gli abitanti di Forravalle e di ogni borgata dei dintorni. La mattina e nei giorni seguenti, però, nessuno aveva trovato la minima traccia: niente crateri, né pareti franate, né alberi caduti, né bestie morte. Si era pensato a un residuato bellico finito in un crepaccio o in una grotta inaccessibile, e lí esploso a causa di un animale. Ma sul Quarzerone, durante la guerra, non c'erano mai stati bombardamenti.

Secondo altri si era trattato dell'esplosione di una base aliena. La stessa da cui, nel '72, sarebbe uscito il fascio di luce? Dunque l'avevano ricostruita? O dentro il massiccio c'erano piú basi ipogee? Bah.

Zanka guardò l'orologio: erano le otto.

Fuori, il sole finiva di asciugare l'umidità della notte, e il mondo si riaccendeva di colori.

Decise di uscire e fare colazione.

Zanka andava al *Bar Orbital* per due motivi: primo, gli era subito piaciuto il gioco di parole col nome della città; secondo, era un luogo tranquillo, per niente affollato e dove la faccia di uno scrittore noto non era cosí riconoscibile o non destava curiosità. Mentre inzuppava una brioche nel cappuccino, si mise a sfogliare «La nuova Toscana».

Le pagine iniziali erano dedicate al caso Moro. Si commentavano le clamorose dimissioni del ministro degli Interni Cossiga. Si ricostruivano gli ultimi minuti dello statista (nient'altro che illazioni). Al processo di Torino Renato Curcio aveva rivendicato l'omicidio come «il piú alto atto di umanità possibile in questa società divisa in classi». A seguire, un paio di elzeviri biografici, aneddotica sparsa, testimonianze sul caro estinto.

Non hanno mosso un dito per salvarlo, pensò Zanka, lo hanno diffamato e adesso lo santificano.

In taglio basso, sotto gli articoli di cordoglio, le réclame. Già, chi le fermava, quelle? «Tosaerba elettrici Wood & Pecker: potenti, maneggevoli, sempre pronti all'uso»; «Style Floor Moquette - Scampoli e fine serie - Sconti fino al 50 per cento»; «FORFORA ADDIO! Shampoo e lozione Excidium»...

Saltò il resto a pie' pari e atterrò nella sezione dedicata alla provincia. Anche lí si cominciava con Moro: le volte che era stato in Maremma, l'amicizia col vescovo di Grosseto, il ricordo dei politici locali. Dopo un paio di pagine, finalmente altri argomenti.

IL PARCO DELL'UCCELLINA MINACCIATO DAL CEMENTO.

Venduti a un'impresa privata seicento ettari di bosco - L'intera area (diecimila ettari) è rimasta intatta fino a oggi - Grande patrimonio naturalistico che gli enti locali vogliono salvare.

L'ARGENTARIO E GLI (INNOCENTI) «GUARDONI».

Un hobby arrivato anche in Italia - Appassionati di natura che scrutano il cielo per osservare il «passo» degli uccelli migratori - Tra loro una specie di linguaggio in codice: si telefonano e si scrivono.

Come gli ufologi, pensò Zanka mandando giú l'ultimo sorso di cappuccino. Tornò alle parti di giornale che aveva saltato e aprí la sezione della cronaca regionale.

STAGIONE DELLE BOMBE IN VERSILIA: RIPARTE IL PROCESSO.

Dopo due mesi riprendono le udienze. Landucci ancora uccel di bosco.

L'articolo riguardava il processo a una decina di militanti di estrema destra, per reati compiuti nelle province di Lucca e Massa-Carrara, tra il 1969 e il 1975. Pestaggi, accoltellamenti e attentati col tritolo. Gli episodi erano numerosi. Nessun morto, per fortuna, ma diversi feriti.

A Zanka quella storia suonò familiare. Ricordava di averne già letto.

Alcune azioni erano state rivendicate con la firma «Reazione di popolo». Secondo la pubblica accusa, un vero e proprio gruppo terroristico. Il capo si chiamava Fernando Landucci, un lucchese sui trentacinque anni, sfuggito all'arresto nel '75 e da allora latitante.

Il primo grado si era concluso con una sentenza choc: tutti assolti. In aula era scoppiata «una gazzarra» e la polizia si era dovuta interporre tra due fazioni: gli antifascisti che protestavano e i «neri» che festeggiavano. A nome del collegio dei difensori, l'avvocato Goffredo B. Mazzaroso aveva espresso «piena soddisfazione» e si era congedato col rituale «giustizia è fatta».

La procura era ricorsa in appello e il nuovo processo era cominciato a marzo, per interrompersi subito a causa del sequestro Moro e delle sue ripercussioni. Era ripreso il giorno prima. Di fianco all'articolo, di spalla, correva un riepilogo delle azioni di cui la banda era accusata.

Secondo gli inquirenti il battesimo del fuoco di RdP avviene nel 1970 con una serie di attentati tra Lunigiana e Garfagnana. Sono esplosioni di piccola entità (si fa per dire: solo per buona sorte non ci scappa il morto). Azioni «di prova», per «prenderci la mano», come dirà il pubblico ministero Mastretta al processo di primo grado. La banda è ancora inesperta nell'uso di esplosivi come tritolo, ammonal e schneiderite. Lo dimostrerebbe il mancato scoppio di tre ordigni su cinque: alla casa del popolo di Ronzone (10 marzo), alla sezione socialista di Pieve del Faggio (sempre 10 marzo) e al municipio di Minuzzano (19 marzo). Esplodono invece la bomba che distrugge un cippo partigiano a Camatte sul Serchio (2 aprile) e quella scagliata da un motociclista contro la sede di un circolo Arci a Roccalberta (8 aprile). In quest'ultima circostanza, un socio del circolo rimane ferito a una gamba.

Zanka sollevò gli occhi dal giornale, mentre ripassava i dati appena registrati. Bombe. Nel 1970. Tra Lunigiana e Garfagnana. Riprese a leggere.

Dopo quell'addestramento, il teatro d'operazioni si sposta a Lucca e in Versilia. Nella tarda primavera parte una serie di attentati piú consistenti contro sezioni dei partiti comunista e socialista (Torre del Lago), un paio di sedi sindacali (Altopascio e San Donato) e la bottega da calzolaio di un attivista anarchico, che nell'esplosione perde un occhio (San Leonardo in Treponzio). Si afferma la consuetudine, da parte della banda, di rivendicare solo le esplosioni effettivamente avvenute.

16 agosto 1971. Una «soffiata» anonima permette alla polizia di rinvenire, su un'auto parcheggiata in via Udine, 10 candelotti di dinamite con diversi metri di miccia. La «soffiata» nominava

Fernando Landucci, già «attenzionato» dalle forze dell'ordine per alcuni episodi di violenza contro avversari politici. Ma non ci sono prove che lo colleghino al ritrovamento.

Il 12 gennaio 1972 a Lammari una bomba esplode davanti a una macelleria, ferendo un passante. Il macellaio era testimone per l'accusa a un processo contro neofascisti lucchesi. Tra gli imputati, che verranno assolti per insufficienza di prove, c'è anche Landucci.

Nel 1973 due ritrovamenti di armi ed esplosivi che le indagini collegheranno agli imputati: a Vagli di Sotto (33 candelotti, 40 saponette di tritolo, 90 metri di miccia) e a Lucca nei pressi del bastione Catalani (un fucile mitragliatore, 40 cartucce, 3 caricatori, proiettili).

Nel settembre 1974 in una grotta nei pressi di Castelnuovo vengono trovati moschetti, bombe a mano, cartucce di vario tipo.

Durante il carnevale di Viareggio del 1975 esplodono diversi ordigni: davanti a una scuola, davanti a due sezioni del Pci e del Psi, infine alla festa rionale della Darsena.

Nell'estate 1975 la «retata»: Landucci sfugge rocambolescamente alla cattura. Da quel momento ha inizio la sua latitanza.

Zanka pagò con gesti meccanici e tornò a casa rimuginando.

Bombe in Lunigiana nel marzo e aprile del '70.

Esercizi col tritolo, per prenderci la mano.

Una serranda, un cippo partigiano.

Il mancato scoppio di tre ordigni su cinque.

Prima di entrare in casa recuperò l'atlante stradale del Touring Club che teneva nell'auto.

Aprí sul tavolo del soggiorno il volume *Nord* alla doppia pagina con l'Alta Toscana. Cercò i luoghi degli attentati «di prova» attribuiti ai neofascisti: Ronzone, Pieve del Faggio, Minuzzano, Camatte sul Serchio e Roccalberta.

Con una matita uní i nomi dei paesi: ne risultò un pentagono irregolare.

Piú o meno al centro di quel pentagono campeggiava una scritta in caratteri molto piccoli.

«M. Quarzerone, 1487».

9. Forravalle, venerdí 19 maggio

Dopo l'ultima curva in salita, Maurizio inserí la freccia e le ruote della Thanurmobile sobbalzarono dall'asfalto della strada allo sterrato di fronte a Villa Malaspina.

Giunta al cancello di Thanur, la Cinquecento gialla passò attraverso l'assedio gentile dei tossici lí accampati, che toccarono i finestrini e si chinarono per contemplare la giovane donna seduta accanto al guidatore. Radio Spade doveva aver passato parola: Rossella Hilzer era lo sbirro buono di Thanur, quella che voleva farli entrare tutti. Di piú: Rossella Hilzer era la padrona di casa, quella che faceva entrare chi voleva.

I thanuriani erano in attesa di sapere se figlia e padre avessero fumato il calumet della pace, se lei lo avesse convinto a desistere dalla causa legale e dagli attacchi a mezzo stampa. Nessuno fece domande esplicite. E se qualcuno ci provò, di certo ottenne solo una risposta evasiva. Rossella sapeva di dover prima conferire con Orsola. E sapeva che quello sarebbe stato il suo punto di svolta. Aveva avuto l'intero viaggio in treno per pensarci e rafforzare la propria convinzione. Un'idea cresciuta nel corso delle settimane ma che, da quanto si legge in *Thanur 1974-1994*, era maturata in modo definitivo di fronte a un quadro, nell'anticamera della casa di famiglia, a Milano: una *Passione di Cristo* del Diotallevi. Un dipinto che Rossella aveva sempre guardato con occhi distratti, dandolo per scontato, e che invece le aveva trasmesso la forza per affrontare Corrado Hilzer. Per dirgli le cose in faccia, da figlia ribelle a padre autoritario. Adottando l'unica strategia che poteva funzionare: parlare la sua lingua. La lingua del padrone.

Si stupí che Orsola non l'aspettasse nell'orangeria: era nella Sala del Fuoco, dove anche gli altri si radunarono, fitti fitti, perché la popolazione residente era aumentata.

Orsola sedeva sulla poltrona. La salutò a mani giunte, alla solita maniera indú, e le indicò il divano, dove sarebbe stata piú comoda. Le fecero spazio, anche piú del necessario, e Anna, che l'aveva scortata fin lí, non sedette accanto a lei, bensí ai suoi piedi, sul tappeto. Ludo, Pardo e Vincenzo rimasero in un angolo, come se non volessero farsi notare.

– Bentornata, – disse Orsola. – Ho voluto che Thanur fosse riunita per ascoltare le novità.

Rossella sentí tutta l'attenzione su di sé, ma lasciò che l'occhio della mente focalizzasse la *Passione* del Diotallevi, il corpo nudo e bianco, privo d'ombra perché ormai disincarnato, il viso sereno rivolto verso l'alto. Sullo sfondo, un cedro del Libano. L'albero del suo sogno.

«Non temere, Rossella, perché ogni cosa troverà il suo posto».

Una grande pace la invase.

Si schiarí la voce e riandò alle origini di Thanur.

– Alcuni di noi sono venuti qui, quattro anni fa, per rispondere a una domanda: si può vivere insieme, senza opprimersi a vicenda e migliorando sé stessi? Non avevamo uno scopo preciso, solo la volontà di provarci. Orsola ci ha proposto un motto: «Thanur accoglie» e si può dire che sia stato la nostra unica regola. Non abbiamo mai cercato proseliti, eppure il nostro tentativo è diventato un faro di speranza. Con il suo modo di accogliere, Thanur cura, e può salvare molte vite, come già le salvò mia nonna durante la guerra, quando accolse qui gli sfollati. È questo che ho spiegato alla mia famiglia. Bisogna creare nuovi alloggi, attrezzare un'infermeria, avere un medico che si occupi di chi sta male.

Rossella rivide l'espressione di suo padre, per la prima volta interessato a un discorso della sua traviata erede. Perché distruggere ciò che poteva crescere? Perché incaponirsi a cancellare Thanur, invece di diventarne i benefattori? La cura dei drogati era una frontiera inesplorata e lui sarebbe stato tra i pionieri. Thanur sarebbe diventata un modello, la soluzione a un problema che tutti denunciavano ma pochissimi affrontavano davvero. Suo nipote sarebbe nato lí, emblema della missione della comunità, perché quello sarebbe stata, una comunità di vita. E chiunque avesse partecipato all'impresa ne avrebbe ricevuto merito, in questo e nell'altro mondo.

Corrado Hilzer, Cavaliere del Lavoro, Cavaliere di Gran Croce decorato di Gran Cordone, presidente del gruppo industriale di famiglia e della fondazione che portava il suo nome, aveva guardato quella ragazza e con ogni probabilità un pensiero aveva preso forma nella sua testa: buon sangue non mente. Nelle parole della figlia aveva intravisto un piano d'impresa. Recuperare i tossicodipendenti. Il lavoro come terapia. Produrre olio e vini pregiati. E per tutto ciò, chiedere finanziamenti statali.

Aveva afferrato il telefono per chiamare il suo braccio destro, nonché amministratore delegato, Mario Calandra, e gli aveva detto di raggiungerlo subito. Rossella aveva capito di avere fatto centro.

Nelle memorie di Calandra, pubblicate quindici anni dopo col titolo *Cento giorni a San Vittore*, si legge che il giorno dopo Hilzer fece un'altra telefonata. All'onorevole

De Pisis. Il deputato che nel 1980 avrebbe guidato la prima delegazione parlamentare in visita a Thanur.

Rossella intanto se n'era tornata in Lunigiana a portare la buona novella e a sollecitare il verdetto piú importante, quello dei thanuriani. E ora eccola lí, a spiegare che a Milano non aveva soltanto siglato la pace, ma anche un'alleanza. Pensò al Diotallevi, si fece forza e proseguí.

– La mia famiglia ci aiuterà. Non avrà voce in capitolo nelle scelte e nei progetti, non verrà nemmeno qui. Ma ci garantirà tutto quello che ci serve.

Dai nuovi arrivati partí un debole applauso, che non riuscí a forare l'atmosfera carica di tensione e si spense rapidamente.

– Scusate, – disse Elena alzando la mano, – ma se accettiamo i soldi dei capitalisti cos'avrebbe di nuovo il nostro mondo?

Intervenne Enrico: – Guarda che anche Lenin ha preso i soldi dei capitalisti, e li ha usati per fare la rivoluzione.

– Noi qui però non stiamo prendendo il potere, – ribatté Elena. – Thanur vive dei frutti della terra, dei manufatti che produciamo, non di sovvenzioni. È questa la nostra forza, no?

– Non è mica tanto vero, – si inserí Maurizio. – Ti dimentichi che questo posto è di Rossella. Thanur ha una casa perché lei ce l'ha regalata.

– È l'equivalente dei soldi dei capitalisti che ha preso Lenin per fare la rivoluzione, – ribadí Enrico, allargando le braccia per sottolineare l'ovvietà della cosa.

– Ma dài! – sbottò Elena. – Un conto è stare in un posto, un altro è dipendere da finanziamenti esterni! L'autonomia va a farsi benedire. E il giorno che gli Hilzer decidono di mettere becco, cosa diciamo? Che non erano questi i patti? No, datemi retta, a quel punto saremo al guinzaglio.

– Però cosí potremmo insegnare a un sacco di gente i principî thanuriani, – intervenne Gregorio, – potremmo diventare una grande comune, come quelle in India.

– E quali sarebbero, 'sti principî? – disse Elena a voce ancora piú alta. – Che bisogna farsi finanziare dai ricchi?

– Ripeto: se la pensi cosí, non dovresti nemmeno stare qui, visto che è casa sua, – disse Maurizio indicando Rossella, che ascoltava con espressione attenta.

Seguí un momento di concitazione in cui tutti si misero a parlare, chi ad alta chi a bassa voce, e il risultato fu un caos indistinto di frasi e parole che volavano attraverso la sala, finché Orsola non si alzò in piedi, imponente e carismatica.

– Maurizio ha ragione, – disse. – Thanur ha trovato una casa nella villa di una Hilzer.

Vincenzo sentí il peso della delusione curvargli le spalle e lo stomaco accartocciarsi, mentre il tossico dentro di lui faceva capolino dall'anfratto in cui l'aveva relegato e gli sussurrava: «Andiamo a Sarzana, recuperiamo un po' di roba e staremo benissimo».

– E anche Elena ha ragione, – proseguí Orsola. – Thanur non è questo posto, queste mura, ma quello che abbiamo fatto, quello che siamo. Noi siamo Thanur. Thanur è con noi dovunque andiamo.

Terminata la frase, salutò a mani giunte e si allontanò per tornarsene nell'orangeria. Nel gelo che seguí, Vincenzo notò soltanto il gesto di Rossella, che poggiò una mano sulla testa di Anna e le accarezzò i capelli. La ragazza sollevò lo sguardo con riconoscenza. Nell'espressione della giovane Hilzer c'era qualcosa, un compiacimento che Vincenzo non aveva mai visto prima. Prese Ludo per un braccio e gli sussurrò all'orecchio: – Perché Orsola gliela dà vinta? State insieme da anni, dille qualcosa, no?

L'olandese scosse appena il capo.

– *I know better*. Mai riuscito a farle cambiare idea su niente.

Vincenzo lo trascinò nella stanza accanto, dove non c'era nessuno. Pardo li seguí, ma rimanendo a qualche passo di distanza.

– Ma non vedi cosa sta succedendo? – disse Vincenzo quando fu certo che gli altri non l'avrebbero sentito. – Rossella la Salvatrice espugna Thanur con la sua armata di devoti redivivi.

Ludo gli restituí la stretta al braccio, e fu lui a parlare in tono concitato: – Non succede, se noi due siamo dentro.

– Se Orsola non muove un dito, cosa cazzo vuoi che facciamo noi due?

– *Don't worry, Vince*, – disse Ludo. – *We can handle it, I know we can*. Saremo il braccio destro e sinistro di Rossella...

– Noi dovremmo essere il braccio destro e sinistro di *Orsola*, – lo interruppe Vincenzo. – Lei è l'unica che può fermare questa cosa.

– Non lo fa, – disse Ludo.

Vincenzo sentí il peso sulle spalle farsi schiacciante, al punto che faticò a restare in piedi.

– Perché? – chiese incredulo.

– *Listen, Vince*. Se lei combatte contro Rossella, nega tutto quello che ha detto sempre. Capisci? Lei non vuole la guerra, non vuole che Thanur si spacca in due. Tiene troppo a noi.

– Tanto che è disposta a perderci? – domandò Vincenzo.

– *Now you get it*. È proprio cosí.

Vincenzo lasciò che le braccia gli scivolassero lungo i fianchi, e rimase a fissare il pavimento. La seconda madre della sua vita lo aveva appena deluso.

Ludo gli poggiò una mano sulla spalla.

– Facciamo andare le cose per il verso giusto.

Un improvviso baccano attirò la loro attenzione. Vincenzo, Ludo e Pardo si affacciarono alla porta e videro Elena che trascinava una valigia giú per le scale e oltre l'uscio. Con l'altro braccio teneva un cesto di vimini, pieno di oggetti buttati dentro alla rinfusa. Giada cercava di trattenerla.

– Dài, Elena, ti prego, fermati… Parliamo.

– Non ci penso proprio. Io qui non ci resto.

Anche Enrico, uscito dalla cucina, cercò di persuaderla.

– Dove vai, Elena? – le gridò. – Torna qui! Non essere infantile!

Per tutta risposta ricevette un sonoro: «Ma vaffanculo».

– E salutatemi Corrado *Hitler*, – aggiunse Elena a voce alta, quando fu a metà del vialetto. Camminando, seminava dietro di sé il contenuto del cesto: un piccolo specchio, un monile indiano, un chilum, una cornice… Non si diede pensiero di fermarsi a raccogliere nulla: le cose rimasero lí per terra, una breve scia di ricordi, le impronte di quell'addio.

Maurizio si offrí di aiutarla con la valigia e di accompagnarla in auto in paese, ma ricevette un vaffanculo pure lui.

Elena Anderlini se ne andò da Thanur per non rimetterci piú piede. Dopo che l'ebbe vista varcare il cancello Vincenzo notò Orsola dietro la vetrata dell'orangeria. Per la prima volta gli parve lontana, distaccata, come li guardasse da un'astronave pronta al decollo.

«Lei non ci ama, – gli sussurrò la solita voce. – Solo la roba non ci tradisce mai. La roba accoglie, la roba cura».

La mise a tacere con un pugno secco sullo stipite del portone.

Ludo trasalí e si scostò appena.

Pardo invece afferrò il braccio di Vincenzo e con una pressione sul polso gli aprí le dita.

– Non gliela dare, questa soddisfazione, – mormorò. – Sei piú forte tu.

Vincenzo annuí, massaggiandosi la mano.

– Torniamo a lavorare, – disse Ludo, e senza piú aprire bocca si incamminarono verso i campi.

10. Carrara, sabato 20 maggio

LANDUCCI FERNANDO detto «Nandino», 28 anni, lucchese. Ufficialmente orologiaio, ma il negozio è del padre (fascista pure lui), in via del Battistero, e il figlio vi brilla per assenza. Nandino è un centauro e si atteggia a Marlon Brando nel film *Il selvaggio*, ma sembra la caricatura di un nazista in un film con Franco e Ciccio. Guida una Ducati Scrambler 450 nera targata «LU 23490». È a capo di una gang di picchiatori, tutti con la stessa passione per le due ruote e con lui protagonisti di varie aggressioni. Risiede in via dell'Angelo Custode 16. Guarda caso, a soli due portoni di distanza si svolge il primo congresso di Ordine Nuovo, l'11 ottobre 1970. Pochi giorni dopo, Nandino è alla guida dei suoi prodi, armati di spranghe e coltelli e persino di un forcone (!), nell'aggressione ad alcuni studenti dell'istituto tecnico «Carrara», colpevoli di aver rifiutato un volantino fascista. A novembre gli stessi *motards* accoltellano un militante di Lotta continua a Pietrasanta. Denunciati per lesioni aggravate. Il 26 agosto del '71, a Viareggio, attaccano un gruppo di diffusori dell'«Unità». Sono armati di coltello e un giovane resta gravemente ferito. Il nome del Landucci finisce anche in diverse istruttorie su attentati con bombe – tutti avvenuti tra Versilia, Garfagnana e Lunigiana – ma con un proscioglimento qui e un'assoluzione là riesce sempre a sgusciarne fuori. È evidente che ha santi in paradiso. Santa Barbara, probabilmente. Sarà stata lei a far scoppiare un ordigno di fronte a una macelleria di Lammari il cui titolare doveva deporre a un processo contro Nandino e i suoi camerati? E se è ardua la sentenza non dei posteri ma di un tribunale borghese, potrà fare giustizia il proletariato?

La foto ritraeva Landucci in tuta da motociclista di pelle attillata e stivali lucenti. Sulla destra teneva una spranga a pied'arm, e appeso al gomito sinistro un casco integrale. Stava a gambe larghe, probabilmente schierato a difesa di un comizio o di un presidio di propaganda. Capelli neri e mossi, con la riga da una parte. Cipiglio mussoliniano, mascella quadrata, mento volitivo proteso all'insú.

In una stanzetta dalle pareti piene di manifesti, in una città dove mai era stato prima dell'aprile '78 e che adesso visitava per la seconda volta, Zanka leggeva il dossier uscito su «Pugno al cielo». Lo stesso passato di mano in mano a Thanur, circostanza di cui Zanka era all'oscuro. Lui non era interessato a PARDINI ONORIO, solo un nome tra i tanti di quel fascicolo, bensí a «Nandino» e alle sue *res gestae*: picchiatore, bombarolo, uccel di bosco.

La scheda di «Pugno al cielo» non era aggiornata quanto l'articolo della «Nuova Toscana», perché nel '72 molti fatti e collegamenti non erano ancora noti. In compenso, era piú approfondita sul personaggio.

Reazione di popolo era nata da una scissione di Ordine Nuovo, quando quest'ultima organizzazione era stata messa fuori legge nel novembre 1973.

Di qualche sostegno – magari dato obtorto collo, sotto minaccia – il gruppo godeva ancora. Per forza. L'assoluzione in primo grado... Il capobanda latitante da anni...

La stanzetta si trovava nel centro di documentazione antifascista Gino Lucetti di Carrara. Zanka si era ricordato della sua esistenza il giorno prima. Il centro Lucetti era una realtà piuttosto nota, nominata spesso sui giornali nel periodo '74-75, ai tempi dell'attentato al treno *Italicus*, sull'Appennino tra Bologna e Firenze, e dell'uccisione di due poliziotti a Empoli per mano di un terrorista nero, Mario Tuti.

Una telefonata al 12 per avere il numero, e Zanka aveva preso contatto. Si era presentato a uno dei curatori dell'archivio, Leandro Sommovigo.

Il nome è già apparso in queste pagine. Sommovigo non era solo un militante anarchico e un archivista, ma anche un ufologo, fondatore e animatore del gruppo Quinta dimensione di Sarzana, città da cui «pendolava».

Uno dei suoi pallini era la paleocosmonautica, e cosí: – Martin Zanka! – aveva esclamato. – È uno scherzo? O è proprio lei?

Se il suo nome poteva aiutare ad aprire quella porta, doveva aver pensato Zanka, be', perché no? Si era preso i complimenti, aveva risposto a un paio di domande da fan, e infine era andato al punto. Stava battendo terreni diversi dal solito, aveva detto. Un lavoro d'inchiesta sul gruppo Reazione di popolo. Gli interessavano in particolare certi attentati «di prova» del 1970 avvenuti in Lunigiana.

Come suol dirsi, Sommovigo c'era andato a nozze. Sulla banda di Landucci e le bombe in alta Toscana il Lucetti aveva parecchio materiale: faldoni con gli atti dei processi andati a vuoto, fotocopie di decine di articoli di giornale.

– È tutto a sua disposizione, – aveva detto, – passi quando vuole.

– Anche domani? Di sabato c'è qualcuno?

– Di norma no, ma faccio in modo di esserci io. Se non è troppo disturbo, ne approfitterò per chiederle un po' di autografi.

Si erano accordati per le nove della mattina dopo.

A metà del pomeriggio Zanka si era messo in macchina e aveva imboccato l'Aurelia, poco piú di due ore per arrivare a Marina di Carrara. Poiché aveva voglia di trattarsi bene, aveva cenato e dormito all'*Hotel Mediterraneo*, dove il concierge lo aveva scambiato per François Truffaut, piú volte ospite dell'albergo.

L'indomani, sul presto, Zanka aveva raggiunto il capoluogo.

Da ore leggeva e assimilava informazioni. Intorno a lui, foto ingrandite dell'anarchico Lucetti, che nel '26 aveva cercato di uccidere il duce, dei fratelli Carlo e Nello Rosselli, del comandante partigiano Emilio Canzi. Sul tavolo, quell'altra foto, di un personaggio ben diverso.

Motociclista.

Zanka fissava il casco, la mise scintillante.

Picchiatore.

Le dita strette sulla spranga.

Uccel di bosco. Da anni.

Zanka prendeva appunti. Non c'era dubbio: la Lucchesia e la Versilia erano crocevia di trame golpiste, traffico d'armi e terrorismo nero, terre di violenza neosquadrista e nascondigli di esplosivi. In quella parte di Toscana i fascisti si sentivano tranquilli e tollerati, tanto da organizzare campi paramilitari, di addestramento alla guerriglia contro i «rossi». Di almeno uno si erano trovati i resti, a luglio del '73, sul Col di Favilla.

Zanka pensò che fino a pochi anni prima, ai tempi delle «trame nere» e dei tentativi di golpe, la situazione era stata piú leggibile. La strage di Piazza Fontana, la strategia della tensione, i tentativi di stabilizzazione autoritaria, l'uso dei neofascisti come mazzieri contro le lotte di studenti e operai... Nel ricostruire e denunciare quei disegni la «stampa democratica» aveva lavorato bene. Gli articoli raccolti nei faldoni piú vecchi lo testimoniavano.

Ma dal 1975 era cominciata un'altra fase, in Italia e in tutta l'Europa occidentale. Non c'erano piú le dittature di destra in Grecia e in Portogallo. Anche in Spagna, dopo la morte del *generalísimo* Franco, si stava chiudendo un'èra. In Italia le destre avevano perso alcune prove di forza, l'ultima in occasione del referendum sul divorzio. Da quel momento la Democrazia cristiana e parte dell'establishment avevano cambiato strategia, avviando il dialogo col Partito comunista.

Che ne era stato, allora, del sottomondo neofascista, dei gruppi paramilitari, dei bombaroli che il potere aveva utilizzato fino a poco prima?

Gli articoli degli ultimi tre anni sembravano inseguire gli eventi con affanno. Un intreccio caotico di azioni armate, maionese impazzita con dentro schegge ancor piú impazzite. Soprattutto lí in Toscana.

Scaricati, o comunque trascurati, dai loro mandanti e protettori politici di un tempo, i *pistoleros* fascisti – ormai dei veri *desperados* – erano entrati in una fase da western «crepuscolare», come nei film di Sam Peckinpah. Sparavano e mettevano bombe non in nome di un ritorno all'ordine, ma per mandare segnali in alto loco: «Ricordatevi che noi sappiamo, e se ci prendono potremmo parlare». Chiedevano favori, coperture per fughe all'estero. Ma sparavano o mettevano bombe anche per eliminare chi indagava su di loro, ammazzare gli infami che se li erano cantati, regolare conti con chi li aveva usati e poi mollati. Ogni banda sembrava giocare una propria partita, e dentro ogni banda ogni *desperado* faceva le proprie mosse.

In generale, la nota dominante era quella del *no future*. E come cantavano i coevi Sex Pistols, se non c'è futuro, non può esserci peccato. Ogni cosa, ogni deriva era possibile.

Zanka aveva già visto i fascisti imboccare quella strada. Lo avevano fatto durante l'anno e mezzo di Salò. Sapendo che la guerra era persa, si erano abbandonati alla violenza piú inutile. Leggendo dei killer neri degli anni Settanta, non poté non pensare alle torture nelle «ville tristi», alle stragi, ai cecchini di Solaro. Non poté non ricordare, ancora una volta, quell'angolo di Torino, tra corso Vinzaglio e via Cernaia. Solaro appeso al ramo. Il corpo sussultante sotto i colpi di mitra.

Zanka sollevò lo sguardo. Possibile che la chiave del mistero fosse sempre stata lí, a portata di mano? Come in quei giochi della «Settimana enigmistica», *La pista cifrata* o *Che cosa apparirà?*

Esplosioni in Lunigiana.

Nel '70.

Cinque botti di piccola entità. E uno piú grande. Il Grande Botto.

Forse un errore da principianti. Un incidente durante il trasporto.

«M. Quarzerone, 1487».

Un'aggressione nel bosco. Luci, tute, caschi.

Una gang di motociclisti. Gente senza scrupoli. Picchiatori. Gente che maneggia spranghe, coltelli, esplosivi.

Esplosivi nascosti. Una montagna cava, piena di grotte.

Niente piú che un'ipotesi, una forma emersa unendo i puntini.

Una forma da mostrare a qualcun altro, per capire se c'era davvero o la vedeva solo lui.

11. Forravalle, sabato 20 maggio

Erano passate poco piú di ventiquattr'ore da che Rossella era rientrata da Milano. Ore nelle quali la padrona di casa aveva parlato a tu per tu con ciascuno e con ciascuna, toccando in ogni colloquio le corde giuste per confortare i dubbiosi e conquistare sostenitori.

Ai tossici, che già l'adoravano, aveva detto che la metamorfosi di Thanur nasceva dal desiderio di aiutarli, con piú strumenti e migliori competenze, perché «l'amore non basta». Ad Agata aveva giurato che non ci sarebbe stata nessuna metamorfosi, solo una normale evoluzione, come quando un bambino inizia a parlare. A Valerio, riparatore di elettrodomestici, aveva promesso che col denaro degli Hilzer avrebbero costruito un laboratorio coi fiocchi. A Giorgia aveva raccontato che la legge sulle droghe prevedeva un sostegno statale a chi curava i tossicomani, e questo li avrebbe presto svincolati dai soldi della sua famiglia. A Gregorio aveva parlato di uguaglianza, a Loredana di terapie naturali, a Carla di libertà e dipendenze, a Daniela della legalizzazione dell'eroina, a Ludo della vigna, a Orsola di filosofia.

Vincenzo, che Rossella aveva evitato di proposito, era ormai l'unico a non essersi confrontato con lei. Ma sapeva bene cosa bolliva in pentola e per questo non si stupí vedendo i due vicini di Villa Malaspina varcare il cancello coi leoni colorati.

Venivano per affari, convocati da Rossella.

Il padre le aveva messo a disposizione il capitale per acquistare le proprietà limitrofe, con terreni, case e fabbricati, in modo da ingrandire la dimora di Thanur.

All'incontro avrebbe partecipato anche Ludo, ma non Orsola.

Alcuni thanuriani dicevano che quell'assenza era normale: chi aveva mai visto la fondatrice discutere di proprietà, carte catastali, compravendite? Altri mormoravano che fosse indispettita per la decisione di Rossella. Era chiaro che si sentiva scavalcata. Infine, c'era chi tirava in ballo il suo disgusto per Menconi. Non lo poteva soffrire, era risaputo. E a maggior ragione dopo che aveva sparato in aria per disperdere i tossici.

Di quella riunione non si conosce molto piú dell'esito. Sia Capoferri sia Menconi si dissero disposti a vendere e domandarono di che cifra si parlasse: il primo accettò subito l'offerta, il secondo chiese almeno un dieci per cento in piú, come indennizzo «per avervi sopportato tutto 'sto tempo».

Un incontro ben diverso si tenne tra le piante dell'orangeria.

Orsola aveva appena terminato i suoi colloqui del sabato, quelli prenotati da chi visitava Thanur. Non appena Vincenzo vide uscire l'ultima coppia, filò in cucina, preparò un tè e si presentò con vassoio e tazza fumante alla porta della fondatrice.

«Era l'unico modo per evitare i pettegolezzi, – racconta oggi. – Quando uno chiedeva a Orsola di parlare, oppure veniva convocato, prima partiva il tam tam dei commenti, con tutti a chiedersi "cos'avranno da dirsi", e dopo nessuno lo lasciava in pace finché non saziava la curiosità generale».

Invece, con la scusa di portarle un tè, ci si poteva intrattenere con lei qualche minuto senza innescare mille congetture.

Vincenzo, con le mani impegnate dal vassoio, invece di bussare schiuse appena la porta con la spalla.

– Permesso, – disse. – È l'ora giusta per un tè?

La fondatrice non era alla scrivania, ma sulla poltroncina in legno e paglia di Vienna che usava nelle pause di riposo e di lettura.

– Avanti, avanti, – disse infilando gli occhiali tra le pagine del libro.

Un mazzo di fiori in vaso profumava l'ambiente. Forse il regalo di uno degli ospiti.

Vincenzo entrò e posò il vassoio su un tavolino.

Orsola lo ringraziò e lo invitò a fermarsi, indicando una sedia. Sapeva benissimo che voleva parlarle, e immaginava anche di cosa.

– Una volta, – esordí lui, – hai detto che Thanur è speciale perché le persone convivono con il solo scopo di vivere bene. Mentre in una fabbrica... com'era quella frase?

A Orsola toccò autocitarsi. – In fabbrica si sta insieme per un risultato. A Thanur, il risultato è stare insieme.

– Ecco, – disse Vincenzo. – A me pare che da quando ci siamo messi in testa di accogliere i drogati, abbiamo abbandonato la strada di Thanur e abbiamo imboccato quella della fabbrica.

Ormai erano *loro*, spiegò in tono accorato, lo scopo. E ogni cosa diventava buona o cattiva se era buona o cattiva per *loro*.

– Un paio di giorni fa, in cucina, è partita una gran discussione per decidere se il vino va ancora tenuto lí, alla portata di chiunque, o se non bisognerebbe lasciarlo in cantina, sotto chiave, cosí non diventa una tentazione per *loro*, ché si sa, quando smettono di farsi si buttano sull'alcol per compensare.

Qualcuno già diceva che il cancello d'ingresso sarebbe dovuto rimanere chiuso, giorno e notte, perché non sempre *loro* avevano abbastanza forza d'animo per resistere alla voglia di andarsene, com'era successo con Anna.

– Presto diventeremo tutti gli ingranaggi di una fabbrica. La fabbrica dei sani.

Orsola allungò la mano verso la tazza di tè. Sul vassoio c'erano anche dei biscotti. Ne prese uno e lo intinse fino alla punta delle dita. Piú che la santona di una comune freak, sembrava una signora di mezza età nel suo *buen retiro* di campagna.

– Io non ho figli, Vincenzo, – disse dopo aver deglutito, – ma quel che tu dici per i nuovi arrivi, qui a Thanur, tanti me lo raccontano a proposito dei nuovi arrivi in famiglia, dei neonati. All'improvviso, oggetti che prima erano ritenuti innocui diventano temibili. Le stanze si trasformano, le abitudini cambiano. Tante coppie vanno in crisi per questo, e qualcuna non regge, vorrebbe riavvolgere il nastro. Ma se c'è una regola, nell'universo, è che nulla torna indietro, tutto cresce. Tu dovresti saperlo.

Vincenzo pensò che si riferisse a sua madre, che non aveva retto la sua nascita, e che non potendo tornare indietro era tornata in America. Stava per dire qualcosa, ma Orsola proseguí.

– Tu lavori alla vigna, ti sei appassionato alle piante. Se un albero del frutteto cresce storto, cosa fai? Dài la colpa al vento? Sei tu che dovevi tenerne conto. Lo raddrizzi a martellate? Lo estirpi? Lo trascuri finché non muore? Vai a coltivare un altro campo per non vederlo nemmeno, quel tronco inclinato che ti ricorda il tuo fallimento? È cosí con gli alberi, è cosí coi figli. E per me, è cosí con Thanur. Sta crescendo diversa da come avevo pensato?

Certamente sí. Ma se ciò accade, non posso dare la colpa a nessuno, sono io che l'ho piantata. E non posso andarmene perché non mi piace, né darle martellate per rimetterla dritta. Ognuno di noi si specchia in quello che fa, nel mondo che lo circonda.

Vincenzo non riuscí a restare seduto, proprio come gli succedeva in classe, alle medie. Si alzava senza motivo, e solo dopo se ne inventava uno per non sembrare troppo strano agli occhi del prof e dei compagni.

Domandò a Orsola se non sentisse caldo, e quando lei annuí andò alla portafinestra e la spalancò sul parco.

– Ecco perché i tossici stanno bene a Thanur, – disse accarezzando il paesaggio col braccio. – Anche il nostro, come quello delle spade, è un paradiso artificiale. E con loro lo diventerà ancora di piú.

– Ho sempre detto che questo è un esperimento, – ammise Orsola. – E ogni esperimento è artificiale. Ma ti sbagli: ancor piú artificiale sarebbe cercare di condizionarlo per ottenere i risultati che vorremmo.

La fondatrice appoggiò sul tavolino la tazza vuota e Vincenzo capí che era ora di andare. Avrebbe dovuto rimettere le stoviglie sul vassoio, prenderlo con due mani e ringraziare per il tempo che gli era stato concesso, ma mentre si alzava sentí la rabbia salire in gola.

– È vero, hai sempre detto che Thanur è un esperimento. Ma non avevo ancora capito che le cavie siamo noi.

Uscí dalla stanza a grandi passi, pensando che la vita gli riservava davvero una strana simmetria. Sua madre lo aveva deluso perché se n'era andata; la madre putativa che aveva trovato in Orsola, invece, lo deludeva decidendo di restare, di accettare quel che aveva partorito anche se non corrispondeva ai suoi desideri. Alla fine, solo Mamma Ero gli era stata fedele, sempre all'altezza delle aspettative, sempre calda e accogliente. E a tradirla era stato lui.

Si precipitò giú per le scale e si mise a correre nel giardino, per placare uno dei suoi periodici, maledetti ritorni di voglia.

Vide Pardo seduto su una panchina, e lo raggiunse svelto. Quando non aveva cattivi pensieri, la compagnia e i discorsi dei tossici lo disturbavano, ma se la scimmia gli risaltava sulla schiena, preferiva aver vicino qualcuno che all'occorrenza la sapesse prendere a schiaffi.

Se fosse stato lí a fumare, o a studiare il volo delle farfalle, Pardo di sicuro si sarebbe accorto che Vincenzo aveva un'aria strana, avrebbe capito che aria era e gli avrebbe fatto una battuta per invitarlo a parlarne, se ne aveva voglia.

Ma Pardo, a quanto pare, era distratto da qualcosa d'importante. Fissava il quartetto formato da Capoferri, Menconi, Ludo e Rossella. La riunione era finita da poco e i due vicini stavano salutando, arrivederci, buona giornata.

– Che hai da guardare? – domandò Vincenzo.

Pardo alzò una mano, senza voltarsi, come a dire «aspetta un attimo».

Capoferri e Menconi presero congedo e si avviarono verso il cancello, appena un po' staccati l'uno dall'altro, a ribadire che tra loro non correva buon sangue e che ognuno era lí per curare i propri interessi.

– Hanno accettato? – chiese ancora Vince.

– Se la cifra che gli hanno offerto è quella che si dice, – commentò Pardo, – sarebbero dei coglioni a rifiutare. Con una comunità di drogati accanto, rischiano che tra due anni le loro case valgano meno della metà. Infatti, guardali, sembrano felici e contenti.

Pardo fece una pausa, osservò con attenzione la scena degli ultimi commiati, si grattò la testa.

– Ancora non riesco a ricordare dov'è che ho già visto quello là.

– Chi? – gli domandò Vincenzo. – Menconi?

– No. Buffalo Bill.

12. Forravalle, sabato 20 maggio

– Sono convinto che ci sia un arsenale fascista sul Quarzerone, – disse Zanka.

Era nella stazione della Forestale di Forravalle, seduto di fronte a Gheppio. Astore, il suo collega, non era al solito posto e Zanka immaginò che fosse il suo giorno di permesso. Con quel piede ingessato, non ce lo vedeva in giro per boschi a pizzicare bracconieri. Meglio cosí, pensò. La sua presenza lo avrebbe messo a disagio. Preferiva parlare con Gheppio a tu per tu.

Aveva squadernato sulla scrivania del viceispettore l'atlante del Touring, con il pentagono di luoghi segnato a matita e una copia della «Nuova Toscana» aperta alla pagina che riassumeva le imprese di Reazione di popolo.

– Il deposito è lí da anni, – proseguí lo scrittore. – Il giornale dice che i botti sono iniziati nel marzo del '70, ma l'esplosivo chissà quando lo hanno nascosto. La banda di Landucci potrebbe averlo usato per i suoi attentati. E questo spiegherebbe anche il Grande Botto del febbraio '70. Un'esplosione accidentale, dovuta a imperizia. Landucci e i suoi vanno e vengono da questo deposito, in tenuta da motociclisti. E com'erano i marziani che hanno picchiato Bernacca? Teste grandi, tute lucide. Bernacca si è trovato nel posto sbagliato al momento sbagliato, ha disturbato i fascisti vicino al deposito, o sulla via del deposito, di notte... Loro lo hanno tramortito e lo hanno trasportato altrove, per disorientarlo.

Gheppio restò immobile, il mento tra le dita, mentre Zanka, per non saper che fare, cerchiava con la matita i nomi dei borghi colpiti dalla banda di Landucci. Con gesti lenti, il forestale caricò la pipa dalla lunga cannuccia e l'accese, diffondendo nella stanza una nube azzurrina e dolciastra. Passò una mano sul giornale e prese a scorrerlo.

Finalmente parlò, senza staccare gli occhi dal foglio.

– Lei però non è qui per il caso Bernacca.

– No, infatti, – confermò Zanka. – Penso che quello che è capitato a lui potrebbe essere capitato anche a Jacopo e Margherita.

Di nuovo silenzio. Fuori dalla finestra, il rumore di una sega a motore. Un camion di bottiglie lanciato sulla provinciale. Alla parete, i baffetti e gli occhiali del presidente della Repubblica, che meno di un mese piú tardi, travolto da scandali politici, avrebbe rassegnato le dimissioni.

Zanka puntò il dito sulla mappa.

– Se su quella montagna esiste un deposito di esplosivo, allora dev'essere introvabile eppure accessibile...

Si zittí davanti alla mano sollevata del forestale.

– Di grotte lassú ce n'è quante ne vuole, – disse. – Quelle accessibili, però, le conosciamo tutte. Abbiamo battuto qualunque sentiero, e di un viavai di motociclisti ci saremmo accorti da un pezzo.

– Se quel posto esiste, – disse Zanka, – ci si arriva da dove hanno picchiato Bernacca. E non può essere molto lontano da Pian del Cielo, visto che da lí sono partiti Jacopo e Margherita.

Gheppio scosse la testa.

– Impossibile, – sentenziò. – Lo avremmo trovato.

Zanka non smise di osservarlo. Sentiva di avere instillato il dubbio, a dispetto di quell'affermazione.

– Eppure lei stesso crede che i ragazzi siano ancora lassú, da qualche parte –. Zanka attese invano che il viceispettore replicasse. Quindi proseguí: – Purtroppo, se la mia ipotesi fosse giusta, gli unici che potrebbero confermarla sono gli accoliti di Landucci. O Landucci stesso. Oppure chissà, magari anche altri hanno attinto al deposito, e un'indagine di polizia potrebbe rivelare nuovi elementi. Ma nessun questore impegnerebbe uomini ed energie sulla base di quanto le ho appena raccontato. È un'ipotesi che non può trovare né smentita né conferma, come tante ne ho fatte nei miei libri.

Gli sfuggí un sorriso storto.

– La fa ridere? – domandò Gheppio.

Zanka scosse il capo.

– Stavo pensando che Simone Bartocci mi ha ricordato la famosa frase di Pasolini, quella sui misteri italiani: «Io so, ma non ho le prove». Perché le prove vengono sepolte o cancellate con metodo. Niente tracce, niente passato. Ogni cosa deve restare ben nascosta. Soprattutto alle coscienze. È il destino di chi vive in questo Paese –. Si alzò. – Forse le ho soltanto fatto perdere tempo. Ma ci tenevo a confrontarmi con lei –. All'improvviso sentí la stanchezza della giornata piombargli addosso e curvargli le spalle. – Ora devo andare. Stasera ceno con mio figlio, poi dormo al *Cinghiale bianco*, per ripartire domattina.

Zanka salutò e si diresse verso l'uscita. In quel momento desiderava solo fumare una Muratti per strada, ascoltare quel che Vincenzo aveva da dirgli, buttare giú un Fernet dopo cena e sdraiarsi su un letto comodo.

– Signor Zanchini, – lo richiamò Gheppio.

Lo scrittore si voltò.

Il forestale aveva in mano l'atlante del Touring e la copia del giornale.

– Dimentica questi.

Zanka tornò sui suoi passi.

– Senta, prima che se ne vada vorrei chiederle una cosa, – disse Gheppio. – Secondo lei, se le Brigate rosse invece di ammazzare Moro lo liberavano, cosa succedeva?

Zanka fu preso in contropiede. Non riusciva a immaginare perché Gheppio volesse sapere una cosa del genere.

– Credo che lo avrebbero rinchiuso da qualche parte, – rispose schietto. – In una clinica, magari. Sarebbe passato da una prigionia all'altra. Non lo avrebbero lasciato andare dopo quello che ha scritto su di loro, sulla sua gente. In Italia dire la verità è l'unico peccato che non ti perdonano.

– Però è importante che Moro abbia scritto quelle lettere, no?

– Penso di sí, – rispose Zanka.

Gheppio si rilassò sullo schienale.

– Bene, – concluse. – Allora può farlo anche lei, che non rischia la vita e nemmeno la libertà. Scriva il suo libro. Scriva la storia di Jacopo e Margherita, con tutte le pezze d'appoggio che riesce a trovare. La scriva come se fosse uno dei suoi libri di fantasia. Forse riuscirà a dire piú verità di quanta ne abbiamo trovata noi.

Zanka strinse la mano che Gheppio gli porgeva.

– Buona fortuna, – disse il forestale.

Lo scrittore uscí senza dire nulla, meditando sulla consegna appena ricevuta.

Era il migliore incoraggiamento che gli avessero mai dato.

13. Aulla, sabato 20 maggio

Jimmy stava di fronte a Milena. Sedevano su sgabelli alti, Jimmy in bilico all'indietro, la schiena appoggiata al muro. L'Hallogallo era chiuso da mezz'ora, illuminato da tre lampade su sei e attraversato da una musica indefinibile, complessa e suadente al tempo stesso: suoni elettronici, arpeggi di chitarra, flauti, grappoli di note di pianoforte, a un certo punto anche il vagito di un neonato.

– Chi sono? – domandò Milena, indicando il disco che girava sul piatto.

– È uno solo, – disse Jimmy, le mani impegnate a scaldare hashish. – Si chiama Franco Leprino. L'album s'intitola *Integrati puntini puntini disintegrati*.

– C'è scritto proprio «puntini puntini»? In lettere?

– No, *meine liebe*, coi tre punti... Com'è che si dice?

– Di sospensione.

– Ecco. E quella sospensione è importante, perché cosí il titolo vuol dire tante cose. Ti piace?

– Sí, – disse Milena, guardando la parete alle spalle di Jimmy. Era tappezzata di copertine di Lp, memorabilia di concerti, foto di band e primi piani di musicisti, col risultato che lei aveva addosso almeno una cinquantina di pupille, comprese quelle della mucca di *Atom Heart Mother* dei Pink Floyd.

– Trovo l'idea di musica che ha Leprino molto vicina all'ufofilia, – disse Jimmy, mentre cominciava a rollare lo spino. – Ma ti stavo dicendo... È giusto che il ritrovamento di Moro poche ore dopo il tuo sogno ti abbia fatto sembrare la mia interpretazione campata in aria...

– Non proprio campata in aria, – lo corresse Milena, – certe cose avevano senso... Però quella storia che Moro era «rapito» nel senso di «intrippato», quindi era praticamente un ufologo... – Le scappò da ridere. – Be', ammetterai che era un bel po' stiracchiata. Diciamo che l'interpretazione era *pro domo tua*.

– Ma mi è venuta spontanea, lo giuro, – disse Jimmy. – Mi metterei la mano sul cuore, ma sto preparando un *joint*. Semplicemente, la mia era un'interpretazione non *morocentrica*.

Chiuse lo spino leccando la cartina, lo accese, e dopo un paio di boccate lo passò a Milena.

– Questi due mesi mi hanno davvero rotto le balle. Quando han cominciato a dire che nelle lettere di Moro c'erano degli anagrammi, e si son messi a fare gli enigmisti, lí per me si è toccato il fondo. Andate tutti affanculo, è stata la mia reazione –. Jimmy si fermò di colpo, come se si fosse ricordato di qualcosa. – A proposito, ti faccio sentire una cassetta che mi è arrivata!

Si mise a rovistare in una scatola dietro il bancone. – Gruppi punk italiani ne hai mai sentiti?

Jimmy riceveva spesso nastri autoprodotti – lui li chiamava già *demo tapes* – di gruppi «emergenti», definizione all'epoca molto usata, anche per band destinate a restare *sommerse*.

– Questi sono veneti, – disse. – Si chiamano Fioi de Kan, scritto con la *k*. Dove cazzo... Eccolo! – mostrò a Milena la cassetta. – È il loro demo. Hanno avuto la bella pensata di aggiungerci al volo una cover, un rifacimento, anche se questo sarebbe piú un «centone», hai presente quando cambi il testo a una canzone, per ridere? Senti come i giovinastri di oggi vedono il caso Moro.

Dalle casse uscí un rock a dir poco sgangherato. La chitarra era distortissima, il basso te lo dovevi immaginare, la batteria macinava biscrome, il cantante sbraitava. Le parole si capivano a fatica: qualcosa sul rincaro della benzina che rendeva piú costoso preparare bottiglie molotov... Milena fece appena in tempo a riconoscere *La Topolino amaranto* di Paolo Conte che già era partito il refrain:

Sulla Renault 4 amaranto dài siediti accanto ché adesso si va!
Se le lasci sciolta un po' la briglia si fa la guerriglia, rivali non ha!

Meno di un minuto, e il pezzo finí di botto.

– Quella che si dice una *novelty song*, – commentò Jimmy, togliendo la cassetta dallo stereo. – E pensa che il cantante ha quindici anni! Ma torniamo a noi... E ascoltiamo musica piú adatta all'occasione.

Secondo Milena, quella conversazione con Jimmy all'Hallogallo, quello scambio di pareri nutrito di musiche visionarie e tetraidrocannabinolo, fu importante quanto gli eventi che seguirono.

«Parlammo ancora del mio sogno. Ne sentivo la necessità. Iniziai a pensare che la mia attività onirica avesse intercettato qualcosa, "un cambio di fase". Mentre si chiudeva il dramma del sequestro Moro, sempre piú gente vedeva Ufo. Qual era il legame? A leggere i giornali, la risposta sembrava scontata: gli Ufo aiutavano gli italiani a scaricare la tensione, esprimevano un desiderio di "evasione", di fuga dalla politica, dagli scontri ideologici, dalla violenza. Una voglia di disimpegno, voglia di sognare. Sarà stato il *décor* intorno a me, sarà stata la musica, sarà stato il fumo, ma i pensieri mi uscirono a fiotti e quei pensieri erano già parole. Il succo era: certo, chi vedeva Ufo esprimeva un bisogno di incanto, di mistero, di allargare i confini del proprio mondo... Di aprire le "porte della percezione"... Un'espressione che poteva venirmi in mente solo all'Hallogallo, e che non avevo mai usato nemmeno da ragazzina. Ma perché definirlo "disimpegno"? Se incanto e impegno fossero stati inconciliabili, tutto quello che Jimmy aveva lí dentro sarebbe stato solo un bric-à-brac, un mucchio di cianfrusaglie, di *ciapapóer*, come le chiamiamo a Torino».

– Esatto, – disse Jimmy, sorridendo. – E i surrealisti, i beatnik, il mio compare Tim Leary... avrebbero solo dato aria alla bocca.

Era di nuovo seduto sullo sgabello, la testa e la chioma rossa proprio sotto quella, quasi uguale, disegnata sulla cover di *Tago Mago* dei Can. Domandò a Milena se le andasse un bicchiere di vino e prese l'occorrente nel retrobottega. Tornò con una bottiglia sottobraccio e una ciotola piena di olive. Recuperati anche i bicchieri, stappò il vino e fece segno a Milena di servirsi.

– Però, – disse, mentre Milena si riempiva il calice, – consideriamo il nocciolo di verità di questi discorsi sull'evasione. Un desiderio di fuga c'è, è innegabile. Io stesso, come ti dicevo, ho cominciato a sbattermene altamente del caso Moro coi suoi annessi e connessi. Semplificando, sono fuggito. Sono evaso. Perché la parola *evasione* viene usata con quel tono di condanna? A chi piace stare in prigione? Infatti nei film sulle evasioni tifiamo sempre per il carcerato che ci prova, può pure essere la peggiore delle carogne, ma tifiamo per lui, speriamo che il suo piano funzioni, che non lo catturino.

Milena annuí. Si accorse che sulla parete dietro Jimmy c'era anche il poster di *Papillon*, con Steve McQueen. Sorseggiando il vino, si perse nei ricordi di quel film. La colonia penale, la fuga nella giungla, l'inganno della barca sfondata, gli anni in isolamento, gli incubi, l'Isola del Diavolo, la scena finale... Accasciata su un sacco di noci di cocco, Milena galleggiò per un po' nell'Atlantico, dopodiché riapprodò all'Hallogallo e disse: – C'è un desiderio di *altrove*. Altrove rispetto alle dicotomie, allo scontro tra Stato e Br, allo spettacolo degli schieramenti obbligatori, ai controlli soffocanti. Provo a ragionare come fate voi ufofili: se l'Ufo è il *non identificato*, è cosí sorprendente che tu ne veda uno proprio quando tutto preme per *identificarti*, per sapere chi sei e da che parte stai?

– Cazzo, sí! – esclamò Jimmy. – È questo il punto.

– E poi, non ci trovi qualcosa di utopico? *Utopia*, semplificando, vuol dire *altrove*. Un altrove assoluto, un luogo che non c'è. Ma cercare un luogo che non c'è, significa non accontentarsi dell'esistente. E non è la stessa spinta per cui leggiamo la fantascienza?

Da dietro i suoi occhiali fumé, Jimmy guardò Milena con ammirazione.

– Tutto questo finirà nel tuo primo libro, – disse. – Lo so. E lo renderà un libro diverso da qualunque altro.

«E aveva ragione, – ricorda Milena, – anche se diverso non vuol dire per forza migliore. Ecco, anche oggi tendo a schermirmi. Mi sa che lo feci pure quella sera, dissi a Jimmy che la faceva semplice, lui, perché io non lo sapevo, se avevo imboccato la strada giusta. Tantomeno sapevo se la mia ricerca sarebbe diventata un libro. Ero partita col chiedermi perché inseguire gli Ufo fosse un'attività solo maschile, ed ero arrivata a vederci un desiderio di utopia, una critica dell'esistente...»

– Insomma, io ho ancora molta confusione in testa.

– Per questo sei qui. Per schiarirti le idee grazie a una nuova esperienza. Grazie all'Esperienza, – controllò l'orologio. – È quasi ora di andare. Dobbiamo salire prima che faccia buio, cosí accendiamo il fuoco e mangiamo qualcosa. Vedrai che tra poco arrivano gli altri.

«Gli altri» erano il gruppo di amici che ogni tanto si ritrovava sul Quarzerone, per incontrare oggetti (e soggetti) non identificati, ricorrendo al metodo che le antenate di Jole si erano trasmesse di generazione in generazione: ingerire il fungo allucinogeno noto col nome scientifico di *Hygrophorus Marzuolus Varietas Divinarum*, e con quello popolare di chiodo delle streghe.

Se Jimmy aveva addirittura frequentato Mister Lsd in persona, Timothy Leary, l'esperienza di Milena con gli allucinogeni era pochissima cosa. Giusto un francobollo smezzato in due, per festeggiare la maturità col moroso del liceo. Stesi su un prato lungo la Dora, appena fuori Torino. Un pomeriggio a inseguire bagliori nei labirinti colorati tra gli steli d'erba. Niente di folgorante e nemmeno di spaventoso.

«Il fungo è diverso, – le aveva detto Jimmy. – Ma in compagnia non dà mai problemi».

In quel momento un clacson suonò una versione mononota del jingle pubblicitario del Ddt: «Ammazza la mosca col flit!»

– Questi sono sicuramente Guido e Adele, – disse Jimmy, saltando giú dallo sgabello. – Vedrai che tipi. Li ho conosciuti quand'ero in Germania.

L'ufofilo alzò la saracinesca. Di fronte all'Hallogallo c'era una Citroën DS, il modello soprannominato «Squalone». Era dipinta a squame gialle, rosse e blu.

Jimmy la indicò a Milena.

– Ti presento l'Autopesce.

14. Forravalle, sabato 20 maggio

– Io sono rimasto a Thanur per la vita in comune e le teorie di Orsola, non solo perché volevo smettere di farmi le pere. Poi è successo anche quello, e va bene. Ma questi pensano che lí abbiamo la bacchetta magica e di tutto il resto se ne fregano.

Vincenzo era piuttosto loquace quella sera, dopo i testaroli e la faraona arrosto con contorno di verdure. E sembrava in buona forma. Zanka ne fu contento, benché continuassero a frullargli in testa le imprese della banda Landucci e la sorte di Jacopo e Margherita. Sentiva che se si fosse messo alla macchina da scrivere avrebbe potuto battere sui tasti per una notte intera.

– Un paio di settimane fa, – riprese Vincenzo, – ho dovuto rimediare al casino di uno che è andato a rubare in casa del vicino. Cioè, ti rendi conto? Dico: per andare a rubare in casa di quello che ti vive accanto non deve proprio fregartene un cazzo della comune.

Zanka fece segno all'oste che desiderava un Fernet, lo disse scandendo la parola senza alzare la voce, perché l'altro potesse leggere il labiale. L'oste li raggiunse con due bicchierini e l'intera bottiglia. Trattamento da clienti *aficionados*.

Vincenzo però non parve interessato al liquore, troppo preso dalla propria filippica.

– Questi si presentano, supplicano di entrare, chiedono

aiuto, e appena passato il cancello, Thanur diventa subito la mamma da ingannare, per scroccarle cinquanta sacchi, oppure da insultare, perché ti fa zappare la terra, e allora vai col piagnisteo, «io non ho mica ammazzato nessuno, mi sono solo bucato», «c'ho i postumi della dipendenza», «voi mi volete morto» e bla e bla.

Zanka aveva capito l'antifona: Vincenzo non poteva sopportare di vedersi allo specchio in quei ragazzi smarriti. Fino a un anno prima il comportamento che descriveva era stato il suo. Era la stessa storia degli irlandesi, penultimi immigrati di New York, che schifavano gli italiani in quanto ultimi arrivati. Era la posa di chi s'è appena emancipato e non vuole confondersi con chi è ancora schiavo. In quel caso, pensò, c'era un aspetto positivo nello sfogo di Vince, perché sanciva la sua distanza dal mondo dei tossici.

– E Rossella? – domandò Zanka, giusto per avere conferma di quel che aveva già intuito.

– Ormai sembra la Madonna, – rispose Vincenzo. – Piú le cresce la pancia, piú si trasforma in Nostra Signora dei Drogati. Tutti a starle appresso, a osannarla, e Orsola non dice niente.

Gli raccontò del viaggio di Rossella a Milano e del dono avvelenato con cui era tornata: diventare una comunità di recupero in cambio della pace con gli Hilzer. Anzi, in cambio dei loro soldi.

Parlando di Rossella, non disse al padre «ci siamo lasciati», perché non gli aveva mai nemmeno detto «stiamo insieme», ma si capiva bene che il legame tra loro era sciolto.

Mentre centellinava il liquore, Zanka fu colto da un pensiero: poiché Vincenzo non sarebbe stato padre, lui non sarebbe stato nonno. Certo, quel nascituro era figlio di Vincenzo e nipote suo, biologicamente parlando. Ma sarebbe cresciuto, o cresciuta, in un mondo lontano, imperscrutabile.

Vincenzo continuava a raccontare. Zanka si chiese se quel discorso sarebbe andato a parare da qualche parte o se sarebbe finito in niente, come spesso accadeva. Era già tanto che suo figlio avesse deciso di aprirsi, di vuotare il sacco con lui. Non ricordava quando fosse successo, in precedenza. Forse mai.

Infine Vincenzo arrivò al punto.

– Presto o tardi a Thanur non ci potrò piú stare, poco ma sicuro.

Seguí un momento di silenzio durante il quale Zanka posò il bicchiere, cercando di mettere a fuoco le conseguenze di quell'uscita.

– Del resto, se vengo a Roma ricomincio a bucare, lo sappiamo, – aggiunse il figlio.

Zanka non se la sentí di commentare, o piuttosto era quella inusitata lucidità a lasciarlo senza parole.

– Non so dove sbattere la testa, – disse Vincenzo. – Non voglio scappare ancora. Da Roma, dalla clinica, da Thanur. Quest'estate potrei anche andare in Versilia, trovare un posto da cameriere, ma sarebbe un riempitivo. Come se mi avessero rimandato a settembre. E da settembre in avanti?

Il padre ascoltava e pensava. Pensava che Roma, per Vincenzo, era la città natale, la casa dov'era cresciuto, i luoghi che lo avevano accudito. L'eroina era stata la sua avventura tragica, il suo mentore negativo, un brutto viaggio. Poi aveva trovato Orsola, il mentore positivo, e Thanur, una nuova casa. L'eroe era partito dal suo mondo familiare, aveva conosciuto l'altrove, lo aveva attraversato e si era costruito un rifugio: come nei miti e nei riti di passaggio di ogni cultura.

In piú di un libro Zanka aveva ipotizzato che l'umanità avesse ereditato quello schema narrativo dai suoi progenitori spaziali, protagonisti di viaggi attraverso le galassie. Ecco perché il pellegrinaggio dal noto all'ignoto era diventato la struttura portante dell'epica eroica. L'Ulisse cosmonauta era il modello di tutti gli Ulisse del genere umano.

Vincenzo a che punto era della sua Odissea? Non certo a Itaca, pronto a sconfiggere i Proci. Era sull'isola di Ogigia con la ninfa Calipso. Ma Ermes arrivava a dirgli che il suo viaggio non era concluso, che gli mancava qualcosa. Che cosa? Una madre. Fin da quand'era nato. Non che Zanka con questo volesse darsi l'assoluzione, ma insomma, buono o cattivo, presente o assente, comunque un padre l'aveva avuto. Invece per trovarsi una madre era finito a Thanur, si era affidato a Orsola e adesso rischiava di perdere anche lei.

Intanto Vincenzo, come per rispondergli, stava parlando di Orsola e del suo insopportabile fatalismo di fronte alle proposte di Rossella, della sua incapacità di opporsi alla bancarotta delle proprie idee.

Infine tacque. Si accese una sigaretta prendendola dal pacchetto del padre.

– Hai ancora quella lettera che ti mandò tua madre? – gli chiese lui, e subito si stupí di averlo fatto. – Quand'è stato? Dieci anni fa?

– No, l'ho stracciata. Perché? – disse Vincenzo, aggrottando un poco la fronte.

– Se avessi almeno un suo vecchio indirizzo potresti provare a rintracciarla.

A Vincenzo quasi cadde la sigaretta di bocca.

– Ma dici sul serio?

– Sí. All'età che hai, penso che per te incontrarla sarebbe importante. Hai sicuramente tante cose da chiederle, e non va bene che continui a dare per buone le risposte che ti ho dato io. In fondo non vi siete mai detti niente. Tranne forse in quella lettera.

Vincenzo aggrottò le labbra, per intendere che lí sopra non c'era poi scritto chissà che.

– Mi invitava ad andare là, per le vacanze, – disse. – Nel New Jersey.

– Il New Jersey è un po' grande per batterlo a tappeto senza altre indicazioni, – osservò Zanka.

– Nella lettera c'era una foto, con un numero di telefono e un indirizzo scritti dietro. Quella l'ho tenuta.

– È un punto di partenza.

Zanka notò che l'espressione di suo figlio stava cambiando. L'idea, respinta di primo acchito, ora non lo trovava del tutto refrattario. Ma subito Vincenzo scosse la testa.

– Anche volendo, io fuori da Thanur non sono niente, – obiettò. – Non ho un lavoro, non ho una casa, non so fare nulla.

Zanka si versò un secondo bicchierino di Fernet.

– Mi hanno fatto una buona offerta per la casa di Orbetello. I soldi per l'aereo e per i primi tempi non sono un problema. Poi magari trovi un posto da cameriere nel New Jersey, sempre meglio che in Versilia. Almeno l'inglese sono riuscito a fartelo studiare.

– Almeno quello… – commentò Vincenzo. – Ti ringrazio per l'offerta, davvero. Ma non può funzionare. Sono pur sempre un ex tossico, se mi dai tanti soldi tutti insieme, finisce che li spendo in una settimana, non…

Zanka lo interruppe, con una mano sul braccio. – Se è quello il problema, troviamo il modo di farteli avere un po' alla volta, cosí li gestisci meglio. Però ti prego, non iniziare a piangerti addosso. È un'idea da pazzi, forse hai ragione tu. Fanne ciò che vuoi. Ma non scartarla perché non ti senti all'altezza, è ora che cominci a credere in te stesso.

«Stava provando a dirmi qualcosa che non c'eravamo mai detti, – racconta oggi Vincenzo, – con impaccio, certo, con un filo di retorica... Fino a qualche tempo prima, un discorso cosí mi avrebbe irritato, ma quel giorno no, anzi. A pensarci, quel suo sforzo mi commuove ancora. Dopo mi parlò di sé. Mi disse che per un momento gli era sembrato di aver perso lo scopo nella vita: scrivere non aveva piú senso. Poi si era imbattuto in una storia interessante e gli era venuta voglia di raccontarla, chissà perché. E adesso aveva di nuovo uno scopo. Mi disse della pista che credeva di avere trovato sulla sparizione dei due scout, dell'ipotesi che gli pareva tanto plausibile, perché spiegava l'inspiegato. Peccato fosse indimostrabile. Intanto io pensavo alla proposta che mi aveva lanciato. Era tipico di mio padre, uscirsene all'improvviso con una sfida, una provocazione. O almeno, era tipico di quando ero bambino. Arrivava e mi diceva: "Domani attraversiamo Roma a piedi, da nord a sud". Oppure: "Stasera facciamo una cena precolombiana!" "Sabato andiamo col metal detector a cercare monete etrusche a Norchia". A un certo punto aveva smesso, dopo che gliene avevo bocciate un paio di fila con la classica flemma del quattordicenne. La cosa dell'America fu una specie di ritorno all'infanzia. Lí per lí mi parve davvero una di quelle sparate. Ma mentre ascoltavo mio padre che raccontava la storia di quei due ragazzini scomparsi e dei bombaroli fascisti e di un deposito di esplosivo nascosto nella montagna, continuavo a immaginarmi sull'aereo per New York, o in mezzo ai grattacieli, o davanti a una villetta del New Jersey, incerto se suonare il campanello».

15. Forravalle, sabato 20 maggio

A fine serata Vincenzo disse a suo padre che non c'era bisogno di accompagnarlo fin su alla comune, se la sarebbe fatta volentieri *a sòle e tacchi*, ma Zanka insistette per portarlo in auto. Padre e figlio si salutarono in fretta davanti al cancello della villa. Appena Vincenzo arrivò in camera frugò nello zaino che teneva accanto al letto, tirò fuori *La ragazza di Bube*, regalo di un'ex compagna del liceo, e lo sfogliò alla luce della lampada da comodino: ricordava di aver infilato la foto lí dentro. E infatti eccola.

Sua madre sorrideva in bianco e nero, tra le piante di un giardino. Sul retro, poche righe scritte a penna.

> Marion O'Donnell
> 671 Palisade Avenue
> Jersey City, Nj 07307
> Tel. 877-652-8472

– Chi è?

La voce di Pardo lo fece trasalire. Si era sporto dal letto sopra il suo.

– Mia madre, – rispose Vincenzo. – Vive in America.

– Io se avevo una mamma in America ero già partito da un pezzo, – commentò Pardo.

Vincenzo ripose la foto dentro il libro e si sdraiò con le mani dietro la nuca.

– Non l'ho mai conosciuta. Non è mai stata davvero mia madre.

Dal piano alto del letto a castello non giunsero altre parole. Poi la testa di Pardo spuntò di nuovo oltre il bordo della struttura di legno.

– Con tuo padre com'è andata? – domandò.

– Bene. Per la prima volta forse ci siamo intesi.

– Ho letto un suo libro qualche anno fa, non mi ricordo il titolo, – disse Pardo tornando a scomparire di sopra. – È comunista, no? Strano che un comunista si occupi di extraterrestri, astronavi nella preistoria, cose cosí…

– Mi ha detto che adesso sta scrivendo tutt'altro, – disse Vincenzo. – Hai presente quei boy-scout scomparsi sul Quarzerone due anni fa?

– Sí, vagamente.

– Mio padre s'è fatto una sua teoria. Dice che c'entra un deposito di esplosivi sul monte, e una banda di fascisti lucchesi, magari li conosci, un certo Landuzzi…

Le molle sopra la faccia di Vince ondeggiarono e cigolarono. Vide i piedi di Pardo sui gradini della scaletta, quindi le gambe, infine la figura intera.

– Nando Landucci? – domandò Pardo.

– Mi pare di sí, – annuí Vincenzo.

– Te lo ricordi quel dossier su «Pugno al cielo»? C'era anche lui. È uno losco, uno che è meglio perderlo che…

S'interruppe di colpo.

– Che c'è? – gli domandò Vincenzo, tirando su il busto e appoggiandosi sui gomiti.

Pardo si mise a sedere sul bordo del letto.

– Mi sono appena ricordato dove ho già visto quello che era qui oggi. Capoferri.

– E che c'entra con Landucci?

Pardo fece un gesto con la mano per farlo tacere. Stava spremendo i ricordi per trarne un distillato che si potesse raccontare.

– Quando abbiamo querelato «Pugno al cielo», il partito ci ha messo a disposizione il suo principe del foro, l'avvocato Mazzaroso. Allora sono andato nel suo studio, con Landucci e camerati vari, per firmare la procura.

– Quanto tempo fa? – domandò Vincenzo.

– Era la fine del '72 o inizio '73. Avevo diciannove anni. Siamo lí nell'anticamera, e Mazzaroso invita dentro Landucci, da solo. Dopo un po' esce, assieme a un altro tizio che doveva essere lí da prima. Parlano tra loro, si vede che si conoscono bene. Poi il tizio saluta anche il resto della banda e se ne va.

– E quel tizio... – lo interruppe Vince.

– Era Capoferri, – riprese Pardo. – Pizzetto alla Buffalo Bill, capelli un po' lunghi... Era lui di sicuro.

Dopo un po' Vincenzo riprese a sussurrare nella penombra.

– Questa storia può interessare a mio padre. Secondo lui la banda Landucci si è rifornita di esplosivi nascosti sul Quarzerone. Capoferri vive qui. Se li conosce, magari c'entra anche lui.

Pardo si alzò e mise un piede sulla scaletta.

– Lascia perdere, – sentenziò. – Quella gente *'un va a scartini*. T'accoltellano come niente fosse. Maneggiano il tritolo come noi si sbriciola il fumo per fare uno spino.

16. Pian del Cielo, sabato 20 maggio

I ghiri che abitavano sul grande faggio proprio al centro di Pian del Cielo non avevano piú visto un accampamento di umani dalla tarda estate del 1976.

Dopo la scomparsa di Jacopo e Margherita, chi conosceva la vicenda preferiva tenersi alla larga da quel prato, specie di notte, e anche i pochi che non la conoscevano evitavano di piantare la tenda lí, quasi avvertendo un cattivo presagio.

La combriccola degli ufofili, per le sue veglie, aveva frequentato già molte radure, ma Jimmy, l'esperto del Quarzerone, non li aveva mai portati a Pian del Cielo. Prima della disgrazia perché non era abbastanza isolato e qualche scocciatore ce lo potevi sempre trovare; in seguito per un senso di rispetto, piú che di timore, quasi si trattasse del luogo dove i due ragazzini erano sepolti.

La sera del 20 maggio decise di cambiare condotta e di portare gli amici proprio sulla spianata dove un tempo si fermavano gli scout. «Mi disse di aver sentito l'attrazione di quel posto, – ricorda Milena. – Come per le date degli incontri, non erano gli ufofili a scegliere i luoghi, ma i luoghi a scegliere loro».

A detta di chi le ha sperimentate, le veglie ufofile non seguivano un rituale preciso, allo scopo di restare, per quanto possibile, «non-identificate».

– Oltre che ufofili bisogna essere *Ufo*, – spiegarono Guido e Adele. Portavano entrambi i capelli lunghi raccolti in una treccia. Lui aveva una giacca di panno a tre bottoni, con lo stesso motivo *paisley* della gonna di lei: gocce blu, dalla punta ricurva, ripetute centinaia di volte in un disegno ipnotico.

L'uso di «Ufo» come aggettivo – per intendere «bizzarro, anomalo, deviante, irregolare» – era uno dei tanti vezzi linguistici del gruppo: piú che di «veglie ufofile», ad esempio, erano soliti parlare di «Ufo-veglie» e definire «gastronomia Ufo» i manicaretti vegetariani che mettevano in comune. Alberto Rizzi, postino a Papozze e sommo poeta, afferrò una tartina con crema di rape e disse a Milena che quello non era soltanto «cibo Ufo», ma pure «buonissimo cibo *a* ufo» dato che non lo si pagava, perché frutto di una libera condivisione.

Senza tante cerimonie, gli amici sistemarono le tende, stesero i sacchi a pelo, accesero il fuoco e prepararono la cena. Frugale e leggera, per non contrastare gli effetti del fungo con una cattiva digestione e troppo cibo nello stomaco.

Milena intanto faceva conoscenza con i partecipanti, raccontava della sua ricerca, chiedeva notizie, chiacchierava e, al di là del suo interesse per le pratiche del gruppo, trascorreva una di quelle serate da troppo tempo scomparse dal suo calendario.

Dopo cena, intorno al falò, Brenda Collini provò a suonare il *morin khuur*, o «violino testa di cavallo», che Guido e Adele avevano riportato dal loro viaggio in Mongolia. Si diceva che Brenda fosse capace di suonare qualunque strumento, dal theremin all'ocarina, ma la sua serenata mongola risultò comunque piuttosto Ufo.

Terminata la musica, Jimmy tirò fuori dallo zaino un vaso di vetro, di quelli che si usano per le marmellate, pieno di briciole marroncine: i chiodi delle streghe essiccati e tritati seguendo il metodo di nonna Jole.

Paul Beathens, nome d'arte di un poeta operaio di Perugia, portava due cravatte intorno al collo, a mo' di sciarpa. Riempí d'acqua una grossa teiera e la appoggiò su due pietre, al margine del fuoco, in modo che le fiamme lambissero il fondo.

Avevano spiegato a Milena che il fungo fresco era molto saporito, mentre quello secco andava ammollato e cucinato, ma si perdevano gli effetti psicotropi. Restavano allora soltanto due modi per assumerlo come allucinogeno: quello piú facile era masticarlo, ma dava spesso la nausea, e cosí gli ufofili preferivano infonderlo, con acqua calda non bollente, una spruzzata di limone e un cucchiaino di miele.

Ognuno aveva la sua tazza: di ceramica decorata o di metallo, larga o stretta, raccattata in cucina prima di uscire o riservata solo alla tisana magica. Su quella che Jimmy allungò a Milena era disegnata una lucciola ubriaca, sovrastata dalla scritta «*Ich glühe ohne Mühe*», ovvero «Brillo senza sforzo». Doveva essere un ricordo degli anni tedeschi di Jimmy, e di una qualche festa di paese dove si beveva il *Glühwein*, alla lettera «vino brillante, incandescente», quello che in Italia si chiama vin brulé.

– Sorelli e fratelle Ufo, – disse Jimmy mettendosi in piedi, con gesto e voce solenne, – la mia cara nonna Jole raccomanda sempre, prima di prendere il fungo, di recitare l'avemaria o quantomeno una preghiera a san Cristoforo, non a caso protettore di chi viaggia.

Milena colse il tono dissacrante dell'esortazione e tuttavia si domandò se le sarebbe toccato pescare tra le lontane memorie del catechismo.

– Visto che abbiamo qui un'aspirante ufofila, – continuò Jimmy, – ricordo che il nostro consesso ha deciso di sostituire l'invocazione alla Vergine, o al santo, con uno sproloquio, in poesia o in prosa, a lode e gloria del nostro Ufo custode, ovvero della guida che vorremmo al nostro fianco affinché ci assista nella visione. Ciononostante, dal momento che il fungo è un folletto imprevedibile, pur confidando nei nostri numi tutelari, abbiamo anche stabilito che uno di noi rimanga sobrio, durante la veglia, per assistere i compagni in caso di bisogno. E se la memoria non m'inganna, il turno a secco questa sera tocca a me.

Il pistolotto introduttivo fu accolto da applausi, battere di mani sulle cosce, sviolinate sul *morin khuur*, pernacchie e *bravò*. Ma nonostante l'atmosfera scanzonata, quando le tazze si riempirono d'acqua fumante e ciascuno ci lasciò cadere qualche goccia di limone, miele e due pizzichi di polvere magica, Milena imitò gli altri con un filo d'apprensione. Stava pur sempre per assumere una sostanza allucinogena a lei sconosciuta, usata un tempo a scopo divinatorio, che un tizio incontrato una notte in treno le aveva proposto di mandar giú per vedere strani oggetti non identificati. Ce n'era abbastanza per nutrire qualche timore. Inoltre, si chiedeva se avrebbe potuto scrivere di quell'esperienza. Di sicuro l'accademia italiana non era pronta ad accettare gli allucinogeni come strumento di ricerca. L'avrebbero presa per un'emula di Castaneda. In parole povere, per una cialtrona.

Milena si sforzò di non pensare a tutto questo e di lasciarsi distrarre dall'Ufo-veglia.

Era giunto il momento delle invocazioni.

Livia Rosati, una maestra di Orvieto, si alzò in piedi, appoggiandosi al bastone che usava per camminare a causa della poliomielite. Aggiustò il turbante che portava in testa e si schiarí la voce, come se dovesse lanciare un sortilegio. Teneva in mano l'antologia *Sonde nel futuro*, appena uscita per l'Editrice Nord. Sfilò il segnalibro che aveva lasciato tra le pagine e lesse qualche riga di *Un'odissea marziana*, il celebre racconto di Stanley Weinbaum pubblicato nel 1934.

– «Il marziano non era davvero un uccello. Non era nemmeno uccelliforme, se non a prima vista. Aveva un becco, d'accordo, e qualche appendice piumata, ma il becco non era davvero un becco; era un po' flessibile, potevo vedere la punta dondolare di qua e di là. Era piuttosto un incrocio tra un becco e una proboscide. Aveva piedi con quattro pollici e quattro cose *ditate* – mani, le avresti dette, e un piccolo corpo rotondeggiante e un lungo collo che finiva in una piccola testa – e poi quel becco».

Livia raccontò che Tweel, quel marziano, era intelligente, ma i suoi ragionamenti non seguivano la nostra logica. Non mangiava davvero, si nutriva dal terreno al pari di una pianta. Non dormiva. Si riproduceva in maniera asessuata. Nel suo linguaggio non esistevano vere e proprie parole, piuttosto descrizioni che cambiavano di continuo, perché le cose non venivano mai chiamate due volte nello stesso modo. Era, insomma, il primo alieno non identificato, né umanoide né bestiale, nella storia della letteratura fantascientifica.

Livia sollevò la tazza, per brindare. Disse: – A Tweel, – e bevve un sorso, subito imitata dagli altri e per ultima, dopo un attimo di esitazione, anche da Milena.

Guido e Adele dovevano essere una coppia parecchio affiatata, non solo nell'abbigliamento, perché si affidarono allo stesso spirito-guida, l'Allghoi Khorhoi, il «verme mongolo della morte». Un animale leggendario, molto temuto dai nomadi del Gobi, di cui non esistevano testimonianze certe. Loro, invece, sostenevano di averlo incontrato durante una gita in cammello e di averlo ammansito con modi gentili e una ciotola di ravioli al vapore.

– Il mio Ufo custode, – disse Andrea Binelli, anarchico di Pietrasanta, – è il figlio di un camionista e di una fruttivendola. A otto anni gli piace ballare, a nove suona la chitarra in una band, a quindici lo sbattono fuori dalla scuola per cattiva condotta, a diciassette diventa un fotomodello, a ventotto si dichiara bisessuale, a ventinove muore su un'auto, in un frontale contro un albero –. Alzò la tazza e brindò. – Al guerriero elettrico, al ballerino cosmico, al principe dei tirannosauri. A Marc Bolan.

Milena intanto pensava a cosa dire quando sarebbe stato il suo turno. Non si era preparata nulla, Jimmy non le aveva detto di quella consuetudine, ma era pur sempre la serata della sua iniziazione ufofila, e per quanto cercasse di mantenere il distacco della studiosa, ci teneva ad affrontarla con lo spirito giusto, invocando una guida degna di quel ruolo.

Paul Beathens si sistemò le cravatte, una sulla spalla destra, l'altra sulla sinistra.

– Con emozione, con emozione altissima! – attaccò ispirato il perugino. – Recito questi versi per raccomandarci al cosmo, infinito e indifferenziato, privo di oggetti, *«dove la coniugazione di vita | e di contemporaneità produce realtà | dove la libertà si fonde con il progetto | dove la moltiplicazione dell'uguaglianza | si struttura nell'organizzazione | dove la produzione di possibilità | è all'interno della produttività delle traiettorie | dove la sessualità è nella liberazione delle relazioni | dove la sospensione temporale | produce ridislocazione della norma | dove l'amore centralizza i sentimenti | dove il cambio dei Millenni produce letteratura | dove la teoria si unisce alla classicità ed all'ipotesi contemporanea | dove il Giorno produce Politica Socialità Ideologia | dove il Giorno produce Amore Sentimento Emozione | c'è la modulazione d'animo, la rivoluzione, il cosmo»*.

Gli ufofili risposero alla poetica escalation con una standing ovation.

Brenda imbracciò il *morin khuur* e riuscí a intonare un vecchio blues degli anni Trenta. Il testo si augurava che un giorno le donne *Bd*, cioè *bulldykes*, cioè lesbiche, facessero a meno degli uomini, perché il loro modo di trattarle era un'umiliazione e uno schifo.

– Per Lucille Bogan, Ma Rainey e Bessie Smith, – disse Brenda alla fine del pezzo. – Tre ragazze nate nell'Ottocento che hanno cantato l'amore tra donne e l'Ufo-sessualità.

Alberto Rizzi scattò in piedi e improvvisò un inno alla bellissima ninfa del pianeta Ozagen, protagonista di un romanzo di Philip José Farmer.

– Ave, o Jeannette! – attaccò.

Milena capí al volo a quale libro si riferisse: *Gli amanti*. La prima opera di fantascienza ad aver raccontato il sesso tra un umano e un'aliena.

Coi suoi versi all'impronta, Rizzi ne sintetizzò la trama. Un terrestre, innamorato perso di una *lalitha*, s'intestardisce a liberarla dal suo unico vizio: l'etilismo. Per farla smettere di bere, sostituisce di nascosto alla sua bevanda preferita un liquido analcolico in tutto simile a quella. Ma Jeannette è in realtà un insetto ermafrodita, dalle sembianze umane, e usa l'alcol per non restare incinta, cosa che le succede solo guardando il viso del compagno, con conseguenze tragiche, poiché le larve della sua specie si nutrono del corpo della madre.

– *Cara Jeannette, | madre per sbaglio, | salvaci da li sobri amori | adesso et in ricordo della tua morte*.

– Amen! – rispose il coro.

Venne cosí il turno di Milena. Aveva deciso chi invocare e in che modo, tuttavia le parole non le uscirono subito. Passò in rassegna i volti degli ufofili, che la fissavano in attesa, e per ultimo si fermò su Jimmy, immaginandolo come nel sogno, mentre la invitava a parlare in kobaiano.

– Chiedo l'intercessione di una bambina, – disse stringendo la tazza, – nata nel 1929, figlia di due antropologi. Alfred, il padre, ha scritto un saggio molto importante, dove dice che la cultura segue leggi diverse da quelle del mondo organico. La madre, Theodora, è l'autrice della famosa biografia di Ishi, l'ultimo sopravvissuto di un popolo nativo della California. Lei, la figlia, scrive di fate, legge romanzi fantasy e a dieci anni manda una storia di viaggi nel tempo alla rivista «Amazing Stories», che non la considera. Un quarto di secolo piú tardi, però, la stessa rivista pubblicherà il suo primo racconto. Ha inventato pianeti anarchici, ha scritto di alieni che non hanno un sesso definito. Autrice in un genere dominato dai maschi, ha creato città delle illusioni, spiagge lontane, lingue senza pronomi possessivi, maghi e imperatori. Ha espresso il desiderio di rinascere gatta in una casa di Venezia, per pescare nei rii e cantare sui tetti. Una gatta di nome Ursula. Ursula Kroeber Le Guin. È anche grazie a lei se sono qui stasera.

L'ultimo sorso di tisana magica scese tiepido nelle gole degli ufofili.

Jimmy raccolse le tazze e le radunò nell'abside di una tenda. Quindi distribuí le coperte, tutte fatte a maglia da nonna Jole. Ognuno usò la sua in maniera diversa: chi da seduto, sulle gambe o sulle spalle, chi sdraiato sopra, chi invece a passeggio, tenendola a guisa di mantello.

– Eccoli che arrivano, – sussurrò Brenda dopo una mezz'ora, e Milena immaginò che si riferisse agli effetti del fungo, ma forse lei voleva intendere «gli Ufo».

Livia e Paul Beathens si misero uno di fronte all'altra, per fondere le loro visioni in un unico universo. A bassa voce, per non disturbare, si raccontavano di lemuri parlanti a cavallo di un serpente e di un parricida con un ritratto al posto della faccia.

Jimmy dovette recuperare Guido e Adele, che camminando si erano spinti nel bosco, e riportarli al fuoco, e metterli seduti, e convincerli a non andarsene in giro.

Milena aspettava invano. Chiudeva gli occhi e li riapriva. Studiava le stelle e il profilo dei sassi. Stava a gambe incrociate, stava supina, stava in piedi. Niente.

A giudicare dal modo in cui gemeva, Rizzi era impegnato in una qualche attività erotica con Jeannette, mentre Andrea Binelli scavava per terra con un cucchiaino, mormorando parole in una lingua mai sentita, alla ricerca di un tesoro invisibile o semplicemente non identificato.

Milena si avvicinò a Jimmy, che spezzava e sfrondava i rami da gettare nel fuoco.

– Non mi fa nessun effetto, – disse sconsolata.

Lui le rispose che poteva succedere, la prima volta. Forse stava ancora digerendo la cena, per quanto frugale. Oppure aveva fumato troppo hashish. O preso due pizzichi di fungo troppo scarsi. Le consigliò di non avere fretta e di infilarsi nel sacco a pelo, lí di fianco a lui.

– Io devo aspettare che gli altri si addormentino. Quando il fungo lascia spazio al sonno vuol dire che il viaggio è finito, e col viaggio, pure il mio compito da san Cristoforo.

Milena si allacciò intorno al collo un foulard rosso, per proteggere la gola dall'umidità della notte. Stese la coperta sull'erba, ci piazzò sopra il sacco a pelo, si tolse le scarpe ed entrò nel suo bozzolo, sperando di far presto ad accumulare calore.

Jimmy le prese la mano e restarono cosí, vicini, ad ammirare le stelle.

– Adesso ho capito perché si chiama Pian del Cielo, – disse Milena.

– Bello, eh? A Torino uno spettacolo cosí non lo vedi.
– Lo sai, vero, che poco fuori Torino ci sono le Alpi?
– Sí, ma lasciami tirare un po' di acqua al mio mulino.
– Alla congiunzione col cosmo! – disse Paul Beathens qualche metro piú in là, come se stesse brindando.

17. Pian del Cielo, domenica 21 maggio

Si girò e rigirò a lungo, ma senza riuscire a prendere sonno. Era piú un dormiveglia fitto di pensieri vaghi, nebbiosi. Qualcuno ronfava, qualcuno se ne stava sdraiato a cercare le costellazioni e i satelliti, qualcun altro ancora mormorava una nenia davanti alle braci del falò che Jimmy tentava di rianimare.

Milena uscí dal sacco a pelo, infilò le scarpe e la giacca, e andò a cercarsi un angolino di bosco dove fare pipí. Raggiunse i margini della radura. A oriente il confine della volta stellata iniziava appena a schiarire. La mole piú scura di Rocca Tesana chiudeva l'altro spicchio d'orizzonte. Milena si inoltrò tra le frasche e urinò sotto i rami di un faggio. Fu allora che notò le lucciole. Ma no, aspetta, non lucciole, sembravano… gocce di rugiada fosforescenti. Milena si rialzò e provò a toccarne una. Le rimase sul dito una sostanza simile a bava di lumaca. A guardare meglio, tra le felci, c'erano anche chiazze piú grandi, ovali e distanziate tra loro.

«Come tracce di luce sull'erba», disse la voce di Jole, uscendo dal tronco di un albero abbattuto.

Il cuore perse un battito. Milena dovette controllare il respiro e la mente, che le urlava di andarsene da lí.

«Ho visto il sangue», disse ancora la voce, calando dalle fronde di un acero.

Sei Milena Cravero, pensò forte Milena, forse a voce alta, forse no. Sei un'antropologa di Torino, e per qualche ragione, mentre agli altri l'effetto dei funghi sta svanendo, a te arriva a scoppio ritardato. È tutto sotto controllo. Adesso vai alle tende e ci ridi sopra con Jimmy.

Osservò di nuovo le impronte di luce che si perdevano nel bosco.

«Le orme del *lupo manaio*», disse la voce di Jole, salendo dall'erba.

Sostiene Milena che quello è stato l'episodio piú inspiegabile e perturbante della sua vita. «Nemmeno quando sono stata tra gli Yanomami del Brasile mi è capitato niente del genere...»

Fece un passo, due, poi ne fece un terzo e, invece di tornare al campo degli ufofili, si ritrovò a seguire la pista luminosa, tra gli alberi e i cespugli, nonostante le piante che la ostacolavano, i rovi che la trattenevano, le ragnatele spiaccicate sulla faccia.

Ora nelle orecchie aveva una voce maschile, che ripeteva la stessa frase, senza mai completarla, ogni volta che un ramo le sferzava il corpo.

«Il sacrificio degli innocenti...»

«Il sacrificio degli innocenti...»

«Il sacrificio degli innocenti...»

Non avrebbe saputo dire per quanto avesse camminato, perché la cognizione del tempo si era allungata o accorciata senza che potesse accorgersene, tanto meno impedirlo, ma a ridosso della parete della montagna, che in quel punto si innalzava ripida, quasi verticale, le tracce finirono. Milena si fermò, per niente stanca, e toccò la roccia.

Ne studiò la superficie, la percorse con gli occhi e a un tratto, come succede con i disegni che ne nascondono altri, quello che la prospettiva faceva sembrare una semplice rientranza si rivelò un varco. Le tracce luminose passavano da lí. Anche Milena ci si infilò, con il cuore a tamburo. Oltre quella fenditura c'erano dei gradoni. Parevano tagliati nella pietra e salivano verso l'alto. Milena proseguí. «Non so davvero dove trovai il coraggio, – ricorda oggi. – Ero terrorizzata, ma non potevo fare a meno di andare avanti».

Giunse su una cornice stretta e la percorse senza guardare giú, seguendo sempre le impronte luminose, nella notte ancora densa che avvolgeva le pendici del monte, sforzandosi di non prestare ascolto alla voce maschile che ripeteva il suo mantra.

«Il sacrificio degli innocenti...»

Infine si ritrovò in un piccolo slargo, un terrazzo naturale sulla costa della montagna. Una corona di massi e ginestre celava il posto alla vista dal basso; dall'alto, invece, lo nascondeva l'inclinazione della parete. Lí le orme luminose terminavano. Milena avvertí un profumo che impregnava l'aria. Proveniva dal rampicante che spioveva dalla parete fino quasi a toccare il suolo. Era l'odore dei suoi fiori bianchi. Forse gelsomino? Improbabile. Milena sedette sull'erba e fissò la linea dorata che incendiava l'orizzonte. L'alba era prossima. Non c'era decollo o atterraggio di astronave, né misteriosa luce nel cielo, che potesse superare la magia di quello spettacolo. Pensò che in quel momento, in quel posto nascosto e profumato, nessuno l'avrebbe mai raggiunta. Forse Jimmy la stava già cercando, ma la sensazione di essere introvabile era spaventosa eppure rassicurante. Qualcosa che già altri, prima di lei, dovevano aver provato.

Nell'istante in cui lo pensò fu come attraversata da una scossa e scattò in piedi. È soltanto il fungo, si disse, stai tranquilla. Devi tornare giú, adesso.

Il sole fece capolino. I raggi andarono a riflettersi in un punto preciso, producendo un bagliore metallico. Milena lo colse con la coda dell'occhio. Si voltò verso la parete rocciosa e si rese conto che dietro il rampicante c'era qualcosa.

Scostò le foglie con la mano e sentí sotto le dita una superficie liscia e fredda. Poi una sporgenza, di forma cilindrica.

Il cardine di una porta di ferro.

Aprí il palmo e ce lo appoggiò sopra.

Le parve di toccare un blocco di ghiaccio. Come se la pelle dovesse rimanerci attaccata.

Balzò all'indietro.

«Il sacrificio degli innocenti è inammissibile».

Aveva voglia di piangere, di urlare, di fare ancora la pipí.

Invece tornò sui suoi passi, piú rapida che poteva, anche se le impronte luminose erano scomparse e a guidarla c'erano solo le tracce del suo passaggio, gli arbusti scostati e le ortiche calpestate, difficili da distinguere tra le piste di animali che incrociavano la sua, e il baratro che a tratti si spalancava sulla destra e le radici che le erano d'inciampo.

Superata l'ultima quinta di cornioli, quando Pian del Cielo le si spalancò davanti e vide in lontananza le tende degli ufofili, prima di mettersi a correre Milena slacciò dal collo il foulard rosso e lo legò stretto al ramo di un albero, all'imboccatura di quel sentiero che non era un sentiero.

Appena comparve ai margini del bivacco, sentí Rizzi fare la battuta: – Pensavamo che fossero venuti a prenderti! – mentre roteava l'indice puntato verso il cielo, mimando il movimento di un disco volante.

Milena si aggrappò a Jimmy, e il sorriso di lui si spense in un istante, vedendo i graffi sulle guance e lo strappo sulla manica della giacca.

– Che succede, t'ha preso male? – le domandò. – Non dovevi allontanarti, l'avevo detto…

Venne zittito da una mano sulla bocca.

– Ho trovato la tana del *lupo manaio*.

18. Forravalle, domenica 21 maggio

Dall'uscio di casa, Jole vide il volto di Milena e intuí subito che qualcosa non andava. E poi erano le otto del mattino. La combriccola era attesa per l'ora di pranzo. Doveva essere capitato un guaio.

Fece accomodare la ragazza su una poltrona e le preparò una tisana, mentre gli amici si sedevano in semicerchio nel piccolo salotto, trovando ciascuno un angolo dove accasciarsi.

Al primo sorso, Milena non riconobbe il sapore dell'infuso, né ebbe voglia di chiedere cosa fosse. Le bastò che il liquido caldo l'aiutasse a sciogliere l'angoscia, il grumo di affanno che le toglieva il fiato.

– Ho visto le tracce di luce, – disse.

Jole si fece il segno della croce.

– Han dato il fungo anche a te?

Milena annuí e Jole lanciò un'occhiataccia a Jimmy, che era in piedi accanto a lei e si limitò ad allargare le braccia.

– Cos'altro hai visto? – domandò l'anziana.

Milena sorseggiò ancora la tisana e posò la tazza sulla credenza.

– Una porta di ferro. Incassata nel fianco della montagna. In cima a un sentiero che s'infila tra le rocce. Le tracce arrivavano fin là.

Jole congiunse le mani in grembo.

– Quando è capitato a me, non ce l'ho mica fatta a seguirle. Con la mia anca... Ci voleva una giovane, come te.

Si piegò in avanti, facendosi vicina vicina. Milena fu ipnotizzata dai suoi occhi cerulei.

– Però hai corso un gran rischio, lo sai? Il *lupo manaio* non t'avrebbe mica risparmiato *p'rché t'sen 'na bela fiola*. Adesso stai ferma qui. Bevi e riposati.

Jole si alzò e raggiunse il telefono. Inforcò gli occhiali, cercò un numero in un'agenda ingiallita e lo compose. Il rumore del disco che girava e scattava indietro riempí la stanza. Alberto toccò la spalla di Paul, come a cercare conforto. Adele e Guido si tenevano per mano. Livia e Andrea fecero lo stesso, vincendo l'imbarazzo; Brenda abbracciava la testa di cavallo in cima al manico del *morin khuur*.

Il disco terminò l'ultimo giro e Jole restò in attesa.

– Pronto, Elio? – disse dopo un istante. – Sono la Jole.

Poco dopo le nove il campanello di casa trillò e Jole fece entrare Elio Gornara detto Gheppio. La vista della divisa innervosí gli ufofili e forse li mise anche in soggezione. Nessuno di loro aveva buoni trascorsi con le forze dell'ordine e i militari.

Jole lo fece sedere di fronte a Milena, che gli descrisse cos'aveva visto sul monte.

«Era un tipo di poche parole, – ricorda. – Al posto degli occhi aveva due fessure, ma mentre procedevo col racconto li vidi aprirsi, vidi crescere il suo stupore. Alla fine mi chiese se avrei saputo ritrovare il passaggio, e io risposi di sí».

– Come? – domandò Gheppio. – Ha detto che era buio e che non c'è un sentiero.

Lei gli disse del foulard, legato stretto a un ramo come segnavia.

Il viceispettore chiuse gli occhi e sospirò.

– Jole, posso usare il tuo telefono?

Zanka aveva trascorso buona parte della notte fumando e scrivendo a macchina nella camera d'albergo. Verso l'alba la spossatezza era prevalsa, e almeno il corpo aveva trovato un po' di requie. Poco piú di un paio d'ore, perché erano appena le sette quand'era sceso e aveva chiesto un cappuccino.

Sfogliando «La nuova Toscana» ancora calda di rotative, doveva aver lottato con la propria irrequietezza. Qual era il prossimo passo? Dove poteva cercare ulteriori dettagli, pezze d'appoggio per raccontare piú verità di quanta ne avesse trovata Gheppio con le sue ricerche sul Quarzerone?

Nel posare la tazza, Zanka si era visto nello specchio della sala colazioni. Un uomo vecchio e stremato, con la barba di due giorni e sempre piú peli bianchi, grandi borse sotto gli occhi, la chioma spettinata... Ai lati delle labbra, due parentesi piú profonde di quanto ricordasse.

Era risalito in camera e si era ficcato sotto la doccia. Si era fatto la barba e si era rivestito, pronto a partire per Orbetello. Ma il letto l'aveva invitato a sdraiarsi, giusto dieci minuti, prima di mettersi al volante. Piú che stendersi era crollato, e cosí era sprofondato nel sonno.

– Sono il viceispettore Gornara, mi passi la stanza di Martin Zanka... Del signor Zanchini.

Nell'udire il nome dello scrittore, Milena corrugò la fronte. Non sapeva che anche lui fosse tornato a Forravalle.

Il tentativo andò a vuoto. Zanka dormiva talmente sodo da non sentire lo squillo. Gheppio si domandò se non fosse già in viaggio. Ma il portiere gli assicurò che non era uscito.

– Vada a svegliarlo, per favore. È importante.

Ed ecco Zanka all'altro capo. Parlò lento, la voce ancora impastata. – Sono qui... Mi dica...

– Pronto, mi scusi se l'ho tirata giú dal letto. Dovrebbe venire qui dove mi trovo adesso. Borgata La Vagina, è importante. Riguarda quello che ci siamo detti ieri. C'è una persona che ha scoperto qualcosa.

– Gli dica che sono io la persona, Milena Cravero, – disse Milena.

Nel sentire quel nome, anche Zanka si stupí.

– Curiosa coincidenza, – commentò. Ma il tono era grave, addirittura solenne.

– Andiamo sul monte, – tagliò corto Gheppio. – La aspettiamo.

E riattaccò.

– Sul Quarzerone? Adesso? – Milena era esausta, ma Gheppio insistette: bisognava andare subito, non si poteva rischiare che qualcuno vedesse il foulard e lo staccasse.

Jimmy spiegò che a questo avevano già pensato. Avevano scortecciato il tronco di un corniolo, in quello stesso punto. Gheppio non cambiò idea e Jimmy, che come tutti i presenti – a parte sua nonna – aveva dormito solo a brevi sprazzi, si offrí di accompagnarli.

Attesero Zanka, mentre Jole riempiva un thermos di tè nero.

Dopo i saluti e i rapidi convenevoli, i quattro – lo scrittore, l'antropologa, l'ufofilo e la guardia forestale – risalirono la sterrata con la jeep, superando la sbarra del lavatoio che impediva l'accesso ai veicoli non autorizzati.

«Il viceispettore, – ricorda Milena, – mi invitò a sedere dietro, con Zanka, perché gli raccontassi quel che avevo visto. Io ero davvero sfinita, faticavo a mettere insieme le parole, ma anche lui, per quanto "in ordine", com'era nel suo stile, aveva gli occhi pesti di chi ha dormito male e tuttavia vuol'essere all'altezza della situazione».

Per la quarta volta in poche ore, Milena descrisse quel che le era successo.

Zanka non fece commenti, lo sguardo fisso sul bosco che si schiudeva al passaggio dell'auto.

– Incredibile, – mormorò tra sé, e chissà se usò quell'aggettivo per riferirsi alla visione di Milena, a quel che aveva trovato, al fatto che proprio *lei* lo avesse trovato *cosí*, alla sincronia di quella scoperta rispetto alle intuizioni del giorno prima, o alla possibile conferma per via psichedelica di un'ipotesi razionale.

Restò in silenzio ancora un minuto buono, tra i sobbalzi della jeep. Quindi ricapitolò a Milena quel che sospettava della scomparsa di Jacopo e Margherita.

– Pensavo fosse tornato qui per Bernacca, – disse lei alla fine.

– E io ho immaginato lo stesso di lei, – rispose Zanka. – Credevo di trovarla insieme ai suoi ufologi torinesi.

Milena scosse la testa.

– La mia ricerca, – disse con un filo di voce, – ha preso una piega decisamente inaspettata.

– Anche la mia, – ammise Zanka. – *Decisamente*. E a quanto pare, di nuovo grazie a lei.

Arrivati a Pian del Cielo, Milena si orientò, tenendo a riferimento la vetta, e non le fu difficile scorgere il foulard rosso nel verde degli alberi.

Gheppio vide il varco nella muraglia di rovi, poco piú di una traccia per caprioli e volpi, resa evidente solo dai ramoscelli spezzati e dalle impronte fresche di suole, che si mescolavano a quelle di zampe.

Zaino in spalla, il forestale la imboccò per primo. Giunto alla fenditura nella roccia che occultava il tratto a gradoni, ci entrò d'infilata, come se non avesse bisogno di altra guida oltre al bosco stesso. Sembrava che annusasse le piante, che interrogasse il muschio e che potesse vedere segni e impronte ormai cancellati dalle stagioni. A ogni svolta si guardava intorno, studiava il terreno, e senza chiedere nulla né attendere conferme prendeva sempre la direzione giusta.

Apparve la larga cengia sporgente dalla roccia. Gheppio perlustrò la parete e frugò nel rampicante che la ricopriva. Cominciò a strapparlo e tagliarlo con il pennato, finché non si accorse che bastava sollevarlo in un punto per scostarlo tutto insieme, come una tenda di foglie intrecciate. La porta apparve per intero.

Con le dita ne percorse i bordi, quasi volesse convincersi che esistevano, e si fermò sulla serratura. Buttò a terra lo zaino e ne estrasse un piede di porco.

Provò a forzare il chiavistello, ma, per quanto tirasse e il ferro si piegasse, non accadeva nulla.

Prese allora un mazzuolo e uno scalpello e iniziò a picchiare tra l'anta e l'intelaiatura.

> I colpi riecheggiavano nella gola del Rio Borro, – scrive Zanka in *Jacopo e Margherita*. – Gornara alzava e calava il martello come un titano in lotta con la Terra. A volte si fermava, pareva rassegnato, ma subito ricominciava a colpire. Nel solco che aveva allargato infilò il piede di porco e cominciò a fare leva. D'un tratto, si udí un clangore piú forte.

– Venite ad aiutarmi! – ringhiò Gheppio.

In quattro afferrarono l'anta e tirarono con tutta la forza, piantando i piedi a terra finché, con uno schianto, la serratura cedette. La porta si aprí senza un cigolio e ne uscí il respiro della montagna, odore di umidità e di tenebra.

Gheppio fece segno di stare indietro. Dallo zaino pescò una torcia elettrica e la puntò nel buio.

Lo videro sparire nell'antro. Rimasero ad aspettare per dieci minuti buoni, finché non riemerse alla luce del giorno.

Ignorando le espressioni interrogative degli altri, Gheppio strizzò gli occhi e fece qualche passo verso lo strapiombo, lo sguardo perso nel panorama, al di là dei massi e delle ginestre in fiore che segnavano il perimetro del balcone naturale. Tra le chiome dei faggi spuntava il campanile diroccato dell'abbazia delle Braci. Quindi il bosco lasciava spazio ai pascoli, alle viti e agli ulivi, ai campi coltivati e infine alle case di Forravalle.

– Bisogna chiamare gli artificieri, – disse il forestale, senza nemmeno voltarsi. – Là dentro c'è tanto esplosivo da far saltare in aria il monte.

19. Forravalle, domenica 21 maggio

Gheppio rimase a Pian del Cielo ad aspettare i carabinieri. Gli altri tornarono a piedi alla Vagina, dove aggiornarono Jole e gli ufofili.

Il *contenuto* della scoperta – un arsenale segreto nel piú segreto ventricolo del cuore del Quarzerone, armi da fuoco, tritolo come quello delle stragi fasciste – causava sgomento.

Al tempo stesso, il *modo* in cui era avvenuta causava meraviglia: un potenziamento psichedelico della percezione aveva spinto Milena verso una verità a cui nessuna indagine si era mai avvicinata.

Senza bisogno di dirselo, gli ufofili decisero di concentrarsi su quell'aspetto. Per alleviare la tensione. Per non pensare alle implicazioni piú tetre.

– Ne può nascere un nuovo filone di romanzi gialli, – disse Andrea Binelli, – col detective che indaga facendosi di allucinogeni.

– Qui si va *ben oltre* le famose intuizioni del commissario Maigret! – sogghignò Livia.

– Quasi quasi mi ci metto io, – disse Binelli. – Però sia chiaro, il mio detective non sarebbe uno sbirro. Anzi, ne farei un nemico dell'ordine costituito, un libertario.

– Cioè praticamente, – dissero quasi all'unisono Guido e Adele, – saresti te!

– No, no… Potrebbe essere un inglese che vive in Toscana, un prof di botanica in pensione. Lo chiamerei… McTrip! John McTrip!

– Però... – obiettò Brenda, poco interessata alla futura carriera letteraria di Binelli, – Eravamo sul monte per vedere gli Ufo... e abbiamo trovato un covo di bombaroli. Non mi sembra ufofilia, ma eterogenesi dei fini.

– Piú che eterogenesi dei fini, – ribatté Livia, – è *serendipità*. Essere disposti a trovare quel che non si stava cercando.

– Esatto, – disse Jimmy. – Non è solo questione di trip, di sostanze. Conta lo *spirito* con cui siamo saliti sul monte, cioè senza alcun intento di identificare, di definire, di classificare. Massima apertura mentale e rispetto per quel che accadrà sono alla base dell'ufofilia. Senza questo spirito, Milena non avrebbe scovato il deposito.

Paul Beathens applaudí le parole di Jimmy e inneggiò alla «congiunzione serendipica col cosmo».

Alberto Rizzi propose di tenere la prossima veglia ufofila dalle sue parti, nel Delta del Po, altra zona magica e di misteri, feconda di possibili visioni e inattese verità.

Milena non parlava, e non soltanto perché era esausta. Con angoscia pensava alla notte appena trascorsa, alla visione, al mistero doloroso in cui s'era imbattuta seguendo i grani di un rosario luminescente.

– Va bene, allora l'investigatore anarchico dei miei romanzi sarà un ufofilo! – annunciò Binelli, ridendo.

– Ancora ai romanzi stai? – disse Brenda. – Non lo sai che il romanzo è morto? Perché qualcuno li legga, bisogna travestire i romanzi da saggi, come fa Zanka.

Il nome scosse Milena dai suoi rovelli. Zanka dov'era finito? Avrebbe voluto parlarci. Gettò occhiate intorno e non lo vide. Poi lo scorse fuori dalla finestra.

«Era in cortile, da solo. Sedeva su un ceppo di legno, a gambe incrociate come le incrociano gli uomini, con la caviglia appoggiata al ginocchio. Teneva sospesa a mezz'aria la sigaretta, su cui si andava allungando un cilindro di cenere. Guardava in alto, verso il bosco e i crinali. Certamente anche lui si stava chiedendo come scrivere di quel che era successo».

Venne il momento delle deposizioni in caserma. Toccavano a ogni testimone, disse il maresciallo Mereo, dunque anche ai reduci della veglia ufofila e, per soprannumero, a Jole. Cosí una compagnia di curiosi personaggi fu vista entrare al comando dei carabinieri.

Ciascuno raccontò e si rilesse tradotto in quello strano idioma, il *verbalese*: «Venivo a sapere che... Il succitato mi informava... A quel punto mi recavo...»

Nei giorni seguenti, alcuni di loro avrebbero dovuto ripetere tutto chissà quante altre volte. In primis, davanti a un magistrato. Sempre le stesse parole, pronunciate fino a restarne spossati.

Intanto c'era stata la fuga di notizie. Arrivarono in paese i corrispondenti della «Nuova Toscana» e del «Tirreno», piú uno dell'Ansa e un collaboratore di una radio locale. Si piazzarono di fronte alla caserma, suscitando la curiosità dei forravallesi.

Al *Ragno azzurro* risuonarono commenti attoniti e indignati. Sulle Apuane, dove si cavava il marmo, l'esplosivo si usava, c'erano depositi di cheddite. Ma sul Quarzerone di cave non ce n'erano, e nella santabarbara che aveva trovato Gheppio c'erano esplosivi di ogni genere, timer per bombe a orologeria, casse di fucili mitragliatori... In quegli anni la parola «bombe» faceva pensare subito a fascisti e servizi segreti, alle «trame nere». In Toscana di bombe fasciste, anche lí in zona, ne erano scoppiate un bel po'. Sui giornali c'era il processo alla banda Landucci. E ce n'era uno anche piú grosso: quello per la strage di piazza Fontana, che avevano spostato giú a Catanzaro. Forse l'esplosivo del Quarzerone c'entrava con l'attentato all'*Italicus* del '74? Ma chi se lo sarebbe immaginato: una santabarbara sul nostro monte! Per la storia che avevano Forravalle e l'intera Lunigiana – storia di anarchici e comunisti, di martiri antifascisti, di guerra partigiana – era un vero e proprio affronto. Una specie di sacrilegio. Chissà cos'avrebbe detto Bernacca, che aveva sempre una teoria per ogni cosa.

A proposito, Bernacca dov'era?

Si dà il caso che proprio quel giorno Bernacca fosse a Vada, frazione di Rosignano Marittimo. La notte precedente aveva partecipato a un'escursione clipeologica dell'Enuk. Quella di cui Onesto Alloisio aveva parlato a Milena durante il viaggio sull'Espresso 613.

All'uscita del gruppo dalla caserma i giornalisti puntarono Zanka, il piú celebre dei presenti, che si rassegnò e si fece intervistare. Pepper ne sarebbe stato felice: piú *precalentamiento* di cosí! Quella era febbre a quaranta. Lo scrittore rispose alle domande asciugando all'osso, lasciando fuori il fungo e la visione psichedelica.

Nel frattempo si faceva sera. In cielo brillava una luna quasi piena.

La compagnia decise di trasferirsi al *Cinghiale bianco* per mangiare un boccone. Cenarono scambiando poche frasi, perché in caserma avevano esaurito le parole e la voglia.

Guido e Adele furono i primi ad andarsene. Salutarono, baci e abbracci, e ripartirono sull'Autopesce.

Il secondo a congedarsi fu Binelli, al quale la permanenza presso i carabinieri aveva drasticamente cambiato l'umore. Brenda gli chiese un passaggio, e insieme si allontanarono.

Paul e Livia andarono via a braccetto, tra saluti a pugno chiuso e baciamano.

Alberto Rizzi li seguí a ruota, esclamando: – Alla prossima avventura, situazionauti!

Restarono Jimmy, Milena, Jole e Zanka. Quest'ultimo si offrí di riaccompagnare tutti a casa con la propria auto.

Quello fu il momento dell'indecisione. Il momento delle ipotesi scartate, delle offerte cortesemente rifiutate. Stare ancora insieme oppure separarsi. Nessuno scenario era sentito giusto, ma nemmeno sbagliato. Chi mai aveva voglia di restare solo? Eppure attendevano, *agognavano* il crollo, l'istante in cui ogni luce si sarebbe spenta, i muscoli si sarebbero distesi, le parole avrebbero smesso di rimbalzare nelle teste. Milena in particolare era distrutta.

Jimmy era preoccupato per sua nonna. Sul monte si andava accumulando un'atmosfera strana, da notte di tregenda, da apparizione del *lupo manaio*... o di chi ne faceva le veci.

– C'è pure la luna piena, nonna, – disse Jimmy, scherzando a metà. – Vieni a dormire da me ad Aulla.

– Non è mica piena, – ribatté lei. – Manca ancora un filino.

– Vieni ad Aulla, *l'è mei*. Ospitarti mi fa piacere.

Jole non sentí ragioni, voleva dormire nel suo letto.

– Se stanotte ho bisogno, chiamo Elio.

Cosí accompagnarono la vecchia guaritrice alla Vagina. Al momento del commiato Milena la strinse forte, un abbraccio liberatorio che si trasformò in pianto.

Jole le diede una carezza e le asciugò le lacrime.

– Sei stata brava, – disse con la voce da strega gentile.

Dopodiché gli ultimi tre membri della compagnia puntarono su Aulla.

«Jimmy, che era seduto dietro, si addormentò... Io e Zanka parlammo, lui piú di me, ma purtroppo ho ricordi confusi, ero cosí stanca... A dire la verità, non solo confusi, ma anche *allucinati*. In seguito ci ho pensato molto, forse ebbi un flashback, cioè mi “tornarono su” i marzuoli. Per anni ho associato quel viaggio in auto al kobaiano, non so come ci fossimo arrivati... Ricordo di avergli detto che, in quella lingua, *zanka* significava “luce”, me lo aveva fatto notare Jimmy, e poco dopo mi accorsi di una luce rossastra, sospesa di fronte a noi, sopra il punto di fuga della strada. Sembrava vicinissima, ma correvamo verso di lei senza mai raggiungerla. “Quello è Marte, – mi disse Zanka, – in queste notti è luminosissimo”. Poi mi chiese se conoscevo la fantascienza in lingua russa, mi parlò di un vecchio romanzo in cui si immaginava un socialismo marziano. Però non lo so se è successo davvero... Di sicuro ci aggiornammo su quel che avevamo fatto e scritto – o *non* scritto – dopo quella volta a Roma. Poi ci lasciò ad Aulla e ci dicemmo arrivederci. Invece non ci siamo piú visti, soltanto scritti e sentiti al telefono. Qualche mese dopo, io gli feci i complimenti per il suo libro. Nell’80 lui chiamò per dirmi che gli era piaciuto il mio».

Zanka sentí di avere sfondato il muro del sonno. Ne era certo, pure quella sarebbe stata una nottataccia. Tornato al *Cinghiale bianco*, si adagiò sul letto e fece il numero di Pablo Pepper. Era sicuro che fosse sveglio, meno sicuro che fosse in casa. E invece.

– Pronto?

Zanka raccontò ogni cosa anche a lui.

– Mecojoni, Marty! Anzi, è il caso di dire: che bomba! ’Na banda de fricchettoni s’infratta sur monte pe’ vede’ i dischi volanti, e invece trova un magazzino pieno de tritolo... Avevi ragione, Marty, vecchio segugio, scusa se ho avuto dubbi sul tuo fiuto! Adesso, se viene fuori un collegamento tra quel deposito e la scomparsa dei ragazzini, altro che Scaffale d'Oro, abbiamo un libro da Pulitzer!

– *Esageruma nèn*, – mormorò Zanka.

Una volta riattaccato, pensò di chiamare anche Vincenzo, ma era tardi, a Thanur lo squillo avrebbe svegliato tutti.

Dopodiché, contro ogni sua previsione e senza accorgersene, si addormentò.

20. Forravalle, lunedí 22 maggio

Le ultime notizie erano giunte a Villa Malaspina all'ora di cena, riportate dal paese e sentite alla radio, e come ovunque avevano fatto scalpore, anche per la presenza di Zanka. Molti avevano chiesto a Vincenzo se ne sapesse qualcosa di piú, ma lui aveva scrollato le spalle e dato risposte vaghe. Quella sera aveva troppo da pensare, data la decisione che aveva maturato.

Verso l'alba Pardo fu svegliato da un fruscio sommesso e si rese conto che per una volta qualcuno era in piedi prima di lui. Si sporse dal letto e vide Vincenzo intento a chiudere lo zaino.

– Te ne vai? – domandò.

Vincenzo strinse le cinghie del bagaglio.

– Questo non è piú il mio posto.

Pardo si mise a sedere sul letto, lasciando penzolare le gambe.

– Ne hai un altro?

Vincenzo sospirò.

– No. Ma vado a cercarlo. Quando quel bambino nascerà, qui sarà ormai tutto diverso. E comunque non sarà mio figlio, ma il figlio degli Hilzer, il loro erede. Ed è pure giusto cosí, dato che come padre farei schifo.

– Basta che non torni a farti le pere.

– Con la roba ho chiuso. Piuttosto… Io devo dire a mio padre quello che mi hai raccontato su Capoferri. È possibile che c'entri qualcosa con il deposito che hanno scoperto.

Pardo scese dal letto.

– E cosa gli dici? Che un ex drogato ex fascista, cinque anni fa, ha visto Capoferri parlare con Landucci e Mazzaroso?

– Ti pare poco?

– Mi pare niente. Non è la prova di un cazzo. È una chiacchierata tra conoscenti.

– Oppure tra complici.

Pardo si passò una mano sulla faccia per scacciare gli ultimi scampoli di sonno.

– Senti, Vince, io quella gente la conosco. Ha delle coperture che nemmeno t'immagini. Non li incastra nessuno, capisci? E se vengono a sapere che il sottoscritto Pardini Onorio ha tirato in ballo Capoferri…

– Allora anche tu pensi che c'entri con gli attentati di Landucci?

– Certo che lo penso. È per questo che mi cago sotto.

– Mio padre è un giornalista, – disse Vincenzo, – sa proteggere una fonte, mi fido di lui. Se sta scrivendo un libro sulla scomparsa dei due scout e sospetta che dietro ci sia la banda Landucci, glielo devo dire che Capoferri è amico di quelli là.

Pardo sospirò.

– D'accordo. Ma solo perché anch'io mi fido di te. Anche se mi stai mollando qui.

Vincenzo raccolse lo zaino e lo mise in spalla.

– Vedrai che tra non molto te ne vai pure tu.

– Può darsi. A ogni modo, tu guarda avanti e buona fortuna.

Si strinsero la mano.

– Anche a te, – disse Vince.

Thanur era ancora addormentata quando Vincenzo Zanchini uscí senza fare rumore. Non puntò il cancello. Si diresse verso l'orangeria, entrò e lasciò una busta sulla scrivania. Sopra c'era scritto: «Per Orsola». Dentro, un biglietto con una sola parola: «Grazie».

Nel cortile notò una sagoma avviarsi verso la vigna. La seguí e la raggiunse in mezzo alle viti. Ludo gli parlò prima ancora di voltarsi.

– Pensavo che te ne andavi senza salutarmi, *my friend.*

Vince non si stupí che l'olandese avesse capito.

Ludo impugnò le cesoie e tagliò una talea di vite. La piantò in un piccolo vaso pieno di terra e la consegnò a Vincenzo.

– Trovale un buon posto dove crescere. *And be careful, okay?* Stai attento là fuori.

– Promesso, – disse Vincenzo.

Si abbracciarono. Poi Vincenzo deglutí il magone e s'incamminò senza girarsi. Se lo avesse fatto, il coraggio sarebbe evaporato come la bruma che si alzava dal vigneto. Mise un piede davanti all'altro, un passo dopo l'altro, finché non si ritrovò sulla strada per Forravalle.

«Non appena mi vide con lo zaino, mio padre capí subito che avevo mollato Thanur. Mi fece entrare nella sua camera e mi disse che sarei potuto andare con lui a Orbetello, dove intendeva finire il libro. Era eccitato dagli ultimi sviluppi e colsi l'occasione per dirgli cosa mi aveva raccontato Pardo: Capoferri conosceva Landucci e la sua banda, frequentava lo studio dell'avvocato fascistone che li difendeva. Mio padre rimase in silenzio, seduto sul letto, per un minuto che a me parve un'ora, annuendo di tanto in tanto ai propri stessi pensieri. Poi mi disse: "Ti ringrazio". Solo quello, ma lo disse come se gli avessi fatto un regalo di enorme valore. Quindi sollevò la cornetta e compose un numero».

Non è difficile immaginare cosa pensò Zanka in quel minuto di riflessione silenziosa. Come dire a Gornara che uno di cui si fidava, uno che aveva partecipato alle ricerche di Jacopo e Margherita, poteva essere in combutta con i neofascisti di Reazione di popolo?

Cosa si sapeva, in fondo, di Capoferri? Che era stato fascista e volontario in Etiopia. Dopo la guerra era diventato il fattore della tenuta Malaspina grazie alla marchesa, che a sua volta aveva simpatie per il regime. Era un grande conoscitore del Quarzerone. Chi meglio di lui avrebbe potuto custodire quell'arsenale segreto e assicurarsi che non venisse trovato durante le ricerche dei due ragazzi scomparsi? Lui che era amico di tutti, anche di Gheppio. In che modo avrebbe reagito il forestale al sospetto che fin dall'inizio si trattasse di un maledetto imbroglio?

Ma forse Gheppio restò meno stupito di quanto lo scrittore si aspettasse. Perché da tempo un tarlo gli lavorava in testa.

Dietro gli occhi, per la precisione.

E dal giorno prima aveva accelerato il proprio scavo.

21. Forravalle, mercoledí 24 maggio

Gli artificieri impiegarono tre giorni a svuotare la grotta del Quarzerone. I carabinieri piantonarono il luogo anche di notte, e il maresciallo Mereo stilò un elenco dettagliato delle armi e degli esplosivi trovati là dentro: tipo, marca, peso, modello. Aveva già stampato e firmato il verbale quando, durante l'ennesima ispezione della caverna, un piccolo oggetto attirò la sua attenzione. Non era un'arma e nemmeno dinamite, ma dovette comunque aggiungerlo all'inventario e avvisare il magistrato inquirente. Quindi, in via riservata e confidenziale, informò anche il viceispettore Elio Gornara.

Ventiquattr'ore piú tardi l'oggetto si trovava sulla scrivania del Pm, e Gheppio era in piedi davanti a lui.

La jeep della Forestale si fermò di fronte alla casa del fattore.

L'uomo in divisa scese e trovò Capoferri ad attenderlo sull'uscio.

– Ciao, Gheppio.

– Ciao.

– Te lo fai un bicchiere? – domandò Capoferri.

– Uno sí, – rispose Gheppio.

Sedettero al tavolo nel soggiorno col camino. Capoferri riempí due bicchieri di rosso e per un po' lo sorseggiarono in silenzio. Dopo che gli hippie avevano scoperto il deposito e Forravalle era stata invasa da carabinieri e giornalisti, i due non avevano avuto occasione di parlare da soli dell'accaduto. Capoferri attese, percependo la nube di pensieri che l'altro teneva compressa.

– È vero che te ne vai? Lasci la casa? – domandò il forestale.

– Sí, – rispose Capoferri. – Rossella mi ha fatto una buona offerta. Vuole ricomporre la vecchia proprietà, la tenuta dei Malaspina. Mi pareva giusto venirle incontro. Menconi invece ha tirato sul prezzo, quel pitocco.

– Sei salito su alla grotta?

– No, è ancora sotto sequestro.

Il viceispettore tolse dal taschino una piccola busta gialla e la depositò sul tavolo. La inclinò e ne uscí una forcina per capelli. La vernice verde era scrostata, la ruggine intaccava i bordi.

– Mereo l'ha scovata sotto una delle casse.

Capoferri fissò l'oggetto senza commentare.

– Come vedi, è uguale a quella che abbiamo trovato sul ciglio del burrone, – proseguí Gheppio. – Margherita ne portava due, per tenere indietro i capelli.

Gheppio non aveva ancora guardato in faccia Capoferri. Lo fece in quel momento.

– Una era nel posto sbagliato, per depistare le ricerche. L'altra, questa, era dentro la grotta. Come te lo spieghi?

Capoferri continuò a stare in silenzio.

– Margherita è stata lí, – riprese Gheppio. – Mi pare ovvio. E se c'era lei c'era anche Jacopo. Devono aver scoperto la grotta per caso, come è successo agli hippie. Là dentro c'era una polveriera da fare invidia a quelle dell'esercito. Per proteggerla, qualcuno ha dovuto ammazzare due ragazzi. È quello che pensa Zanka. E mi sa tanto che ci ha visto giusto –. Indicò la forcina in mezzo a loro due. – Questa le sarà caduta, o forse... Forse, quando ha capito, è riuscita a spingerla sotto una delle casse, casomai un giorno qualcuno l'avesse trovata.

L'immagine evocata lo costrinse a zittirsi e a deglutire. Bevve un sorso di vino.

– Non dovrebbe custodirla il magistrato? – domandò Capoferri.

– L'ho presa in prestito, – rispose Gheppio. – Per sapere cosa ne pensi.

– Cosa ne penso? Che il tuo amico scrittore potrebbe avere ragione. Ma una forcina è troppo poco per provarlo.

– Vero, – ammise Gheppio. – Senza i corpi non si può provare niente. E i corpi sono spariti. Magari nel modo che hai sempre detto te: un pezzo alla volta.

Gheppio si alzò, centellinando ancora il vino, e raggiunse la parete dove erano appese le fotografie e la croce copta di legno.

Si fermò davanti alla foto panoramica.

– Sai, quando sono uscito dalla grotta, là sulla cengia, ho guardato giú. E mi sono ricordato che la valle del Borro, da quell'angolatura, l'avevo già vista. Proprio qui, – puntò il dito sulla fotografia. – Questa non è scattata da Rocca Tesana. Dalla cima il campanile non lo vedi sbucare tra gli alberi di fronte a te. Lo vedi laggiú, con tutta l'abbazia. Questa è tirata da mezza costa, da un tratto che fino a domenica pensavo fosse a strapiombo, senza rientranze e soprattutto senza sentieri.

Capoferri si irrigidí, i gomiti sul tavolo, le mani sul bicchiere.

– Quel panorama si vede da un sacco di posti.

Gheppio scosse la testa.

– No. E ci sono solo due persone che possono saperlo con certezza. Una sono io e l'altra sei tu. Non hai resistito alla tentazione, eh? Luce bellissima, le ombre lunghe giú nella valle... L'hai fatta di pomeriggio, direi. Uno spettacolo unico.

– Meraviglioso, sí, – ribatté Capoferri in tono secco. – Se non è presa da Rocca Tesana l'avrò scattata da un altro punto, non mi ricordo. Dove vuoi arrivare, Gheppio?

Il forestale si voltò, tornò verso il tavolo lentamente e sedette di nuovo di fronte a Capoferri.

– Alla verità. Al 26 agosto 1976.

Il silenzio denso della stanza fu spezzato dal suono del vino versato nei bicchieri. Capoferri posò la bottiglia. Ogni gesto pareva pesante, ogni rumore netto, come se l'aria facesse un attrito doppio sulle cose.

Capoferri annuí a un pensiero che mise a fuoco un istante dopo.

– Ci abbiamo provato a trovarla, la verità. Non ci siamo riusciti. E adesso te ne esci con una fotografia e una forcina per capelli? È tempo di dimenticare e andare avanti. Come fanno tutti.

Gheppio raccolse la forcina, la rimise nella busta e poi nel taschino.

– Dillo ai genitori di Jacopo e Margherita.

– Smettila, Gheppio, – disse Capoferri, ma quello proseguí.

– Nella grotta abbiamo trovato anche armi della guerra, – disse. – In ottimo stato. Quel deposito è lí da molti anni. Ben custodito. E l'esplosivo corrisponde a quello usato in certi attentati dei dintorni. A proposito, sai chi è Fernando Landucci?

Capoferri non mosse un muscolo, ma Gheppio capí che la domanda era andata a segno.

– Conosco il padre, Ettore, – rispose cauto il reduce d'Africa. – Brava persona. Mentre il figlio è un balordo, una testa calda.

– Il padre repubblichino, il figlio bombarolo. Secondo Zanka andava a rifornirsi sul Quarzerone.

Capoferri sbuffò fuori l'aria.

– Il tuo amico scrittore fa il suo mestiere, – commentò.

– E te, invece, – ribatté Gheppio, – che mestiere fai?

Non disse altro. Si alzò, raggiunse la porta e uscí.

Quarto movimento

Dal 25 maggio 1978 al 25 maggio 2022

1.

Giovedí 25 maggio 1978 giornali, radio e televisioni diedero notizia di «una clamorosa svolta nel processo contro la banda Landucci».

L'esplosivo rinvenuto in una delle casse stivate sul Quarzerone era identico a quello usato negli attentati rivendicati da Reazione di popolo. Di piú: i detonatori che avrebbero dovuto innescare le bombe, rimaste inesplose, piazzate alla Casa del popolo di Ronzone e al municipio di Minuzzano erano uguali ad altri otto trovati nel deposito.

I quotidiani scrissero che grazie a quelle scoperte si era ormai a un passo dal completare il quadro. C'erano l'organizzazione clandestina (Reazione di popolo), il suo braccio armato (la banda Landucci) e il suo arsenale (nelle viscere del Quarzerone). Ma la corte d'appello giudicò quel passo piú lungo della gamba. Reazione di popolo rimase una firma e niente piú, un'organizzazione fantasma. L'elenco dei suoi presunti membri fu cancellato per insufficienza di prove. Nessuno fu ritenuto responsabile delle azioni siglate con quel nome. I mandanti rimasero ignoti. Gli autori anche. Gli imputati vennero assolti per quindici dei sedici capi d'accusa. L'unica condanna si ebbe grazie a un'intercettazione in cui Landucci si vantava: «Col petardone che gli ho piazzato davanti al negozio, quel porco del macellaio s'è cacato sotto, vedrai che adesso 'un parla piú».

Fallirono anche i tentativi di collegare la banda alla sorte di Jacopo e Margherita. La forcina verde trovata tra le casse di esplosivi non fu ritenuta un indizio sufficiente. Il modello era molto comune, il colore anche, e a quel tempo non era disponibile la prova del Dna, che da un minuscolo frammento di capello avrebbe potuto stabilire se l'oggetto era stato di Margherita. Seguendo le intuizioni di Martin Zanka, gli inquirenti ascoltarono anche Filippo Bernacca, sperando riconoscesse nei membri della banda le strane creature che lo avevano aggredito. Ma la sua testimonianza si rivelò contraddittoria e la difesa ebbe buon gioco a dimostrare che era inattendibile. «Livello zero della Scala Rynek», avrebbero detto quelli del Grucat.

La sentenza dei magistrati di Lucca fu confermata anche in Cassazione nel febbraio 1985: undici assolti e un solo colpevole, Fernando Landucci, nel frattempo morto in una sparatoria con i carabinieri.

La storia del deposito sul Quarzerone sembrava destinata a concludersi cosí, con un nulla di fatto, salvo un pugno di congetture su chi lo avesse allestito e utilizzato.

2.

Il 24 ottobre 1990 il presidente del Consiglio dei ministri, Giulio Andreotti, rivelò al parlamento l'esistenza di Gladio, una struttura militare segreta, creata negli anni Cinquanta con lo scopo di intervenire nel caso di un'invasione dell'Italia da parte dell'Unione Sovietica e dei suoi alleati. Organizzazioni simili, supportate dalla Nato e dalla Cia, esistevano anche in altri Paesi dell'Europa Occidentale e formavano la rete «Stay Behind». Andreotti ne aveva parlato per la primissima volta nell'agosto di quello stesso anno, di fronte a una commissione d'inchiesta parlamentare, spinto da alcune indagini della magistratura e dalla fine della Guerra fredda. Il muro di Berlino era caduto soltanto undici mesi prima.

In autunno divenne pubblico anche l'elenco dei Nasco, ovvero i nascondigli di armi ed esplosivi di Gladio, allestiti a partire dal 1963. In totale ne risultavano centotrentanove, ma alcuni erano contrassegnati con cifre superiori. Per esempio, quello di Villa Santina, in provincia di Udine, era il numero seicentosettantasette. C'era dunque il sospetto che ne esistessero molti altri.

L'unico presente nella regione Toscana era il numero trecentoquattro, denominato «del Quarzerone», ma già nel maggio '78, quando fu scoperto grazie alla visione di Milena, non faceva piú parte – almeno ufficialmente – dei depositi di Gladio, poiché questi erano stati soppressi cinque anni prima, nel 1973. O perlomeno, ne erano stati soppressi, e svuotati, centoventisette dei centotrentanove in elenco.

Il generale Serravalle, responsabile della struttura dal '71 al '74, dichiarò di aver fatto smantellare i Nasco perché la situazione rischiava di sfuggire di mano. Una parte dei suoi uomini, infatti, sosteneva la necessità di agire già prima dell'eventuale invasione sovietica, di «contrastare e combattere i comunisti in casa».

Il Nasco 304 risulta tra quelli dismessi allora: le casse furono trasferite a Roma e di lí in Sardegna, dove si trovava il principale campo di addestramento dell'organizzazione. Confrontando il «Rapporto di posa» del materiale iniziale con quello «di consegna» alla chiusura, si capisce subito che non tutte le casse di armi ed esplosivi lasciarono il deposito: una buona parte fu trattenuta in loco, forse all'insaputa degli stessi responsabili di Gladio. Sarebbe questa l'origine dell'arsenale in seguito attribuito a Reazione di popolo.

Oltre all'elenco dei Nasco, all'inizio del 1991 vennero resi noti anche i nomi di seicentoventidue «gladiatori», quarantacinque dei quali già deceduti. Tra questi figurava Giorgio Capoferri, nato a Calalzo di Cadore, in provincia di Belluno, il 3 giugno 1916 e morto a Bellagio, sul lago di Como, il 23 agosto 1985, identificato come responsabile del Nasco n. 304.

Queste rivelazioni spinsero gli inquirenti a riaprire l'istruttoria su Reazione di popolo. Vennero interrogati alcuni ex appartenenti alla banda Landucci, ma non vi fu alcun rinvio a giudizio, perché quasi tutti i possibili imputati erano già stati assolti in terzo grado per gli stessi reati. *Ne bis in idem*, recita il brocardo latino a cui s'ispira il codice di procedura penale: nessuno può essere giudicato due volte per il medesimo fatto. Il Pm avrebbe voluto iscrivere tre nuovi nomi nel registro degli indagati, quelli dei presunti capi dell'organizzazione terroristica: l'avvocato Goffredo B. Mazzaroso, Ettore Landucci (padre di Nando) e Giorgio Capoferri. Ma il primo, in seguito a un colpo apoplettico, era ormai incapace di intendere e di volere, e gli altri due erano morti da anni.

3.

Di tutto questo non poté saper nulla Martin Zanka, morto di tumore a Roma nel 1986. Di sicuro, con quelle notizie in mano, avrebbe convinto Pepper a ripubblicare *Jacopo e Margherita* in una nuova versione rivista e ampliata rispetto a quella del dicembre '78. Chissà se avrebbe aggiunto delle note, o una postfazione, oppure se avrebbe modificato il testo, e in particolare le pagine finali, che dedicò a una ricostruzione delle ultime ore dei due scout.

> Sono passate da poco le nove di sera. Il sole è sceso dietro l'orizzonte da circa un'ora, il cielo comincia a scurire. Mentre nel bosco infuria il Gioco di Ventiquattr'ore, la battaglia tra i terrestri e gli alieni, Jacopo e Margherita si allontanano di nascosto, sapendo che lei, alle undici in punto, dovrà rientrare alla base della squadra per il suo turno di guardia.
>
> A tarda estate, col buio che scende in fretta, è difficile che i due trovino per caso un sentiero nascosto, una semplice traccia da animali selvatici, e decidano di seguirlo, senza conoscerlo, tra rovi e ortiche, fino alla base della parete di roccia che strapiomba da Rocca Tesana. Un salto di oltre duecento metri. Ancor piú difficile che scorgano il pertugio e, dietro una sorta di trompe-l'œil, i gradoni che portano a una cengia a mezza costa, fino a un terrazzo naturale oltre il quale non si può proseguire. È assai piú probabile che uno dei due abbia scoperto quel posto segreto, quasi magico, durante le fasi di gioco del pomeriggio, o magari andando a far legna, e che abbia voluto portarci l'altro per condividerne l'intimità e la bellezza.

Conoscendo il tragitto, da Pian del Cielo non si impiegano piú di venti minuti, anche tenendo conto che in alcuni tratti si deve procedere lenti.

Jacopo e Margherita arrivano al termine del sentiero, ammirano le luci che si accendono nella valle, e tra le stelle del firmamento riconoscono Vega, l'astro che dà il nome al reparto femminile del loro gruppo scout.

Poi un rumore alle spalle attira la loro attenzione. Proviene dalla roccia. Si girano e notano uno spiraglio di luce, oppure soltanto la porta di ferro, non piú nascosta dietro il rampicante che di solito la copre alla vista. Incuriositi, nel baluginare di una torcia elettrica, o di una lampada a gas, vedono quello che mai avrebbero dovuto vedere. Un uomo sta controllando lo stato di alcune casse coperte da un'incerata. Probabilmente lo fa di quando in quando, o in occasione di piogge abbondanti, come quelle dei due giorni precedenti. L'uomo alza la torcia. Vede i due intrusi, spaventati, e si spaventa pure lui, ma subito torna freddo. Non vuole che fuggano, quindi cerca la voce piú rassicurante che conosce, il tono piú affabile.

– Che ci fate quassú, a quest'ora? Avete bisogno d'aiuto?

– No, no, veniamo dal campo scout, ce ne andiamo subito, – rispondono i ragazzi, e fanno per voltarsi.

Ma l'uomo li ferma.

– Di notte il sentiero è molto pericoloso. E anche di giorno. Il vicеispettore Gornara ve l'ha segnalato di sicuro che questa è una zona da evitare. Meglio se vi riaccompagno giú e facciamo finta che qua non ci siete mai venuti.

Nel sentire il nome del forestale, i due si tranquillizzano. E il tono complice dell'uomo sembra voler dire che non li denuncerà, che non si prenderanno una brutta strigliata per aver sconfinato in una zona proibita.

– Andiamo, – dice l'uomo e appena i due si girano, impugna un grosso coltello e prende Jacopo alle spalle. Lo pugnala alla schiena, o forse gli taglia la gola con un gesto rapido e netto. Jacopo grida, poi si accascia, e Margherita scappa, gridando anche lei. L'uomo però la raggiunge mentre è ancora nella grotta. Lei cade a terra, colpita ripetutamente. Nell'impatto, perde una delle due forcine che le tengono a posto i capelli. Lottando col suo assassino la spinge, per volontà o per caso, sotto l'angolo di una cassa. Infine smette di dimenarsi, e di respirare.

Dopo aver verificato la morte di entrambi, l'uomo trascina i cadaveri sul fondo del deposito, si ripulisce alla meglio e scende cauto dalla montagna.

Zanka prosegue ipotizzando che nei giorni seguenti l'assassino, per sbarazzarsi dei corpi, abbia usato un metodo osceno: la macellazione, un pezzo alla volta, senza dare nell'occhio. Dopodiché, ha bruciato i vestiti, conservando però la forcina che Margherita aveva tra i capelli, per collocarla da qualche parte e depistare le ricerche. L'ha abbandonata sull'orlo della forra che sprofonda nel Rio Borro, e i volontari l'hanno ritrovata a inizio settembre, nella fase iniziale delle indagini, quasi che l'uomo sapesse dove le squadre di ricerca sarebbero passate.

La sua gemella rimane invece nel deposito, insieme all'esplosivo di un gruppo terroristico ancora sfuggente, ma che, in base a ogni indizio conosciuto, va cercato negli ambienti del neofascismo. Quella forcina è come un seme di verità, rimasto sepolto per due anni, e che una volta germogliato si presenta a chi ha voluto leggere gli eventi, tentare di ricostruirli, provare a trovare un bandolo. Uno dei tanti che portano alla storia rimossa e oscura di questo Paese.

In fondo, cercare la verità è proprio questo. Raccogliere un pugno di semi e stabilire a quali specie appartengano. Alcuni si riconoscono subito, grazie alla forma e al colore, altri invece non si distinguono, e formulate le prime ipotesi, non resta che piantarli e aspettare che germoglino, ciascuno con i suoi tempi. Non è detto che tutti ci riescano, vuoi per l'intervento di agenti esterni, vuoi perché non trovano il terreno adatto, o ancora per una scarsa capacità germinativa. Cosí, anche dopo aver atteso con pazienza che le piantine spuntino, non sempre si riesce a determinare di quali semi si trattasse, e si deve accettare una verità parziale, benché la verità completa sia lí, a un passo da noi. Compiere quel passo è impresa che pertiene alla coscienza individuale e collettiva.

Nel 1991 Pablo Pepper avrebbe potuto sfruttare lo «scandalo Gladio» per rilanciare il terzultimo libro di Martin

Zanka, quello di minor successo, per quanto avesse venduto piú di centomila copie. Aveva smesso di ristamparlo nel 1988, quand'era scaduto il contratto decennale di acquisto dei diritti d'autore. Avrebbe potuto cogliere l'occasione, rintracciare Vincenzo, stipulare con lui un accordo e magari affidare la cura della nuova edizione a un giornalista esperto di trame nere e strategia della tensione. Invece, immaginando che Zanka avrebbe voluto rivedere il testo, lavorarci sopra, e certo non riproporlo tale e quale, non fece niente di tutto questo, per rispetto del vecchio amico. Non lo fece, e per la seconda volta si mangiò le mani a causa di *Jacopo e Margherita*, perché con le dovute correzioni il libro avrebbe potuto vendere ancora molto, in quella stagione di misteri svelati.

4.

Pepper si era già mangiato le mani a suo tempo, quando *Jacopo e Margherita*, il libro meno ufologico e meno alieno di Martin Zanka, era uscito nel bel mezzo della piú grande ondata di avvistamenti che un singolo Paese avesse mai conosciuto. Un record tuttora ineguagliato.

Sappiamo che, proprio nel maggio di quell'anno, il Grucat inaugurò un archivio stampa sistematico. I ritagli di articoli dedicati agli Ufo arrivarono a riempire, a fine anno, la bellezza di otto faldoni. Con il fervore classificatorio descritto e studiato da Milena Cravero furono catalogati duemilaquattrocento articoli, per un totale di milleottocento casi. Si va dalle strane luci in movimento agli atterraggi di astronavi; dai rapimenti alieni ai «globi di fuoco» all'orizzonte. Allucinazioni collettive ed episodi inspiegabili, burle e incontri ravvicinati di qualunque tipo.

A Vallenoncello, Pordenone, il custode di una villa, attirato dai cani, vide un uovo luminoso scendere vorticando dietro un filare di pioppi. Il mattino seguente trovò sul prato una chiazza d'erba giallastra, come bruciata, che dalle analisi chimiche si rivelò dovuta a un'alta concentrazione di calcio.

A San Michele di Alessandria, aprendo le persiane, un ragazzo udí un sibilo acuto e notò un «sigaro» metallico, lungo diversi metri, decollare da un campo di granturco e scomparire in cielo. Le piante risultarono piegate ad angolo retto, a un'altezza di un metro da terra su un'area di cinque metri per tre. Intervenne anche la Polizia scientifica, ma l'evento restò senza spiegazione.

Furono invece tre pattuglie della Squadra volante ad arrestare a Roma una decina di individui capeggiati da Romulo Casella. L'ufologo brasiliano si diceva convinto che un'astronave di alieni socialisti stesse per atterrare nel parco di una villa sull'Appia Antica. Insieme ai suoi compagni aveva intimato ai proprietari della tenuta di aprir loro il cancello, per permettere al popolo di fraternizzare con i visitatori interplanetari. Di fronte al diniego di quei borghesi, il drappello era partito all'assalto del muro di cinta, riuscendo a scavalcarlo. Dopo la performance e la notte in questura, Casella fu intervistato dall'ufologo Gianguido Bruzzone per la sua trasmissione *Misteri '80*. «La proprietà privada, – dichiarò, – è un obstaculo inammissivile al libero contatto con le forme di vita in arrivo dallo spazio. Una razão di piú per abolirla e prepararci ad acolher como se conviene esseri dotati di inteligência sobre-humana».

In agosto, a Jesolo, sul litorale veneziano, si ebbero decine di segnalazioni, la gente in spiaggia non parlava d'altro, i giornali sparavano titoli cubitali e ogni giorno i caccia della base di Aviano si alzavano in volo, come dovessero impedire l'invasione aliena. Intanto, per le strade della cittadina, si teneva la Festa di Marco Cavallo, il celebre quadrupede di cartapesta azzurra costruito dagli ospiti del manicomio di Trieste e simbolo della liberazione dei matti. Mentre i villeggianti prendevano il sole, sfilavano cortei di folla e di folli, si costruivano statue di gommapiuma, si ammiravano le sculture volanti di Sante Monachesi e quelle dei pazienti degli ospedali psichiatrici. Alla serata conclusiva, l'antropologo Franco Cagnetta spiegò di averla scatenata lui, la psicosi Ufo, con una sventagliata di finte lettere al «Gazzettino» e flotte di lanterne cinesi liberate dopo il tramonto. Un esperimento sul potere dei mezzi d'informazione. Quanto ai caccia di Aviano, Cagnetta non ne sapeva nulla. Chissà se si erano alzati per normali esercitazioni o se anche loro cercavano velivoli alieni.

Non furono invece le missive di un antropologo, e nemmeno lucciole o lanterne, a determinare il piú grosso *flap* dell'anno. In gergo ufologico, un *flap* è una concentrazione simultanea di avvistamenti. Come quella che, all'alba del 14 settembre, interessò il territorio nazionale. In seguito si parlò dei frammenti di un satellite americano e di uno sciame di meteoriti, ma ormai l'Italia intera scrutava il cielo in attesa degli Ufo.

Per tutto il mese di novembre, sulla costa Adriatica tra Marche e Abruzzo, pescatori terrorizzati raccontarono di scie luminose in picchiata sulle loro barche, improvvise colonne d'acqua alte venti metri, boati ed ebollizioni, interferenze elettromagnetiche, razzi e sfere volanti. Il Grucat fu invitato in zona da un appassionato di ufologia, che mise a disposizione il suo motoscafo per accertare che non si trattasse di fate morgane e di miraggi da marinai. La spedizione non ottenne risultati apprezzabili, se si esclude il colpo di fulmine tra Luca Majorino e Simonetta D'Arcangelo, una ragazza di Montesilvano che qualche anno dopo diventò sua moglie.

Il 20 novembre il deputato socialista Falco Accame presentò alla Camera un'interrogazione riguardo allo «stato di allarme creato nelle popolazioni dell'Abruzzo e Marche a seguito del manifestarsi di fenomeni non scientificamente spiegabili riportati dalla stampa e notati anche da una motovedetta della marina militare».

Il ministro della Difesa rispose di aver «disposto un primo intervento in zona di dragamine e motovedette, per accertare l'origine dei fenomeni» e quindi «un organico servizio di sorveglianza con l'effettuazione di 20 missioni per complessive 230 ore di navigazione», senza però rilevare nulla di inconsueto.

Dopo quell'interrogazione, il governo incaricò l'aeronautica militare di raccogliere e verificare dati e segnalazioni a proposito degli Ovni (Oggetti volanti non identificati). Ancora oggi il Reparto generale di sicurezza dell'aeronautica ha il compito istituzionale di esaminare questo genere di avvistamenti.

Dalla politica alle canzoni per bambini: anche la 21ª edizione dello Zecchino d'Oro si occupò del fenomeno, con il brano *Uffa gli Ufo*. Milena Cravero lo analizza nel suo libro, *Quando arrivarono i marziani*, rilevando come il testo contenga un classico stereotipo di genere: il papà della bimba, con maschile razionalità scientifica, la invita a non credere nei visitatori alieni, a stare ai fatti, mentre la madre, con femminile svampitezza, dice di averli visti, ma non sa dove.

Nella notte tra il 6 e il 7 dicembre, una guardia giurata della società Valbisagno di Genova chiamò la centrale per un'emergenza, gridando: «Quanto è brutto! Quanto è brutto!» e: «Non sono uomini!» Il nome del metronotte era Pier Fortunato Zanfretta. Fu ritrovato in stato di choc nei pressi di una villa a Marzano di Torriglia, trenta chilometri a nord est della città. Disse di essere stato aggredito da creature alte tre metri, di aspetto rettiloide. In una seduta di ipnosi regressiva ricordò anche di essere stato rapito e studiato dagli alieni. La sua partecipazione alla trasmissione televisiva *Portobello* lo trasformò in una celebrità. In seguito, dichiarò di aver incontrato gli alieni altre undici volte.

L'anno dei marziani si concluse sulla riviera romagnola, con centinaia di persone incantate da una danza di nubi luminose sospese sul mare in piena notte. Chiamato dai carabinieri, il fotografo Elia Faccin si precipitò a immortalarle. Come da copione, la sua Olympus si inceppò e le batterie si scaricarono di colpo. Dovette tornare a casa e cambiare apparecchio. Per fortuna il soggetto non svaní nel frattempo. Negli scatti pubblicati da «Panorama» sembra un gigantesco bastimento in fiamme, ma la capitaneria di porto di Rimini negò che potesse trattarsi di una nave.

Oggi il 1978 è ricordato per avvenimenti ben diversi. Oltre al sequestro Moro, l'avvicendarsi di tre papi sul soglio di Pietro, uno dei quali morí dopo appena un mese di pontificato; le clamorose dimissioni del presidente della Repubblica Giovanni Leone, seguite dall'elezione del suo successore Sandro Pertini; i Mondiali di Calcio in Argentina, controversi perché diedero lustro alla dittatura militare e vinti, non senza polemiche, dai padroni di casa; le ultime grandi riforme seguite al ciclo di lotte iniziato nel '68 – la legalizzazione dell'aborto, lo smantellamento dei manicomi, l'istituzione del Sistema sanitario nazionale – e nel contempo, leggi di tutt'altro segno, come quelle speciali antiterrorismo.

Ciò ha fatto dimenticare che il '78 fu anche l'anno della «grande ondata». L'anno degli Ufo.

Milena impiegò ancora diversi mesi a terminare il lavoro di campo, a organizzare la sua ricerca e infine a scriverla. Il libro uscí nel 1980 ed ebbe traduzioni in inglese, francese, tedesco e portoghese (brasiliano). In ambito accademico è considerato un testo pionieristico: il primo, in Italia, a occuparsi di Ufo con gli strumenti dell'antropologia, e il primo a utilizzarli per studiare una nuova sottocultura. Ma anche al di fuori delle aule universitarie il libro divenne un piccolo culto, perché sembrava suggerire, tra le righe, un'alleanza tra fantasia e ragione che in tanti auspicavano per i tempi a venire.

Specie dopo che un particolare tipo di ragione, quella di Stato, aveva imposto il sacrificio di Aldo Moro.

Nel maggio e giugno del '78 si tennero importanti elezioni amministrative. Si rinnovarono ben ottocentosessantaquattro consigli comunali e tre consigli provinciali, dalla Valle d'Aosta alla Sicilia. Il Pci andò male quasi ovunque.

Il gruppo dirigente ammise tra i denti che c'entrava la «solidarietà nazionale». L'immagine del partito era rimasta schiacciata su quella della Democrazia cristiana, dunque del governo e dello status quo, con tutti gli oneri che ciò comportava, ma senza gli onori e senza alcuna contropartita, cioè senza entrare nell'esecutivo.

A una riunione dei segretari regionali, il capo del partito Berlinguer disse: «Siamo stati generosi forse fino al livello della ingenuità, anche perché a questa nostra generosità e lealtà non ha corrisposto eguale lealtà da parte di altri partiti e da parte della stessa Democrazia cristiana».

Nel gennaio 1979 il Pci tolse il proprio appoggio esterno al quarto governo Andreotti. Decisione tardiva che non impedí la batosta delle politiche del giugno 1979. Il Pci perse un milione e mezzo di voti, il suo primo arretramento dal 1924 e il piú consistente della sua storia.

In quell'occasione anche Gianmaria Zanchini «tradí» il proprio partito. Lo racconta Vincenzo:

«Mi confessò di aver messo la croce, nonostante le perplessità, sul simbolo di Nuova sinistra unita, la lista formata da Democrazia proletaria e da quel che restava di Lotta continua. Se ben ricordo, non arrivarono manco all'uno per cento, ma per mio padre quel voto fu roba grossa, vera e propria trasgressione. Dal '48 aveva sempre votato Pci!»

Come aveva previsto l'anonimo libellista Censor, con le scelte compiute dalla «non sfiducia» in avanti il Partito comunista aveva contribuito a «pacificare» il Paese, appoggiando le leggi speciali e difendendo la logica del blocco d'ordine presso la sua base operaia e popolare. Svolta quella funzione, nei suoi confronti ripartí la *conventio ad excludendum*: da lí in poi non avrebbe piú fatto parte di maggioranze di governo.

Giocoforza, il partito tornò a predicare l'«alternativa», ma continuò a perdere iscritti, in un contesto ormai cambiato in modo irreversibile. Trascinò il suo grosso corpo ancora per qualche anno, tra cedimenti ideologici e strutturali, fino al giorno in cui, poco dopo il crollo dei regimi dell'Est Europa e quasi in contemporanea con la fine dell'Urss, votò a congresso il proprio scioglimento. Era il 1991.

Con gli anni Ottanta l'Italia entrò in pieno «riflusso»: i media la raccontavano vogliosa di disimpegno, inebriata di «modernità» e nuovo consumismo, di culto dell'effimero, del successo e della ricchezza.

Curiosamente, il politico simbolo della nuova fase fu Bettino Craxi, segretario dell'unico partito – quello socialista – che nei cinquantacinque giorni del sequestro Moro aveva contestato la linea della «fermezza». Nel 1983 Craxi divenne presidente del Consiglio e mantenne la carica fino al 1987.

In realtà, il successo politico di Craxi non aveva nulla a che vedere col suo vecchio tentativo di salvare Moro. Negli anni Ottanta la democrazia aveva ormai «trionfato sul terrorismo», come da formula semiufficiale, e alla querelle «rigore vs trattativa» nessuno pensava piú.

5.

Mentre Craxi si occupava dei bombardamenti americani su Tripoli e dei missili libici lanciati contro Lampedusa, Martin Zanka fu ricoverato al Policlinico Gemelli, dove morí pochi giorni dopo. Vincenzo rientrò in Italia per i funerali e si trattenne qualche settimana, per sbrigare le faccende burocratiche e svuotare l'appartamento.

Incontrò anche Pablo Pepper e gli affidò l'archivio del padre, che venne custodito, ma mai inventariato, nella soffitta della casa editrice. Là è rimasto fino ai nostri giorni, anche dopo che Pepper chiuse l'azienda e quelle stanze divennero lo studio di un suo nipote avvocato, che non era interessato alla soffitta e non la toccò.

In quei vecchi scatoloni sono chiusi appunti, taccuini, manoscritti inediti. Spulciando tra lettere e fogli volanti, si ritrovano le bozze corrette di tutti i libri di Zanka, compresi gli ultimi due: un romanzo poliziesco ambientato a Torino e un memoir sugli anni della guerra partigiana, l'apprendistato da giornalista, i viaggi in Unione Sovietica, i primi successi.

Dalla risma di *Jacopo e Margherita*, risulta che Pepper impose a Zanka diversi tagli, anche corposi, per evitare problemi legali.

– Credimi, Marty, – pare di sentirlo spiegare, – io non lo dico solo per pararmi il culo, ma per dare piú forza al libro. Se tu gli dài l'appiglio per una querela e quelli vincono, la tua ipotesi se ne va a puttane. I tuoi sospetti su Landucci e quell'altro, il reduce, ci devono stare, per carità, ma dobbiamo dosare le parole al milligrammo. Per fargli piú male.

Vincenzo conferma che il tira e molla con Pepper sulle «parole giuste» occupò suo padre per l'intera estate e che il risultato lo lasciò insoddisfatto.

A dire il vero, a pervadere le ultime pagine del libro è un senso di frustrazione e sconfitta. Zanka sente arrivare la nuova èra, un'epoca di «cantieri aperti ovunque per costruire dimenticatoi, capienti silos per le storie scomode che non vogliamo piú sentire». Eppure, si auspica, «nonostante e oltre quest'oblio, un giorno si scoprirà di piú, qualcuno farà passi avanti, superando il punto in cui noi siamo costretti a fermarci».

Non a caso il libro si chiude con una citazione dal racconto di Edgar Allan Poe *Il mistero di Marie Roget*:

> Donammo il Futuro ai venti, e tranquilli sonnecchiammo nel Presente, tessendo l'opaco mondo intorno a noi in una tela di sogni. Ma quei sogni non rimasero indisturbati.

Negli anni Zanka continuò a seguire il caso, a prendere appunti e a contattare Gheppio per aggiornamenti. In un'agenda dell'81, alla data del 7 giugno, scrisse con una penna rossa: «Monsummano (Pt), morto Landucci in sparatoria con i Cc. Sentire Gornara».

Ben piú interessante una sorta di scheda biografica di Giorgio Capoferri datata 13 febbraio 1982:

> Da Archivi di Stato + interviste + incrocio libri risulta:
> - Nel 1937 G. Capoferri è sergente degli Alpini. Parte volontario per l'Etiopia, dove dopo la conquista sono in corso operazioni di «polizia coloniale» (controguerriglia, rappresaglie).
> - Nel 1937-39 prende parte a operazioni nel Goggiam e nell'Ancoberino. Scrivere allo storico A. Del Boca per approfondimenti e possibili informazioni.

- Nel 1940 l'Italia entra in 2ª guerra mondiale, G. C. è a Addis Abeba.
- Nel 1941 crolla l'Africa orientale italiana, gli inglesi entrano a Addis Abeba e fanno prigionieri nostri militari e funzionari, tra cui G. C.
- Fino a tutto il 1943 G. C. è prigioniero in Kenya, nel campo Pow [prisoners of war] n. 354 di Nanyuki, con migliaia di connazionali.
- Dopo l'Armistizio G. C. risulta Pow «non-collaboratore» = fascista irriducibile.

Pow collaboratori degli alleati: restrizioni allentate, possono lavorare fuori dal campo.

Pow rimasti fedeli al duce e all'Asse: mandati in campo (punitivo) n. 365 di Londiani, sempre Kenya.

- G. C. a Londiani dal gennaio 1944 al febbraio 1947.
- Anche il marchese Malaspina di Forravalle risulta non collaboratore. Muore di Tbc a Londiani (non a Nanyuki come fatto intendere da G. C.) nell'ottobre 1944.
- Aprile 1947, G. C. rientra in Italia (via Suez, scalo in Egitto, sbarco a Brindisi).

A mantenere vivo l'interesse di Zanka per il caso di Jacopo e Margherita non furono solo notizie di cronaca e ricerche d'archivio. Il libro fu tradotto in diversi Paesi, e arrivarono inviti a presentarlo da Madrid, Parigi, Berlino, Stoccolma.

Nel 1982, proprio nella capitale svedese, al termine di una serata all'Istituto italiano di cultura, Martin Zanka autografò la copia di un uomo sulla trentina, con i capelli a spazzola, gli occhi sottili e una voce non proprio sconosciuta.

– Ci siamo sentiti al telefono, quattro anni fa, – disse Simone Bartocci, poi lo invitò a bere un bicchiere.

Attraversarono un ponte e si fermarono in una birreria di Södermalm.

– Si ricorda quello che le dissi? – attaccò Simone quando si furono seduti. – Jacopo e Margherita non dovevamo trovarli, ce l'hanno impedito. Volevo ringraziarla per averlo dimostrato.

Zanka rispose che purtroppo non aveva dimostrato un bel niente. Gli indizi a carico della banda Landucci si erano rivelati insufficienti.

– Quanto all'altro di cui sospettavo, – disse sorseggiando la sua Åbro, – la prova piú schiacciante che abbiamo contro di lui è la foto di un panorama.

Raccontò a Simone quello che aveva scoperto su Giorgio Capoferri, e quello che gli aveva spiegato Gheppio a proposito della fotografia appesa nel suo salotto, scattata dalla cengia su cui s'apriva il deposito.

– Una foto che a quest'ora, per quanto ne sappiamo, potrebbe anche non esistere piú. Di sicuro non è piú in quel salotto. Anzi, non c'è proprio piú il salotto.

Simone aggrottò le sopracciglia. – In che senso non c'è piú?

– Nell'estate del '78 Capoferri ha venduto la casa alla comunità di recupero degli Hilzer, e in piú ha avuto in comodato la dimora del custode della loro villa sul lago di Como. Un bel posto dove trascorrere la vecchiaia.

I due si salutarono verso mezzanotte. Simone diede un passaggio a Zanka fino in albergo e rientrò a Göteborg, guidando per cinque ore dal mar Baltico al Kattegat.

Dopo quell'incontro, la storia di Jacopo e Margherita tornò a visitarlo in maniera inattesa, per l'ultima volta, una mattina di fine estate del 1985. Mentre usciva di casa per andare al lavoro, il postino gli consegnò una busta arrivata dall'Italia.

Simone l'aprí seduta stante, di fronte alla schiera delle buchette del condominio. Non gli capitava spesso di ricevere posta dal suo Paese d'origine.

Il contenuto lo sorprese: c'era soltanto un trafiletto, ritagliato da un quotidiano.

TRASLATA A FORRAVALLE LA SALMA DI GIORGIO CAPOFERRI.

Presso la parrocchia del Santo Spirito si sono tenuti in forma privata i funerali del sessantanovenne morto nelle acque del lago di Como.

Simone controllò la busta. Sul timbro postale c'era scritto «Forravalle (Ms)» e al centro «10-9-85». La grafia dell'indirizzo era la stessa che aveva visto tante volte sulle mappe del Quarzerone, preparate per gli scout dal vice-ispettore della forestale Elio Gornara.

Il trafiletto proveniva dalla «Nuova Toscana» di venerdí 6 settembre 1985 e diceva che Capoferri era affogato, non lontano da Bellagio, dove s'era trasferito sei anni addietro. La causa dell'annegamento, secondo una prima ricostruzione, era stata una caduta accidentale, accompagnata da un colpo alla testa, forse contro un masso o sul bordo della barca che l'uomo usava per pescare, rinvenuta poi sulla sponda di Griante, in mezzo a un canneto. C'era, specie d'estate, chi andava in barca o pescava anche dopo il tramonto, ma l'ora del decesso, stimata tra le ventitre e mezzanotte, era comunque insolita.

6.

Per volontà di Rossella Hilzer, Giorgio Capoferri venne sepolto nel cimitero di Forravalle accanto alla tomba dei Malaspina, dove riposava la marchesa della quale era stato l'amante.

La lapide di Capoferri fu vandalizzata nel 1991, quando la stampa locale tornò a occuparsi di lui definendolo «il gladiatore di Forravalle». Dai microfilm della «Nuova Toscana» emerge una serie di tre articoli sull'argomento, nei quali l'incidente sul lago di Como, mai del tutto chiarito, viene riletto come un possibile omicidio. Un regolamento di conti dovuto all'uso «deviato» del Nasco n. 304. Ricatti incrociati, minacce, alleanze scomode: un «mix esplosivo che potrebbe aver spinto qualcuno a eliminare Giorgio Capoferri, custode del deposito sul Quarzerone e di troppi, scottanti segreti».

Anche il giornale di Como, «La Provincia», scrisse di Capoferri, sia in occasione della morte sia in quella delle rivelazioni su Gladio.

Il 29 agosto 1985, stampò un classico titolo da cronaca nera:

MACABRA SCOPERTA A GRIANTE: UN CADAVERE RIEMERGE DAL LAGO.

Solo a tarda sera il corpo è stato identificato. Si tratta di Giorgio Capoferri, sessantanove anni, residente a Bellagio da sei. Il pubblico ministero Aurelio Pistoni ha disposto l'autopsia.

Il secondo pezzo, del 10 gennaio 1991, cita soltanto le sue generalità, in mezzo agli oltre trenta gladiatori «ufficiali» di Como e provincia, stando all'elenco diffuso dall'Ansa pochi giorni prima. A quei trenta, il giornalista aggiunge Capoferri in quanto «comasco acquisito», una sorta di cittadinanza ad honorem. E poco importa di quale onore si tratti.

Se dalla biblioteca comunale di Como, dove si conservano le annate della «Provincia», non si ricavano ulteriori elementi su questa vicenda, si può scendere lungo via Diaz, superare le mura, passare di fronte agli archi di Porta Torre e dirigersi all'Archivio di Stato.

Qui è possibile richiedere e ottenere in copia il fascicolo d'inchiesta relativo alla morte di Capoferri. I documenti conservati comprendono il verbale di rinvenimento e rimozione del cadavere, le spontanee dichiarazioni di chi lo segnalò alla polizia, il certificato di constatazione del decesso, l'identificazione della salma, l'atto di morte, il referto dell'autopsia, la testimonianza dell'ultima persona che incontrò il defunto ancora vivo (un commesso di ferramenta), la richiesta di archiviazione.

Uno dei fogli del plico è redatto dagli agenti che ritrovarono il corpo.

> L'anno 1985, addí 29 (ventinove) agosto, alle ore 8.30, in Griante (Co), noi sottoscritti Ufficiali di Polizia Giudiziaria comandante Comm.rio Capo TIMBERI Livio e Comm.rio agg.to FERALI Stefano diamo atto di aver proceduto alle seguenti attività d'indagine d'iniziativa.
>
> In data odierna, alle ore 6.40, di seguito a una segnalazione telefonica giunta alla centrale operativa di questo Comando da parte della Sig.ra BERMANI Silvia, nata a Saronno il 16.06.43, identificata a mezzo carta d'identità rilasciata da Comune di Saronno, ci portavamo in località Lido di Cadenabbia, dove in acqua, a circa tre metri da riva, galleggiava prono il cadavere di una persona, la cui morte faceva sorgere sospetto di reato.

Della cosa ne è stata data immediata notizia al pubblico ministero di turno, Dott. PISTONI, il quale ha disposto che venissero eseguiti i rilievi del caso, con l'intervento del medico legale, accordando il nulla osta per la rimozione della salma una volta terminate le operazioni.

Il medico legale Dott. MORSELLI Tito, con l'ausilio dei sottoscritti e dei necrofori del servizio sanitario locale, pure intervenuti, provvedeva al recupero del corpo per procedere alla prima ispezione cadaverica, certificando il decesso per annegamento.

Il cadavere si presentava di sesso maschile e dell'apparente età di anni 70.

Indossava i seguenti indumenti: gilet da pesca con tasche, camicia di colore blu, canottiera bianca, pantaloni con cintura, calze bianche e stivali di gomma.

Si rinvenivano i seguenti oggetti: orologio da polso marca Lorenz, catenina d'oro con crocifisso al collo, occhiali, ami e pesi da pesca, fermaglio per capelli di colore verde (nelle tasche del gilet), mazzo di chiavi e portafoglio di pelle (nelle tasche dei pantaloni), contenente carta d'identità e tessere varie (illeggibili in quanto macerate dall'acqua), due banconote da Lire 5000.

Provvedevamo altresí a escutere a sommarie informazioni la Sig.ra BERMANI, la quale riferiva di aver notato il cadavere mentre svolgeva, come ogni mattina, attività fisica sulla riva del lago.

Terminato il sopralluogo tecnico, la salma veniva trasferita all'obitorio, presso l'ospedale Sant'Anna di Como, a disposizione del pubblico ministero.

Il dottor Pistoni proseguí le indagini sulla morte di Capoferri spinto da alcuni dettagli (la botta in testa, l'orario del decesso) che complicavano il quadro del «tragico incidente». Vennero sentite le poche persone che a Bellagio frequentavano il defunto con una certa assiduità, e alla fine, in mancanza di elementi rilevanti, il caso fu archiviato.

7.

La signora Isolina, oggi ultraottantenne, conserva gli oggetti personali della figlia in un baule di legno. In seguito a un trasloco, dopo la morte del marito, quando si dovette smantellare la cameretta-santuario di Margherita, quel baule divenne l'urna dei ricordi «della bimba». Ancora adesso, rievocando la sua antica disgrazia, la signora Isolina ripete che Margherita è un angelo che la protegge dal cielo, come la volta che s'addormentò al volante, o quella durante un temporale, o in occasione dell'operazione al cuore. Apre il baule e mostra i bigliettini scritti dalla figlia.

Poi è il momento dei ninnoli: un braccialetto, un pacco di adesivi tenuti con l'elastico, una serie di gomme dalla forma strana, qualche sorpresa dell'Ovetto Kinder e un fermaglio per capelli verde.

Chi si è occupato della scomparsa della ragazza sa che i fermagli verdi ritrovati sul Quarzerone erano due: uno sul ciglio della forra del Rio Borro, il secondo sotto una delle casse di esplosivo nella grotta.

– Il viceispettore ci aiutò a recuperarli, perché la polizia li aveva sequestrati, si dice cosí? Ora l'anno preciso non me lo ricordo. Poteva essere l'81, l'82, o giú di lí... Allora me ne chiese uno, in ricordo di Margherita, e io glielo diedi volentieri. Mi faceva piacere che avesse qualcosa di suo. Con tutto quello che aveva fatto per trovarli, lei e Jacopo. Quasi fossero un po' anche figli suoi.

È lo stesso fermacapelli verde che qualche anno piú tardi sarebbe comparso nell'elenco degli oggetti ritrovati sul cadavere di Capoferri?

Nella mente la scena si compone da sola.

Gheppio raggiunge l'ex amico nel suo *buen retiro* e lo costringe a confessare che fine abbiano fatto i due ragazzi. Poi lo colpisce alla testa, lo porta in mezzo al lago, e lo spinge fuori bordo, lasciando che l'acqua completi l'opera inondandogli i polmoni. Non prima, però, di aver compiuto un gesto simbolico: con Capoferri andrà a fondo un oggetto appartenuto a Margherita. L'ultima traccia di sé che ha lasciato.

Impossibile trovare conferme.

Il viceispettore Gornara, dopo la pensione, ha continuato a vivere a Forravalle, a pochi passi dalla vecchia stazione della Forestale, chiusa nel 2016 allorché il corpo cessò di esistere, assorbito dall'Arma dei carabinieri.

Dal febbraio 2020, parlare a Gheppio di persona è diventata un'impresa senza speranza, tra zone rosse, coprifuochi, divieti di allontanarsi da casa e altre misure della guerra al virus Sars-Cov-2. Ed è diventato impossibile raggiungerlo anche per telefono, quando nella tarda primavera di quell'anno è stato ricoverato, proprio a causa del virus, nel reparto di terapia intensiva dell'ospedale di Massa.

Nessuno è potuto entrare per salutarlo.

Elio Gornara è morto solo, il 15 aprile 2020, all'età di ottantotto anni.

Chi avrebbe voluto fargli quell'ultima domanda, a proposito di un fermaglio per capelli verde ritrovato in tasca a un cadavere nel lago di Como, dovrà tenersi il dubbio.

8.

Nel febbraio del 1939 il comandante superiore delle forze armate nell'Africa orientale italiana, generale Ugo Cavallero, decise di sgominare la resistenza etiope nello Scioà e di catturare Abebe Aregai, l'irriducibile capo dei ribelli. Ordinò pertanto il rastrellamento sistematico delle regioni di Mens e Marabetiè, ovvero una «grande operazione di polizia coloniale», per dirla col gergo militare di allora. Sul campo vennero impegnate sei colonne mobili, con altrettanti battaglioni di ascari eritrei, due compagnie di fucilieri, tre plotoni di mitraglieri pesanti, bande irregolari, varie sezioni di mortai e cannoni 65/17.

Giorgio Capoferri, all'epoca ventiduenne, partecipò da volontario alla repressione della guerriglia col grado di sergente, nella colonna comandata dal tenente colonnello Gennaro Sora, già eroe della Grande guerra e celebre esploratore polare.

Col supporto dell'aviazione, i soldati dell'Italia fascista attaccarono i partigiani, li stanarono dai loro rifugi, incendiarono i villaggi che li ospitavano, misero in fuga la popolazione civile, sterminarono le mandrie al pascolo, uccisero gente inerme con armi chimiche proibite dalle convenzioni internazionali.

Ai primi di aprile la colonna di Sora individuò un'enorme caverna nella zona di Caia Zeret. La grotta era una delle basi della resistenza etiope e ospitava, come risulta anche da appunti dello stesso Sora, millecinquecento uomini armati, con oltre un migliaio di familiari, tra cui donne e bambini.

Sora e i suoi uomini assediarono la grotta per alcuni giorni, senza successo. Il 9 aprile, di rinforzo da Massaua, giunse sul posto il plotone chimico della divisione Granatieri di Savoia: soltanto dieci uomini, ma armati con cento proiettili 65/17 caricati ad arsine e una bomba C500T contenente duecentododici chilogrammi di iprite, poi riversati con estrema attenzione in dodici bidoncini a scoppio.

I nuovi arrivati vennero subito messi al lavoro. Le arsine lacrimogene e l'iprite vescicante costrinsero i ribelli a uscire allo scoperto e gli italiani, per non sbagliare con il tiro al bersaglio, li seppellirono sotto un diluvio di fuoco.

> Le armi automatiche di tre battaglioni, piú migliaia di fucili e un cannone vomitarono centinaia di migliaia di colpi verso la caverna e il sentiero, mentre gli ascari piú vicini al nemico presero a lanciare bombe a mano, e una pattuglia, armata di bombe da mortaio, graduandole a zero, le lanciava, o meglio, le lasciava cadere sul sentiero, ove scoppiavano seminandovi la strage.

Il sergente maggiore Alessandro Boaglio descrive cosí quel momento nelle sue memorie, completate nel 1958 ma pubblicate soltanto nel 2010.

All'alba dell'11 aprile i superstiti rimasti all'interno della grotta si arresero al nemico. Circa ottocento uomini abili alle armi, tra i quali anche molti ragazzini, vennero fatti schierare a gruppi di cinquanta sul ciglio di un burrone, legati a due a due e uccisi a colpi di mitragliatrice. Le donne e i bambini furono risparmiati. Dalla fucilazione, non dalle conseguenze dell'esposizione ai gas. Tanti erano già morti dentro la caverna.

> L'antro principale – scrive nel suo diario il maggiore Lorenzo De Ioannis – era alto e grande quanto un duomo. Il puzzo dei cadaveri ci raggiunse prima che potessimo scorgerli, per via dell'oscu-

rità, mescolato all'odore stagnante dell'iprite. Carcasse di uomini e animali spuntavano da un terremoto di pagliericci e suppellettili tipiche delle dimore indigene, come se quelle cavità fossero state tramutate in vere e proprie abitazioni. Mi addentrai con il Capoferri, un sergente degli Alpini, in una delle diramazioni secondarie. Fatti pochi passi, dietro un cumulo di panni avvertimmo un sussulto. La lampada illuminò due paia d'occhi giovani e stravolti. Erano solo due ragazzi feriti, ma il timore di un agguato, lí nel cunicolo, prese il sopravvento. Senza pensarci un istante, il sergente li finí alla baionetta. Poi lo vidi piegarsi e raccogliere un oggetto: una croce copta intagliata, di bella fattura. La spolverò con la manica della camicia e la infilò nel tascapane.

Nel 2006 una spedizione guidata dall'archeologo etiope Yonatan Sahle e dallo storico italiano Matteo Dominioni ha rinvenuto nella grotta numerosi scheletri, alcuni appartenenti a bambini di uno o due anni.

Dopo il crollo del sedicente impero italiano in Africa, Giorgio Capoferri e il maggiore De Ioannis si ritrovarono nel campo di prigionia di Nanyuki, in Kenya. Ma, a differenza di Capoferri, dopo l'armistizio dell'8 settembre 1943 De Ioannis preferí dichiararsi fedele al re piuttosto che a Mussolini. Ottenne cosí una maggiore libertà e già nel dicembre del '45 poté rientrare in Italia. Diventato un dirigente del Servizio informazioni forze armate (Sifar), fu certamente coinvolto nella genesi di Gladio ed è probabile che sia stato lui a proporre il suo vecchio compagno d'armi come uomo fidato da arruolare nella struttura segreta.

9.

«Mio padre mi telefonò apposta, – ricorda Vincenzo, – per dirmi che Capoferri aveva fatto una brutta fine. Voleva che lo sapessi, ci teneva, perché anch'io avevo avuto un ruolo in quella storia, dal momento che gli avevo girato la dritta di Pardo. Era da un pezzo che non mi aggiornava in proposito: l'ultima novità era stata un'altra morte, quella di Landucci. Piú volte mi disse che sarebbe voluto tornare a occuparsi di Jacopo e Margherita, trovare il modo di scriverne ancora. In quella telefonata lo incitai. "Adesso che quello è morto, puoi raccontare tutta la verità". Lui mi rispose che, al contrario, proprio *perché* Capoferri era morto, *tutta* la verità non la poteva piú raccontare. Pensai si riferisse ai segreti che il custode del deposito s'era portato in fondo al lago, e non gli feci piú domande».

Oggi Vincenzo vive a Calistoga, nella Contea di Napa, in California. Ormai prossimo alla pensione, lavora come enologo in una cantina che produce ottimo cabernet. Sua madre, Marion O'Donnell, è morta nel 2009, dopo una vita passata piú dentro che fuori dalle cliniche psichiatriche. Fu in uno dei lunghi momenti *dentro* che Vincenzo la rintracciò. I vicini di casa conoscevano il medico che la seguiva e il medico gli diede l'indirizzo del Community Mental Health Center di New Castle, nel Delaware. Dovette però aspettare due settimane, prima di poterla incontrare, perché i dottori volevano prepararla ed evitarle uno choc improvviso.

«Ci riuscirono solo in parte, perché quando lei mi vide, pronunciò soltanto il mio nome e per oltre un'ora non le uscí di bocca nient'altro. Mi accarezzava la faccia, mi stringeva le mani, scuoteva la testa, piangeva e mi ascoltava».

Da allora, Marion è dovuta ricorrere al Center con minor frequenza, e per periodi piú brevi. Ogni estate, fino all'ultima della sua vita, ha trascorso un mese in casa di Vincenzo e di Lauren, la sua compagna.

Della figlia, invece, Vincenzo non ha piú avuto notizie dirette. Sa che si chiama Tanna Lisa Hilzer, che fa la stilista di moda, e che Maurizio Salvetti, nel suo libro *Tu mi tradirai*, allude con malizia all'idea che il padre possa essere Ludo Vos, diventato nel frattempo il responsabile delle attività produttive della comunità.

«Ormai lei ha piú di quarant'anni, – commenta Vincenzo, – e immagino che la questione di chi sia suo padre non le interessi granché. Non so nemmeno cosa le abbiano raccontato di me. Chissà che un giorno non bussi alla mia porta, come ho fatto io con mia madre».

Per qualche tempo, dopo aver lasciato Thanur, Vincenzo ha seguito l'evolversi della comune attraverso la corrispondenza con Pardo. Una decina di lettere, non di piú. Da lui ha saputo della nascita di sua figlia e poi della partenza di Orsola, nel 1981, per insegnare all'Université populaire du Puy-de-Dôme, in Francia. Paese dove è morta nel 2011.

Quando la fondatrice decise di abbandonarla, Thanur era ormai una comunità terapeutica. Onorio Pardini ne era diventato un educatore, destino tipico degli ex tossici rimasti a vivere nelle strutture in cui si sono curati.

Con quella qualifica, frequentò corsi di formazione e di aggiornamento, e proprio grazie a quelli comprese che il mestiere gli piaceva, ma non come lo intendevano a Thanur, dove gli chiedevano di essere «uno sbirro amichevole, un bacchettone di larghe vedute, un estremista del buon senso, un soldato senza divisa e un tuttofare sempre pronto a rimboccarsi le maniche».

Nell'84 Pardo mollò la comunità, si trasferí a Firenze e trovò lavoro in un'associazione che gestiva un doposcuola in un quartiere di periferia. Dopo aver raccontato la sua esperienza nel libro *Dis-Onorio*, pubblicato nel 2001 da Sugli alberi le foglie, insieme alla moglie è diventato responsabile di una casa famiglia per minori stranieri non accompagnati.

Questi ultimi sono anche i protagonisti del piú recente libro di Milena Cravero, uno studio sulle loro forme di aggregazione nelle metropoli italiane.

«Ma credo che col prossimo tornerò a scrivere di Ufo, – dichiara l'antropologa sorseggiando un tè. – Durante la pandemia c'è stato un picco di avvistamenti un po' in tutto il mondo. I giornali dicono che è per via del confinamento in casa e del cielo ripulito dai gas di scarico. Te ne stai chiuso in camera, guardi le stelle piú nitide che mai e *zac!*, vedi l'oggetto volante. Altri ripetono la solita storia che in tempi di crisi gli esseri umani hanno bisogno di distrazioni o di speranze. Negli anni Cinquanta c'era la Guerra fredda. Nei Settanta, il terrorismo. Adesso il Covid. Anche il Pentagono ha stilato un rapporto dove il fenomeno è preso piú seriamente che mai, e l'ipotesi aliena non viene affatto scartata. Per intensificare i controlli, il senato degli Stati Uniti ha stanziato fondi considerevoli e il dipartimento della Difesa ha creato un'apposita agenzia. L'industria militare sembra aver capito che l'identificazione di oggetti volanti può essere un business, un'occasione di crescita, e anche un'ottima scusa per espandersi nel cosmo. La critica ufofila troverebbe insomma nuove conferme. Vorrei riprendere le mie vecchie ipotesi di quarant'anni fa, saggiarne la tenuta. Del resto, non ho mai smesso di interessarmi al tema, né di essere socia onoraria del Grucat, cioè del Cirut, come si chiama adesso. Centro italiano ricerche ufologiche Torino».

Apre la borsa e dal portafoglio estrae la tessera, che nel tempo si è rimpicciolita, fino a diventare grande quanto un biglietto da visita.

«È da quel maggio 1978 che Berto mi dà appuntamento in piazza San Carlo, anno dopo anno, per consegnarmi la nuova tessera. Se riesce, sempre in maggio, se no, nei mesi successivi. Ha mancato solo l'87, perché ero in Brasile, e il 2002, ché ero a Madrid. Ma mi ha rintracciato tramite l'università, e me l'ha inviata per posta. Le ho conservate tutte: si vede che gli ufologi mi hanno attaccato la loro mania per il collezionismo!»

In qualità di socia onoraria, Milena ha anche ricevuto in abbonamento, mese dopo mese, i numeri del «Giornale dell'Ignoto». Sullo scaffale piú alto della libreria, alle sue spalle, campeggiano i volumi rilegati per annata, con la costa in tela verde. Dal 1978 al 1997, anno in cui la rivista smise di uscire su carta. Dopo qualche tempo rinacque sul web, ormai trasformata in un guazzabuglio di esoterismo, spiritualità e astrologia.

Un peggioramento c'era già stato col passaggio al nuovo editore, nel 1993, quando Pepper chiuse l'attività e smise per sempre di pubblicare libri. Continuò a lavorare nel settore, in veste di consulente e agente letterario. Continuò anche a fumare tra le venti e le trenta sigarette al giorno, finché i suoi polmoni non ne ebbero abbastanza. Il tumore, dopo una prima regressione, non gli lasciò scampo. Morí l'8 giugno 2010, nelle stesse ore in cui tre militari, in servizio di piantone davanti all'ambasciata americana in Vaticano, avvistavano in cielo tre oggetti volanti molto luminosi, sospesi a circa cento metri da terra, che scomparivano e riapparivano con improvvisi mutamenti di quota.

10.

«Gli ufofili, com'è ovvio, non hanno tessere, – riprende Milena, – ma almeno un souvenir della loro combriccola mi sarebbe piaciuto conservarlo. Sono stata ad altre due o tre veglie ufofile e non ho neanche una foto di gruppo. L'ultima volta che ho rivisto qualcuno di loro è stato al funerale di Jole, nell'89. C'erano Guido e Adele, Brenda, Livia, Paul Beathens. Gli ufofili erano rimasti in contatto, anche se di veglie non se ne tenevano piú da qualche anno e ognuno "praticava", se ancora lo faceva, per conto proprio. C'era anche Gheppio, il forestale, che venne a stringermi la mano, e c'era Bernacca, appena tornato in paese dopo una delle sue periodiche sparizioni. Se ne andava per mesi, nessuno sapeva dove, e all'improvviso ricompariva. Pare fosse caduto in depressione dopo aver saputo che ad aggredirlo, con ogni probabilità, non erano stati gli alieni, ma una banda di fascisti in moto».

Bernacca avvilito per gli sviluppi troppo terrestri del suo caso? La trasmissione *Chi l'ha visto?* sposò questa teoria, quando si occupò di lui la sera del 24 gennaio 1995. L'ex impiegato del Comune era all'undicesima sparizione, la piú lunga di tutte.

«Il funerale di Jole, – continua Milena, – è stata anche l'ultima volta che ho incontrato Jimmy, e già non ci vedevamo da parecchio. Lo sapevamo dall'inizio, la nostra storia aveva di fronte un limite invalicabile. Io avevo il mio lavoro e la mia vita a Torino, lui non si sarebbe mai spostato da Aulla. L'Hallogallo era come un tempio dedicato a quel che aveva di piú caro al mondo, e aveva senso in quel posto. Con l'andare del tempo, i nostri fine settimana insieme si sono diradati, poi si sono ridotti a semplici telefonate, finché non abbiamo smesso di sentirci».

Giacomo «Jimmy» Fruzzetti morí il 10 agosto 2002, in un incidente stradale in Val d'Orcia, mentre camminava sul ciglio di una provinciale. Non stava facendo l'autostop, non era piú quell'epoca. Non stava nemmeno guardando le stelle cadenti. Era diretto all'Amiata Rock Festival. Era arrivato col suo immarcescibile Maggiolone, ma aveva dovuto parcheggiare lontano. Un'auto gli passò accanto facendolo cadere nel fosso a lato della strada. La sfortuna volle che sbattesse la testa su una pietra. Il trauma gli provocò un'emorragia cerebrale. All'arrivo dell'ambulanza era ormai troppo tardi.

Gli amici allestirono la camera ardente all'Hallogallo, tra i dischi, le locandine dei concerti e le riviste che amava. Fuori, sotto il sole a picco, si formò una lunga fila di persone, in attesa di mormorare a Jimmy l'ultimo ringraziamento per un consiglio musicale prezioso, per un album introvabile, per la recensione di un demo.

Verso sera, quando l'andirivieni era ormai diminuito, attraversò piazza Mazzini un uomo con i capelli brizzolati, gli occhiali neri e il naso prominente. Una sagoma di per sé piuttosto anonima, se non fosse che apparteneva a Franco Battiato. E se qualcuno non gli avesse scattato una foto, pochi saprebbero che uno dei piú grandi autori della musica europea andò ad Aulla per rendere omaggio a Jimmy Fruzzetti.

«Il giorno dei suoi funerali, – prosegue Milena, – ero a Madrid per un progetto di ricerca. Andrea Binelli aveva un mio vecchio numero di telefono, provò a rintracciarmi, non ci riuscí. L'ho saputo soltanto una volta rientrata in Italia, ed è stato un colpo. Un pezzo della mia vita sarebbe molto diverso se non avessi incrociato Jimmy. E con lui, le persone che ho conosciuto in quel formidabile 1978: gli ufologi del Grucat, Martin Zanka, Jole, gli ufofili... Quegli incontri hanno indirizzato la mia vita, mi hanno fatto essere quella che sono. Certo, si potrebbe dire lo stesso di qualunque persona frequentiamo, ma quello, per me, è stato proprio un anno diverso, pieno di serendipità e di magie. Al punto che ogni tanto, se ci ripenso, mi dico che davvero il monte Quarzerone è una sorta di enorme magnete, che attira e congiunge gli esseri umani in maniera inaspettata».

Vincenzo Zanchini è d'accordo: «Si può dire che io e mio padre ci siamo ritrovati grazie al Quarzerone. Poi ci siamo separati di nuovo, ma non ci siamo piú persi. Quando lasciammo Forravalle andai con lui a Orbetello e ci rimasi qualche settimana, come fossimo di nuovo là in vacanza. Ho un ricordo preciso. Una sera di giugno se ne venne fuori con una delle sue proposte vecchio stile: passare la notte sulla spiaggia della Feniglia. Ora che ci penso, doveva essere il solstizio d'estate. Accettai. Dopo cena ci piazzammo là coi teli e le coperte. Scherzammo sul fatto che avremmo certamente visto un Ufo, invece vedemmo solo le costellazioni. Come quand'ero piccolo, me le indicò una a una e mi raccontò le storie dei loro nomi. Cassiopea, Ercole, lo Scorpione... Korolëv aveva proprio detto bene. Martin Zanka era l'uomo che guardava le stelle. Soprattutto, era mio padre».

11.

Oggi il Quarzerone non è piú la montagna isolata che conobbero i protagonisti di questa storia. Certo, a condizione di avere un'automobile, perché le corse in corriera da Aulla si sono molto diradate. In compenso, è piú larga la strada che sale a Forravalle e il nuovo ponte sul Rio Borro permette di risparmiare un quarto d'ora di viaggio.

Lo spiazzo del lavatoio, dove un tempo si fermavano i pullman degli scout, è adesso un parcheggio asfaltato. La sbarra che impediva di proseguire ai veicoli non autorizzati è ormai un ferrovecchio inutile, sempre sollevata e immobile sull'attenti. Chi vuole può imboccare la sterrata e arrivare in auto fino a Pian del Cielo, dove ci sono le bacheche del parco naturale: una mappa del massiccio, coi punti d'interesse, e un pannello sulla fauna, la flora e il folklore locale. Nell'angolo in basso a destra di entrambi i rettangoli spiccano lo stemma del comune di Forravalle e il logo di «Thanur - Comunità terapeutica e servizi alla persona».

Su un palo di pino, quattro frecce indicano i sentieri e i tempi di percorrenza. La maggior parte degli escursionisti sceglie quello di San Palpano, che conduce alla grotta piú grande della zona. Prenotando in anticipo, si può anche visitarla con le guide del gruppo speleologico.

Il sentiero che porta alla cengia sotto Rocca Tesana non è tra quelli segnalati. Nessuno taglia i rovi che ostacolano il passaggio, i gradoni di roccia sono sempre nascosti, e da qualche tempo, a mezza via, una frana costringe a spingersi tanto vicino al ciglio dello strapiombo che bisogna esser certi di non soffrire di vertigini.

Arrivati lassú, nelle giornate terse, oltre le vette può capitare di cogliere il riflesso del mare.

Dietro le cime dei faggi spunta il campanile diroccato dell'abbazia delle Braci, e tra gli alberi s'intuiscono le curve della strada che raggiunge Villa Malaspina. Forravalle è un pugno di case, strette una all'altra, ma chi conosce il posto non fatica a distinguere il *Ragno azzurro*, la locanda del *Cinghiale bianco* e l'edificio che un tempo era il comando stazione della Forestale. Risalendo la valle, gli occhi incontrano il minuscolo cimitero, il castagneto di Collerado e il mulino della Vagina.

Capita allora di sentire improvviso l'impulso di voltarsi e frugare con la mano tra le foglie di un rampicante che ricopre la parete di roccia, finché sotto le dita non si avverte il freddo di una superficie porosa ma regolare, e scostando le fronde ci si trova davanti un muro di mattoni.

Chi s'inerpica quassú s'interroga sulla presenza di quel muro. Cosa nasconde? Cosa rinchiude?

Se non ci fossero state l'ostinazione di Gheppio, le ipotesi di Zanka, le reminiscenze di Pardo e la visione di Milena, per rispondere alla domanda nascerebbe pian piano una nuova leggenda del Quarzerone, come quelle del cinghiale bianco, delle streghe di Luni o di visitatori da altri pianeti.

Storie che si tramandano di bocca in bocca, finché nemmeno ti chiedi piú cosa ci sia di vero.

Bibliografia selezionata

AA. VV., *Thanur 1974-1994. La comune, la comunità*, Edizioni Thanur, Forravalle 1994.

Bazzano, J., *Jimmy Fruzzetti, corriere cosmico*, in J. Bazzano (a cura di), *Granducato Wave. Dieci anni di controculture in Toscana, 1977-87*, Shakti, Firenze 1988.

Binelli, A., *Le indagini del professor McTrip, ufofilo*, Roccanova, Pisa 1979.

Calandra, M., *Cento giorni a San Vittore*, Emmepi, Milano 1994.

Casella, R., *Per un socialismo interplanetario*, IV Internazionale (Casellista), Roma 1976.

–, *Ufo e guerra di classe. Interventi 1974-1981*, Rc Editore, Roma 1981.

Cravero, M., *Quando arrivarono i marziani. Ufologia, rapporti tra i generi e riti collettivi nell'Italia degli anni Settanta*, Garamond, Milano 1980.

Crisafulli, R., *Gli ufologi e la palingenesi impossibile. Riti e miti di un nuovo gruppo tra cultura di massa, egemonia del neocapitalismo e residui di culture subalterne*, in Cravero, *Quando arrivarono i marziani* cit.

De Ioannis, L., *Diario d'Africa. Vol. 1. Etiopia 1935-1941*, Edizioni La Cicerchia, San Lorenzo in Correggiano 1960.

Felder, M., *Mater Materia*, edizione critica a cura di J. Andreetto e G. Pispisa, Senza Blackjack, Bologna 2021.

Galbiati, O., *La strada di Thanur. La forza che libera dal Potere*, Garamond, Milano 1975.

–, *I discorsi del sabato*, Gammalibri, Milano 1981.

Gandolfi, P., *Pontremolii. Scritti e cazzi vari 1975-80*, autoproduzione, Pontremoli 1980.

Rynek, A. J., *La realtà degli Ufo*, trad. di F. P. Belletati, Giacomelli, Milano 1976.

Pardini, O., *DisOnorio. Una vita tra spranghe, spade e speranze*, Sugli alberi le foglie, Roma 2001.

Salvetti, M., *Tu mi tradirai. La verità su Thanur*, Emmepi, Milano 1995.

Zanka, M., *Il pianeta nascosto*, Venuti, Firenze 1964.

–, *Universo di enigmi*, Venuti, Firenze 1966.

–, *Luci nella notte dei tempi*, Venuti, Firenze 1967.

–, *Ulisse cosmonauta*, Pepper & Co., Roma 1969.

–, *Robot dell'antichità*, Pepper & Co., Roma 1970.

–, *Dalle altre stelle*, Pepper & Co., Roma 1971.

–, *Il silenzio delle civiltà*, Pepper & Co., Roma 1973.

–, *Fantascienza dell'Età del Bronzo*, Pepper & Co., Roma 1974.

– (a cura di), *Italia crocevia cosmico*, Pepper & Co., Roma 1975.

–, *Robinson delle galassie*, Pepper & Co., Roma 1976.

–, *Jacopo e Margherita. Un mistero italiano tra Ufo e montagne incantate*, Pepper & Co., Roma 1978.

–, *Delitto a piazza Massaua*, Pepper & Co., Roma 1982.

–, *La mia storia partigiana*, Pepper & Co., Roma 1983.

Riconoscenze.

Grazie a Peter Kolosimo (1922-1984), perché senza di lui questo romanzo non sarebbe stato immaginato.

Grazie ad Antonio Caronia (1944-2013), per tutte le ambigue utopie.

Grazie a Valerio Evangelisti (1952-2022), per l'amicizia e per aver aperto sentieri. Chi ha compagni non morirà.

Grazie ancora una volta a Francesco Colombo per il sostegno, i consigli, l'esserci stato ogni volta che avevamo bisogno; a Raffaella Baiocchi per l'attenzione al testo, la cura, le verifiche, le proposte; a Paolo «Pepper» Repetti, a Daniela La Rosa, a Einaudi Stile Libero, e questo include Severino Cesari, comunque e sempre.

Grazie a Mariano Tomatis per le innumerevoli suggestioni e incantagioni; a Luca Casarotti per il prezioso ascolto con l'orecchio del giurista (e non solo); al Centro Italiano Studi Ufologici di Torino per i materiali e le chiacchierate (in particolare a Paolo Fiorino e Gian Paolo Grassino, ma ci hanno dato spunti anche Giorgio Giorgi e Mario Cerrato); a Manuele Giannini per le dritte sulla Lunigiana e la puntigliosa consulenza storica, geografica e glottologica; a Stefania Consigliere e Cristina Zavaroni per aver letto con l'occhio delle antropologhe; a Fulvio Pezzarossa, per le preziose informazioni sul mondo universitario degli anni Settanta; a tutta la corrente «occidentale» di Alpinismo Molotov per le consulenze topografiche e linguistiche su Torino e dintorni, in particolare a Daniele Contardo, Natale Titotto, Filo Sottile e Davide Gastaldo; grazie ad Alberto Prunetti per le delucidazioni su avverbi e prosodia della parlata labronica; grazie anche a Giuliano Santoro, indagatore delle mitomanie nei giorni del sequestro Moro.

Grazie a Ottavio Fatica per la lingua ritrovata e presa in prestito.

Grazie al Colle der Fomento e a Kaos One, per le miglia percorse e le promesse mantenute.

Grazie a Eugenio Finardi, al quale dobbiamo una cena.

Grazie ad Alberto Rizzi, *as usual*; a Paolo Vinti *aka* Paul Beathens (1960-2010); ad Andrea Binelli, il nostro agente in Versilia; a Valerio Mastandrea per la testimonianza diretta; a Giuseppe Genna per il sogno e la fatidica tempesta di cervelli; a Men in Red, Ufociclismo e tutta la compagnia ufofila.

Grazie a Paolo Domeniconi per l'aspetto di Guido e Adele Cantalamappa.

Grazie a Benito Fusco e alla comunità dell'eremo di Ronzano, nella cui quiete sono stati scritti diversi inquieti capitoli.

Grazie a tutta la Wu Ming Foundation.

Grazie a Roberto Santachiara, *¡hasta siempre comandante!*

Grazie e a tutte le persone che ci sono rimaste accanto, nella buona e nella cattiva sorte, nella contingenza storica piú difficile: le amiche e gli amici, i giapster e le giapster.

Un ringraziamento speciale va a chi piú da vicino ci ha sopportati e supportati, nella quotidianità, mentre faticosamente portavamo a termine l'opera. Grazie dunque a Chiara, Davide e Sofia; a Claudia e Matilde; a Giulia, Giona e Ismaele.

Nota al testo.

Tutte le citazioni non riportate qui di seguito sono frutto dell'immaginazione degli autori.

La prima citazione in esergo a p. 3 è tratta da Franco «Bifo» Berardi, *Neuro-estetica dell'immaginabile*, in «Altrove», XXII (2021).

La seconda citazione in esergo a p. 3 è tratta da *Miglia e promesse* dei Colle der Fomento feat. Kaos One, testo di S. Eleuteri, M. Piluzzi e M. Fiorito, autoproduzione in collaborazione con Tak Production e Tuff Kong Records.

La citazione a p. 8: «*E il ritmo dei passi ci accompagnerà, là verso gli orizzonti lontani si va!*» è tratta dall'inno scout *Alla nostra signora della strada*, testo di monsignor Andrea Ghetti e Vittorio Ghetti.

Le cronache radiofoniche alle pp. 93, 95, 97 e 98 andarono in onda nei Giornali Radio Rai il 16 marzo 1978.

La citazione «amanti della litote» a p. 94 è tratta dalla poesia *Il Pci ai giovani* di Pier Paolo Pasolini.

La perorazione per l'ingresso del Pci al governo a p. 99 è tratta da: Censor, *Rapporto veridico sulle ultime opportunità di salvare il capitalismo in Italia*, Scotti Camuzzi, Milano 1975.

La citazione a p. 102 riporta le parole pronunciate da Bruno Vespa durante l'edizione straordinaria del Tg1 la mattina del 16 marzo 1978.

Le parole dell'onorevole Zanone a p. 104 sono state pronunciate alla Camera dei deputati il 16 marzo 1978.

La citazione a p. 105 è tratta da E. Neumann (a cura di), *Le profezie di Nostradamus*, La Case Books, 2011.

La citazione a p. 109 è il testo della telefonata delle Brigate rosse, rilanciato dall'Ansa il 16 marzo 1978.

La citazione a p. 110 è la dichiarazione di Andreotti in diretta televisiva a reti unificate del 16 marzo 1978.

La testimonianza di Valerio Mastandrea a p. 115 è tratta da una conversazione con gli autori e pubblicata per sua gentile concessione.

Le frasi di Leonardo Sciascia e quella del procuratore generale Pietro Pascalino a p. 116 sono tratte dalla *Relazione di minoranza della Commissione parlamentare d'inchiesta sulla strage di via Fani, sul sequestro e l'assassinio di Aldo Moro e sul terrorismo in Italia*, Senato della Repubblica - Camera dei deputati, Roma 1983.

La disposizione del generale De Sena sull'ispezione dei veicoli a p. 116 fu diramata alle ore 16.30 del 16 marzo 1978 ed è citata in M. Clementi, P. Persichetti ed E. Santalena, *Brigate rosse. Dalle fabbriche alla «campagna di primavera»*, DeriveApprodi, Roma 2017.

Le dichiarazioni di «De Tormentis» – autoidentificatosi come l'ex funzionario dell'Ucigos Nicola Ciocia – a p. 117 sono tratte dalle interviste: *Torture per il bene dell'Italia. Il capo dei «Cinque dell'Ave Maria» ammette «le tecniche d'interrogatorio particolari per certi sospettati»*, in «Il Secolo XIX», 17 giugno 2007; e *Sono io l'uomo della squadra speciale anti Br*, in «Corriere della Sera», 10 febbraio 2012, presenti entrambe in Clementi, *Brigate rosse* cit. e in M. R. Prette (a cura di), *Le torture affiorate*, Sensibili alle foglie, Roma 2022.

Il comunicato a p. 117 è il n. 2 delle Brigate rosse, 25 marzo 1978.

La citazione a p. 134 è parte del discorso di Luciano Lama in piazza San Giovanni, 16 marzo 1978, citato in Clementi, *Brigate rosse* cit.

Le considerazioni di Alberto Moravia a p. 135 sono tratte dal suo articolo *La storia ripete i tragici errori*, in «Corriere della Sera», 20 marzo 1978, e da A. Moravia, *Impegno controvoglia*, Bompiani, Milano 1980 © 1980/2008 Bompiani. Bompiani è un marchio di Giunti editore Spa.

Le frasi di Camilla Cederna alle pp. 135 e 136 sono tratte da *Tutela dell'onore e mezzi di comunicazione di massa. Atti del Convegno giuridico Informazione, diffamazione, risarcimento promosso dal Centro di iniziativa giuridica Piero Calamandrei*, Feltrinelli, Milano 1979.

Il verso «Io non cedo» a p. 204 è tratto dalla canzone *Un galantuomo*, testo e musica di Roberto Camisasca © 1974 Universal Music Publishing Ricordi Srl. Tutti i diritti riservati per tutti i Paesi. Riprodotto su autorizzazione di Hal Leonard Europe BV (Italy).

Le frasi alle pp. 213-15 lette da Zanka prima di imbattersi nella notizia (immaginaria) sul blitz a Thanur sono tratte da articoli usciti sul «Corriere della Sera» il 9 aprile 1978 a firma di Rosario Manfellotto (*Pressante invito dei partiti alla fermezza*), Alberto Ronchey (*Fra le cause del terrorismo*) ed Enzo Biagi (*Una prigione crudele anche per i familiari di Moro*).

La citazione alle pp. 233 e 234 è tratta da Andrea Purgatori, *Grave tensione per la lettera che scotta. Si parla di miliardi e di ostaggi per Moro*, in «Corriere della Sera», 10 aprile 1978.

La citazione a p. 257 è tratta dal falso comunicato n. 7 delle Br, con il quale il 18 maggio 1978 si annunciava l'avvenuta esecuzione di Moro.

I versi cantati da Astore a p. 262 sono tratti da *Il ragazzo col ciuffo*, testo di G. Cassia, musica di E. Ciacci, A. Minardi © 1962 by Warner Chappell Music Italiana Srl. Su licenza di Warner Chappell Music Italiana Srl; e da *La strada nel bosco*, testo e musica di C. A. Bixio, E. Rusconi, N. Salerno © 1943 Bixio C.E.M.S.A. Compagnia edizioni musicali. Il testo di *La strada nel bosco* è stato leggermente modificato per esigenze narrative. I versi originali sono: «*Vieni, c'è una strada nel bosco | il suo nome conosco...*»

La citazione a p. 338 è tratta da David Hume, *An Enquiry Concerning Human Understanding*, 1748. La traduzione è degli autori.

La canzone che viene in mente a Milena a p. 342 è *Ufo Robot*, testo di L. Albertelli, musica di A. Tavolazzi, V. Tempera © 1978 by Warner Chappell Music Italiana Srl. Su licenza di Warner Chappell Music Italiana Srl.

I versi cantati da Pardo a p. 351 sono tratti da *Scimmia*, testo e Musica di Eugenio G. Finardi © Suono edizioni musicali Srl, in coedizione con Soul Trade Music Publishing Group Srl. Tutti i diritti riservati. All Rights Reserved. International Copyrights Secured.

La citazione alle pp. 356-8, 362, 429-31 è tratta dalla lettera di Aldo Moro al ministro dell'Interno Francesco Cossiga, recapitata il 29 marzo 1978.

La citazione a p. 358 è tratta da Guido Gozzano, *L'amica di Nonna Speranza*, in *Le poesie*, a cura di Edoardo Sanguineti, Einaudi, Torino 2016.

Il comunicato a p. 361 è il n. 9 delle Brigate rosse, 6 maggio 1978.

La citazione a p. 362 è tratta dalla lettera di Aldo Moro alla moglie Eleonora, recapitata l'8 aprile 1978.

Il sogno di Giuseppe Genna alle pp. 362 e 363 è tratto da una conversazione con gli autori e pubblicato per sua gentile concessione.

Le parole di Renato Curcio a p. 375 sono state pronunciate il 10 maggio 1978 durante il processo di Torino.

La citazione a p. 401 è tratta da Pier Paolo Pasolini, *Cos'è questo golpe? Io so*, in «Corriere della Sera», 14 novembre 1974.

La citazione a p. 422 è tratta da Stanley Weinbaum, *Un'odissea marziana*. La traduzione è degli autori.

La declamazione di Paul Beathens a p. 423 è tratta da P. Vinti, *Cosmo libertà uguaglianza*, Aguaplano, Perugia 2020.

La citazione a p. 462 a è tratta da *Relazione della Commissione parlamentare d'inchiesta sul terrorismo in Italia e sulle cause della mancata individuazione dei responsabili delle stragi del 22 aprile 1992 relativa all'inchiesta condotta sulle vicende connesse all'operazione Gladio*, doc. XXIII, n. 51.

La citazione a p. 470 è parte dell'interrogazione *Sull'esistenza presso il ministero della Difesa di informazioni sugli «Ufo», e per la promozione di una approfondita indagine, anche in collaborazione con altri Paesi europei, sul fenomeno citato* presentata dal deputato Falco Accame (Psi) nella seduta della Camera del 20 novembre 1978.

La citazione a p. 471 è la risposta del ministro della Difesa all'interrogazione di Accame, che arrivò il 31 gennaio 1979.

La citazione a p. 473 è tratta dal *Rapporto di Enrico Berlinguer alla riunione dei segretari regionali*, in «l'Unità», 26 maggio 1978.

La citazione a p. 477 è tratta da E. A. Poe, *Il mistero di Marie Roget*. La traduzione è degli autori.

La testimonianza sulla strage di Zeret del sergente maggiore Alessandro Boaglio alle pp. 487 e 488 è tratta da A. Boaglio, *Plotone chimico. Cronache abissine di una generazione scomoda*, a cura di G. Boaglio e M. Dominioni, Mimesis, Milano 2010.

Indice

Preludio *26 agosto 1976*

Primo movimento *Dal 1° al 19 marzo 1978*

Secondo movimento *Dal 3 aprile al 4 maggio 1978*

Questo libro è stampato su carta contenente fibre certificate FSC®
e con fibre provenienti da altre fonti controllate.

FSC
www.fsc.org
MISTO
Carta da fonti gestite
in maniera responsabile
FSC® C115118

Stampato per conto della Casa editrice Einaudi
presso ELCOGRAF S.p.A. - Stabilimento di Cles (Tn)

C.L. 24891

Edizione						Anno			
3	4	5	6	7	8	2023	2024	2025	2026